Oriana Fallaci

La paura è un peccato

Lettere da una vita straordinaria

Prefazione di Edoardo Perazzi

Rizzoli

ISBN 978-88-17-08787-2

Prima edizione: giugno 2016
Seconda edizione: agosto 2016

Le lettere originariamente scritte in inglese sono state tradotte da Andrea Zucchetti.

Realizzazione editoriale: Studio Dispari – Milano

Prefazione

Oriana odiava scrivere lettere. Era un'attività che le rubava troppo tempo e le impediva di dedicarsi con tutta la cura che desiderava ai suoi scritti. Lei che raccontava di essersi presentata in una redazione a poco più di sedici anni senza saper battere a macchina, ma con le idee chiare su come scrivere una storia, ha accumulato fra le sue carte centinaia di missive, decine e decine di biglietti, cartoncini, telex e fax. Messaggi di lavoro e dichiarazioni d'amore, sfuriate a editor e traduttori, confidenze e liste da consegnare alle segretarie per il buon funzionamento dell'ufficio. Ma anche biglietti affettuosi agli amici più cari e ai familiari, per confortarli nonostante la lontananza o più spesso rassicurarli sulla sua incolumità. Grazie a un puntuale lavoro di archiviazione del suo lascito documentario sono emerse lettere che raccontano meglio di molte interviste l'ossessione di Oriana per la parola scritta, il rispetto profondo per un testo forgiato da innumerevoli riscritture, anche quando era alle prese con un biglietto privato di auguri. Oriana era capace di passare ore a cercare le parole esatte scrivendo e riscrivendo e poi firmando per essere certa dell'effetto che avrebbe suscitato nel suo interlocutore la vista del biglietto a lui indirizzato. Molte delle lettere raccolte in questo libro permettono dunque di scoprire eccezionalmente il laboratorio di scrittura di Oriana e sono state scelte per documentare un percorso di crescita intellettuale che l'ha portata a distinguersi dapprima, ancora giovanissima, nel mondo giornalistico, poi come scrittrice e figura di riferimento non solo in Italia ma in un panorama internazionale. Il suo, infatti, è uno dei pochissimi nomi italiani noti realmente in tutto il mondo e molte di queste lettere lo testimoniano in modo inequivocabile, ricostruendo la trama dei suoi rapporti personali e professionali, ma soprattutto restituendo con estrema fedeltà il suo complesso e laboriosissimo rapporto con la scrittura.

I documenti epistolari consentono di solito di ricostruire anche la geografia dell'autore ma con una donna come lei, con la valigia e la macchina da scrivere nello zaino, diventa davvero complicato rendere fedelmente tutti gli spostamenti. Lei stessa ne accenna in alcune lettere descrivendo viaggi lunghissimi e travagliati (soprattutto perché non ha mai superato la paura dell'aereo). Spesso le lettere venivano scritte e consegnate nelle tappe intermedie o a volte affidate a colleghi che ritornando in Italia le spedivano poi al destinatario. Ma quello che rende unica la corrispondenza dell'Oriana e che difficilmente si può ricreare in un libro è che molte di queste lettere erano accompagnate dai doni più fantasiosi come ortaggi, tovaglie ricamate, francobolli da mandare al babbo o cestini di ciliegie per i suoi spasimanti. Il modo in cui Oriana preparava la minuta della lettera lascia poi intuire una cura estrema del dettaglio anche nei supporti su cui scriveva. Un esempio fra tutti è il telo della tuta degli astronauti della Nasa, fatta firmare ai protagonisti dell'Apollo XII e poi spedita a me quando avevo quattro anni! Ricordo ancora che quando arrivava una sua busta sapevamo che dentro poteva esserci di tutto, perfino un pezzetto di radice o qualche seme prodigioso da piantare subito nel giardino della casa nel Chianti.

Grazie a un attento lavoro di ricerca negli archivi oltre che nelle carte private del suo lascito è stato possibile selezionare le lettere che meglio raccontano la straordinarietà della sua vita, seppure segnata dagli stessi tormenti di cui sono fatte anche le nostre: sempre in bilico fra la voglia di autonomia e il desiderio inconfessabile di trovare un conforto negli altri, fra il piacere di fare un lavoro che appassiona e il timore di vedere il tempo per sé divorato dagli impegni professionali. Spesso l'ispirazione principale su come impostare un articolo prendeva forma proprio nei messaggi privati e non è casuale che due dei suoi libri più noti, *Lettera a un bambino mai nato* e *La rabbia e l'orgoglio*, siano stati pensati con l'intensità e l'urgenza di una missiva rivolta soprattutto a se stessa.

Edoardo Perazzi

Nota editoriale

Il volume raccoglie centoventi documenti epistolari indirizzati a diversi destinatari a cui si aggiungono alcune lettere destinate a Oriana riportate nelle tavole fuori testo. Il titolo *La paura è un peccato* compare accompagnato da molti punti esclamativi sul fronte di una cartelletta in cui Oriana aveva conservato alcune minute.

Le lettere sono state numerate progressivamente in ordine cronologico e sono comprese in un arco temporale che raccoglie l'intera esistenza, dagli esordi come giornalista alle ultime battaglie in punta di penna fino a pochi mesi prima della scomparsa. Il *corpus* più consistente è quello relativo alla relazione sentimentale con Alekos Panagulis e alla sua tragica morte. Molto probabilmente queste lettere sono state conservate in modo più organico anche perché consultate e utilizzate per la scrittura del romanzo *Un uomo*. Risultano mancanti invece le numerose lettere mandate ad altri due suoi amori: Alfredo Pieroni (di cui Oriana ha conservato poche minute ma di cui si conosce l'esistenza di almeno un centinaio di lettere spedite tra il 1958 e il 1959 e conservate dall'erede di lui) e François Pelou (anche di queste sono rimaste solo alcune minute, mentre quelle ricevute da Pelou sono state rispedite al mittente dopo la fine della loro relazione). Esistono poi altri carteggi completi che non sono stati volutamente inseriti in questa raccolta volta a descrivere l'intero percorso di vita di Oriana Fallaci più che la natura delle sue singole relazioni amicali e professionali.

Quelli presentati sono tutti documenti inediti, eccetto due lettere aperte pubblicate sull'«Europeo» – a Henry Kissinger (in risposta alle sue accuse di aver travisato l'intervista) e a Pier Paolo Pasolini dopo la sua morte –, che si è deciso di riproporre per la loro importanza intrinseca all'interno della cornice esistenziale della raccolta.

Le lettere, annotate quando necessario alla comprensione del lettore, sono riepilogate a fine libro in un elenco delle fonti dove sono riportati i luoghi, gli archivi e i diversi fondi italiani e stranieri da cui provengono, oltre all'indicazione del materiale, se originale o minuta, e della lingua in cui sono state scritte.

Molte sono minute conservate dalla stessa Oriana ma senza le responsive di riferimento, un fatto che, in alcuni casi, ha complicato il lavoro di commento insieme alla difficile collocazione temporale di alcune lettere, non sempre riscontrabile attraverso le affrancature postali perché prive di buste o perché, trattandosi di minute, non era riportata la data completa.

La trascrizione dei documenti è stata fedele eccetto per alcune traslitterazioni o grafie di toponimi che sono state uniformate secondo i criteri editoriali. Sono stati corretti solo i refusi comuni mentre sono state conservate tutte le espressioni «fallaciane» riconoscibili anche nelle sue opere letterarie.

La paura è un peccato

Sia chiaro che sono, purtroppo o no,
una giornalista

1.
Inchiesta sulla paura

A sedici anni e mezzo Oriana si presenta senza raccomandazioni al capocronista del «Mattino dell'Italia Centrale», a Firenze, e gli chiede di lavorare. In pochissimi mesi passa dai «capicronaca» alla cronaca giudiziaria. Prima la Pretura, poi il Tribunale, poi la Corte d'Assise. Nel 1951 scrive il suo primo pezzo importante per «l'Europeo» e in breve tempo accumula diverse collaborazioni fra cui anche «Epoca», diretto dallo zio Bruno Fallaci, per cui segue la cronaca politica e culturale, come dimostra questa lettera al critico letterario Giuseppe De Robertis.

13 settembre 1951

Illustre Professore,

«Epoca» sta facendo un'inchiesta – suggerita dal regista Blasetti – sul libro di Venturoli e Zangrandi *Dizionario della Paura*. Blasetti ha chiesto di conoscere il parere dei critici, dei letterati e degli artisti di destra e di sinistra. Numerose personalità nel campo della cultura e dell'arte hanno già inviato le loro risposte che saranno pubblicate in diverse puntate nella rubrica di «Epoca» *Italia domanda*. A me, ora, il compito di raccogliere le opinioni delle personalità più autorevoli della Toscana. Le invio dunque la lettera di Blasetti nella speranza che Lei vorrà gentilmente aderire all'invito. La ringrazio e le invio distinti saluti

Oriana Fallaci
Corrispondente di «Epoca»

2.
Non ho paura di vederti la mattina senza trucco

Lui si chiama Alfredo Pieroni e lavora come corrispondente a Londra per «La Settimana Incom illustrata». È probabilmente il primo amore importante di Oriana Fallaci, allora ventinovenne. Nelle prime lettere ad Alfredo, all'inizio del 1958, tenta di sdrammatizzare e di giocare al flirt, poi fa di tutto per colmare la distanza che li divide, e fa tante piccole cose pratiche per lui, anche a livello professionale. È lei, infatti, che lo consiglia nei cambi di testata giornalistica e che lo aiuta con il suo libro, benché a quel punto la relazione sia ormai al tramonto.

15 febbraio 1958

Sì, ne sono sicura. Credo anche di sapere bene perché: ma non mi va di scriverlo. No, non ho paura di vederti la mattina senza trucco, e spero che tu non ti tinga le labbra. Non ho paura nemmeno di farmi vedere senza rossetto: sono ancora abbastanza giovane per permettermi questi lussi. E se tu ne hai paura, invece, peggio per te, e non parliamone più.

Però non devi riderne. Grazie della «lettera»,

Oriana

P.S. E tutto questo a macchina, su carta intestata [dell'«Europeo»], perché sia chiaro che sono, purtroppo o no, una giornalista.

3.
Questo figliolo non nasce

Nell'ottobre del 1960 Oriana giunge a Teheran per raccontare la nascita del tanto atteso erede dello scià di Persia Mohammad Reza Pahlavi. Sei anni prima, nel novembre del 1954, aveva partecipato con una delegazione di giornalisti al primo volo Roma-Teheran. Aveva venticinque anni ed era l'unica donna del gruppo, la sola che riuscì a intervistare in esclusiva Soraya, prima moglie dello scià. Questo privilegio le permise di seguire tutta la drammatica vicenda della mancata maternità di Soraya, che culminò poi nel divorzio e nel nuovo matrimonio con Farah Diba, che gli chiede finalmente un figlio, Reza Ciro.

Park Hotel Teheran, venerdì mattina, 28 ottobre 1960

Cara mamma,

ti faccio impostare questa lettera a Roma, da un signore che mi porta l'articolo. Non ho nulla di speciale da dirti, a parte il minimo tempo a disposizione per scriverti: Teheran è sempre la sozza città che conosco, in più si muore di caldo ed ho solo vestiti di lana, eppure ho un raffreddore terribile che mi spacca il naso e la testa. Starò in questo inferno almeno fino alla fine della prossima settimana, forse di più perché questo figliolo non nasce. Non ti scriverò perché la posta non parte: la censura spesso la ferma e poi rubano i francobolli, gettando le lettere. Mi auguro che tu stia bene e naturalmente staccata dal mondo così, sto un po' in pensiero. Ti abbraccio affettuosamente e mando questi francobolli al babbo, appena usciti.

Bacioni a tutti e due, Oriana.

4.
L'unica cosa che mi interessa è scrivere libri

Nel 1962 pubblica il romanzo Penelope alla guerra. *Lo ha scritto di getto nel 1959, riscritto un anno dopo e ripreso una terza volta, quella definitiva, nel 1961. Lo considera il suo primo vero libro, dopo le precedenti raccolte dei suoi reportage* I sette peccati di Hollywood *(1958) e* Il sesso inutile *(1960), e scrive a Carlo Emilio Cecchi, padre della sua amica Suso, chiedendogli un parere.*

18 aprile 1962

Gentilissimo Cecchi,

Le mando una copia provvisoria del mio libro che uscirà tra una decina di giorni. Mi piacerebbe tanto se Lei lo leggesse.

Mi piacerebbe per un suo giudizio sul libro al quale ho lavorato tanto. Mi piacerebbe per avviare con Lei un discorso importante. Come Lei sa, io faccio la giornalista. Ma l'unica cosa che mi interessa profondamente è scrivere libri. Ora, voglia ne ho. Belle idee anche. Rispetto e terrore per l'impresa di scrivere un libro che sia un libro, in abbondanza. Ma ne sono capace?

Sia gentile, lo legga. *Penelope alla guerra* non è ancora il libro che io voglio fare: ma è il risultato di uno sforzo e di un impegno. E poi, quando vengo a Roma, me ne parlerà: senza peli sulla lingua, come si dice a Firenze. Suso mi ha promesso di portarmi con lei. Se Suso è a Roma, verrò con Suso. Altrimenti verrò con lo zio Bruno che da tanto tempo la vuol rivedere. Grazie! E mi scusi per il disturbo.

I migliori saluti,

Oriana Fallaci

Ovviamente questa non è la veste editoriale del libro. L'ho fatto cucire alla meglio per inviarlo a Lei.

5.
Un libro vero

Penelope alla guerra *segna una doppia rivoluzione per Oriana: l'incontro con la città di New York, cui rimarrà legata tutta la vita, e quello con la «società letteraria». Ed è su consiglio di Cecchi che si rivolge al critico Giacomo Debenedetti per avere informazioni su un premio letterario.*

1962

Caro signor Debenedetti,

Le ho mandato il mio libro, *Penelope alla guerra*, e Le ho telefonato tante volte: sempre senza trovarLa. Ora torno a Milano e, almeno per una quindicina di giorni, non posso sperare di parlarLe.

Emilio Cecchi che mi ha dato il Suo indirizzo Le avrà spiegato, però, perché La cercavo. Volevo chiederLe se si poteva considerare come opera prima il mio *Penelope alla guerra*. Ho già pubblicato *I sette peccati di Hollywood* ed *Il sesso inutile*, lo so benissimo: ma quelli erano reportages già apparsi sull'«Europeo», questo invece è un vero libro e la mia prima opera narrativa.

Volevo anche chiederLe il consiglio a partecipare [*sic*] o no a questo premio. Ci terrei molto ma ci son nomi grossi. Così Le telefonerò quando ricapito a Roma: mi auguro presto. Se ha qualcosa da dirmi, il mio indirizzo è via Jacopo Peri 5, Milano, telefono 6881188; oppure presso «l'Europeo», via Civitavecchia 102, telefono 2563151.

La ringrazio e Le porgo i migliori saluti.

Oriana Fallaci

6.
I giardinieri non vogliono mai dare i fiori

Nel 1963 Oriana si trasferisce a New York, inaugura una rubrica per «l'Europeo» sull'America vista da un'italiana e segue con passione i programmi americani per la conquista dello spazio. Ormai è diventata una celebrità, frequenta attori e dive di Hollywood come Shirley MacLaine e altre star, ma appena può torna in Toscana dai genitori e le sorelle, dove spesso invita i suoi amici americani per poi affidarli quando lei non può essere presente alla cure dei suoi familiari e di Fabio «Bino» Sanminiatelli, suo vicino in Chianti.

1965

Caro Bino,

voglio anzitutto ringraziarla (il tu sulla carta non sta bene) della simpaticissima serata: dirle quanto mi son divertita, lei è un personaggio. Dovrò scrivere, un giorno, di lei. Di lei, della sua casa, del suo giardino, di Monna Lisa, di Parigi, di Marconi, di Zurigo, di Lenin, della Scozia, del convento, delle sue incredibili verità, delle sue adorabili bugie. Sono felice di averla conosciuta. Ne sono grata a Briano. Ora capisco perché Briano parla con tanto entusiasmo del su' zio.

E poi, coraggio, voglio avvertirla che Marcia Cavell arriva a Firenze il 29 sera, in campagna il 30 giugno. La sua promessa è l'unico conforto che ho in tanta preoccupazione. Davvero, davvero, inviterà Marcia a cena e le farà un po' compagnia? Non cambi idea, la supplico perché Marcia lo sa già.

Io temo, ecco, di non averle fatto il ritratto giusto di Marcia: d'essermi lasciata andare per amor di paradosso e di battuta a una descrizione convenzionale e sciocca. Quella dell'americana rompiscatole che viene a cercare in Toscana le ombre di Elisabeth Barrett e Robert Browning. Marcia non è proprio così. È una donna squisita, educata, moderna, simpaticissima: e il suo unico difetto è quello di essere timida. Timida fino all'esasperazione, all'irritazione. Ha sempre paura di dar noia, di fare o dire sbagliato, ha il complesso (credo) d'essere americana: «barbarian». Viene in Toscana perché è stanca, stanca del suo lavoro alla casa editrice, stanca dell'America e dei luoghi di riposo americani, e poi le piace viaggiare. Ha trovato un biglietto su una fantomatica linea aerea detta Icelandic Airlines (mai sentita nominare) che probabilmente le fa pagare dieci dollari da New York a Milano, e così viene qua. La invitai quando non sapevo che in luglio sarei partita per il giornale in America, non sapevo neanche che i miei avessero prenotato tutto per recarsi in luglio in Sardegna: di qui il mio dramma.

Non credo che si tratterà molto in Toscana: dieci giorni o così. Al massimo quindici. È probabile infatti che, se il viaggio non si presenta troppo complicato, se trova la nave, le coincidenze, si rechi anche dai miei in Sardegna: anzi a Caprera. Così la sua collaborazione si ridurrebbe a poco. Ciò che le chiedo, e so che non ho alcuna ragione per chiederglielo fuorché la sua gentilezza, è andarla a prelevare il più presto possibile per toglierla dallo smarrimento che proverà nei primi giorni di solitudine. Supponiamo che giovedì 1° luglio Marcia abbia sistemato le sue cose al mulino: venerdì lei potrebbe invitarla a colazione e farle vedere il suo bel giardino? Sabato, poi, una mia amica fiorentina che parla benissimo inglese andrà a passare il weekend con lei. I primi giorni li passerebbe in tal modo piacevolmente.

Le faccio su questa lettera una cartina del mulino. Se Marcia non sarà lì, sarà alla mia casa di Casole. O a passeggio, lì intorno. Non me la violenti per piacere. Esce da un divorzio doloroso ed è ancora innamorata del marito. Se proprio non può farne a meno, la sposi. Però tenga conto che ha una bambina. Le piacciono i bambini?

Tante cose cordiali e, mi permetta, affettuose. Tanti tanti tanti ringraziamenti: ancora e ancora. I fiori non venni a prenderli. Pensai che lei non ci sarebbe stato e che magari il giardiniere avrebbe fatto un mucchio di storie: lei sa come sono i giardinieri. Come i cassieri. I cassieri non vogliono mai dare i soldi, i giardinieri non vogliono mai dare i fiori.

Sua,

Oriana

P.S. Marcia non ha automobile. Non ha neanche i soldi, temo, per affittare un'automobile. Non ha neanche la patente. Prende l'autobus che, del resto, in campagna è molto chic. Dovrà raccoglierla lei, con la sua carrozza. Ed ecco la cartina.

7.
Cartolina da New York

New York, luglio 1965

Caro Bino,

grazie per la garbatissima lettera. Sì, temo anch'io che Marcia condanni con sconforto la decisione di passare tanto tempo in Toscana. Infatti mi si dice che sta pensando di andare a Parigi. La cerchi presto, subito, grazie. La aiuti. Un abbraccio affettuoso.

Oriana Fallaci

8.
Rough people

1965

Caro Bino,

ho avuto le... (Sue? Tue?...) tue lettere e non ho parole per ringraziarti delle gentilezze che hai fatto a Marcia. Sei stato veramente generoso. Da piccole indicazioni di mia madre, che è un angelo ingenuo, e dalle lettere della Marcia ho capito che quest'ultima non meritava tanta cortesia (mi ha combinato un mucchio di guai, si è comportata con totale mancanza di tatto con la mia famiglia ed io sono inferocita) ma, proprio per questo, le attenzioni che hai avuto per lei sono state un vero regalo per me. È consolante pensare che questa americana del diavolo se ne tornerà in Usa con una buona impressione della Toscana e dei toscani. Grazie. Grazie. Grazie ancora.

Vorrei scrivere di più, ma affogo nel lavoro, nelle preoccupazioni, nei viaggi. Le giornate qui sono più corte che in qualsiasi altra parte del mondo, la vita più dura che in qualsiasi altra parte del cosmo. Bisogna essere davvero soldati come me, *rough people*, pelle dura, per resistere, sopravvivere. V'è una guerra aperta fra me e New York e non ho alcuna intenzione di perderla: chi è sconfitto, qui, è morto. Accidenti a quando son venuta.

Ti riscriverò dunque in un momento più calmo: magari dalla California o dal Texas o dalla Florida o dal Messico, le varie tappe che mi aspettano e che aspetto. Lì le giornate hanno una lunghezza più europea. E ti vedrò, spero, a Natale quando verrò a riposare i miei quarantotto chili che sono già quarantasette e presto saranno quarantasei, quarantacinque, quarantaquattro, nulla a Casole. Starò una quindicina di giorni, almeno. Guardo a quei quindici giorni come ad una promessa. Un regalo.

Ciao, scusa il tono depresso. Non può essere altrimenti se pensi che abito in dieci metri quadri per trecento dollari al mese escluso la luce il condominio il telefono le mance di un dollaro (lire 630) sono considerate mance da miserabili, che se non le dai vai in galera, che dovrò pagare le tasse al fisco americano il quale se ne frega del fatto che le pago già al fisco italiano. Ohi, ohi. Quant'è bella Casole. Mandami la «Fiera Letteraria». Ci tengo a leggerla, sai.

Grazie ancora di tutto, anche dei consigli meno uno. Quello d'essere sempre innamorata. Ti dico una cosa terribile: io non sono mai innamorata. Che devo farci? Non mi riesce. Così, ogni tanto, fo finta: ma dopo un po' i poverini si accorgono che fo finta e se ne hanno a male. O che è colpa mia?! È come il whisky: lo bevo per educazione. Non mi riesce di assaporarlo. Se lo assaporo mi fa male. Il fatto è che innamorarsi fa male ed io non voglio sentire male. Ma come fai, come fai, come fai ad essere così giovane e fiducioso?!?

Forse è perché vivi a Vignamaggio. Qui ti passerebbe subito. Un coltello fra i denti e via.

Au revoir.

Oriana

9.
Meglio i nazisti del «bel mondo» di New York

L'astronauta statunitense Charles Conrad Jr., detto «Pete», terzo uomo a mettere piede sulla Luna, e l'allora moglie Jane Dreyfus incontrano Oriana Fallaci nel 1964, in occasione del suo secondo viaggio a Houston (il primo è del 1963) per conoscere coloro che si preparano a viaggiare nello spazio (ne scriverà sull'«Europeo» e in un libro, Se il sole muore, *del 1965). Nasce un'amicizia destinata a durare per diversi anni, in particolare con Pete e con Le Roy Gordon Cooper, soprannominato Gordo dal nome del primate lanciato nello spazio durante la fase di collaudo del programma Mercury.*

18 ottobre 1965

Cara Jane,

ti piacerebbe partecipare insieme a quella star di tuo marito nonché mio fratello alla grande serata per la première dell'ultimo film di Federico Fellini, *Giulietta degli spiriti*? Mercoledì 3 novembre, a New York. Dopo la prima (mondiale) si terrà il Gran Ballo sulla nave *Michelangelo* o *Raffaello*. Ci sarà Fellini. Anche gli attori. Il bel mondo di New York. Gioielli, pellicce, abiti lunghi, piume.

Personalmente, detesto queste cose. Preferisco un campo di concentramento nazista con camere a gas a Dachau. E spero vivamente di trovarmi in Nigeria o in Alaska quella sera, per non essere costretta ad assistere a un tale disastro di mondanità. Ma forse a te piacerà, e siccome la Rizzoli mi ha chiesto se volevo invitare un po' di «bella» gente (che maniera di parlare), eccomi qui. Potrebbero venire anche i Cooper, se ne hanno voglia.

Suppongo che il mercoledì quella star di tuo marito sarà magari in qualche simulatore o in qualche deserto a mangiare boa constrictor. Ma chissà. Potrebbe anche venire e, considerando quanto è ricco, visto che ha l'abitudine di acquistare cani dipinti a duemila dollari l'uno, potrebbe pure comprare un biglietto aereo e prenotare una suite al Waldorf Astoria.

Pensaci su. Fammi sapere se è sì o no; se è sì dovrai venire perché non vogliono sprecare i biglietti d'invito. Quelli in vendita costano cento dollari l'uno. Si tratta di un qualche ballo di beneficenza per non-ricordo-quale-malattia. Cancro, o bronchite.

L'altra sera Pete mi ha chiamato per dirmi quanto ti era piaciuto il mio album di ritagli italiani. Ne sono lieta, e ne allego due nuovi da aggiungere. Uno è su di te, l'altro dice che nel paese di San Giovanni Gemini, nell'Italia meridionale, il Comune ha deciso: «[...] di costruire una grande chiesa sul locale Monte Gemini per ricordare ai posteri la grande impresa di Conrad e Cooper con la *Gemini V*. Inoltre, i due astronauti hanno ricevuto la cittadinanza onoraria di San Giovanni Gemini, e da allora la bandiera americana è sulla torre comunale insieme alla bandiera italiana...».

Gli italiani sono matti.

Pete ha detto anche che avete cercato entrambi di chiamarmi per ringraziarmi. Mi spiace che non mi abbiate trovato. Ero in viaggio attraverso l'America con Shirley MacLaine, per lavoro, ed è successo di tutto per farci ritardare. Siamo persino state arrestate in Texas (dolce Texas) per eccesso di velocità e abbiamo passato ventiquattro ore in cella. Una cella puzzolente.

Chiamami se vuoi. Io per un po' non posso perché la mia bolletta telefonica di settembre era di 280 dollari e sono distrutta. Un caro saluto. Spero di vederti presto, ciao,

Oriana

Mentre lo chiedi a Pete, chiedi anche a Gordo: per il ballo.

10.
Tutto è stato ucciso dall'acqua

Nelle prime ore di venerdì 4 novembre 1966 a seguito di un'eccezionale ondata di maltempo, Firenze è colpita da uno dei più gravi eventi alluvionali accaduti in Italia. L'Arno straripa, la città e il suo inestimabile patrimonio artistico sono sommersi. Oriana scrive a un'amica, probabilmente Natalia Danesi Murray, in quegli anni a capo dell'ufficio Rizzoli di New York. Nella lettera cita anche il comune amico Carlo Ludovico Ragghianti, storico dell'arte e promotore dell'iniziativa «Artisti per Firenze».

Firenze, 9 dicembre 1966

Cara Natalia,

sono le tre del mattino, ed io non riesco a dormire, tanto sono sconvolta da quello che ho visto, e sento il bisogno di scriverti affinché tu possa parlare con la gente, e mettere insieme qualcosa che non siano i cento miserabili dollari della nostra avarissima amica. Scusa se scrivo su questa carta, non ne ho altra in camera, e non voglio svegliare la casa girando a cercarne. Loro dormono, si sono ormai abituati all'orrore; perfino al fatto di viaggiare con l'acqua da bere, portarla dalla campagna, perché a Firenze, un mese dopo il disastro, non c'è acqua da bere. Che incredibile beffa: tutto è stato ucciso dall'acqua, e non c'è acqua da bere.

Ricordi il Lungarno Corsini, il Lungarno Archibusieri, la scesa del Ponte a Santa Trinità, via de Bardi, e... non esiste più nulla. Nulla. Cancellato, svanito, sparito. Non esiste più la spalletta dell'Arno, non esiste più il lungarno, non esiste più la strada, capisci, non esistono più le case. Sono rimasti solo i piani superiori, puntellati da enormi travi piantate nell'acqua. Come se una mano in vena di macabri scherzi avesse portato via una ditata di torta da un piatto, così. L'acqua lambisce quei buchi, quel vuoto, come se niente lì fosse mai esistito, capisci, come se non ci avessimo mai camminato; i bombardamenti, ti giuro, non fecero tanto. Almeno dopo i bombardamenti, qualcosa restava, le macerie, i sassi; qui no. Non è rimasto neanche il fumo. Ricordi il Ponte Vecchio, lo scintillio, la civiltà, la bellezza, la ricchezza di quei negozi? Non esistono più. Spazzati via, Natalia, polverizzati. Cammini sul Ponte Vecchio e dalle parti vedi il maledettissimo Arno e niente altro, qua e là qualche buco con su il nome di un gioielliere. Sono rimasti, chissà perché, solo due negozi: orrendamente distrutti ma ancora negozi. Uno di argenteria e uno di cravatte. Quello di argenteria è ripulito, con qualche pezzo recuperato qua e là, patetico, e sotto un fiore c'è un cartello che dice: «Sorry, this is what we have. Please buy it». In inglese. Quello delle cravatte ha tutte le cravatte raggrinzite in vetrina, qualche borsa in pelle lavata, e un altro cartello, anch'esso in inglese, dice: «Please buy this flooded merchandise. Thank you». Fanno tutti così. Anche in Por Santa Maria, nei tre o quattro negozi di cui sono rimaste le mura. Hanno messo su un tavolo, hanno lavato le poche cose che sono riusciti a recuperare, e le vendono così, a prezzi irrisori, prima di chiudere. Io, sconvolta, entro in quei buchi e compro porcherie di cui non ho alcun bisogno: giusto per lasciare dei soldi. Un pacchettino di dieci cravatte è finito subito dopo nel fiume. Ma erano così contenti mentre le compravo. Dicevano, tutti premurosi: «Le si posson portare, sa? Le son sterilizzate e non puzzano mica tanto». Roba da rompere il cuore. Anche a scriverne mi viene da piangere. E ho pianto per tutto il tempo che sono andata in giro per la città. Capisci? Non è solo il disastro, è la dignità con cui questa gente ha affrontato il disastro. Alle 10, 11 di sera, sono ancora lì e ripuliscono, lavano, ripuliscono, uomini donne bambini, li vedi arrampicati su scale che grattan la nafta rimasta appiccicata sui muri, al soffitto, ostinati, silenziosi, cocciuti, decisi a vivere, sopravvivere; e tu non credi ai tuoi occhi. Voglio dire: la città è morta e loro si comportano come se fosse viva. Un coraggio, una forza che ti lascian smarrito. Un negozio di scarpe è ancora senza luce. Il padrone ha messo in vetrina sei paia di scarpe, tutte grinzose, accartocciate, e il prezzo: «Lire 500, prezzo di svendita». La vetrina è illuminata da tre ceri da chiesa. E nel mezzo c'è un vasino con una rosa. Un altro ha allineato le saponette francesi, le vende a cinquanta lire l'una. E un cartello dice: «Son sempre saponette francesi, dopotutto». Ci ho parlato. Mi ha detto: «Io non voglio elemosine da nessuno. Ho battuto i' culo cento volte al Porcellino, e ho riaperto il mi' negozio». (Al Porcellino, dove c'erano le bancarelle coi cappelli di paglia, esiste una lapide. E qui nel Medio Evo facevano battere il sedere cento volte ai falliti, per punizione. Chi ha perso tutto si chiama ora «Culo-blu».) Il fatto squisito è che questi fiorentini non hanno perso per niente il senso dell'umorismo. Ridono su sé stessi, su quel che è successo. Ti dicono: «Poeraccio, l'è anche lui un culo-blu, capirà...». Non hanno perso nemmeno l'orgoglio. In Por Santa Maria arrivò un camion tedesco, con le provviste. Lo guidava un tedesco di mezza età. Lo circondarono e gli chiesero: «In dove l'era lei quando i su' compatrioti minavano questa strada?». Il povero tedesco, confuso, balbettava. E loro: «Via di qui, perdio!». Mio padre dice che è un episodio atroce, e si arrabbia coi fiorentini, io lo trovo squisito.

Non sono stata ancora a vedere il Crocifisso di Cimabue, la Biblioteca Nazionale. Sono arrivata da pochissime ore, nel tardo pomeriggio. Ma sono passata dinanzi agli Uffizi dove non si respira per il puzzo (anche dinanzi agli Uffizi l'argine non esiste più, svanito). Sono stata in Piazza del Duomo e sembra di tornare indietro vent'anni. Le porte del Ghiberti non sono più d'oro, sono di carbone. Nere come il carbone. Due mancano. E la cosa sublime, e patetica, è che qualcuno ha ripulito la testina del Ghiberti che si affaccia scolpita dal terzo pannello del Paradiso: e così in tutto quel nero vedi questa testina d'oro del Ghiberti che guarda allibita. Passava un vecchino. S'è fermato, l'ha guardato, e ha detto: «Hai visto i che t'ha fatto il Signore Misericordioso?

Tu durasti tanta fatica a scolpirgli il paradiso e Lui t'ha dato l'inferno. O' bischerooo!». Guarda, non hai che aprire gli occhi e gli orecchi, e un libro è fatto.

E poi sono passata da Santa Croce e qui ti vengono gli incubi che non fanno dormire. L'acqua, qui, arrivò fino ai secondi piani e stagnò così a lungo che fino ai secondi piani è rimasta una lacca rossa (sembra sia il Kerosene che era mischiato all'acqua) e non va via. Capisci? Sembra sangue. E quel bagno di sangue ti insegue anche quando vuoi dimenticarlo. Diventa un'ossessione. Sono un'ossessione anche gli arbusti che son rimasti attaccati ai lampioni, alle persiane. Sul tetto di una casina c'è, ritto, un angelo di legno dorato. Nessuno sa a chi appartiene, chissà da dove venne, con la corrente, e loro lo lasciano lì, sul tetto: «Almeno l'è estetico».

Domani vedo Ragghianti. Mi turba quel miserabile assegno da cento dollari che ho da consegnargli. Mi vergogno. Sa di elemosina, è volgare, e questa gente non è volgare, non accetta elemosine. O molto o nulla. E direttamente qui, dei 250.000 dollari di non so quale città americana sono arrivati a Firenze solo 150.000 dollari. Degli stivali e i giubbotti inviati dalla Svezia, nemmeno uno: li hanno consegnati tutti all'esercito!!! Si vedevano i soldati coi giubbotti svedesi e la gente nulla. Bargellini, il sindaco, ha avuto un infarto cardiaco per la rabbia e il dispiacere. È a letto e qui manda patetici comunicati che vengono attaccati sui muri: «Miei cari cittadini, non state in pensiero. Sto bene. Sono stato male ma ora sto bene. Lavate, lavorate, ripulite. Saluti dal vostro sindaco». Perbacco: la civiltà non si inventa in cent'anni. E quando dura da tanto, come qui, ed è così ben radicata, andrebbe ricompensata con più di cento dollari: ti pare? Vedi di parlare con un po' di gente e di scavalcare gli organismi ufficiali. Al diavolo le tasse. Qui siamo già tassati extra del 15%.

Ciao, spero che tu abbia avuto il poncho. Mettimi da parte quello che non hai scelto. In un posto dove non me lo rubino.

Oriana

11.
Una piccola idea di una grande tragedia

Oriana promuove diverse iniziative per raccogliere fondi destinati alla ricostruzione di Firenze e coinvolge anche la sua grande amica Shirley MacLaine a cui manda un volume con le foto della tragedia.

Firenze, 1° gennaio 1967

Cara Shirley,

questo è uno dei libri fotografici sull'alluvione di Firenze. Non il migliore, ma l'unico disponibile in questi giorni. Dà una piccola idea di una grande tragedia. Ho scritto le didascalie in inglese sotto ogni foto.

Ricostruire Firenze non è sempre una questione di soldi. In molti casi è una questione di tempo e di persone. Per esempio, non ci sono abbastanza bravi specialisti nel restauro di quadri al mondo; e abbiamo 870 dipinti talmente danneggiati che probabilmente non saranno mai recuperati.

Tuttavia, è anche una questione di soldi, e abbiamo pure bisogno di denaro e non ci vergogniamo di chiederlo, perché non ci si può permettere il lusso di vergognarsi quando la Bellezza e la Cultura possono essere in qualche modo salvate. Se vuoi mandare del denaro, manda molto denaro. Ti prego di inviarlo direttamente a Firenze, non a Roma, dove c'è sempre qualche ladro pronto a rubarlo. Se desideri salvare i dipinti, mandalo al:
1) COMITATO PER IL RESTAURO DELLE OPERE D'ARTE
PALAZZO STROZZI, FIRENZE.

Se desideri salvare i libri e i manoscritti della Biblioteca, per favore, mandalo al:
2) COMITATO PER LA BIBLIOTECA NAZIONALE DI FIRENZE.

Se desideri aiutare i poveri senzatetto, mandalo a:
3) PIERO BARGELLINI, SINDACO DI FIRENZE.

È difficile fare una scelta. Io ho scelto la Biblioteca.

Oriana

12.
Firenze spezzava il cuore

Nella sua corrispondenza con l'amica Jane Dreyfus Oriana si diverte a ricamare di aneddoti divertenti ogni sua lettera.

New York, 8 gennaio 1967

Cara Jane,

non credo nemmeno per un attimo che Pete non sia andato a caccia in Spagna con quei due fascisti perché sono fascisti. Non ci è andato semplicemente perché non aveva tempo, punto. Se avesse avuto tempo, sarebbe andato a pranzo ogni giorno con il generalissimo Franco, punto.

E sì, è una gran brutta cosa pranzare con Juan Carlos e Sofia. Li conosco entrambi, quegli idioti, li intervistai ad Atene prima del loro stupido matrimonio, e sono dello stesso stampo di Franco. Non a caso diventeranno il re e la regina di Spagna alla morte dell'Assassino. Sono i suoi protetti. Fin da bambino, Juan Carlos è vissuto all'ombra di Franco, è un ubbidiente robot di Franco. Inoltre, è completamente stupido. Basta guardare la sua faccia, la sua bocca, i suoi occhi, e prima ancora che parli ti rendi conto di quanto sia stupido. Per giunta, porta sfortuna: come tutta la sua famiglia.

La famiglia, di cui non menziono il cognome perché come minimo il tetto mi cadrà sulla testa, se non l'intero edificio, è famosa da secoli per la sua sfortuna. Il giorno delle nozze della nonna di Juan Carlos, celebrate a Napoli, in Italia,[1] un anarchico lanciò una bomba contro la carrozza della coppia reale. La bomba raggiunse la carrozza ma non uccise la nonna, e nemmeno il nonno, che restarono illesi come se fossero stati in un rifugio. Ma nell'occasione

26 persone morirono. Mai nella storia dell'umanità 26 persone erano state uccise da un'unica piccola bomba. Punto.

Durante il matrimonio di Juan Carlos e Sofia (ero presente, venne celebrato ad Atene) si verificarono i seguenti fatti. Uno: quando la nonna comunicò il suo arrivo, Juan Carlos si trovava nel Palazzo Reale. Scese le scale sventolando il telegramma e dicendo «la nonna sta arrivando», e mentre lo diceva ruzzolò giù dalle scale e si ruppe il braccio destro, il braccio dovette essere ingessato, e andò al matrimonio con il braccio ingessato, e passò tutto il primo mese di matrimonio con un braccio ingessato. Ingessato, tra l'altro, nella posizione più scomoda possibile.

Due: quando la nonna arrivò all'aeroporto e scese dall'aereo, il primo dignitario della Corte greca si fece subito avanti per inchinarsi di fronte a lei. Disse: «Vostra Maestà, posso...». E cadde a terra, morto. Attacco di cuore. Tre: quando due sere dopo, alla vigilia delle nozze, si tenne il Gran Ballo, la dama di compagnia della ex regina d'Italia avanzò verso la nonna per inchinarsi, come il suddetto dignitario, e disse: «Vostra Maestà, posso...». E non si rialzò più. Cadde, morta. Attacco di cuore. Quattro: mentre il corteo reale passava lungo il viale Venizelou e la carrozza con Juan Carlos e Sofia avanzava con i suoi quattro cavalli bianchi, la voce dello speaker disse: «Segue la ex Regina di Spagna, la nonna del futuro re...». Immediatamente, i quattro cavalli bianchi impazzirono e presero a saltare e correre in giro, mentre Sofia strillava, il braccio di Juan Carlos si rompeva in un altro punto e la folla scappava. Un uomo perse la vita. Cinque: quando il corteo giunse alla fine del viale Venizelou, un nobile funzionario della ex Corte reale spagnola si fece avanti per inchinarsi davanti alla carrozza della nonna e cadde morto. Di nuovo, un attacco di cuore. Sei: quando la nonna entrò nella chiesa, accanto a lei c'era una dama di corte che sorrideva. La nonna si girò verso di lei e disse: «Non sorridere e cammina con la testa alta». La dama di corte rispose: «Sì, Vostra Maestà», e cadde morta in mezzo alla chiesa. Punto. Sette.

Oh, sette! Non volevo andare al ricevimento dopo le nozze, non volevo. Ma dovevo andarci. Perché dovevo scrivere. La festa si teneva all'hotel Grande Bretagne. Mi misi tutti i miei gioielli e ci andai. Una collana di smeraldi, un braccialetto di smeraldi, orecchini di smeraldi. (Non quelli che ho adesso.) Me li misi e ci andai. Cercando di evitare lo sguardo della nonna. Ma la nonna puntò gli occhi su di me. Lo fece. Per un secondo, ma lo fece. Oh, oh. Da quel momento, mi rassegnai. Voglio dire, sapevo che sarebbe successo. E nessuno poteva farci niente, nessuno al mondo. Il giorno dopo mi rubarono i gioielli. Non ne ho più saputo niente. Ho ancora i ritagli di giornale che parlano del furto. Punto.

Quanto a Sofia: è semplicemente la figlia di quella regina di Grecia che Pete ama tanto e che stava nella Gioventù hitleriana e fece rinchiudere in carcere 50.000 cittadini greci socialisti (sono ancora dentro), amen.

Sì, Michael Caine è un gran bel tipo. Spiritoso, intelligente, pazzo. Ci sarà occasione per te di conoscerlo. Non è bello come Alain Delon, ma è piuttosto attraente e più virile. Leggi l'articolo che scriverò per la rivista «Look». Hai visto il mio ultimo articolo sull'ultimo numero della rivista «Look», quello su Playboy? È divertente.

Sì, Firenze spezzava il cuore. Nessuno se lo può immaginare se non vede con i propri occhi, il mio prossimo libro sarà su questo: un argomento del tutto diverso dalla Luna e gli astronauti. Ottocentocinquantasei dipinti probabilmente perduti per sempre. Il punto non è nemmeno il denaro, è avere un numero sufficiente di restauratori. I migliori al mondo, per quel tipo di lavoro, sono a Firenze. Ce ne sono cinque. Neppure se vivessero dieci vite riuscirebbero a gestire tutto quel lavoro. America, Russia, Austria, Francia ecc. hanno offerto i loro restauratori, ma chissà se sono abbastanza bravi? Per i tre milioni di libri che si sono trasformati in fango nella Biblioteca Nazionale, invece, è tutta una questione di soldi. Sto cercando di raccogliere fondi anche qui (ho dato tutti i proventi di tutti miei libri dell'anno scorso e del prossimo al Comitato) e adesso farò delle apparizioni televisive e cose del genere. Ho anche chiesto l'aiuto di Ray Bradbury. Non potremmo fare qualcosa anche a Houston? Gli adulti di solito sono dei figli di puttana, ma i bambini sono grandiosi. Voglio lavorare con i bambini. Supponiamo che ogni bambino porti un dollaro, che cos'è un dollaro: si potrebbe mettere insieme una grossa somma. Se hai qualche idea, fammi sapere. Ciao, ti chiamerò per chiedere a Pete di contattare il suo caro torero Antonio Ordóñez. Continua a mandare telegrammi per domandare quand'è il prossimo lancio, quando potrà vedere Pete, è un tale seccatore.

Oriana

P.S. Non ho mai ricevuto la foto a colori della Terra con il dito di Dio. Diglielo.

Vi scrivo dalla foresta cambogiana

13.
Questa è la mia vita

La guerra del Vietnam segna la trasformazione della Fallaci in reporter di guerra. Il primo viaggio è del novembre 1967, ne seguiranno molti altri negli anni successivi. Risale al novembre del 1967 anche l'incontro con François Pelou, allora direttore della sede della Agence France-Presse di Saigon, suo compagno fino al 1973.

Martedì 30 gennaio 1968, sull'aereo

Cara mamma,

ho provato a richiamare (in teleselezione) dall'aeroporto ma non ci sono riuscita e mi sono arrabbiata inutilmente. Speriamo che questo vergognoso sciopero sia finito quando sono a New York e che possa chiamare subito di là. L'aereo parte dalla Malpensa, menomale. Ti scrivo mentre sta decollando. C'è abbastanza sole. Stai tranquilla, mi dispiace sempre, lo sai, vederti rattristata quando parto. Sarebbe tanto più facile per me se tu capissi che questa è la mia vita e non potrei vivere altrimenti, o sempre nel medesimo posto. Impazzirei. Comunque tornerò presto. Se riesco a tornare in Vietnam, ripasso dall'Europa quando parto di lì. Se riesco ad andare in Cina, devo passare da Varsavia e quindi venire in Europa. Se non riesco ad andare né lì né là, tra due mesi sono nuovamente in Italia. Quindi, vedi... D'altra parte non posso nemmeno lasciar cadere del tutto l'America, altrimenti crolla tutto quello che faticosamente ho fatto fino a oggi. Non ti strapazzare. Non urlare. Non ti arrabbiare. Tanti saluti al babbo ed Elisabetta, un abbraccio a te.

Oriana

14.
Amavo York, teneramente

Sono molte le lettere a Jane Dreyfus e Pete Conrad in questo periodo di grandi viaggi per Oriana, dal Vietnam ai guerriglieri arabi in Israele, spesso prive di date e scritte sugli aerei, passate a qualche collega con la preghiera di spedirle dall'Italia.

Cara Jane,

visto che vuoi fare un libro con le mie lettere, eccone un'altra. Innanzi tutto per dire che la tua era deliziosa, mi ha fatto ridere. Secondo, per dirti che il cappello giallo con la fascia rossa è per te e non per Pete. Infatti è un cappello da uomo e l'ho acquistato per sette dollari e quindici cent all'unico scopo di essere polemica con mio fratello, che, naturalmente, non ha compreso la mia ironia. Questi matematici capiscono soltanto i numeri. E, avido com'è di qualsiasi cappello, cappelli da uomo, cappelli da donna, cappelli da bambino, non si è nemmeno domandato se fosse dignitoso per lui indossarlo. Un giorno voglio fare un esperimento e mandargli una cuffia da bebè: di colore rosa, magari, con teneri nastrini azzurri. Mi taglio la gola se non la indossa. Hai mai provato a farlo psicoanalizzare per questa faccenda dei cappelli?

Ad ogni modo, il vecchio figlio di p… non mi ha neppure detto grazie. Come potevi immaginare. Non mi ha nemmeno ringraziato per la stampa dei cappelli, che è una stampa antica e preziosa, ma lui è troppo barbaro per capirlo. Tu sei l'unica persona educata in quella famiglia del 102 di Whispering Oak Drive. Per favore, prenditi il cappello giallo e tienitelo. Posso anche comprartene un altro, tutto rosso, se vuoi: il negozio è proprio di fronte a casa mia e posso vederlo dalle mie finestre. Come il negozio di stampe antiche. (Adesso capisci perché non riesco a resistere alla tentazione di acquistare quelle cose quando esco.)

Perciò, siccome sei molto più educata di tuo marito, nonché più cortese e civile, vuoi trovare un degno regalo per me. E a quanto pare mi stai per offrire un bambino in carne e ossa. Be'... prima di mandarmelo, discutiamone un po'. Sono alquanto spaventata dalla tua generosità. Aiuto!

Circa tre anni fa, tutto ciò che desideravo dalla vita era uno Yorkshire terrier. Sai, quei cagnolini tutti pelosi, che possono stare dentro a una borsetta. Lo presi. Uno Yorkshire di un chilo e due etti scarsi, pieno di medaglie e nobiltà. Di fatto, era un marchese figlio di una duchessa. Il che mi impressionò molto, perché sputo sempre sui marchesi e le duchesse con due gambe, ma mi inchino sempre di fronte ai marchesi e alle duchesse a quattro zampe. Il suo nome era (è) York. Il sergente York, come sai, nel film con Gary Cooper, era un obiettore di coscienza. Un ribelle.

Amavo York, teneramente. Viaggiavo in tutto il mondo con lui, in treno, in aereo. Andavo con lui a teatro, e anche nei nightclub. Diventai famosa per questo: anche se la gente diceva che lo facevo per essere diversa e snob. Non era vero: lo facevo per amore. C'è tutta una letteratura su York: quando pubblicavo un libro, scrivevano di York, non di me. E per un paio di mesi pubblicai una rubrica a firma «York». Sai, il mondo visto da un cane. Era deliziosa, ma dovetti interromperla perché querelarono York, cioè me. Da questo potrai comprendere che ero schiava di York e non viceversa.

Poi venni negli Usa e lo lasciai a mia madre. Non potevo portarmelo dietro. Be', ci furono molte lacrime all'aeroporto. Ci baciammo, piangemmo, ci facemmo promesse. Ma non appena l'aereo decollò, mi sentii così libera, così leggera. E tutte le settimane successive furono così libere, così leggere, che non fu difficile mettere fine alla commedia e rendermi conto che l'ultima cosa per cui ero fatta era vivere con qualcuno: uomo, bambino, cane. Pure lui si rese conto della stessa cosa. Dopo alcuni giorni di disperazione (ebbe perfino un attacco di cuore a causa del dolore per la mia partenza), si innamorò di nuovo: di mia madre. Lei fu una traditrice, poiché non fece nulla per scoraggiarlo: gli diede dei fegatini di pollo, ben sapendo che il più delle volte io mi scordavo di dargli da mangiare; lei gli comprò un lettino, lei... Oh, lei era così affascinante. Lo conquistò quasi subito, e per sempre. Vivono ancora insieme. Dormono perfino nello stesso letto. Quei due.

Mi chiedo che cosa accadrebbe se tu mi spedissi un bambino in carne e ossa: anche se sono abbastanza cresciuta da avere una certa saggezza. Te lo dico io che cosa accadrebbe. Mia madre ruberebbe anche lui: con mio gran sollievo. E mi renderei conto con vergogna che il mio desiderio di maternità è alquanto teorico. Per favore, mandami qualcos'altro. Una pelliccia di leopardo, per esempio. Mi piace il leopardo. O un diadema di diamanti. Adoro anche i diamanti e i diademi. O, meglio ancora, non regalarmi niente se non la tua amicizia e quella degli altri amici. È molto importante per me. In America, grazie a loro, ho trovato qualcosa che ho non ho mai trovato in Europa o in giro per il mondo. Mi piace quel vostro mondo di Houston.

E spero di venire presto con un buon pretesto professionale per avere il biglietto pagato: un'intervista con Glenn.[2] Me l'hanno chiesta dall'Italia e dalla Germania. Perché non ci lavori o domandi a qualcuno, incluso mio fratello, di organizzarla? Pare che questo Glenn sia un tipo difficile. L'ho incontrato solo una volta per un'intervista, due o tre anni fa, ed era solenne come un Papa. Prima mi fai ottenere questa intervista, prima potrò venire. Con Shirley [McLaine], se è negli Usa. Ma sta andando in Italia, dove si fermerà un po' di tempo. Ho detto a Shirley che Jim (Lovell)[3] è interessato a lei, anche se Marilyn non è interessata al suo interesse per lei, e Shirley (dillo a Jim) è ansiosa di vederlo.

Shirley è stata a New York per una settimana. Di punto in bianco, una notte, ha scoperto che lontano da me si annoiava, così ha lasciato la sua lussuosa residenza piena di domestici, cancelli elettronici, maggiordomi, camerieri, piscine con cascatelle e acqua calda, ed è sbarcata in questo appartamentino con dieci valigie. No comment. Dio solo sa quello che è successo a New York in quei giorni. La polizia era costantemente sotto pressione. A complicare le cose, ci siamo interessate (temporaneamente) allo stesso uomo. Il poveretto era indeciso tra la tentazione dell'intelligenza e la bellezza, il mio passato esotico e il suo fascino hollywoodiano, il mio commovente metro e venti di statura e i suoi esaltanti due metri e passa. Per una settimana, abbiamo continuato a bere e renderci attraenti fino alle cinque di mattina, e poi entrambe lo abbiamo perso con la sua indecisione: restando vergini. Dopodiché abbiamo chiamato un regista in Italia, il suo nome è De Sica, forse ne avrai sentito parlare, e nel corso di una telefonata di quattro ore abbiamo preso accordi per un film che segnerà la fine dell'industria cinematografica. Caspita! Ti chiederai che genere di guai abbia combinato ultimamente con Shirley!

Ciao. Certamente verrò lì anche per l'edizione inglese del mio libro: con la speranza che tutti voi mi aiuterete a venderlo. Ma mi domando se sarò ancora amata quanto sembra che io sia amata adesso, quando tutti potranno leggere in inglese quello che ho scritto. Voglio dire: alcuni saranno contenti, ma altri... Farò meglio a comprare una pistola per difendermi. Sai leggere il tedesco? Se sì, di recente ho ricevuto l'edizione tedesca (sta andando molto bene in Germania) e capirai che cosa intendo. Ad ogni modo, ci aspettano feste e cocktail prima che lo leggano, giusto?

Grazie per gli auguri per i miei polmoni, che sono il solito disastro, ma mi dimentico di loro quando per un po' vanno bene. Adesso è un po' che vanno bene: è l'inverno, il freddo, a uccidermi. (Ma mi sono presa una belliiiiiissima giacca di visone.) Salutami tutti con affetto, adulti e bambini, uomini e donne. Non salutarmi quel villano di mio fratello, che non trova nemmeno il tempo di scrivermi una cartolina, e digli che lo chiamerò per elencargli tutto il mio vocabolario di parolacce. Goditi la primavera. Oh, io ADORO la primavera. È così calda.

Non conservare questa lettera. Non è bella. L'ho scritta di fretta e solo per divertirti. E poi non diventerò mai Hemingway, grazie a Dio, né durante la mia vita né dopo. Perciò non sarà mai così preziosa da poterla vendere.

Amen.

Oriana

P.S. Ho visto anche Alain (Delon). E gli ho dato la tua foto e il numero di telefono. Era molto felice. Ok?

15.
I tori erano grossi e belli, coraggiosi

Lima, Perù – Lunedì

Be', Pete…

i pantaloni sono a Madrid, come ho detto. L'abito verrà rifatto per accontentare la Santa Vergine e i Santi.

Ma lui[4] sta facendo qualcosa di più toccante che mandarti un paio di calzoni. Sta imparando l'inglese. Ogni giorno, con un professore. «Così la prossima volta gli parlerò.» E dal momento che i suoi schiavi della *cuadrilla* fanno tutto quello che fa (e ordina) lui, anche loro imparano l'inglese. Ogni giorno c'è «la lezione» e una stanza del suo appartamento è «solo per la lezione». Credimi, è un vero spettacolo vedere tutti questi uomini adulti sillabare insieme «I am – you are – he is…». Il bello è che ha organizzato la stessa cosa in Ecuador, in Colombia, in Venezuela… Scrivigli una cartolina, per favore. Resterà a Lima fino alla fine del mese. La prima corrida è stata eccezionale. La plaza di Lima è molto vecchia, splendida. I tori erano grossi e belli, coraggiosi. Antonio era vestito di verde e oro, ed era in gran forma. Ma non l'avevo mai visto così nervoso. L'intera plaza lo applaudiva in piedi all'impazzata e lui non rispondeva nemmeno, freddo come una statua. Il fatto è che l'ultima volta che era stato a Lima era rimasto ferito quasi a morte: un'incornata nello stomaco. E aveva dovuto ritirarsi per quasi due anni. I tori qui sono veri tori, e mentre ammazzava il secondo si è quasi rotto un dito. Questa mattina siamo dovuti andare in ospedale, dove gliel'hanno steccato, e ha difficoltà a muovere la mano.

Ciao. Mi chiede di salutare con affetto te e Jane. Okay. Fatto.

Oriana

16.
Venire in India d'estate è una follia

Oriana deve avere scritto questa lettera in occasione dei servizi fatti per «l'Europeo» sulle religioni in India, poco prima del tragico viaggio a Città del Messico dove verrà ferita il 2 ottobre 1968.

Nuova Delhi, martedì 29

Cara mamma,

ti scrivo attraverso il corriere diplomatico della ambasciata che parte stamani per Roma. Sono preoccupata dalla mancanza di notizie malgrado i due telegrammi che ho fatto a Casole. Forse oggi ci sarà una risposta ma parto fra poche ore per il nord, nel Cascemir, e tornerò domani. Ho provato a telefonare: impossibile. Il circuito è aperto solo per tre ore e neanche in quelle tre ore funziona (salvo miracoli) con l'Italia. Mi chiedo se il dolore ti sia passato, se tu riesca a dormire, se il cuore ti faccia scherzi. E sono veramente nervosa per questo.

Io sono distrutta dalla stanchezza. Non hai idea di cosa siano stati questi giorni: SENZA SONNO. Fin dal primo momento ho dovuto buttarmi a lavorare e non mi sono riposata un giorno solo. Per seguire questo «santo» mascalzone[5] sono sempre andata a letto alle due, mi sono svegliata anche alle quattro del mattino (pensa!) e non ho fatto che viaggiare in regioni lontanissime: in macchina o in aereo. Se pensi a quanto è grande l'India, più grande dell'America, e in quale stato primordiale vivono... E poi il caldo, un caldo che non avevo mai dico mai trovato in nessun Paese in tutta la mia vita. Cinquanta gradi all'ombra, te ne rendi conto? Metti un uovo sul marciapiede e in mezzo secondo è sodo. Io, che amo il caldo, non lo sopporto. Ci sono momenti in cui mi sembra di impazzire. Ci sarebbe una piscina nell'albergo (che è buonissimo) ma a parte il fatto che ho dimenticato il costume da bagno, non ci sono mai. E così... È un tour de force che non immaginavo e che ha finito per stroncarmi: venire in India d'estate è una follia.

Tuttavia ho visto cose di un tale interesse, così sbalorditive e affascinanti, che nella sostanza accetto anche questa follia. L'India è davvero l'ultimo Paese al mondo dove il mondo moderno non è arrivato e starci è come tuffarsi in secoli e secoli addietro. Vorrei saper fare le fotografie per mostrarti qualcosa al ritorno. Sono stata ad esempio nella città «santa» di Benares: qualcosa da togliere il fiato. Gli ignoranti ci vedono solo la sporcizia, la lebbra, l'orrore: per me è come essere un bambino dentro una favola. Fachiri, mangiatori di fuoco, nani, giganti, roghi di morti, folla che prega tuffata nel Gange, templi incredibili che affondano nell'acqua, in sbieco come la torre di Pisa... E quella folla colorita, nera, vestita di giallo di rosso di verde, le donne con il sari e l'anello al naso, il viso dipinto di disegni dorati, i santoni: qualcosa da togliere il fiato perfino a me che di mondo ne ho visto abbastanza. A volte vorrei che tu fossi con me, anzi che ci foste tutti: vero è che alla prima boccata di questo caldo a te verrebbe un colpo, e dopo una notte tra i topi e gli scarafaggi (a Benares ne avevo la camera piena come se fossero mosche ma alla fine mi ci ero abituata) dopo una notte lì chiunque di voi scapperebbe urlando di orrore. Io invece... che vuoi: sono fatta così. Certe cose in fondo mi piacciono, questa vita mi diverte. L'unica cosa che non butto giù, insieme al caldo, è il cibo. A me i cibi esotici piacciono sempre ma quello indiano... Proprio non ce la faccio. È atroce, schifoso. Spesso salto il pasto o mi nutro di banane. Pensa allo yogurth col pomodoro, il pepe, il pesce... tutto mischiato. È pazzesco. A Benares, dove mi svegliavo al suono del flauto di un incantatore di serpenti (proprio come nei racconti di Salgari, un serpente che usciva dalla cesta e si dondolava con la musica) ho digiunato tutto il tempo!

Ora ho liquidato una parte del lavoro, ma la più difficile mi aspetta: devo andare nelle città sante a cercare quelli che fanno i miracoli. È una parola! Oltretutto come fai a comunicarci? Mica sempre parlano inglese! Parlano hindu!

Resterò in India altri quindici giorni. Poi Bangkok e poi Vietnam (dove è tutto calmo ma è incominciata la stagione delle grandi piogge. Sembra che acquazzoni apocalittici affoghino le città). Ti riscriverò ancora col corriere diplomatico, cioè la prossima settimana. Vedrò di fare in tempo a inviare anche il regalo per il compleanno di Elisabetta (che ho avuto il tempo di comprare!). È un vestitino indiano, coi pantaloni a calza di stoffa che vanno portati così, come sono, anche se ti sembreranno strani. Senza tagliarli o scucirli, un po' attorcigliati. Non so come lo spedirò ma lo spedirò: mettiglielo per il suo compleanno! È bellino! E poi fammi sapere. Ne ho comprato uno anche a Edoardino, più semplice. Per il babbo ricorda la camicia cinese di seta che ho messo nel tuo cassettone.

Spero che a Casole sia incominciato il buon tempo e che nel frattempo non siano accaduti altri disastri o malanni. Vorrei scriverti altre cose ma devo portare la lettera alla ambasciata (dove sono molto gentili e mi trattano davvero bene). Ti abbraccio forte e penso continuamente a te, alla tua salute. Tanti abbracci affettuosi anche al babbo e alle mie sorelle. Un complimentino a York che qui non se la caverebbe un minuto: i cagnolini come lui li spellano, li mettono nella salsa marinata, e poi li cuociono al forno con la testa e tutto. Pensa tu!!! Povero York! Se lo sapesse forse si comporterebbe meglio! Scrivimi: se fai un espresso fo in tempo a riceverlo. Il matrimonio della Giuliana com'è andato? Ho fatto le fotografie a un matrimonio quaggiù: la sposa era vestita di rosso e lo sposo era vestito d'oro.

Un bacione

Oriana

17.
La vecchia Rootbeer porta fortuna

Nel 1969 François Pelou lascia la direzione della sede dell'Agence France-Presse a Saigon e si trasferisce a Rio de Janeiro. Per restargli vicino Oriana cerca di occuparsi delle questioni sudamericane e organizza numerosi viaggi a Rio invitando anche gli amici Pete e Jane.

6 agosto 1969

Pietro,

mi spiace di non esserci quando tornerai da quel posto pidocchioso chiamato Messico. Sarò a Washington. Perché... Ricordi Bob Frishman, il pilota della Marina tenuto prigioniero che ho intervistato ad Hanoi lo scorso febbraio? Be', il mio articolo si è rivelato davvero utile: il ragazzo è stato liberato! Ieri ha lasciato Hanoi e sta tornando a casa!

Vedi, la vecchia Rootbeer[6] magari non va sulla Luna, ma fa tornare le persone a casa. La vecchia Rootbeer porta fortuna. Peccato che non ne porti altrettanta a sé stessa.

Dopodiché, torno in Italia a riposarmi, forse. Perciò vi vedrò entrambi in autunno. E di conseguenza ti rammento: 1) l'invito al mio amico François Pelou, direttore dell'Agenzia France-Presse, il cui indirizzo è:

François Pelou
Agence France-Presse
C.P. 2575
Rio de Janeiro, Brasile.

Per favore, non scordartene. Ci tengo molto, non ha altro modo per fuggire e venire a vedere il tuo lancio, e lo desidera ardentemente: ti adora. D'accordo? E, seconda cosa, la foto a mia madre, che si chiama Tosca Fallaci.

Una foto dove siete tutti vestiti da ballerina, okay?

Jim [Lovell] verrà a Firenze. Ho organizzato le cose nella speranza che possa vedere qualcosa della mia città e che gli piaccia. Cinque minuti fa ho saputo che farà parte dell'*Apollo 13*. L'ho chiamato sbalordita e gli ho offerto di nascondersi nella mia casa di campagna invece che tornare a Houston, per evitare quell'orrore. Se vuoi fare lo stesso, la mia casa è la tua casa. Puoi restare nascosto in cantina fino al 14 novembre, bevendo vino rosso e dormendo. Nessuno lo saprà e quel razzo partirà da solo: non sarebbe meraviglioso? Ma se non vuoi farlo, benché io non capisca, dopo la dannata Luna sarà il tuo turno di venire a Firenze e a Greve in Chianti: va bene? L'invito è ufficiale fin da ora: inclusi Emilio Pucci (per Jane) e le chiavi di Greve in Chianti, dove nacque il tuo collega navigatore Verrazzano. Sto rimettendo a posto una parte della mia casa di campagna per tutti voi, bambini compresi.

Marte era schifoso a Pasadena, California, e ne ho abbastanza dei tuoi pianeti senz'acqua e via dicendo, la Terra è così bella malgrado Nixon e Hanoi e il Vietnam e Alan Shepard & Co. E c'era anche quella mela marcia di Jules Bergman,[7] di cui non mi fiderei neppure se mi dicesse che ora è. Sta proprio bene con Shepard & Co. Non mi piace. Se ne va in giro a raccontare a tutti che ha informazioni riservate e che tu sei il suo migliore amico fin dall'infanzia. Che stronzata! Quante stronzate ti girano attorno, e quante ce ne saranno ancora, povero Pietro!

Ciao. Un bacio a Jane e uno, più piccolo, a te. Stammi bene, e quando mi farai gli auguri di buon compleanno, ricordati che ho solo diciotto anni. D'accordo?

Rootbeer

18.
Un favoloso Pucci che probabilmente non ti andrà bene

Cara Jane,

ho tra le mani un favoloso Pucci che probabilmente non ti andrà bene: è una taglia 12. Ma, ripeto, è così favolosamente bello, che l'ho preso nella vaga speranza che fosse della misura giusta, a parte quello di jersey che volevi. Questo è di velluto: lo speciale velluto stampato fiorentino che Emilio creò anni fa. Ha tutti i colori che mi piacerebbe vederti indosso, giallo e rosso e verde e marrone, colori intensi, e ha le maniche lunghe. Se non ti va bene, piangeremo insieme e lo riporterò indietro quando torno a Firenze. Ma perché nel frattempo non perdi peso, come fanno quelle signore a Houston prima dei voli dei loro mariti e a beneficio della tv? Non sarà per la tv, sarà per questo abito incredibile. (Questo modello non può essere riprodotto in un'altra taglia, è esclusivo, e ovviamente non esiste in un'altra misura: altrimenti l'avrei preso per me. Inoltre, ha un prezzo molto basso: non so perché. Suppongo perché non può essere copiato ecc.)

L'altro vestito, quello di jersey, non è ancora nelle mie mani; lo porterà a New York Emilio Pucci in persona a ottobre. Infatti, non ho trovato un colore per te, e non potevo ordinarlo immediatamente perché il Marchese è in vacanza sul suo yacht e il jersey non può essere prelevato dalle stanze in cui il Marchese, che il diavolo se lo porti, lo ha messo sottochiave prima di partire. Ma la *vendeuse* è molto eccitata all'idea che tu sarai l'unica houstoniana a indossare un abito di Pucci e ho la vaga sensazione che per una volta in vita sua il Marchese non sarà tanto tirchio e sarà lietissimo di dartelo come un segno fiorentino di buona fortuna. In tal caso, non ti preoccupare: nessuno lo saprà.

E questo è tutto per quanto riguarda lo shopping. Jim Lovell e la sua famiglia, come sai, sono stati qui, e ho fatto del mio meglio perché apprezzassero la mia terra: intendo dire la Toscana. Di gran fretta, ho mostrato loro Firenze e Siena e il mio paese, sono andati a Pisa e hanno bevuto parecchio Chianti, e tutti sono stati gentili con loro. La prossima volta dovrà toccare a voi. Siete fin d'ora invitati e l'anno prossimo la mia casa di campagna sarà libera dagli operai che stanno sistemando il retro, e tutta quella parte (cinque-sei stanze) sarà a vostra disposizione con un ingresso indipendente. Si trova a soli quarantacinque minuti da Firenze e questo significa un bel po' di soldi risparmiati per l'albergo. E, con voi, mi divertirò a visitare gli Uffizi e le altre bellezze, perché so che capite tutto questo e sapete di che si tratta. Inoltre, il sindaco del mio comune vuole offrire a Pete le chiavi della cittadina e penso che questo sarà molto divertente e piacevole, perché il mio paese è il luogo in cui nacque Giovanni da Verrazzano: un celebre pirata e navigatore, cioè un vero collega di Pete.

La foto di Pete non mi è mai arrivata, non l'ha mai spedita: dannato bastardo! Diglielo. Non perde mai un'occasione per farsi insultare da quelli che gli vogliono bene. Comunque lo perdono, perché sono molto buona, e se ne ha abbastanza della dannata Luna e vuole nascondersi da qualche parte affinché non lo trovino quando sarà il momento di partire, gli offro la stessa soluzione che ho offerto a Jim, il quale l'ha gradita moltissimo. Può prendere il suo aereo e fuggire qui. C'è un piccolo aeroporto nei pressi di Firenze dove può atterrare di notte. E io sarò lì ad aspettarlo con una macchina e lo accompagnerò alla casa di campagna e lo rinchiuderò nella cantina del vino dove nessuno lo troverà, neppure tutta l'Fbi messa insieme.

Ciao, sarò a New York a settembre per qualche giorno. Ti contatterò. Stammi bene.

Con affetto

Oriana

NOTA PER LUI

Pietro, l'ultima pagina di questa lettera è anche per te. Tu... Punto.
Pietro, chiedi a Jim della cantina per nascondersi. Non sottovalutarla. Dammi retta.
Grazie per la foto.
Quando penso che i messicani a te non hanno sparato.
Senza affetto,

Rootbeer

P.S. Chiamami a settembre tra una corsa e l'altra... Ho delle cose da dirti che ti faranno impazzire dalle risate.

19.
In Francia si dice: merde alors!

Firenze, 20 novembre 1969

Cara Jane,

in Francia si dice: merde alors! Perciò, merde alors! Non ti volevo rattristare, merde alors, non volevo farti quasi piangere, merde alors, volevo solo farti capire quanto fossi frustrata. E lo ero davvero. Ma, come al solito, salta fuori che la colpa è di quelli della Nasa. Howard Gibbons mi ha detto di averti lasciato il mio messaggio. Il che, evidentemente, non era vero. Ma giusto per evitare queste complicazioni, scrivimi il tuo numero di telefono, così quando tornerò a New York ti contatterò senza doverlo chiedere ad altri. (Naturalmente, avrei potuto utilizzare di nuovo quell'assurdo metodo di chiamare gli Allen e dir loro di chiamarmi. Ma non volevo chiamarli per più di un motivo. Uno era che mi avevano invitato e io non ero andata perché non potevo. L'altro, che Dick Allen mi ha chiamato comunista perché ho raccontato del massacro di My Lai, mi ha dato della bugiarda, e invece Dio sa se avevo ragione, visto che adesso quei bravi ragazzi sono di fronte alla Corte Marziale e le foto testimoniano che genere di massacro ebbe luogo. Quindi, per farla breve, ho preferito seguire la via più complicata per contattarti, poiché quel gentiluomo-con-la-puzza-sotto-il-naso-di-mio-fratello ha reso il suo stupido recapito telefonico segreto quanto quello di Greta Garbo. Merde alors!)

Così, potreste essere in Italia a febbraio. Dio sa se io ci sarò in quel periodo. Sto ancora cercando di farmi mandare in Medio Oriente con gli arabi, e se non dovessi riuscirci in breve tempo, potrei essere da qualche altra parte. Inoltre, nemmeno tu sei sicura, e perciò non vale la pena che io cambi o modifichi il mio programma a seconda delle nostre incertezze. Ma se davvero progettate di venire in Europa a giugno, sarebbe perfetto. Considerando anche che a quell'epoca l'ala della mia casa di campagna che sto ristrutturando per gli ospiti sarà completata e quindi avrete un posto dove stare senza venire disturbati dalla stampa. Non ho ancora contattato Emilio Pucci perché si trovava a Roma al Parlamento e io ero a Milano per promuovere in tv il mio libro sul Vietnam. Ma lo farò dopodomani e poi parleremo della questione quando tornerò a New York, a metà gennaio. (Per favore, mandami il tuo numero al mio indirizzo di New York. Qui è inutile, e c'è una serie di scioperi delle poste che ritarda di anni la consegna della posta.)

Informa il signor Puzza sotto il Naso che stamattina sono andata dal miglior pellettiere di Firenze e gli ho portato le trascrizioni del loro pazzo viaggio sulla Luna (non hai mai ascoltato quei nastri?) affinché le raccolga in splendidi volumi in pelle. Tre copie, una per lui, una per Dick, una per Alan, perché la democrazia dice che siamo tutti uguali, anche se sappiamo bene che non è affatto vero e che la cosa migliore del mondo è essere diversi. Il povero artigiano si è spaventato, ha detto che sarà un lavoro d'inferno, ma userà la sua creatività fiorentina e lo farà, dannazione, altrimenti lo farò a pezzi. Perciò i libri saranno pronti a febbraio, quando il problema di spedirli sarà diventato insostenibile, ma li avrete: stanne certa.

Per quanto riguarda il medaglione, ammesso che Pete l'abbia davvero portato con sé sulla Luna, visto che non mi fido di lui: tienilo, non spedirmelo. È molto prezioso per me, perché anche se Pete non l'ha mai portato sulla Luna, mi piace credere che l'abbia portato sulla Luna e non voglio perderlo. Me lo restituirete quando ci vedremo, e poi lui dovrà darmi quelle pietre lunari che mi ha promesso, e che non mi darà mai, perché anche a questo proposito non mi fido di lui.

Quanto a quel giro di banchetti, oh, povera, povera Jane, non vorrei essere al tuo posto. Buona fortuna. Quando verrai a Firenze e, spero, nella mia amata Venezia, vedrai che ci sono altri modi di godersi la cosiddetta celebrità. E a proposito di quel viaggio-tra-di-noi-senza-banchetti, digli che la sua Beretta è già stata ordinata. Non aspetta che lui, a condizione che la usi solo contro dei vecchi barattoli vuoti.

E non dispiacerti troppo quando scrivo in tono duro, sono dura, non è colpa mia, sono fatta così, e non posso cambiare adesso, alla tenera età di cinquantasette anni, come dice lui. Ma c'è tanta dolcezza in me, anche se non la dimostro perché ho imparato a non farlo, altrimenti vengo divorata. Lo sai che vi voglio bene, che non me ne frega niente delle vostre celebrità lunari o terrestri, così come non me ne frega niente della mia, e quindi tutto ciò che dico va preso con le molle quando sono arrabbiata o ferita.

Grazie per avermi scritto, passa anche tu una bella vacanza. La mia sembra essere complicata come al solito, perché sono sempre lacerata dal desiderio di trovarmi in troppi posti differenti, dove c'è mia madre, dove c'è il mio uomo, dove ci sono i miei fratelli, ma sono abbastanza contenta perché il mio libro sul Vietnam sta ottenendo un fantastico, toccante successo: quattro edizioni in un mese! A Dick Allen forse non piacerà, ma è così... Salutami con affetto Peter, Thomas, Christopher, Andy, e un grosso bacio a te e a lui. (Tornerà mai sulla Terra...?!?! Non ha nemmeno messo la firma sulla tua lettera, quel b...)

Ciao, ciao.

Oriana

Mia madre dice: Buon Natale!

20.
Questa volta sei tu che parti

La relazione con François Pelou continua fino al 1973 quando, dopo una lite, Oriana decide di spedire alla moglie di Pelou tutte le lettere d'amore ricevute da lui per punirlo della sua incapacità di chiedere il divorzio e di formare una famiglia con lei. Sono rimaste nell'archivio privato di Oriana Fallaci solo le poesie che lei gli scriveva e questo bigliettino romantico privo di data.

Caro François,

questa volta sei tu che parti. Questo telefono è ormai inutile, così come è diventato inutile il secchiello che mi hai regalato per tenere in fresco lo champagne. E saranno inutili anche le mie mattine, perché non ci sarai tu. E i pomeriggi, perché non potrò sfiorarti. E le sere, perché non potrò aspettarti al parcheggio.

Conservo nella mia bocca un tuo chewingum, e lo assaporo come fosse un tuo bacio.

Lo custodirò insieme ai miei gioielli, per poterlo assaporare ancora: quando tu mi mancherai troppo. Giuro che mai più mangerò il grasso del prosciutto.

21.
Puntate al fronte

L'esperienza in Vietnam cambierà profondamente le scelte professionali di Oriana trasformandola in una corrispondente politica conosciuta in tutto il mondo. Agli inizi degli anni Settanta è con i guerriglieri arabi per raccontare il conflitto israelo-palestinese. Intervisterà Arafat e George Habbash, re Hussein di Giordania, continuerà a raccontare la conquista dello spazio degli astronauti americani per poi seguire l'invasione della Cambogia in presa diretta per «l'Europeo».

Phnom Penh, Cambogia, 28 maggio 1970

Cara mamma,

ti mando questa lettera per corriere diplomatico e dovresti riceverla prima del mio ritorno. È anche possibile, tuttavia, che io giunga in Italia agli inizi della prossima settimana, precedendola, perché non ne posso proprio più. Sono arrivata ai limiti della resistenza fisica. Francamente, non mi sono mai sentita così stanca, così distrutta. Forse sono state le puntate al fronte, due volte coi sudvietnamiti e una volta con gli americani, davvero massacranti: lo sbatacchiamento nei camion militari e nelle jeep, la tensione nervosa che sugli elicotteri e poi in certi posti è... inevitabile. Forse è solo una questione di salute. Fatto sta che non vedo l'ora di rientrare e dormire nel mio letto. Si aggiunge alla serie dei miei guai anche il particolare che quella stronza tailandese mi iniettò a Bangkok un vaccino davvero eccessivo di vaiolo che, per la prima volta, ha attaccato in modo turpe rovinandomi il braccio e dandomi la febbre. E che, quando mi trovavo in pattuglia coi sudvietnamiti in un acquitrino della Cambogia, la scorsa settimana, qualcosa mi punse un piede (accidenti a non aver mai trovato gli scarponi della mia misura) e il piede è gonfiato in modo assai strano, la gamba s'è indurita, e sento fastidio a camminare. La cavalla del ciolla. Quando mi vedrai arrivare, riderai. Sono anche insolitamente abbronzata perché negli ultimi giorni quando facevo quelle puntate al fronte ho preso tanto di quel sole da liquefarmi (non c'era modo di proteggersene e piombava sul capo come il sole di cento Caprera). Infine, porto con me, come un trofeo, la più bella tovaglia che tu avrai mai visto in tutta la tua vita: di lino ricamata a mano, in grandi rose rosse, ma ricamata in modo tale che non crederai ai tuoi occhi. È una tovaglia cinese, per dodici, l'ho trovata per caso a Saigon e costa molto cara ma ne vale la pena e non vedo l'ora di consegnartela, udire le tue esclamazioni.

Mi trovo in Cambogia, anzi a Phnom Penh: seconda tappa di questo viaggio. Sono arrivata ieri da Saigon dove non ho mai scritto perché volevo prima capire questa situazione e trovare le notizie. Quando le ho messe insieme, era ormai tempo di partire per Phnom Penh e così dovrò mettermi al lavoro in Italia, non appena arrivo. Questo è un servizio atroce, da ogni punto di vista, ed ho giurato a me stessa che non metterò mai più piede in tali Paesi. Alla fatica e alle varie difficoltà si aggiunge un clima intollerabile.

Calcola cinquanta gradi all'ombra, e un'umidità che ti bagna in pochi secondi. Non si respira, si boccheggia, e poi ci si sviene. Quanto alla città, è ormai una città morta. La guerra qui non è arrivata e probabilmente non arriverà: ma le cose che accadono a pochi chilometri fanno raggricciare la pelle. I sudvietnamiti, avanzando, bruciano tutto distruggono tutto violentano le ragazze. E i cambogiani dicono: questo, i vietcong non lo avevano fatto mai. I vietcong s'erano sempre comportati correttamente con noi. Povera gente. Sono tonti e non si sanno difendere. Poi, d'un tratto, si arrabbiano e massacrano gli innocenti: come fecero un mese fa coi vietnamiti abitanti in Cambogia. Sembra impossibile che gli uomini siano capaci di simile orrore.

Ti racconterò tutto al ritorno, cioè la prossima settimana. Una vaga possibilità esiste che debba tornare per due giorni a Saigon per intervistare di nuovo il generale Ky:[8] ma ne dubito. Quasi certamente rientrerò in Italia da qui, con un volo diretto, senza fermarmi nemmeno a Bangkok come avevo pensato di fare. Non ho nessuna voglia di restare un'ora più del necessario.

E con ciò ti abbraccio forte, sempre un po' in pensiero per te: non è certo una bella cosa trovarsi così tagliata fuori da ogni notizia. Mi auguro fortemente che tu stia bene, che stiate tutti bene. So che in Italia le cose vanno a singhiozzo ma, credi, quando si vede ciò che si vede qui, la morte e i massacri, bisogna decidere che abbiamo una enorme fortuna a vivere dove viviamo! Bisogna esser grati alla sorte di ciò che abbiamo, esserne contenti. Purtroppo ce ne dimentichiamo sempre. Io per prima.

Saluta caramente il babbo e tutti. Arrivederci a presto. Tua

Oriana

22.
Dopo aver letto non sono riuscita a dormire

Oriana Fallaci e Pier Paolo Pasolini si incontrano (e si scontrano) tra gli anni Sessanta e i primi anni Settanta, fino all'omicidio di lui, nel 1975, di cui lei per prima mise in dubbio la versione ufficiale in un reportage sulle pagine dell'«Europeo». Durante la loro amicizia scambi di informazioni, discussioni personali e consigli professionali. Pier Paolo andrà a trovarla a Rio insieme a Maria Callas e passeranno molto tempo insieme.

Rio, sabato 29

Caro Pier Paolo

ti scrivo su carta da disegno perché non ne ho altra in casa e voglio impostare alla svelta: non appena giunta a New York. Perché voglio che questo materiale ti giunga il più presto possibile.

Te lo manda François che fu immensamente addolorato di non averti rivisto né salutato prima che tu partissi. Voleva, infatti, tentar di raggiungerti all'aeroporto. Ma era troppo tardi. Il punto è che proprio quel giorno era giunto da San Paolo il giovane cui si deve la stesura di queste informazioni.

Esse riguardano la tortura in Brasile. Dopo averle lette non sono riuscita a dormire. Sapevo, ovvio, ma non con tale abbondanza di particolari. Noterai che non v'è una goccia di demagogia, in questi fogli, di facile propaganda. Solo fatti precisi: con nomi, cognomi, luoghi e date. Mi auguro che tu comprenda abbastanza il portoghese e che tu non perda niente di ciò che v'è scritto. Leggi fino in fondo, ne vale la pena.

François mi prega di dirti anche che tale violenza da parte della polizia e dell'esercito non è giustificata da un contrattacco alla violenza poiché, contrariamente ad altri gruppi rivoluzionari dell'America Latina, i rivoluzionari brasiliani non si abbandonano mai alla violenza. Al massimo esercitano il kidnapping di diplomatici cui, almeno finoggi, non è stato torto un capello.

Mi prega anche di farti notare l'informazione secondo la quale l'Esquadrão da Morte, organismo governativo e composto da poliziotti, ha liquidato finoggi mille persone. Ciò a parte gli assassinii compiuti nelle prigioni e nel corso delle torture. Il giovane che io stessa incontrai e che fornì questi fogli ha ricevuto una settimana fa il foglietto con la «condanna a morte» dell'Esquadrão. Infatti l'assassinio viene sempre preannunciato per iscritto o attraverso una informazione diretta ai giornali.

Peccato che tu non abbia potuto conoscere quel ragazzo. Venticinque anni, ex studente, figlio di contadini. Bello, civile, intelligente. Dirige il movimento studentesco, insieme ad altri tre. V'era un quinto: fu ucciso la settimana scorsa, proprio qui a Rio. François dice che ti scriverà per darti altre notizie. Ma io non ci credo: lui comunica solo per telegramma o per telex. Ma se dai un'occhiata a «Le Monde», troverai le sue corrispondenze firmate France-Presse.

Ciao e grazie. Sono stata molto contenta di rivederti. Se vieni a New York, chiamami. Ci sto poco, il meno possibile. Comunque il mio numero di telefono è 4219828.

Affettuosamente

Oriana

23.
Per scrivere un'intervista bisogna sentirsi liberi

Un rapporto lungo e intenso quello tra Oriana Fallaci e il socialista Pietro Nenni, nato da un'intervista (pubblicata sull'«Europeo» il 22 aprile 1971) e dalla stima e vicinanza politica, e destinato a diventare un'amicizia affettuosa («sono nenniana», dirà la giornalista in diverse occasioni). Nenni fu una delle tre persone che incontrarono Panagulis al suo arrivo in Italia, dopo la scarcerazione, nel 1973, e fu vicino a Oriana Fallaci dopo la sua morte.

Firenze, venerdì 26 marzo 1971

Caro senatore,

(e vorrei dire «caro Nenni» e basta). Ho avuto il Suo biglietto. Va bene. Eliminerò quella risposta «evasiva». Del resto, evasiva lo era. Userò invece la bellissima frase del post scriptum: «Niente che sia fatale, ineluttabile, immodificabile. L'uomo creatore del suo destino». M'ha incantato.

Ma, incantandomi, giacché Lei mi incanta senza fatica, non mi spaventi col timore di altri tagli a venire e di modifiche violente. Da quando ho lasciato Formia continuo a ripetermi: «Non mi succederà mica quel che successe alla Edgarda Ferri?». Lei sa, infatti, quanto poco mi piacque quella intervista su «Oggi»: così rigida e intimidita e rielaborata. Soprattutto sa quanto tenga a fare una cosa che non sia fredda, cattedratica, ultrapoliticizzata, da specialisti della dialettica. Io quando scrivo una intervista ho bisogno di sentirmi libera, di usare secondo la mia tecnica il materiale raccolto. Con le mani legate, vo a fondo. Ed affogo.

Con Lei ho già, un poco, le mani legate. Perché di Lei non posso scrivere col distacco che di solito dedico ai grossi personaggi. Lei appartiene alla mia educazione, alla mia cultura, ai miei sentimenti. Come Le confidai arrivando a Formia, sono cresciuta nel mito di Nenni allo stesso modo in cui i vietcong della mia generazione sono cresciuti nel mito di Ho Ci Min. È un complesso che mi porto addosso. E di cui non posso liberarmi: negativo o positivo che sia. Ma se ad esso aggiungo i timori che mi pizzicano il cervello, addio bel reportage.

Ho trascritto finora, tirando il carretto senza sosta e come un ciuco, ben trentacinque cartelle. In esse, gli elementi per l'analisi politica vi sono in abbondanza. Il lavoro, anzi, sarà condensarli, coordinarli, montarli in modo chiaro e seducente. Vi ho ritrovato, con gioia, cose molto belle. Però manca un poco (solo un poco) il lato umano, personale, quello che insomma infonde calore e semplicizza i discorsi più astratti. E questo spero di averlo a Roma quando, tremando alla vista della sua matita ansiosa di cancellare, porterò la prima stesura scritta.

In altre parole, e una volta compiuto lo «editing», spero che il nuovo incontro serva non a massacrare le risposte che mi ha dato ma, semmai, a renderle qua e là più spontanee. E... meno reticenti. Se è reticente Lei, se misura le parole Lei, noi che facciamo? Noi che in Italia non abbiamo che Nenni cui guardare per consolarci? Glielo dico con lo stesso candore con cui glielo direbbe una Sua figlia o una Sua nipote. Non parlo neanche da giornalista ma da creatura che crede nel suo lavoro e in questo particolare lavoro.

Poiché finirò domani di trascrivere i nastri, e mi ci vorranno almeno tre giorni per preparare il testo, suppongo che non sarò a Roma prima di mercoledì. Le telefonerò il giorno precedente per l'appuntamento e, se intanto ha qualcosa da comunicarmi, Le ricordo che il mio indirizzo a Firenze è via Giovanni Prati 8. Il numero di telefono è 221721.

Dunque arrivederci a presto e grazie di tutto: del tempo che mi ha dato, della pazienza che ha dimostrato, dell'indulgenza che si è imposto, delle colazioni e del vino francese. Un giorno, se vivrò abbastanza a lungo per scrivere i miei ricordi, narrerò cosa fu per me l'incontro con Pietro Nenni, la gioia e l'agonia che mi procurò. E ne verrà fuori una storia divertente. Il capitolo più importante, però, sarà il viaggio a Roma per affrontare lo spettro della matita cancellatrice. Le ho detto che non ho mai fatto, mai, rileggere una mia intervista dacché fo questo mestiere?!?

Angelo Rizzoli jr, il nipote prediletto di Rizzoli, che è tutto eccitato e felice per questa intervista ed ha seguito e ne segue la laboriosa gestazione, mi prega di esprimerLe i suoi omaggi e i suoi ringraziamenti. Lo fo volentieri perché è un bravo giovanotto, con idee buone, il migliore della baracca milanese. I miei vecchi genitori hanno ricevuto il Suo libro su Garibaldi e hanno letto la Sua dedica con le lacrime agli occhi. È stato commovente guardarli. E ora mio padre minaccia di inondarLa a Roma del suo vino, che è un vino che non viaggia, ma senza dirgli nulla può sempre adoprarlo come aceto. No?

La saluto affettuosamente. Forse un senatore non si saluta affettuosamente. Ma Pietro Nenni, sì.

Sua

Oriana Fallaci

24.
L'intervista politica più coraggiosa

16 aprile 1971

Caro Nenni,

la Sua lettera mi ha raggiunto a Firenze dove mi sono trattenuta qualche giorno nella vana speranza di ottenere un visto per recarmi a Ceylon e scrivere sulla guerra civile che si sta scatenando laggiù.

Essa mi ha dato gioia e dolore. Gioia perché Lei mi dice che ho «fatto bene la mia parte». Temevo talmente il Suo giudizio. Dolore perché dice di «non aver fatto bene la Sua». Come, come è possibile affermare una cosa simile?!?

Rientra nelle regole, lo so. L'ho ben spiegato ai lettori che Nenni non è mai contento di sé: ho ben visto che le bozze Lei le riduce come Balzac. Esser soddisfatto non si addice alla Sua sete di perfezionismo, al Suo senso di responsabilità. Ma aver dubbi su questa intervista mi pare davvero eccessivo. Sia pure coi tagli che Lei mi ha imposto, essa rimane la più bella intervista politica che abbia mai fatto. La più onesta, la più coraggiosa, la più necessaria. Lei non immagina neanche quanto bene ha fatto con quelle parole. Quanto bene ai socialisti. Quanto bene agli uomini che credono nella libertà e nella coscienza pulita.

Non serve a nulla, me ne rendo ben conto, raccontarLe che già ricevo lettere e messaggi pieni di gratitudine e di entusiasmo per Lei. Ma la consola un pochino conoscere due soli episodi? Uno riguarda la donna che aiuta in casa mia madre: una contadina di Greve in Chianti, comunista e madre di comunisti. «Signorina, s'è letto la sua intervista con Nenni. Io, i mi' marito e i mi' figlioli. Che omo! Noi s'è detto: quest'attra vorta non si vota pe' comunisti, si vota per lui!» L'altro riguarda il giovane Angelo Rizzoli. Senza malizia bisogna riconoscere che è un po' difficile veder piangere un Rizzoli. Be', io l'ho visto piangere sulle Sue parole.

È tutto. Avrà notato la piccola menzogna con cui ho chiuso la prefazione. Quella in cui dichiaravo di aver «composto l'intervista a modo mio» accettando solo qualche Sua raccomandazione. L'ho fatto per offrire un minimo di riparo a Sue possibili polemiche con possibili nemici. E per permetterLe di dire, ove fosse necessario, che «la colpa è della Fallaci la quale non ha espresso esattamente ciò che intendevo».

A un altro non lo direi mai, ovvio. Ma a Lei sì: per il grande affetto e la grande venerazione che Le porto. Ove se ne presentasse la necessità, butti pure la colpa su di me. Anche se mi piace sperare che un giorno dica molto più di quanto ha detto a me.

E grazie d'avermi scritto. Grazie d'avermi accolto. Grazie di tutto, insomma. Certo che La chiamerò quando passerò da Roma! E dica a Giuliana di farmi sapere se e quando ha intenzione di venire a New York. Nei periodi in cui manco, posso lasciarle il mio appartamento e così salvarle le orribili spese di un albergo americano. Comunque, la abbracci per me. È una donna così squisita, così adorabile. Conoscerla e volerle bene è tutt'uno.

Si lasci salutare così: un grandissimo abbraccio.

Sua

Oriana

P.S. Un'ultima cosa. Non m'è piaciuto il titolo della copertina: *Nenni si confessa*. Ma naturalmente non sono stata io a farlo. Certi errori di gusto rientrano nei costumi del giornalismo rivistaiolo contro il quale mi batto invano e perdo sempre.

25.
I fogliettini, accidenti!

Firenze, 5 giugno 1971

Caro Nenni,

la Sua lettera mi fece tanto piacere. E commosse anche mia madre che la volle per sé e ora la tiene tra le sue cose care. Grazie d'averla scritta. È sempre un piccolo conforto non sentirsi completamente soli in certi momenti. Infatti quel che accadde fu cosa seria: ancora lo è. Si tratta di un male difficilmente curabile, apparso all'improvviso. L'operazione sembra andata bene ma sarà sufficiente?

Se passo da Roma non troppo in fretta, La chiamo. Dovrei passarci per andare in Asia e, in particolare, a Ceylon: dove i maoisti si picchiano coi comunisti (mettiamola così). Mi piacerebbe bere un bicchiere, velocemente, con Lei e col mio compagno e amico Pelou che purtroppo viene rispedito in Vietnam. Egli ci terrebbe tanto a conoscerLa perché La ammira tanto. E Lei parla francese...

Se avverrà, avverrà la settimana entrante. Quindi a presto, forse, spero. E grazie ancora. E tante cose affettuose anche a Giuliana.

Sua

Oriana

P.S. La vidi in tv. Si leggeva i suoi fogliettini, quei dannati fogliettini. Gridai: «I fogliettini, accidenti!». Però fu molto bravo, andò molto bene. Fummo tutti felici di vederLa in quella trasmissione. Pochi si meritavano altrettanto d'esserci.

26.
Sono nenniana

New York, 19 agosto 1971

Caro Nenni,

ho chiesto al mio giornale di telefonarLe e mi chiedo se l'abbiano fatto. Sono così smemorati, così distratti dal lavoro convulso di redazione. Volevo sapere, attraverso di loro, se Lei parlò coi cinesi raccomandando la concessione del mio visto per seguirLa a Pechino. E poi volevo sapere qual era stata la loro reazione, quali sono le speranze di fare il viaggio.

Io ci tengo nella misura che sa, in modo esasperato. Ma, perdurando l'incertezza, non posso organizzare bene il mio lavoro d'autunno. (Ho in programma una possibile intervista con Kennedy, il Ted, e il giornale vorrebbe anche mandarmi a Formosa per tentar di vedere Ciang Kai Scek e conoscerne le reazioni al nuovo atteggiamento americano nei riguardi della Cina Popolare. L'Italia non ha più un'ambasciata di Formosa e viceversa: quindi dovrei tentar di ottenere il visto qui negli Stati Uniti. Ma il nostro ambasciatore a Washington, Ortona, mi suggerisce di aspettare e sostiene giustamente che se vado prima a Formosa non entrerò mai in Cina. Al contrario, se vado prima in Cina, ho più probabilità di entrare a Formosa dove si suppone che abbiano interesse a vedere un giornalista occidentale che è stato prima a Pechino.)

Insomma, son bloccata. Non so neanche quando il Suo viaggio avverrà, con esattezza. Posso chiederLe dunque di mandarmi due righe per chiarirmi le idee? La prossima settimana apparirà sull'«Europeo» il primo di due miei articoli dall'Unione Sovietica.[9] Vi fui una settimana, al seguito di Moro o del suo inutile viaggio, e ne ho ricavato un diario sconsolato il quale ripete nella sostanza il giudizio che Lei mi dette sull'Unione Sovietica. I russi non me ne saranno grati, ma è probabile che ai cinesi faccia molto piacere e che quindi ciò possa aiutarmi a ottenere il visto e seguirLa. In previsione di ciò, fui cauta perfino a scrivere i pezzi di Ceylon. (Dove i cinesi hanno le mani assai sporche… È colpa loro se quei ragazzi furono mandati al macello così scioccamente. Ma non l'ho detto con violenza, mi son limitata a sottolineare le responsabilità dei nordcoreani. Imparo, sia pure a malincuore, un po' di diplomazia.)

Il mio indirizzo a New York è: apt 100, 220 East 57th, New York City, NY, USA. So che Le chiedo molto. Ma mi permetto di farlo sapendo quanto Lei sia gentile. Sa, a Mosca certi funzionari mi chiesero a quale partito appartenessi. Io risposi: «Sono nenniana». Seguì un gran silenzio.

Tante cose care e grazie.

Sua

Oriana

27.
Darei molto per recarmi a Pechino con Lei

New York, 12 settembre 1971

Caro Nenni,

grazie d'avermi risposto. Lei non delude mai. Grazie d'aver parlato di me con l'ambasciatore cinese e grazie di aver chiesto a Zagari di occuparsi eventualmente anche del mio visto. Va bene, vedremo. Mi rendo conto delle numerose difficoltà e delle stesse incertezze o ritardi che possono sorgere intorno al Suo viaggio. (Tra l'altro ho letto che il Suo nome è tra quelli dei candidati alle prossime elezioni per la Presidenza della Repubblica e penso che, anche per questo, quella visita debba esser rinviata. Si fa così per dire, ovvio. La mia disistima per gli italiani è arrivata a un punto tale che resterei paralizzata dalla sorpresa se, all'improvviso colti da un attacco di intelligenza e di buonsenso e di buongusto, volessero avere Nenni come loro presidente. Non lo meritano nemmeno.)

Grazie per le buone cose che mi scrive sull'articolo su Mastroianni.[10] Grazie. Dette da Lei... E ascoltate da una «nenniana» come me... Fa bene, ecco. Ma niente fraintesi su quell'aggettivo «nenniano», anzi «nenniana». Usandolo io mi riferisco davvero a una corrente politica. O meglio: mi riferisco anche a una corrente politica. Però essa è ormai basata su tali utopie ed ingenuità e speranze deluse che, dicendo «nenniana», preferisco alludere all'uomo più che all'uomo di partito. Non mi tolga questo piacere e quest'orgoglio. Sono nenniana. Nenni mi sta bene da qualsiasi parte lo guardi e in qualsiasi tempo. Presente, passato, futuro. Eh, sì. Nei rari momenti in cui gioco a ritrovar fiducia per gli italiani, penso anche al futuro. La vorrei immortale.

E con ciò La saluto col consueto affetto. Affetto grande. Quello che ritroverà in un certo libro sugli italiani che sto tentando di scrivere con Montanelli, a colpi di rivoltella e di spade. (Magari di forcone, come si usa in Toscana.) Arrivederci, e a presto spero. Se la Cina va a carte quarantotto, almeno per il momento, arrivederci in Italia: *on my way to Formosa*. Però darei molto per non andare a Formosa e recarmi a Pechino con Lei.

Dirò di più: insisto con lo sperarci.

Sua

Oriana

28.
Al mio posto un giornalista dell'«Avanti»

Oriana Fallaci incontrò Golda Meir due volte; la prima, a Gerusalemme, le fruttò un'intervista importante, che tuttavia le fu rubata pochi giorni dopo in un albergo di Roma. Riuscì a ottenere un secondo incontro che poi pubblicò su «l'Europeo» il 30 novembre 1972.

6 ottobre 1972

Caro Nenni,

non Le ho più scritto perché restai molto ferita, così ferita dall'episodio «cinese». Profondamente ferita. Davvero ne soffrii molto, direi troppo. Soprattutto quando seppi che al mio posto s'era portato un giornalista dell'«Avanti»... Ne restai così *ecrasée* che decisi di chiudermi in silenzio e non farmi più viva con Lei.

Ma in questi giorni, a Gerusalemme, mi sono incontrata con Golda Meir: che ho intervistato a lungo. E da quell'intervista è nata una specie di affettuosa amicizia, e in questa amicizia abbiamo parlato molto di Lei. Così Golda mi ha pregato di telefonarLe, appena tornata a Roma, e portarLe i suoi più cari saluti e la raccomandazione di andare presto a trovarla. «Gli dica che lo aspettiamo, che lo aspetto, che abbiamo e che ho tanta voglia di vederlo. E poi vorrei proprio sapere cosa rispose Mao Tze Tung al messaggio che gli inviai attraverso Nenni...»

Dolore cinese accantonato, l'avrei chiamata senz'altro se, appena giunta a Roma, non mi fosse capitata una disgrazia: cioè il furto, misterioso e allucinante, di tutti i miei nastri incisi con l'intervista di Golda. Il furto, avvenuto trentasei ore fa nella mia camera all'Excelsior, mi ha sconvolto in modo disperante: anche perché temo che Golda non troverà più il tempo di ridarmi tutto il tempo che mi dette, e ripetere l'intervista su nastro. E così devo dirLe le sue parole per iscritto. Peccato… Anche perché era mia intenzione riportare nell'intervista tutte le splendide cose che Golda disse ufficialmente su di Lei: come uomo e come socialista.

Comunque è già stato bello, per me, per Lei, che Golda dicesse tali cose e desse tali giudizi su Nenni. Ed è bello portarLe quei saluti così affettuosi e così sinceri. E lo fo con piacere grande, un piacere che mi solleva dal doloroso sbalordimento in cui affogo dopo il furto, un piacere anche che mi fa un po' dimenticare il… torto subito con la Sua scelta di portarsi un altro giornalista a Pechino. (Ma perché, perché me lo fece?!?)

Non parliamone più. Se ha tempo, scriva a Golda che ha ricevuto il messaggio. Ci tiene tanto, tanto. E, ormai senza rancore molti saluti affettuosi dalla Sua amica

Oriana Fallaci

29.
Al diavolo la Cina e il giornalismo

Greve in Chianti, 11 ottobre 1972

Carissimo Nenni,

ho appena finito di parlarLe a telefono e sento il bisogno di scriverLe per ringraziarLa di aver inviato quelle due parole a Golda Meir. Anzi, per averlo fatto prima che io La pregassi di farlo. Sono convinta che ciò mi aiuterà a rivederla, a tentar di rifare l'intervista nel clima di affettuosa cordialità che era sbocciato tra noi. Perlomeno ho bisogno di… convincermene.

Questo furto assurdo e ingiusto mi ha talmente schiantato. So che accadono disgrazie più gravi nella vita, è ovvio, eppure non riesco a rassegnarmi. Avrei preferito una fucilata. Tengo tanto al lavoro, al lavoro fatto bene, e quell'incontro lo avevo atteso per mesi e mesi. Ed era riuscito così splendidamente… Solo se Golda si convince che da parte mia non v'è stata alcuna negligenza, che anzi quei nastri erano stati messi al «sicuro» per non correre rischi portandomeli addosso, io posso riparlarci sperando di ristabilire con lei il contatto giusto. Quindi grazie, grazie ancora.

Ma, a parte questo, Le scrivo anche per dirLe quanto sia contenta di sapere che io non venni in Cina non perché Lei mi preferì un compagno di partito.[11] Ciò è molto, molto importante per me. Giacché, allora, ne soffrii tanto. E ora mi dico che feci male a reagire chiudendomi in silenzio, non chiederLe cos'era successo coi cinesi. Colpa del mio carattere che, di fronte alle ferite, mi induce a chiudere gli occhi e la bocca. Vorrei che capisse questo. Vorrei che capisse come non fu una bassa invidia professionale per il collega dell'«Avanti»: fu il vedermi scartata da un uomo cui volevo così bene, che ammiravo così pazzamente fin da bambina, che veneravo dopo il lavoro che avevamo fatto insieme. L'uomo, non l'uomo politico, il personaggio importante e famoso. Mi spiego?

In attesa di partire per New York o per il Vietnam e in attesa di avere una risposta precisa da Golda, sto trascrivendo alcuni nastri registrati nei Kibbutzii con gli italiani. Ne sto ascoltando uno di una adorabile persona, Martino Godelli, che fu ad Auschwitz... Ascolto questa voce che parla di Auschwitz e... penso a Lei. Penso a sua figlia e a Lei e... quasi mi vergogno di essermi chiusa in silenzio con Lei per una piccola ferita cinese... Al diavolo la Cina e il giornalismo e tutto ciò che, di fronte alla sofferenza umana, ha un'importanza così microscopica.

Un saluto affettuoso dalla Sua

Oriana

30.
Saigon: tutti i telex sono sorvegliati

Il 13 dicembre 1972 muore Bruno Fallaci, lo zio tanto amato e maestro della sua giovinezza. Oriana è a Saigon esasperata dalle mille acrobazie per comunicare con l'Italia come dimostra questa lettera affidata a un amico in partenza per Hong Kong.

Saigon, venerdì 22 dicembre 1972

Caro Roberto,

ho bisogno di un grande favore. Ho bisogno di informare Tommaso Giglio,[12] direttore dell'«Europeo», di cosa sta accadendo qui e non posso farlo da Saigon dove tutti i telex sono sorvegliati dal governo e visti dagli altri giornalisti perché vengono affissi sul muro come le pubblicazioni matrimoniali. Devo quindi informarlo da Hong Kong. E in modo che il telex non sia visto da giornalisti.

Potrei chiedere il favore a Pelou ma: 1) egli potrebbe non essere a Hong Kong o potrebbe essere sul punto di venire a Saigon; 2) potrebbe non credere alla inopportunità di fare il telex da Saigon anziché da Hong Kong e il tutto finirebbe in una polemica snervante; 3) potrebbe trasmetterlo in ritardo o da un telex dove diventerebbe il segreto di Pulcinella. Davvero bisogna che chieda la cosa a te.

È troppo chiedere? Penso di sì. Soprattutto la vigilia di Natale. Ma io te lo chiedo lo stesso. La cosa è troppo importante. Per il pagamento, accludo il numero della mia credit e così non dovrebbero sorgere problemi. Per il luogo di trasmissione... il luogo perfetto sarebbe il consolato che però per Natale è chiuso. Dunque, e ammenoché tu non abbia soluzioni migliori, dev'esser spedito dal centro-cable della Southern House: con la speranza che Giglio ce l'abbia almeno martedì mattina cioè il giorno di Santo Stefano.

Però, se tu potessi, se tu fossi libero, se non fosse impresa drammatica, io vorrei chiederti un sacrificio ancora più grosso e più opportuno per mantenere il messaggio nei limiti della discrezione assoluta. Vorrei chiederti di telefonare a Giglio a Milano domenica tra le 17 e le 18 (che corrispondono alle 10/11 del mattino in Italia) per leggergli il telex anziché trasmetterlo. Il punto è che a casa di Giglio non posso fare la chiamata collect, quindi dovrei chiederti di farla da Hong Kong per poi restituirti i soldi immediatamente quando ripasso da Hong Kong. Ma se questo è impossibile, non ti crucciare. Rischierò il segreto di Pulcinella.

Grazie, grazie, grazie. E beato tu che sei al fresco. Qui ci si liquefa e non solo perché fa un caldo tropicale ma perché si attendono i razzi vietcong su Saigon. Quanto al lavoro, mi manda pazza. Ne ho già le scatole piene. Presto scoppieranno come razzi vietcong.

Buon Natale, con tutto il cuore.

Oriana

P.S. Spero che l'Alitalia abbia informato Pelou che v'è a sua disposizione a Hong Kong un biglietto *issued* a Saigon nel caso che possa o voglia partire. (Ma preferirei che a farlo fosse Ofelia e non tu personalmente.)

31.
Sarò la prima a vederlo appena decide di parlare

A ridosso dei giorni natalizi del 1972 Oriana riesce a intervistare Nguyễn Văn Thiệu (1923-2001), generale e politico vietnamita che nel 1963 partecipò al colpo di Stato che rovesciò Ngo Dinh Diem, e nel 1967 venne eletto Presidente del Vietnam del Sud, mantenendo questa carica fino a pochi giorni prima la caduta di Saigon nel 1975. L'intervista è stata pubblicata sull'«Europeo», n. 1-3, 18 gennaio 1973.

Telex 33119 Rizzolmi (Milano, Italy)

Attenzione Tommaso Giglio. Sto faticosamente lavorando per ottenere intervista che sai stop sono in concorrenza con il Newyorktimes et Time et Cbs et Nbc tutti a Saigon per questo stop tuttavia in seguito alla mia intervista et rissa con Kissinger sono in cima alla lista et ho assicurazione formale che sarò la prima a vederlo appena decide di parlare stop problema est che la faccenda procede molto lentamente stop ho incontri snervanti coi suoi consiglieri et avrò incontro definitivo con suo consigliere numero uno martedì aut mercoledì quando conoscerò risposta aut elementi definitivi stop in tale occasione dovrò dire quale est data limite della mia attesa stop ho già detto che prima settimana di gennaio devo intervistare Willy Brandt ma devo sapere con precisione da te quanto sei disposto ad aspettare stop altre soluzioni brillanti non esistono a mio parere perché tutto ha un senso di déja vu nauseante stop certo mi dispiacerebbe regalare agli americani un colpo simile a quello di Kissinger stop rispondimi con telegramma indirizzato Continental Hotel perché telex indirizzati press center Saigon vengono affissi pubblicamente come annunci matrimoniali per tutti giornalisti che mi sorvegliano stop spiegati bene senza fare nomi grazie buon Natale da me et da Moroldo[13] che stiamo liquefacendoci nei giorni più infami della nostra vita stop

Oriana

32.
Il Presidente deve conoscere la verità

Questo telex a Nino Valentino, Capo Ufficio Stampa del Quirinale dal 1971 al 1976, risale al 1972-1973, quando Oriana cercava di intervistare Giovanni Leone, Presidente della Repubblica dal 28 dicembre 1971 al 15 giugno 1978. L'intervista è stata poi fatta e pubblicata sull'«Europeo» nell'aprile del 1973.

Roma 62440 SGPR

Caro Valentino, la sua lettera est giunta quando ero ormai a Belgrado. Me la sono fatta leggere a telefono et desidero risponderle subito che il mio tono non era risentito bensì profondamente addolorato per gli ostacoli oppostimi et la ostilità dimostratami quando ho cercato di contattare il presidente secondo il suo desiderio di vedermi il più presto possibile. Infatti est esatto che quel venerdì la sua segretaria mi dette il suo messaggio ma est altrettanto esatto che informai la sua segretaria come lunedì sarei tornata a Roma per mettermi nuovamente a disposizione del presidente. Così feci perciò rinunciando a un importante lavoro a Madrid. Tuttavia nemmeno la sua segretaria usò la cortesia di avvertirmi sull'inutilità del mio ritorno et della mia attesa. Et lei personalmente non rispose mai alle mie chiamate. Poiché la cosa mi ha molto ferito penso che sia opportuno mostrare anche questo telex al presidente al quale del resto scriverò direttamente affinché conosca la verità et il mio immenso sorpreso dispiacere di non averlo rivisto. Lei sarà gentile da consegnare al presidente la lettera.

Sua

Oriana Fallaci

Aspettami. Io ti ho aspettato tanto

33.
Oggi voglio solo ringraziarti

Inizia con un'intervista (pubblicata sull'«Europeo» n. 36 del 6 settembre 1973) subito dopo la liberazione dal carcere, la storia di Alexandros Panagulis e Oriana Fallaci, destinata a durare fino alla morte di lui, nel 1976.

Alekos caro,

ti avevo scritto una lunga lettera. Ma l'ho gettata via. Non mi sentivo e non mi sento ancora autorizzata a dirti certe cose. Te le dirò a voce, penso, quando ti rivedrò. A voce è molto più facile usare parole che, scritte, fanno paura. Anche se sono parole belle. O, forse, proprio perché sono parole troppo belle.

Oggi voglio solo ringraziarti. Ringraziarti di esistere, di essere rimasto vivo, di avermi regalato ventiquattro ore nobili e un'ora felice. Ventiquattro ore non sono molte, normalmente, per capire una creatura. Un'ora non è molta, normalmente, per provare una felicità. Ma quando, come te, si è imparato a misurare il tempo senza tempo, ventiquattro ore possono essere sufficienti a capire e un'ora può essere sufficiente a provare una felicità. Insomma è stato bello riuscire a stringerci la mano senza sospetto di prenderci in giro.

Io ti ringrazio anche di avermi permesso di invadere la tua privacy con consigli non richiesti. E ti prego di meditarli e ti ripeto: hai visto tanta bruttezza in questi cinque anni, tanto buio. Ora devi regalare a te stesso un poco di bellezza e un poco di luce. È un dovere verso te stesso come essere umano, ed è un dovere verso il tuo equilibrio nervoso, la sua splendida intelligenza. Anche l'equilibrio più forte, l'intelligenza più splendida, hanno bisogno di luce, di spazio, di amore. Altrimenti appassiscono come un albero privo di acqua.

Spero che tu mi permetta di darti quell'acqua. Anche se non sarà sempre facile. Io sono una persona che lavora e che ha una vita molto dura, molto difficile. Non sempre posso fare quello che voglio, andare dove voglio. C'è sempre un vento che mi porta via da dove amo trovarmi: come certi uccelli costretti costantemente a emigrare. Ma, se tu me lo permetterai, se ti piacerà, prometto di piegare il vento nella tua direzione. Ed è una promessa seria. Sono una persona seria. Forse, perfino troppo seria.

E, poiché sono seria, non dico bugie. Non ho detto una bugia, ieri, quando sono dovuta partire. Non esistevano posti in aereo per il giorno dopo. E non potevo permettermi di perdere un giorno. Domani il mio lavoro deve essere concluso e, anche verso di te, il mio primo dovere è usare la mia professione e le mie capacità per raccontare agli altri chi sei. Devi capire. So che, in fondo al tuo cervello, capisci.

Del resto, è stato meglio così. È molto più bello e molto più giusto che torni. Tanto, tornerò presto. Otto o dieci giorni passano in fretta. Ed anche se fossero dodici giorni… ti prego: aspetta. Chi ha aspettato la libertà per anni, può aspettare per qualche giorno una persona. Se ventiquattro ore possono essere lunghe come ventiquattro giorni, dieci giorni possono essere brevi come dodici ore. Per me è così. E spero che sia così anche per te.

È tutto, per oggi. Del resto non so se capirai questa lettera, in italiano. Il che è terribile. Sì, è davvero terribile non poter parlare da solo a una creatura cui si ha da dire tutto. Imparerai veramente l'italiano per parlarmi e ascoltarmi senza la presenza degli altri? Io non ci credo. Ma ci spero. Perché io non ho il tempo per imparare il greco e devo contare su te. Senza parola ogni rapporto umano è inutile e umiliante.

Abbraccia tua madre per me. Tua madre assomiglia talmente a mia madre: vecchia come lei, sacrificata come lei, dolorosa come lei. E poi abbraccia Statis[14] che ti ama tanto, più di sé stesso. A entrambi devi dire, inoltre, che gli ho voluto subito bene e che, quando sono entrata nella vostra casa, m'è sembrato di esserci stata già cento volte. Che fatto strano, misterioso. Io, di regola, non reagisco così. La vita mi ha insegnato, anzi costretto, ad essere dura, sospettosa, distaccata, controllata. In poche ore voi mi avete rubato a me stessa.

Ora basta davvero. E ti mando i saluti dei miei genitori e dei miei amici che mi hanno chiamato per sapere «come sei». Ho risposto: «Straordinario, direi». Così hanno aggiunto: «Gli hai spiegato che deve vivere?». E io ho risposto: «L'ho pregato di vivere». Oh, ti prego di vivere così come, fino ad oggi, sei riuscito a sopravvivere. Ti prego di essere generoso con te stesso e non solo con gli altri...

Au revoir. Arrivederci. Ieri, in aereo, ho mangiato tutte le mie bellissime unghie lunghe e rosse. Ed ora ho mani da contadina, non da capitalista. Te ne faccio omaggio. Ok?

Oriana

P.S. Ti ho rubato due fili per pulire la pipa. Sono perfetti per legare i miei capelli alla contadina. A Natale dovrai regalarmene una scatola. A colori. (Mi sarai ancora amico a Natale?!?)

34.
Aspettami. Io ti ho aspettato tanto

Bonn, 26 agosto 1973

Alekos caro,

ti scrivo nuovamente per dirti che sono stata felice di ascoltarti una seconda volta a telefono. Anche se non possiamo dirci molte cose perché tu non capisci nulla di quello che dico e io non capisco nulla di quello che dici, udire la tua voce è bellissimo. Io, dopo, mi sento meglio.

Ti ringrazio per la risposta alla mia domanda su «cosa significa essere un uomo». Ne avevo bisogno per il finale. È una splendida risposta, migliore della poesia di Kipling. Forse la userò aggiungendo alle tue parole questa domanda per me: «E per te, cos'è un uomo?». Così io potrò replicare così: «Un uomo è… una creatura come te. È te».

Tuttavia un particolare della tua risposta mi ha turbato. Quello che Andreas ha tradotto: «To love without permitting one love to become an handicap». In italiano: «Amare senza permettere a un amore di diventare un ostacolo». Ho creduto di capire che dicevi questo a me, non agli altri.

Ebbene: io non sono e non sarò mai un ostacolo, un handicap. Io so che esistono cose ancora più grandi dell'amore di una persona o dell'amore per una persona. Ad esempio, un sogno. Ad esempio, una lotta. Ad esempio, un'idea.

Ciao a sabato. Al massimo, domenica. E, se posso, prima di sabato o prima di domenica. Finito il lavoro a Bonn, mi fermerò in Italia per salutare mia madre che è malata. Poi volerò subito da te. Non pensare nemmeno un momento di abbandonare la clinica quando arrivo io. Se devi stare in clinica, starai in clinica. E io ti farò compagnia in clinica con una profonda conversazione in greco. Oppure giocando a scacchi.

Ok?

Aspettami. Io ti ho aspettato tanto.

Oriana

35.
Se tu sei nato per comandare, io sono nata per disubbidire

Bonn, 4 settembre 1973

Alekos caro,

ho tanta voglia di scriverti e non so da che parte incominciare. Ho tante cose da dirti e non so come dirtele. Perché sono così confusa, così spaventata. Io non voglio credere ai miracoli. Io voglio credere alla logica e basta. E la logica mi impone di avere paura. Per te, per me. Paura per te quando penso che sono una donna così difficile, così diversa dalle altre donne... Se tu sei nato per comandare, io sono nata per disubbidire... Paura per me quando penso che non hai ancora ripreso contatto con il mondo e, quando ti sarai nuovamente tuffato nel mondo, mi dimenticherai. Le strade sono piene di donne più giovani e più belle di me. E un ricordo mi ossessiona come un incubo. Il ricordo di te che vuoi scendere dall'automobile e gridi: «Un momento, un momento! Quella ragazza è bella! Più bella di te!». Eri ubriaco, lo so. Ma gli ubriachi dicono sempre la verità.

Alekos... Ci siamo presi una grossa responsabilità reciproca a incontrarci e abbracciarci. Perché è già troppo tardi per tornare indietro senza farci male. Perché la gente come noi due non può permettersi di giocare coi sentimenti, non può permettersi di sbagliare. Aspetto la tua lettera con impazienza, con... speranza. Forse riuscirà a convincermi che non devo avere paura e, comunque, mi sento meglio quando mi dici ἀγάπη (amore). Mi sento come quando mi appoggio a te e tu ti appoggi a me. Perché ho bisogno di te, e ho bisogno di credere che tu hai bisogno di me. Puoi darmi molto. Posso darti molto. Posso darti tutto. E ti ringrazio fino da ora se mi metterai nelle condizioni di darti tutto quello che posso darti. Anche se non sarà mai una vita facile per noi. Anche se ci aspettano giorni duri. Anche se avremo bisogno di molto coraggio per non perderci.

Ti ringrazio anche per la poesia. È così bella io sono così fiera che tu l'abbia dedicata a me. E poi ti ringrazio per quella sera sul mare: noi due soli nell'acqua. E poi ti ringrazio per quella sera di musica, quando è caduta una stella nel cielo. (Una leggenda stupida e dolce dice che una stella che cade è un augurio...) Non ti ringrazio per l'ultima sera, è vero. Ho pianto troppo. Ma anche l'ultima sera ha servito perché ho pianto per te. Non per me. Io ti prego, io ti supplico di non bere. Un uomo come te ha troppi doveri verso sé stesso: deve camminare diritto, coi piedi saldi e la testa salda. Non deve deludere chi lo guarda per strada. Non deve umiliarsi gridando frasi inutili o facendo gesti inutili. E deve proteggere la sua dignità anche nelle piccole cose.

Tornerò presto. Ora devo lavorare stare qualche giorno con mia madre, coi miei genitori. Sono vecchi e hanno bisogno di me. Ma subito dopo verrò da te... questa volta staremo soli. Vero? Avremo un'isola e un grande letto. E la notte andrà meglio. Perché vada meglio devi solo capire che io ho bisogno di dolcezza, di tenerezza. Come i bambini. Dovrai comportarti come se tu fossi molto più vecchio di me.

Aspettami. Ti prego. Come se tu fossi più vecchio di me...

Oggi ti ho comprato due pipe. Una pipa olandese, molto bella, e una pipa inglese, meno bella. E poi ti ho comprato un meraviglioso tabacco che ti piacerà. Profumato, leggero. E poi ti ho comprato un sacchetto per la pipa e il tabacco. E poi... Cerca di essere saggio, di controllarti, di abituarti con intelligenza alla nuova realtà. Un uomo non deve mai ripetere sé stesso e deve saper trovare sé stesso. Ti aiuterò se mi aiuterai a non avere paura e ad essere forte quanto sono capace di essere forte. Σ'αγαπώ (ti amo)

ἀγάπη

36.
Niente può aiutarlo quanto il nuovo libro

Nell'ottobre del 1973 Oriana riesce a far venire in Italia Panagulis e cerca con l'aiuto di Pier Paolo Pasolini di fare una nuova edizione delle sue poesie.

Domenica, 11 novembre 1973

Caro Pier Paolo,

ti scrivo anzitutto a nome di Alekos che vuole ringraziarti per l'invito dell'altra sera, scusarsi di non esser riuscito a parlare italiano come avrebbe voluto, infine confermare il nuovo incontro per (suppongo) la fine di novembre: quando sarà rientrato dal Canada.

Controllerò la faccenda. A mio parere, niente può aiutarlo quanto la pubblicazione del nuovo libro. E non solo politicamente. Psicologicamente, diciamo. Se potessimo fare una buona edizione, ben curata, ben presentata, e se potessimo farla uscire con la maggior fretta possibile, credimi: il suo equilibrio ne sarebbe molto avvantaggiato. Non sta bene in questi giorni. Vuol rientrare immediatamente in Grecia dove, ora, NON [*sic*] deve rientrare. Detto fra noi: lo farebbero fuori nel giro di una settimana.

Farò in modo, o almeno tenterò, di fargli tradurre le prime poesie e di arrangiarle alla meglio in italiano affinché tu le possa vedere e correggere quando lo rivedrai. Intanto egli mi prega di inviarti quelle pubblicate da Flaccovio, che naturalmente conosci, affinché tu scelga quelle che dovrebbero apparire nel nuovo volume ed anche perché tu gli dia qua e là una forma migliore. È troppo chiedere?

Grazie per i libri. La poesia su di lui è bellissima. E quella su

Atene è stupenda: ora me le bevo con ingordigia. Grazie anche per il numero di Napolitano. Lo chiamerò, spero con più fortuna di te.

Se hai qualcosa da comunicare a me o a Alekos per Garzanti, ecco dove possiamo essere rintracciati. A Firenze, in via Giovanni Prati 8, telefono 221721. Risponde mia madre, è la casa di mia madre. In campagna, a Casole di Greve in Chianti, Casa Fallaci (nient'altro come indirizzo). Questa settimana ci sarò solo io, forse. Dopo, tutti e due.

Ciao e un bel grazie anche da parte mia. Vederti è sempre una fonte squisita di piacere. Ti voglio davvero un mucchio di bene, come si dice a Firenze.

Oriana

37.
Un Ulisse che non vuole tornare

14 novembre 1973

Caro Pier Paolo,

ti mando un saggio delle pochissime poesie tradotte. (Abbiamo tradotto le più brevi e più facili e poi quella che ad Alekos preme di più: cioè VIAGGIO.)

Tieni conto che, se quelle piccole non sono venute male, il VIAGGIO è venuta perfidamente. È troppo difficile, troppo. Lo dicono tutti coloro che ci hanno provato. Io ce l'ho messa tutta anche perché è la poesia che ha dedicato a me ma lo sforzo ha dato i risultati che vedrai.

Accludo il testo in greco nella speranza che possa esserti utile specialmente nelle parti dove (vedrai) non ho capito niente. Sembra che in greco abbia un ritmo assai bello e che la scelta delle parole sia squisita. Così afferma Vassilli Vassilikos.[15] Ma in italiano...!

Forse ti aiuterà sapere che si tratta di un autoritratto, della storia di un Ulisse che non vuole tornare a Itaca e si difende da coloro che vogliono fargli gettare l'àncora ed è combattuto tra il bisogno di continuare il viaggio e la tentazione di gettare l'àncora.

Partiamo domenica per il Canada. Staremo pochissimi giorni. Mettiti in contatto con me per rinviare il testo corretto. O, meglio, inviale direttamente a me.

Ciao, affettuosamente.

Calderon[16] è bellissimo. Ma lo sai.

Oriana

La prosa non è un urlo, ma una disciplina

38.
Grazie per la cortesia, la pazienza, e... il whisky irlandese

Tra la fine del 1973 e il 1974 Oriana realizza per «l'Europeo» alcune interviste ai leader politici italiani, su richiesta del direttore, che vuol vedere applicato al nostro Paese il suo modello di intervista, ormai famoso in tutto il mondo. La serie viene inaugurata da Sandro Pertini, Giovanni Malagodi, Giorgio Amendola, Pietro Nenni, le sfuggirà Giuseppe Saragat che le sarà rubato dal concorrente «Epoca».

Roma, 14 febbraio 1974

Gentilissimo Malagodi,

Le mando la prima copia dell'intervista. Il numero è appena giunto da Milano per fuorisacco. Mi auguro che il tutto Le piaccia.

Per ragioni di spazio (il lavoro superava le ventidue cartelle) ho dovuto rinunciare a qualche argomento. Quello dei sindacati, ad esempio. Ma, come Le dissi, l'intervista apparirà nel libro per intero. E, forse, avremo tempo e modo di allargarla qua e là entro la prossima estate.

Colgo l'occasione per ringraziarLa ancora una volta per le molte ore che mi ha dedicato, per la cortesia, la pazienza, e... il whisky irlandese. Ho già detto a mio padre che Lei desidera far conoscenza col nostro vino bianco. Ne avrà, dunque, non appena lo tireremo fuori dalle botti. E, intanto, Le procurerò una bottiglia di quello vecchio rubandolo alla collezione in cantina. Non l'ho ancora fatto perché non ho ancora avuto il modo di recarmi in campagna.

Cordialmente Sua,

Oriana Fallaci

39.
A «Epoca» si divertono alle mie spalle

Aprile 1974

Caro Nenni,

mi dispiace molto d'aver avuto così poco tempo per parlare e spiegarmi. Ero venuta al partito nella speranza di risolvere le cose meglio che a telefono.

Le mando questa lettera per dirLe ciò che non ho potuto dirLe stamani. Si tratta di un discorso assolutamente personale, da amici, che Le fo a cuor aperto. E che deve restare fra noi.

Eccolo. Io mi trovo in una situazione molto difficile col mio giornale proprio a causa di «Epoca». Non so come, non so perché, né riesco a capirlo, negli ultimi tempi «Epoca» mi ha portato via quasi tutte le interviste che stavo per fare. Interviste promesse, fissate. Quasi sapessero tutto il mio programma di lavoro.

Era fissata l'intervista con Saragat, ad esempio. E, una settimana prima, Saragat ha visto quelli di «Epoca». (Ed io ho dovuto cancellare quel servizio perché il mio giornale non voleva arrivare dopo «Epoca».) Era promessa da ben sei mesi l'intervista con Fanfani, ad esempio, e stavo finalmente per giungere in porto. Poi Fanfani ha fatto lo sgambetto e s'è dato a «Epoca». Idem per altri.

Al giornale sono arrabbiati con me. Neanche fosse mia colpa. E ieri c'è stata una brutta discussione: sono stata sul punto di dare le dimissioni. Tutto s'è concluso con la frase: «Vediamo se ti fai portar via anche l'incontro con Nenni». (Sanno che ne parliamo da tanto tempo.) Ed io non oso pensare cosa succederebbe se «Epoca» mi bruciasse di nuovo, con Lei!

Forse ha ragione a dirmi che un'intervista sarebbe più importante dopo il referendum. Ma per me è necessaria ora. Devo farla ora. Del resto si tratta di una vecchia promessa. In gennaio Lei mi disse di aspettare fino ai primi di marzo, ricorda? E, dopo, mi disse di aspettare il Suo ritorno da Crans sur Sierra. Io ho aspettato, con fiducia.

Non faccia capire queste cose a Uboldi... A «Epoca» si divertirebbero ancora di più alle mie spalle. Ma mantenga la promessa che fece a me e rovesci i due incontri. Per favore! Posso venire a Formia la settimana prossima. Sia gentile, cerchi di capire per cortesia.[17]

Grazie. Ritelefonerò. Saluti affettuosi,

Oriana Fallaci

40.
Senza di loro il libro sarebbe monco

15 ottobre 1974

Caro Malagodi,

problemi gravi e che mi disorientavano mi impedirono di rispondere più lungamente, la scorsa estate, al Suo gentile telegramma. Lo faccio ora chiedendo scusa per il ritardo.

A parte quei problemi (la malattia di mia madre che se ne sta andando per un cancro), il motivo principale per cui non La ho cercata nei mesi estivi è il medesimo per cui non ho ricercato gli altri. È mancata infatti l'intervista con Fanfani. L'ineffabile personaggio non ha mai detto no e non ha mai detto sì, come i cinesi; è mancata l'intervista con Berlinguer che ha detto no; è mancata l'intervista con Saragat col quale mi sono bisticciata perché aveva dato la precedenza a «Epoca» in un brutto e inutile incontro. Ma senza costoro, cioè senza il leader della Dc e del Pc e del Psdi, il libro [*Intervista con la storia*] sarebbe risultato e risulta monco. Conclusione, se non riesco a vedere almeno Fanfani e Saragat (Berlinguer è in fondo sostituito con gli incontri con Amendola e Pajetta) non posso fare ciò che avevo in mente.

Resta il vino. La mia impressione è che quest'anno il vino bianco sia venuto meno bene. Mio padre, offeso, risponde bruscamente che no, è soltanto giovane. Ma, giovane o no, voglio aspettare prima di offrirgliene l'assaggio. E preferisco rimandare la cosa all'inverno quando sarò sicura di non vergognarmi a inviarLe fiaschi e bottiglie.

Accetti i miei più cari saluti e auguri in questo momento in cui tutti ne abbiamo infinito bisogno.

Oriana Fallaci

41.
Leggere, leggere, leggere

Molte sono le lettere che Oriana Fallaci riceveva da sconosciuti ammiratori – e spesso anche da lettori critici – alle quali, pur tra gli impegni pressanti del lavoro di scrittura, non si sottraeva, cercando di rispondere e argomentare. Soprattutto quando a rivolgersi a lei erano dei giovanissimi, come la tredicenne Mariella.

11 gennaio 1975

Cara Mariella,

ti ringrazio della buona lettera. Se davvero hai tredici anni, la tua amicizia e la tua maturità mi commuovono. E mi inducono a risponderti: cosa che non faccio mai, che comunque non faccio da molti anni, e non perché intenda essere sgarbata o altera ma perché non ne ho il tempo materiale. Inoltre l'ammirazione altrui mi imbarazza: non so mai cosa rispondervi.

Ma il tuo caso, ripeto, è diverso perché sei così giovane. Così ecco le risposte a ciò che mi chiedi.

1) Il titolo di studio che viene richiesto per diventare giornalisti è, mi pare, la licenza liceale. È inutile aggiungere che una laurea non guasta. In altri Paesi esistono anche università di giornalismo (negli Stati Uniti, ad esempio, ve ne sono di ottime) ma io non credo che il giornalismo si possa studiare a scuola. L'unica vera scuola di giornalismo è il giornalismo nella sua pratica quotidiana. Il giornale, una cultura seria e assimilata, una certa vocazione. L'unico consiglio che posso darti è studiare, per ora: molto e bene. Poi leggere, leggere, leggere. Infine aspettare i diciotto o i venti anni per capire se questa vocazione esiste davvero.

2) Non te la prendere con la tua maestra di scuola quando mi

insulta. Forse è fascista (molti lo sono senza sapere di esserlo), forse ha una mente cieca e un cuore invidioso. Cioè mi legge senza leggermi, o non mi legge affatto, e il mio successo la irrita. (Accade a molte donne le quali non hanno capito che, nella nostra società dominata dagli uomini, il successo di una donna è il successo di tutte le donne.) In ogni caso ha il diritto di pensarla come vuole su di me. E non possiamo, né dobbiamo, imporle di apprezzarmi. Tantomeno di amarmi. Sarebbe un fascismo. La prima condizione di libertà e di civiltà è permettere agli altri di pensarla come vogliono: finché, ovvio, permettono a noi di pensarla come vogliamo. Se ce lo impediscono, infatti, la guerra tra noi e loro scatta come un dovere.

3) Lascia perdere i tuoi conoscenti quando dicono che non valgo niente. Probabilmente sono loro che valgono poco, o niente. E consolati pensando che tanta gente non la pensa come loro: sia in Italia che nei Paesi europei che negli Stati Uniti e nell'America Latina. Tu devi capire che, quando una persona è conosciuta, comunque esce dall'anonimato, finisce con l'essere odiata da molti. Il prezzo primo del successo, (che si basa sull'amore di molti), è l'odio di molti. In qualche senso, chi esce dall'anonimato finisce sempre con l'apparire antipatico. È sempre stato così, sarà sempre così, e in fondo è giusto che sia così in quanto ogni realtà si regge sul suo contrario. Una lampada non si accende forse perché esiste un polo positivo e un polo negativo?

4) Diverso è il discorso su coloro i quali dicono che «finirò in carcere». Sono scoppiata a ridere leggendo quella frase. Mi ha divertito proprio. Infatti, lì per lì, mi son detta che l'unica cosa da risponderti era: non vedo come e perché dovrei finire in carcere giacché non rubo, non ammazzo, non imbroglio, e la mia moralità è in ogni senso adamantina. Ma poi ci ho ripensato e mi son detta che la risposta giusta era un'altra: non vedo come e perché dovrei «finire in carcere» in un regime di libertà. E ho pensato, di nuovo, che forse avevi udito quella frase da qualche fascista. E... certo: sotto una dittatura io finirei certamente in carcere. Se riuscissero ad arrestarmi.

Forse coloro che mi odiano tanto e si auspicano ch'io finisca in carcere, si augurano una dittatura. Ma allora, prima di vincere, dovrebbero vedersela con le persone come me. Sono molte, più di quante essi credono. E poi, anche vincendo, dovrebbero vedersela con persone come me. E averne paura. Perfino a rinchiuderle in carcere. Perfino ad ammazzarle.

5) Io non odio gli americani. Affatto. Come popolo li ammiro in molte cose. Ad esempio, nel fatto di avere una élite culturale libera e democratica e progressista. Ad esempio, nel fatto di avere una gioventù raramente fascista: una gioventù che bolle idee nuove e coraggiose. Ad esempio nel fatto che, prima o poi, e a livello popolare, si accorgano sempre dove sta il male e costringano alle dimissioni i loro Nixon. Il modo in cui parlo, in *Niente e così sia*, dei soldati americani che non vogliono fare la guerra in Vietnam dovrebbe chiarirti che io non odio gli americani: odio la loro classe dirigente. Odio il loro denaro e la loro forza militare che interviene nella vita degli altri popoli e la piega ai loro interessi. Odio la Cia che ha aiutato e forse spronato Pinochet a rovesciare Allende, poi a fucilare migliaia e migliaia di democratici. Odio il Pentagono che cerca le guerre e le fa. Odio i loro Nixon, i loro quasi-Nixon, i loro neo-Nixon, che poi si ritrovano anche ad Est, dall'altra parte della barricata. Perché nessuno, su questo pianeta diviso tra due potenti, ha l'esclusiva del male.

Ma qui il discorso sta diventando troppo difficile per una bambina di tredici anni. (Si è ancora bambini a tredici anni ed io spero che tu lo sia.) Perciò ti saluto e ti prego di non aspettare un'altra lettera. Questa è stata del tutto eccezionale, devi capirlo. E ti abbraccio con affetto, e ti auguro ogni bene, ed auguro a me stessa di non deluderti mai.

Tua,

Oriana Fallaci

42.
Non è di me che hanno paura, ma della verità

Nel 1975 Oriana Fallaci intervista Alvaro Cunhal, segretario generale del Partito comunista portoghese, per «l'Europeo» (n. 24 del 13 giugno 1975). Cunhal, dopo aver affermato che in Portogallo non avrebbe mai potuto esserci una democrazia come nel resto dell'Europa occidentale, aveva poi smentito attraverso il Pcp. Oriana affida la sua replica al giornalista portoghese Alvaro Guerra, concedendogli un'intervista, pubblicata dalla rivista «A Luta».

1975

Caro Alvaro,

non voglio imitare il mio amato Pietro Nenni che, dopo una intervista, spedisce le risposte scritte dicendo: «Io sono un giornalista!». Ma, poiché le tue domande erano intelligenti, io ho continuato a pensarci. E, pensandoci, ho trovato alcune cose da chiarire. Così, le scrivo. Velocemente, senza pensarci. E con la speranza che tu comprenda l'italiano.

1) sul mestiere di giornalista. Per me è una maniera di vivere. E, come le donne che hanno vissuto tutta la loro vita in un harem, non conosco un'altra maniera di vivere. Cioè di pensare. Vivere e pensare (che è la medesima cosa) vivendo e pensando la storia nel momento stesso in cui la storia avviene. Scrivere la storia a… caldo. Cioè non dopo, quando è fredda. Scriverla e viverla. Di qui, la totale mancanza di obbiettività. Vivere significa per me partecipare. Chi partecipa fa una scelta. Quindi non può essere obbiettivo.

2) Sulla rivoluzione. La vera rivoluzione è evoluzione, ripeto. E l'evoluzione è tempo, è pazienza. Quindi la rivoluzione è tem-

po, è pazienza. (Lo dice una persona impaziente come me.) La rivoluzione impaziente è isteria. E l'isteria è... isteria. Non rivoluzione. L'evoluzione, cambiando la forma, cambia la sostanza. In altre parole, cambiando l'aspetto superficiale delle cose, cambia la sostanza delle cose. Cioè cambia il pensiero, l'anima. E non si cambia il pensiero dell'Uomo, l'anima dell'Uomo, con una isteria improvvisa. Se lo si cambia, non è rivoluzione: è moda. C'est la mode. Io non seguo la moda. Nemmeno nel modo di vestire. (Usavo i pantaloni venti anni fa, quando le donne non portavano i pantaloni.) Le rivoluzioni come le presenta Gonçalves[18] sono come le minigonne di Mary Quant. E non dimentichiamo che le minigonne di Mary Quant sono diventate maxigonne nel giro di due anni. Non dimentichiamo che la moda è sempre una dittatura. Cioè una cosa irrazionale.

Numero due: che cazzo (chiedo scusa per la parola) di rivoluzione è una «rivoluzione» che, come la «rivoluzione» portoghese dimentica le donne? Questi «rivoluzionari» militari sono tutti uomini. Non c'è una donna nell'Mfa. Non c'è una donna nel Consiglio della Rivoluzione. Non c'è una donna al potere. Non c'è una donna al governo. Non c'è una donna nei quadri dei partiti politici. E la sola vera rivoluzione-evoluzione che avviene oggi è quella delle donne! Tutte le «rivoluzioni» non rivoluzioni hanno tenuto conto delle donne. Perfino la rivoluzione russa. Ma la «rivoluzione» portoghese ignora le donne completamente.

Perché? Perché viene da una casta antirivoluzionaria cioè antievoluzionaria come la casta militare. Ma come si permette un militare cioè un conformista come Gonçalves di definirsi «rivoluzionario»?!? Come si dice in italiano, egli è una «contraddizione in termini». Per concludere: questi «rivoluzionari» conformisti parlano a nome dei lavoratori, dei negri, di tutti gli slogan démodés e facili. E non parlano mai delle vittime dei lavoratori, delle vittime dei negri, cioè delle vittime due volte vittime che sono donne. Vedono le loro vittime nella lontana Angola, nel lontano Mozambico, e non le vedono nella loro casa, nel loro letto.

Forse perché sono così abituati ad essere fascisti e colonialisti in Angola e in Mozambico da non capire quanto sono fascisti e colonialisti nella loro casa e nel loro letto?!? Poveri «rivoluzionari»: vogliono cambiare il padrone delle banche e non vogliono cambiare il padrone del loro pensiero. Non vogliono addirittura cambiare il loro pensiero. Ignoranti e ipocriti, come tutti i «rivoluzionari».

3) Cunhal. Io non uccido chi sta morendo. Io non uccido i condannati a morte. Di conseguenza, io sarò l'ultima persona a dire cose cattive o crudeli su Cunhal. Ma vi sono altre ragioni per cui io non voglio dire cose cattive o crudeli su Cunhal. Alcune personali, altre morali.

a) Tutti i vigliacchi che oggi gridano «Viva Cunhal», come i giornalisti portoghesi, domani grideranno «Morte a Cunhal». Non li aiuto perché Cunhal pagherà per i suoi stupidi errori ed essi non pagheranno nulla.

b) Cunhal non ha mai smentito le cose che mi ha detto in un magnetofono. È il Partito comunista portoghese che ha smentito me per smentire Cunhal, per punire Cunhal. Il giorno in cui Cunhal dirà di non avere detto ciò che mi ha detto, io gli dirò: «Merda». Ma Cunhal non lo dirà perché è un uomo onesto anche se sbaglia.

c) Cunhal è un uomo che ha combattuto i fascisti. E questo io non lo posso dimenticare, non lo devo dimenticare. Io non sono arrabbiata con Cunhal. Io sono triste per Cunhal. Perché crede di essere un rivoluzionario ed è soltanto un conformista démodé, un uomo che vive nel passato, un uomo che non ha capito che la storia va avanti e non indietro. Il suo non è «rivoluzionarismo»: è romanticismo rivoluzionario. Un romanticismo da adolescente e non da uomo maturo. Non conosce la pazienza: conosce la prepotenza, come i ragazzi di diciotto anni. È rimasto ai suoi diciotto anni. Non è mai diventato un uomo adulto. È rimasto cioè romantico e prepotente, non è diventato razionale e indulgente. La colpa è forse (o anche) del fascismo che lo ha chiuso in prigione e in esilio senza dargli il tempo di vivere la sua evoluzione. Cunhal mi fa pensare a due persone.

Una persona è la mia sorellina Elisabetta che ha tredici anni e che non sa perdere. Specialmente quando gioca a scacchi con me. Si arrabbia, butta via gli scacchi, e grida: «Il gioco non conta! Non conta! Ho vinto io!». Allora io mi arrabbio, le tiro uno schiaffo. E tutta la famiglia mi accusa perché le ho tirato uno schiaffo. Elisabetta diviene una vittima. Io amo Elisabetta come non amo Cunhal. Ma capisco Cunhal come capisco Elisabetta.

L'altra persona che mi ricorda Cunhal è quel samurai giapponese che rimase nella giungla per trenta anni. Povero samurai: uscendo dalla giungla credeva che a governare il Giappone fosse ancora il dio-imperatore. Non voleva arrendersi. L'unica differenza, in questo senso, è che quel samurai faceva male solo a sé stesso. Cunhal, senza saperlo, fa male a un popolo intero. Io spero che Cunhal comprenda (come ha compreso il samurai) che Stalin è morto e che Berlinguer è nato.

4) Il Portogallo. Mi imbarazza molto dare un giudizio sul Portogallo perché io appartengo a un Paese che, dopo trenta anni di democrazia, commette quasi più errori del Portogallo dopo un anno di non-democrazia. L'Italia è più colpevole per le sue malakie (parola greca per stronzate) di quanto il Portogallo sia colpevole delle sue malakie. L'unica cosa nella quale gli italiani sono migliori dei portoghesi è il giornalismo. In Italia il giornalismo è libero. In Portogallo è (al 95 per cento) ancora fascista. La cosa più triste che io vedo oggi in Portogallo non è l'incapacità dei suoi improvvisati uomini politici che vengono da una casta fascista e reazionaria come la casta militare ma la malafede e la mancanza di coraggio dei suoi giornalisti.

Essere giornalista per me significa essere disubbidiente. Ed essere disubbidiente per me significa, tra l'altro, stare all'opposizione. Per stare all'opposizione bisogna dire la verità. E la verità è sempre il contrario di ciò che ci viene raccontato. La storia si scrive sulla verità e non sulle leggende. Ma i giornalisti portoghesi (al 95 per cento) continuano a servire come schiavi ubbidienti il POTERE. Dunque, con lo stesso entusiasmo con cui prima scrivevano lodi del potere rappresentato da Salazar e da Gaetano,[19] ora scrivono lodi del potere rappresentato da Gonçalves o Cunhal. È disgustoso leggere i loro giornali perché è come leggere, oggi, i giornali di ieri. Lo spirito è lo stesso. Le parole sono le stesse. Sono cambiati soltanto i nomi dei nemici e dei padroni. Insomma la stampa, in Portogallo, ha talmente abituato sé stessa a non pensare e non disubbidire che oggi continua a fare lo stesso. Senza rischiare.

Il mio disprezzo va sempre a chi non rischia. Lo pensavo la scorsa settimana guardando Papadopoulos condannato a morte. Pensavo: «Egli ha rischiato. Ha sbagliato. E ora paga. Ma Niarchos e Andreadis, i suoi ex padroni, non pagano. Sono più ricchi e più padroni di prima». E poi pensavo: «Mussolini ha pagato. Agnelli, no. Hitler ha pagato. Krupp no». I giornalisti vigliacchi sono un poco come i Krupp e i Niarchos e gli Agnelli eccetera: non pagano mai. Con la sola eccezione di quelli che rischiano e che quindi pagano personalmente. Sono, come loro, persone senza morale. Sono pennivendoli: venditori di parole. Cambiano padrone e basta.

5) Io non sono un venditore di parole. Sono un venditore di idee che paga sempre per le sue idee, giuste o sbagliate. E quando gli stupidi hanno paura di me e non vogliono essere intervistati da me io rispondo: «Non hanno paura di me. Hanno paura della verità».

Ciao,

Oriana

43.
Lettera a Kissinger dopo il suo fallimento

Il 16 novembre 1972 «l'Europeo» pubblica una lunga intervista di Oriana Fallaci a Henry Kissinger che fa scalpore in tutto il mondo. È un'intervista storica. In essa il consigliere della sicurezza statunitense afferma – e poi nega di aver affermato – di sentirsi come «un cow-boy» solitario alla guida dell'America e del mondo. Lui stesso, il 5 agosto 1974, ricevendo copia del libro Intervista con la storia *che la contiene, scriverà a Oriana Fallaci di ricordarla «fin troppo bene». Qualche tempo dopo la giornalista replica con una lettera aperta dalle pagine dell'«Europeo» n. 14 del 3 aprile 1975. Più tardi, leggendo quanto scritto da Kissinger nella sua autobiografia, tornerà nuovamente sul tema.*

3 aprile 1975

Egregio signor Kissinger,

ora che tutto le crolla addosso e la storia si accinge a ridimensionarLa (molto prima di quanto sperassi: lo ammetto) non le mancheranno certo i denigratori e gli accusatori e i giustizieri: in casa o fuori. Gli uomini, è noto, son vili. Finché il potere li terrorizza, applaudono o tacciono; quando il potere decade, strillano e ammazzano. Mi infastidisce quindi unirmi ai più, partecipare al linciaggio.

Ma posso permettermelo. E posso perché sono anni che su di Lei scrivo o dico quello che penso: cioè ogni male possibile. Lei conosce la furia con cui Le risposi nel lontano 1972 quando tentò di far credere che avevo distorto le dichiarazioni fattemi nel corso di quella famosa intervista. Sia attraverso le pagine di «Time» e «Newsweek», sia attraverso gli schermi della Cbs e della Nbc, non esitai davvero ad affermare che Le mancava perfino il coraggio di tener fede a ciò che incideva sul nastro d'un magnetofono e che non la consideravo un gentiluomo. Lei conosce anche la dedica non amichevole con cui Le inviai il mio libro *Intervista con la storia* dove il primo capitolo è dedicato a Lei e alla pessima opinione che ho di Lei. E infine conosce i giudizi che alla televisione americana ho ripetutamente espresso sulla Sua politica e sulla sua persona elencando le colpe, gli errori, la malafede, i motivi per cui la Sua stella sarebbe tramontata e Lei sarebbe tornato a essere ciò che è: un professorino troppo vanitoso, troppo pretenzioso, troppo reazionario. Le mie più recenti prese di posizione risalgono a quindici giorni fa quando, nel Tomorrow Program della Nbc-Tv, l'ho definita tra l'altro «a warmaker not a peace-maker». Un fabbricante di guerra e non di pace. Al Canale 13-tv, invece, ho detto che perfino pronunciare il Suo nome mi riempiva di nausea. In altre parole, ho la coscienza a posto: non contribuisco ad ammazzare un uomo morto. Semplicemente continuo, nel mio piccolo, a spararLe in faccia come ho sempre fatto. E a rischiare. (Dico rischiare perché spararLe in faccia è molto pericoloso. Dal giorno in cui ho cominciato, i suoi amici della Cia mi dedicano infinite attenzioni. E non solo ascoltando con cura le mie telefonate.)

Nella letterina che mi scrisse dopo aver ricevuto il mio libro, lo scorso agosto, Lei alludeva alla famosa intervista come a «that interview that I remember only too well». (Quella intervista che ricordo fin troppo bene.) Poiché la ricorda fin troppo bene, certo ricorda la frase per cui nel suo Paese tutti la ricordano altrettanto bene – e continuano a citarla nei saggi su Kissinger, gli articoli su Kissinger, i seminari su Kissinger, le vignette su Kissinger. Mi riferisco alla risposta che Lei dette quando le chiesi di illustrare le ragioni del suo successo: «Io sono come il cow-boy che guida la carovana andando avanti da solo col suo cavallo. Il cow-boy che entra solo nella città, nel villaggio, col suo cavallo e basta. Agli americani ciò piace». Ne nacque uno scandalo. Nixon se ne offese perché non si capiva bene dove stesse, in tale carovana, il presidente degli Stati Uniti. La stampa prese a pubblicare irriverenti fotomontaggi che la ritraevano vestito da cow-boy, col cappello alla texana e gli speroni. Chiunque rilevò la mancanza di modestia che traspariva da un simile autoritratto. Ma nessuno, o quasi nessuno che io sappia, rilevò la grande verità che esso conteneva: Lei agiva e agisce davvero come un cow-boy presuntuoso e arrogante il quale crede che basti salire su un aereo speciale e piombare nel villaggio per mettervi a posto le cose. Un Suo viaggio in Cina, ed ecco sistemati i rapporti con la Cina. Un Suo viaggio a Mosca, ed ecco sistemati i rapporti con l'Unione Sovietica. Un Suo viaggio al Cairo o a Tel Aviv, ed ecco sistemato il problema del Medio Oriente. Tanto, gli altri non contano. Gli altri sono il volgo, la plebe, sono Cenerentola che senza la bacchetta magica di una fatina chiamata Enrico non avrebbero neanche un paio di scarpe per recarsi alla festa del principe azzurro. E il particolare più allucinante sa qual è? È che non solo Lei ne è convinto. Ne sono convinti, o ne sono stati fin oggi, anche molti membri del volgo. I suoi estimatori.

Poco tempo prima della strage di Fiumicino[20] io ricevetti una telefonata da alcuni Suoi estimatori. Quelli di cui dispone alla televisione italiana. Accettavo di farmi intervistare su Kissinger al telegiornale del secondo programma? Freddamente chiesi perché. «Perché quel figlio di cane ce l'ha fatta di nuovo!», rispose una voce eccitata. E il modo in cui pronunciò «figlio di cane» traboccava un'ammirazione che rasentava l'innamoramento. «Ce l'ha fatta di nuovo in cosa?», chiesi ancor più freddamente. E la voce eccitata: «La pace! La pace nel Medio Oriente!». Insistetti: «In che modo quel figlio di cane avrebbe fatto la pace nel Medio Oriente?». E la voce eccitata: «L'accordo! L'accordo tra Golda Meir e Sadat!». «Che accordo?» «Be'… proprio accordo ancora no. L'incontro! Un incontro!» Replicai che un accordo, tantomeno un incontro, tra Golda Meir e Sadat non significava affatto la pace nel Medio Oriente in quanto essa non dipendeva da due leader e non avrebbe potuto esser sfiorata che il giorno in cui si fosse sistemato il problema dei palestinesi. Poi dettai le mie condizioni: «Vengo a condizione di parlare in diretta e poter dire tutto ciò che penso su Kissinger». Due ore dopo venni chiamata di nuovo. Stavolta la voce era fredda e: cosa pensavo di Kissinger? Pensavo un gran male, spiegai, e un motivo per cui ne pensavo un gran male nasceva dalla mia certezza che egli ci prendesse in giro quando prometteva la pace: era forse pace quella che aveva procurato in Vietnam? «Lei sta affermando che Kissinger è un cretino», sentenziò la voce fredda. «Oh, no! Conosco Kissinger, lo conosco personalmente, e posso assicurarle che non è per niente cretino», protestai. «Cretini sono coloro che credono in lui.» Si udì un clic. La conversazione fu interrotta. E al telegiornale del secondo programma intervistarono un tale che disse un gran bene di Lei e della Sua bacchetta magica. Ma l'incontro tra Golda Meir e Sadat non avvenne. Al suo posto avvenne la strage di Fiumicino commessa dai palestinesi per ricordare che la pace nel Medio Oriente non dipende da due leader e nemmeno da Lei. La storia, vede, è un po' più complicata dei Suoi maneggi mondani, delle Sue avventurette vissute con quel sorrisino appiccicato sul Suo brutto viso alla Alberto Sordi.

E a questo punto mi permetta di chiederLe una cosa che non ho ben capito: la figura del cow-boy americano che entra da solo nel villaggio per mettere a posto le cose piace agli americani e basta o anche a Lei? Perché, se piace anche a Lei, non sono sicura di aver risposto bene al suo estimatore affermando che Lei è intelligente. Una persona con un minimo di intelligenza, infatti, conosce perfettamente questa indiscussa e santa realtà: non esiste l'uomo che da solo possa portare la pace nel mondo. Non ci riuscì Gesù Cristo che era pronto a salire in croce, figuriamoci se ci riesce Lei che non è pronto neanche a farsi tirare gli orecchi. Non esiste il politico che possa risolvere i drammi di un'epoca. Non ci riuscì Napoleone che aveva un mucchio di idee, figuriamoci se ci riesce Lei che non ne ha nessuna. E se uno pensa che un tal uomo o un tale politico possa esistere, se uno crede addirittura di esserlo, vuol dire che è un fascista e un démodé. Cioè un tipo che crede nel superomismo di Nietzsche, che per diritto divino si sente autorizzato a maneggiare i popoli come pedine d'un gioco di scacchi: secondo le sue scelte private e le sue decisioni personali. Non dimentichiamo che per anni Lei non s'è curato nemmeno di render conto al Congresso degli Stati Uniti di cosa faceva e di dove andava. Non dimentichiamo che i Suoi migliori amici, a destra e a sinistra, sono dittatori. Non dimentichiamo che Lei deve la Sua fortuna al presidente più antidemocratico che gli americani abbiano mai avuto la sventura di eleggere: quel Nixon finito nella vergogna dopo aver seminato ovunque imbrogli, prepotenze, errori, bugie. Non dimentichiamo che Lei aveva «un gran rispetto» per lui, che ammirava molto «la sua forza», che era una sua creatura prima di lasciarlo cadere come una patata bollente: senza pronunciare una parola in sua difesa, senza fargli una visitina nell'ospedale dove fingeva d'esser moribondo. Non dimentichiamo insomma che, se il Suo complice e benefattore Nixon non fosse esistito, di Lei non si saprebbe nemmeno che è nato. Invano, dottor Kissinger, Lei aveva offerto i Suoi servigi agli altri presidenti. Essi non lo avevan mai preso sul serio. E lo avevan sempre liquidato con una frase: «È un avventuriero».

Intendiamoci: non c'è nulla di male ad essere un avventuriero, specie se si hanno le carte in regola con la cultura o almeno con l'erudizione. Molti grandi politici furono avventurieri: direi quasi tutti. Ma c'è molto di male nell'esserlo in modo antistorico e cioè seguendo concetti in ogni senso defunti. Ad esempio, nel ritenere che il potere oggi sia nelle mani di tre o quattro persone soltanto, che perciò sia sufficiente metter d'accordo tre o quattro persone per cambiare la faccia del mondo. Ad esempio, nel rispolverare le tesi totalitarie della Santa Alleanza e smerciarle come equilibrio delle grandi potenze. Per quanto lo neghi, lei si illude d'esser davvero la reincarnazione di Metternich, cioè di un individuo che dava svolte artificiali alla storia basando la sua azione sulla segretezza e l'assolutismo e l'ignoranza del volgo non ancora svegliato alla scoperta dei propri diritti. Ma Metternich visse un secolo fa, dottor Kissinger, e la sua Santa Alleanza fallì. Non le ha insegnato nulla fare l'insegnante a Harvard? La Sua colpa maggiore, in fondo, non deriva dal fatto che agisce come un cow-boy presuntuoso: deriva dal fatto che agisce come un fascista e un démodé. In altre parole, dal fatto che vive nel passato: senza capire il presente e senza indovinare il futuro. Per questo, o anche per questo, Lei fallisce in ogni Sua impresa e i Suoi successi sono sempre fuochi di paglia: fumo negli occhi degli imbecilli. A cosa è servito, scusi, il Suo «riavvicinamento» alla Cina? A procurare due panda per lo zoo di Washington? A mostrare la Grande Muraglia alla signora Nixon? Non è cambiato nulla dopo che Lei ha stretto la mano a Mao Tze Tung e ha cenato con Ciu En-lai. A cosa è servito, scusi, il Suo flirt con l'Unione Sovietica? A organizzare un volo spaziale di astronauti americani e russi? A far concedere il visto d'uscita ai ballerini ebrei che preferiscono Gerusalemme a Leningrado? A cosa è servita, scusi, la Sua «pace» in Vietnam dove non hanno mai smesso di sbranarsi e di morire a migliaia?

Glielo dico io a cosa è servita: a riportare in America gli American Boys prigionieri ad Hanoi, ad allontanare i giornalisti da Saigon secondo il principio per cui dove-non-c'è-stampa-non-c'è-notizia e dove-non-c'è-notizia-graziaddio-non-accade-proprio-nulla, infine a regalare a Nixon una vittoria elettorale ineguagliata e ineguagliabile. Lei sapeva benissimo che Thieu non avrebbe consentito il governo di coalizione che Lei aveva promesso, sapeva benissimo che non avrebbe indetto le elezioni per cui Lei s'era impegnato, sapeva benissimo che 350.000 nordvietnamiti al Sud avrebbero continuato la guerra. Mai beffa fu più beffa della Sua «pace» in Vietnam e, più che beffa, fu truffa. Io trovo assolutamente vergognoso che i signori di Stoccolma Le abbiano regalato il premio per la Pace: ma trovo ancor più vergognoso che Lei l'abbia accettato. Le Duc-tho[21] fu più onesto: lo rifiutò. Lei non crede alla pace, dottor Kissinger. Lei crede in armistizi temporanei che le permettan di giocare a scacchi con la vita della gente. Se avesse creduto alla pace, non avrebbe portato la guerra a Cipro, ed aperto un'altra piaga in questo Mediterraneo di cui vuol esser padrone senza riuscirci. Lo sapeva o no che la Giunta fascista di Atene preparava il colpo di Stato a Cipro e meditava l'assassinio di Makarios?[22] Se non lo sapeva, Lei è un pessimo segretario di Stato e non ha affatto le informazioni che si vanta d'avere. (Non gliele forniscono nemmeno i suoi protetti.) Se lo sapeva, Lei è ciò che ho detto alla televisione di New York: un fabbricante di guerra ed anche un pasticcione. Cosa ci ha guadagnato, scusi, con quel golpe? La caduta dei colonnelli, l'uscita della Grecia dalla Nato, e forse anche l'uscita della Turchia? Nessuno dei suoi predecessori s'era trovato con una Nato che facesse acqua da tutte le parti. Lei non riesce nemmeno a tenere insieme lo *status quo* raggiunto da chi venne prima.

Non vorrei infierire, dottor Kissinger, ma si guardi intorno e indietro. Nel subcontinente indiano, quando scoppiò la guerra tra India e Pakistan, Lei si mise dalla parte del Pakistan che perse metà del suo territorio. E ci fece una figura da cani. In Indocina, prima della «pace», consigliò a Nixon di estendere il conflitto alla Cambogia e si perse il solo alleato possibile: Sihanouk.[23] Ora non solo Thieu a Saigon ma anche Lon Nol[24] a Phnom Penh trema come Macbeth che vede avanzare la foresta da cui sarà sgozzato. Per impedire l'avvento del comunismo, Lei ha contribuito all'eccidio di un'intera generazione, in Vietnam, e il risultato è che presto la bandiera rossa sventolerà sull'intera Indocina. Quanto al Medio Oriente, non ha alleggerito la tensione di un grammo e ha perduto la faccia perfino con un mediocre come Arafat: salutato all'Onu con la riverenza che di solito vien tributata a un capo di Stato o a un messia. D'accordo, Sadat La chiama «il mio amico Henry»: ma deve trattarsi di un'amicizia assai unilaterale visto che Lei non riuscì a dissuaderlo dalla guerra del '73. E in Europa? In che modo s'è procurato quel problemino che ha nome Portogallo? Le dispiacciono tanto i tipi progressisti, dottor Kissinger: basta che uno mormori la parola socialismo perché le Sue guardie del corpo corrano a frugargli tra le carte. (Successe a me, quando durante una visita a Roma Lei ebbe il cattivo gusto di prendere alloggio nell'albergo dove scendo io. Entrarono nella mia camera, cercarono tra le mie cose, i miei fogli, e in segno di spregio vi lasciarono sopra anche un paio di calzini. Made in Usa.) Però, per far rabbia ai progressisti, combina controcolpi di Stato che finiscono male e si ritrova con le motovedette sovietiche alle Canarie. O Lei è molto sfortunato, o è molto incapace. Ma, poiché di fortuna ne ha avuta fin troppa, e immeritatamente, io dico che Lei è solo incapace.

In una delle Sue tante previsioni errate, Lei annunciò che il 1974 sarebbe stato l'anno dell'Europa. Mi sbaglio o è stato invece l'anno degli sceicchi? Com'è che malgrado tutti i suoi viaggetti in Arabia e in Iran Lei non s'era mai accorto di ciò che stavano preparando laggiù col petrolio? Com'è che fu tanto sorpreso (così m'è stato detto) di leggere ciò che lo Scià mi strillò in un'intervista: «Il petrolio raddoppierà di prezzo, triplicherà, decuplicherà»? Non era un altro Suo fedele, lo Scià? I Suoi fedeli non le raccontano mai ciò che si lascian sfuggire perfino con una piccola giornalista italiana? E, tanto per restare in Islam, com'è che s'è lasciato ammazzare Feisal?[25] L'hanno tenuto all'oscuro anche di questo progetto durante i Suoi viaggetti a Ryad? O è il contrario? Lungi da me ogni insinuazione, intendiamoci: ma, appena accade una cosa violenta nel mondo mi viene spontaneo pensare che dietro ci sia lo zampino del suo ministero. Deve trattarsi di un complesso che io e tutti ci portiamo dietro dopo la morte di Allende. Il Congresso americano e la stampa americana ci hanno spiegato in modo troppo esauriente che il golpe fascista in Cile fu sostanzialmente voluto da Lei, che Lei era assolutamente d'accordo nel finanziare la Cia per le sue turpi operazioni a Santiago. Viviamo nell'incubo dei suoi golpe, ormai. La sera andiamo a letto chiedendoci: Kissinger non si auspicherà mica qualcosa del genere nel Mediterraneo? Nel mio Paese ad esempio? Avvengono fatti così strani in Italia, così ben orchestrati. E in una boriosa intervista Lei disse a James Reston: «Questo non è il mio canto del cigno». Non vorremmo esser noi il suo canto del cigno: con i cow-boy tutto è possibile. Perché i cow-boy restano cow-boy anche se hanno studiato ad Harvard e hanno scritto libri concettosi. E i cow-boy nati in Germania hanno un doppio difetto: quello d'esser cow-boy e quello di parlar con l'accento tedesco.

Ma forse Lei non è nemmeno cattivo quanto sembra. È soltanto inadeguato. È come certe ragazzotte né belle né brutte che un giorno vanno a letto con un produttore, fanno carriera nel cinema, e perciò diventano Greta Garbo o Marilyn Monroe. Inadeguatamente. Lanciato dal suo produttore Nixon, adulato e gonfiato ed imposto nella più formidabile campagna pubblicitaria del nostro tempo, anziché nel cinema Lei fece carriera in politica e divenne Henry Kissinger. Inadeguatamente. Certo fu una bella avventura per Lei, un gran divertimento. Lo riconobbe anche con me quando mi disse che il potere era un afrodisiaco squisito: «Io son certo che, quando lascerò questo posto, il potere mi mancherà molto». Il guaio è che per la Sua bella avventura, il Suo divertimento, siamo noi a pagare. Noi del villaggio che Lei pretendeva di sistemare come un superman, un superstar, un superkraut, e dove è riuscito soltanto ad alimentare il caos e il dolore e il disprezzo con cui La saluto. Anzi, non La saluto affatto.

Oriana Fallaci

44.
Le donne si indignano da una parte, gli uomini si arrabbiano dall'altra

Il libro di maggior successo di Oriana Fallaci, Lettera a un bambino mai nato *– due milioni di copie in Italia e altri due milioni e mezzo nel resto del mondo con ben 22 edizioni estere – è stato anche il più criticato, controverso e frainteso anche dall'amico Pasolini.*

10 settembre 1975

Caro Pier Paolo,

ti ho telefonato un paio di volte ma non ti ho mai trovato e, sapendoti al lavoro, ho preferito non insistere. Ti scrivo dunque. Anzitutto, per annunciarti l'arrivo del mio libro *Lettera a un bambino mai nato* e poi per dirti questo.

È un libro cui tengo molto. Tanto quanto non tenevo agli altri. Ed è un libro in cui credo. Infine, un libro cui ho molto lavorato. E tuttavia temo che non sia capito. Segni per ora superficiali (giacché vengono da due o tre giornalisti insensibili) annunciano incomprensioni e ostilità. (E non sai mai quando sono ostilità dirette alla persona o al lavoro di quella persona.) Le donne si indignano da una parte, gli uomini si arrabbiano dall'altra, gli abortisti mi maledicono perché concludono che io sono contro l'aborto, gli antiabortisti mi insultano perché concludono che io sono per l'aborto. E nessuno o quasi si accorge di cosa vuol dire il libro veramente.

Nella rissa non hanno ragione né gli uni né gli altri, o hanno ragione tutti e due. Il libro è la saga del dubbio. Vuol essere la saga del dubbio. E comunque ecco la cosa più importante che volevo dirti.

Già mentre lo scrivevo io pensavo che tu saresti stato una delle poche persone che lo avrebbero capito. E così ti chiedo di leggerlo. (Il libro è breve, l'ho voluto contenere di proposito in cento pagine: buttando via molta roba che ne turbava il rigore.) E poi, se il libro ti interessa o ti piace, ti chiedo di occupartene in qualche modo. Non so nemmeno io come. (Inutile dire che mi piacerebbe molto se ti capitasse di discuterne, o almeno di accennarvi, sul «Corriere della Sera». L'impazienza di Pautasso[26] e Spagnol,[27] che credono molto nel libro e sono partiti con una edizione di ottantamila copie, ha fatto sì che al «Corriere» si incominciasse a scriverne in agosto. In agosto non c'era nessuno, il libro è finito nelle mani del Villani che ha scritto un pezzullo proprio sconfortante.)

Se invece il libro non ti piace, me lo dirai. Ed io me ne addolorerò ma non importa. Mi sono fatta una pelle di elefante e sto diventando capace di ragionare senza lacrime sui giudizi di coloro che stimo e cui voglio bene.

Grazie. Ciao

Oriana

45.
Non è un libro sull'aborto

Firenze, 2 ottobre 1975

Caro Pier Paolo,

non ho saputo più nulla di te. E questo mi fa temere che il libro non ti piaccia. Però, e nella speranza che le cose non vadano così catastroficamente, avrei da chiederti un favore.

La televisione vuole dedicarmi una serata del programma «Bianco e Nero»: quello che va in onda alle otto di sera, sul secondo. Alla presentazione del libro, che dura mezz'ora, partecipano l'autore, il moderatore Giacovazzi (o Giacovazzo) e una terza persona che cambia ogni volta. La persona cioè che discute il libro insieme all'autore.

Ti peserebbe accettare l'invito?

Dipende, ovvio, dalla misura in cui il libro ti è piaciuto o dispiaciuto. Se ti è dispiaciuto eccessivamente, allora non insisto: sarebbe masochismo. Se invece ti è piaciuto o ti ha interessato o ti trova soltanto in disaccordo, sarebbe splendido poterlo presentare con te. Anche perché a me piacquero molto i tuoi interventi sul problema dell'aborto al tempo in cui il «Corriere della Sera» se ne occupò.

(Dico aborto a malavoglia. Non considero affatto il mio libro un libro sull'aborto. Preferirei dire il dilemma di nascere o non nascere. Preferirei parlare del fatto che è la donna a pagare il conto del dare la vita.)

Ho detto a Giacovazzi (o Giacovazzo) che potrei farlo negli ultimi dieci giorni di ottobre quando tornerò da New York. (Devo fare un salto a New York e non ne sono nemmeno certa. Dipende dalla salute di mia madre che sta sempre peggio: il male è arrivato all'ultimo stadio, temo.) Ove tu fossi d'accordo, andrebbe bene quella data per te?

Il Giacovazzi ti telefonerà. Rispondigli per favore. E, se non accetti perché il libro non ti piace, inventa una scusa. (A lui piace, e non vorrei scoraggiarlo…)

Grazie.

E un saluto affettuoso,

Oriana

46.
La mia versione dell'assassinio è giusta

Nella notte tra il 1° e il 2 novembre 1975 Pier Paolo Pasolini fu ucciso in maniera brutale: percosso e travolto dalla sua stessa auto sulla spiaggia dell'Idroscalo di Ostia. Dell'omicidio fu incolpato Pino Pelosi, diciassette anni, già noto alla polizia come ladro di auto e «ragazzo di vita», fermato la notte stessa alla guida dell'auto di Pasolini.

Sin da subito – e per prima – Oriana Fallaci non accettò la versione ufficiale dell'omicidio, pubblicando sull'«Europeo» (nn. 46 e 47 del 14 e 21 novembre 1975) una controinchiesta in cui sosteneva che gli assassini fossero più persone.

Venerdì, 14 novembre 1975

Alekos,

l'automobile è pronta. Te l'hanno mandata a Milano. Lì ti aspetta, nel luogo che ti spiegherò quando andrai a prenderla. È già a tuo nome. È verde mela. Ha fatto pochissimi chilometri. Per questo costa uno e novecentomila. Cioè quasi due. Non so se li hai. Io ti depositai quel milione. Tu avevi seicentomila. A Roma hai cambiato degli assegni. Il pagamento della poesia arriverà fra molto tempo. Sarà bene, dunque, che tu porti qualcosa. Dovrai portare anche la patente greca. Evangelisti ripete che in Italia non scherzano. Soprattutto a Milano, e la macchina è a Milano. Sono durissimi. A Roma o in Sicilia è diverso.

2) Carlo Ripa di Meana, il presidente della Biennale di Venezia che ti invitò a Venezia, ti cerca. E ti invita. Sta facendo la mostra degli artisti moderni, e lo stand della Grecia è vuoto. Niente pittori, niente scultori, niente di niente. Devi aiutarlo a portare giovani artisti greci. Trova umiliante che la Grecia sia assente. Lo

stesso per non so quale cosa sulla Resistenza nei vari Paesi. (Non ho capito.)

Carlo mi ha parlato anche di Angelopoulos.[28] Fu lui a lanciarlo con la Biennale. È lui che ha i suoi cinque film fino alla fine del 1975. Se andiamo a Venezia ce li fa vedere. E dice che non si può essere certi che Angelopoulos rispetti la sceneggiatura. Anzi, è certo che non la rispetterà. È un tipo come Francesco Rosi. Fa le cose a modo suo e nessuno lo può controllare. Però molto bravo. Non ancora maturo tecnicamente, dice Carlo, ma molto bravo interessante. Dovrai parlare con Carlo.

3) Ho parlato con Veltri.[29] Non è stato semplice ricordarmi di una cosa simile quando avevo tante cose più importanti da fare e lavoravo come una pazza. Ma l'ho fatto. Veltri mi ha fatto molta festa ma, quando ho detto il nome Nastulis, ha fatto una voce strana. Ha detto «Sì, va bene» in un modo che mi è sembrato annoiato. Poi ha detto che lo conosce bene: «È andato da lui tante volte questo Nastulis». Mi è sembrato che lo considerasse un poco rompicoglioni. Però, ripeto, è stato gentile ha detto che farà il possibile.

4) Prima di partire da Roma ho avuto un infarto cardiaco. È stato quando ho chiesto il conto dell'albergo. Ci si poteva comprare mezza automobile. Soprattutto per via delle telefonate all'estero. Sono riuscita a dare il conto al giornale per intero ma non ho avuto il coraggio di far pagare al giornale le telefonate. Le ho pagate io. Bisogna stare più attenti.

Ti saluto terribilmente stanca. Ho lavorato come una bestia dopo la tua partenza. E ho trovato molto, anche un testimone col nome. Un lavoro meraviglioso. Un grande successo. La mia versione dell'assassinio è giusta. Oggi viene da Roma la Televisione italiana a intervistarmi. Ti mando «l'Europeo».

E aspetto che tu mi chiami per organizzare il tuo arrivo, sapere se andiamo a Venezia. Ho comprato la pizza coi buchi.

Oriana

47.
Non eri un uomo, eri una luce, e una luce s'è spenta

Questa lettera «Lettera a Pier Paolo, dopo la morte» è stata pubblicata sull'«Europeo» n. 46 del 14 novembre 1975.

Roma, 14 novembre 1975

Da qualche parte, Pier Paolo, mischiata a fogli e giornali e appunti, devo avere la lettera che mi scrivesti un mese fa. Quella lettera crudele, spietata, dove mi picchiavi con la stessa violenza con cui ti hanno ammazzato. Me la sono portata dietro per due o tre settimane, le ho fatto fare il giro di mezzo mondo fino a New York, poi l'ho messa non so dove e mi chiedo se un giorno la ritroverò. Spero di no. Vederla di nuovo mi farebbe male quanto me ne fece quando la lessi e rimasi intirizzita a fissar le parole, sperando di poterle dimenticare. Non le ho dimenticate, invece. Posso quasi ricostruirle a memoria. Più o meno, così: «Ho ricevuto il tuo ultimo libro. Ti odio per averlo scritto. Non sono andato oltre la seconda pagina. Non voglio leggerlo, mai. Non voglio sapere cosa v'è dentro la pancia di una donna. Mi disgusta la maternità. Perdonami, ma quel disgusto io me lo porto dietro fin da bambino, quando avevo tre anni mi sembra, o forse erano sei, e udii mia madre sussurrare che...». Non ti risposi. Cosa si risponde a un uomo che piange la sua disperazione di trovarsi uomo, il suo dolore d'essere nato da un ventre di donna? [...]

Ventiquattr'ore prima che ti sbranassero, venni a Roma con Panagulis. Ci venni decisa a vederti, risponderti a voce su ciò che mi avevi scritto. Era un venerdì. E Panagulis ti telefonò a casa ma, alla terza cifra, si inseriva una voce che scandiva: «Attenzione. A causa del sabotaggio avvenuto nei giorni scorsi alla centrale dell'Eur, il servizio dei numeri che incominciano con il 59 è temporaneamente sospeso». L'indomani accadde lo stesso.

Ci dispiacque perché credevamo di venire a cena con te, sabato sera, ma ci consolammo pensando che saremmo riusciti a vederti domenica mattina. Per domenica avevamo dato appuntamento a Giancarlo Pajetta e Miriam Mafai in piazza Navona: prendiamo un aperitivo e poi andiamo a mangiare. Così verso le dieci ti telefonammo di nuovo. Ma, di nuovo, si inserì quella voce che scandiva: attenzione, a causa del sabotaggio il numero non funziona. E a piazza Navona andammo senza di te. Era una bella giornata, una giornata piena di sole. Seduti al bar Tre Scalini ci mettemmo a parlare di [Francisco] Franco che non muore mai, e io pensavo: mi sarebbe piaciuto sentir Pier Paolo parlare di Franco che non muore mai. Poi si avvicinò un ragazzo che vendeva «l'Unità» e disse a Pajetta: «Hanno ammazzato Pasolini». Lo disse sorridendo, quasi annunciasse la sconfitta di una squadra di calcio. Pajetta non capì. O non volle capire? Alzò una fronte aggrottata, brontolò: «Chi? Hanno ammazzato chi?». E il ragazzo: «Pasolini». E io, assurdamente: «Pasolini chi?». E il ragazzo: «Come chi? Come Pasolini chi? Pasolini Pier Paolo». E Panagulis disse: «Non è vero». E Miriam Mafai disse: «È uno scherzo». Però allo stesso tempo si alzò e corse a telefonare per chiedere se fosse uno scherzo. Tornò quasi subito col viso pallido. «È vero. L'hanno ammazzato davvero.» In mezzo alla piazza un giullare con i pantaloni verdi suonava un piffero lungo. Suonando ballava alzando in modo grottesco le gambe fasciate dai pantaloni verdi, e la gente rideva. «L'hanno ammazzato a Ostia, stanotte», aggiunse Miriam. Qualcuno rise più forte perché il giullare ora agitava il piffero e cantava una canzone assurda. Cantava: «L'amore è morto, virgola, l'amore è morto, punto! Così io ti piango, virgola, così io ti piango, punto!». Non andammo a mangiare. Pajetta e la Mafai si allontanarono con la testa china, io e Panagulis ci mettemmo a camminare senza sapere dove.

In una strada deserta c'era un bar deserto, con la televisione accesa. Entrammo seguiti da un giovanotto che chiedeva stravolto: «Ma è vero? È vero?». E la padrona del bar chiese: «Vero cosa?».

E il giovanotto rispose: «Di Pasolini. Pasolini ammazzato». E la padrona del bar gridò: «Pasolini Pier Paolo? Gesù! Gesummaria! Ammazzato! Gesù! Sarà una cosa politica!». Poi sullo schermo della televisione apparve Giuseppe Vannucchi e dette la notizia ufficiale. Apparvero anche i due popolani che avevano scoperto il tuo corpo. Dissero che da lontano non sembravi nemmeno un corpo, tanto eri massacrato. Sembravi un mucchio di immondizia e solo dopo che t'ebbero guardato da vicino si accorsero che non eri immondizia, eri un uomo. Mi maltratterai ancora se dico che non eri un uomo, eri una luce, e una luce s'è spenta?

Oriana Fallaci

48.
La prosa non è un urlo, è una disciplina

Nel 1979 Oriana Fallaci pubblica Un uomo*, in cui narra la storia di Alekos Panagulis, dall'attentato contro il dittatore Papadopoulos (1968) alla scarcerazione, nel 1973. Ma il progetto iniziale era che fosse lui stesso a raccontarsi, un poeta prestato alla prosa.*

2 gennaio 1976

Caro Alekos,

nelle pagine che seguono troverai la «scaletta». Ho voluto fare una scaletta sommaria, a grandi linee basta, per non imprigionare il tuo pensiero in uno schema troppo particolareggiato. Una scaletta deve servire soltanto a chiarire le idee, indicare una strada, un possibile svolgimento, insomma immaginare le fondamenta di una casa da costruire. Niente di più. Non è possibile programmare tutto, specialmente per un libro che non è nella mia testa ma nella tua.

Capirai da te, lavorando, che questa scaletta può cambiare mentre il libro procede. Un libro, infatti, non si può prevedere completamente. Non si può decidere prima in uno schema fisso. E spesso, dopo le prime trenta pagine, diviene una creatura indipendente. Diventa qualcosa di vivo, dove i personaggi assumono una vita propria, sì che sono loro a dire dove vogliono andare e come vogliono andare. E lo scrittore devi ubbidirgli. Non viceversa. Io non amo le scalette per questo.

Tuttavia capisco che, nel tuo caso, la scaletta è necessaria. Perché scrivere in prosa non è il tuo mestiere. E sono necessari i consigli che ti do. Tutti i consigli tecnici. Questi consigli tecnici nascono dai tre elementi principali del racconto:

1) attentato; 2) condanna a morte; 3) Boiati. E su di essi devo

aggiungere alcune cose che mi sono venute in mente dopo aver scritto la scaletta. Eccole.

1) La ragione per cui bisogna incominciare dall'attentato non è solo quella che ti spiego nella scaletta. E cioè la drammaticità di un fatto che prende subito il lettore alla gola. È che, attraverso quel fatto, si dipinge subito la figura morale del personaggio Panagulis. (Uccidere o non uccidere? E quando uccidere? Perché uccidere?) Ti ricordo le due frasi che mi fulminarono: «Io non volevo uccidere un uomo, volevo uccidere un tiranno». E: «Papadopoulos era per me un'automobile nera che passava, eccetera». Inutile dire che non puoi ripetere esattamente queste due frasi, ormai troppo note a causa mia. Ma devi insistere sul loro concetto. Devi lavorare sul loro concetto. Quanto a Papadopoulos, vedremo poi se sarà il caso di inserire o no nel primo capitolo il fatto che lo conoscerai finalmente al processo. Vedremo insomma se si può fare un «flash-after», il contrario del flash-back. Ora non si può dire.

2) Condanna a morte. Non ho detto processo: ho detto condanna a morte. I processi sono sempre noiosi. Perché non sono elementi universali. La morte è un elemento universale. E la condanna a morte è l'aspetto più drammatico di questo elemento universale, senza tempo e senza nazionalità. Quindi, tutto il processo deve essere una attesa della condanna a morte. Molte cose che a te sembrano importanti perché le hai vissute devono essere buttate via o usate solo in funzione del «clou» cui arriverai con la condanna a morte. Nella scaletta mi sono dimenticata anche di dirti che il terzo flash-back dovrà venire dopo la condanna a morte. (Ricorderai che il primo flash-back viene dopo l'attentato. E cioè fra l'attentato e l'arresto. Il secondo dopo l'arresto, se necessario. Il terzo deve venire dopo la condanna a morte. Non so quale, o quali. Ma potrebbe essere un flash-back sull'infanzia. Inutile dire che il momento più alto di poesia si tocca qui, durante e dopo la condanna a morte quando aspetti la tua fucilazione.)

3) A proposito di Boiati ho dimenticato di sottolineare, nella scaletta, una cosa importante. Eccola. La commedia umana, con tutti i suoi tipi umani, i suoi personaggi, esplode soprattutto a Boiati. Voglio dire: finché il personaggio P. è libero (perché al processo è ancora «libero») tutti gli sguardi del lettore sono puntati su di lui: quasi che egli fosse l'unico attore sul palcoscenico, e il coro intorno a lui non esistesse. (Sì, il coro c'è durante le torture. Ma è un coro monocorde, monotono, perché fatto di persone sempre uguali. Sempre cattive. Sì, il coro c'è al processo. Ma è ancora un coro monocorde, monotono, perché fatto sempre di accusatori.) Quando il personaggio P. è nella cella di Boiati invece, il coro si allarga, il palcoscenico si popola di tanti personaggi politoni, buoni e cattivi, tristi e divertenti. Il mondo esplode, paradossalmente, nella sua ricchezza, proprio dentro quella piccola cella.

Anche per questo l'elemento Boiati è il più difficile. So che a te sembra il più facile, perché lo hai raccontato tante volte in episodi. Ma scrivere non è parlare. Quando si parla si buttano al vento tante storie slegate, senza disciplina. Quando si scrive, invece, le storie vanno unite in modo armonioso e direi scientifico. L'arte dello scrivere sta qui. Ed è un'arte difficilissima, completamente diversa dall'arte di scrivere poesie. Richiede ciò che i critici chiamano «fiato, respiro». Un respiro completamente diverso, ripeto, da quello poetico. Te lo spiegherò con le parole di Hemingway: «Scrivere è come sciare senza scosse su una neve piena di sassi. Chi legge non deve sentire i sassi, deve scivolare via su una neve liscia, leggermente, armoniosamente».

Non ti nascondo le mie preoccupazioni. La principale nasce dal fatto che tu scriverai in greco. E così non potrò seguirti come ti seguirei se tu scrivessi in italiano, darti via via consigli, spiegarti dove va bene e dove va male. La seconda nasce dal fatto che non ho mai letto una pagina scritta da te in prosa e che hai l'aria di non capire la differenza che passa tra la poesia e la prosa. Tu dici che la poesia è un urlo. Ebbene: la prosa non è un urlo. La prosa è una disciplina. La prosa non si vomita, non si improvvisa. La prosa si costruisce. La prosa è diabolica. Proprio perché non è sintetica come la poesia. Proprio perché composta di migliaia e migliaia di parole. Parole che diventano spesso numeri dentro cui ci si perde.

Ti consiglio di leggere con attenzione questi avvertimenti perché io so di cosa parlo. Scrivere in prosa è il mio mestiere. Un mestiere che faccio da sempre, e bene. Conosco tutte le trappole della prosa, tutti gli inganni, tutti i sassi. Dunque, ricorda: tu dovrai spogliarti della tua tecnica di poeta. Dovrai piuttosto usare quella di oratore. O trovare la giusta via tra i due.

Voglio anche dirti quello che lo zio Bruno diceva a me. È qui, in una lettera antica. Peccato che il grande maestro sia morto. Egli sarebbe stato la persona giusta per te. Ma ho imparato abbastanza bene la sua lezione e te la ripeto. Ecco la lettera: «Cara Oriana, ho letto il tuo manoscritto di *Penelope alla guerra*. E non capisco i tuoi dubbi. Come opera giovanile, anzi come opera prima, va molto bene. Scrivi come un uomo. Cioè senza sbavature, senza inutilità. Tutto il contrario di Malaparte che scrive come una donna, vestito di mille orpelli e gioielli. Tu mi chiedi dunque consigli che hai già superato. Ma vi sono altri consigli che voglio darti e che userai in futuro. Quelli che io definisco i Sette Comandamenti dello scritto. Primo: leggere molto. Leggere ciò che scrivono gli altri capire come lo scrivono. Secondo: non annoiare mai, mai. Terzo: avere il coraggio di non dire tutto perché non si riesce mai a dire tutto. Quarto: avere il coraggio di buttare via cose scritte e riconoscere che non tutto ciò che si scrive è oro. Quinto: scrivere e poi… riscrivere; è solo al momento di riscrivere che si scrive. Sesto: non aspettare l'ispirazione perché non si scrive per ispirazione, si scrive per disciplina. Scrivere è un atto di volontà che richiede un sacrificio orrendo, una fatica bestiale. Per scrivere ci vuole anzitutto una corda per legarsi alla seggiola come faceva Ugo Foscolo. Sette: non lasciarsi prendere dalla paura come ho sempre fatto io per eccessivo rispetto dello scrivere. Non ti arrabbiare: ieri ho bruciato il racconto che ti piaceva tanto, "La morte Adamo". Tanti saluti dallo zio, cioè dall'ozio che è padre dei vizi».

Altri discorsi sono inutili. Conosci tutti i pericoli di questo libro. Uno è il pericolo di fare del narcisismo. Ad esempio di presentare il personaggio P. troppo come un eroe, senza che tu lo voglia. Gli eroi non sono simpatici. L'elemento superuomo che è nell'eroe disturba. Ma queste cose le sai e...

E un libro è un figlio. Non si può dire a una donna incinta se suo figlio dovrà avere gli occhi azzurri o gli occhi neri. Si può solo aspettare di vedere se quel figlio nasce o no. Al massimo, si può aiutare la donna incinta nel momento del parto: facendo l'ostetrica. Io sono pronta a farti da ostetrica e lo sai. Resta solo il problema della lingua.

Ma chi è riuscito a viaggiare per 1500 km a 180 all'ora, con la carta rosa, senza ammazzarsi, senza ammazzarmi, senza finire in prigione, ha certamente un dio dalla sua parte. Anche se un dio disgraziato. Quel dio ti aiuterà a risolvere il problema di un libro scritto in greco e seguito da me in italiano.

Ciao, caro. Buone cose a te e alla tua Primavera.

(P.S. Le ostetriche sono le signore che fanno nascere i bambini.)

(P.S. Un'altra cosa che lo zio Bruno mi raccomandava era il dialogo. Anche io credo molto al dialogo. Soltanto in *Lettera a un bambino mai nato* faccio pochissimo uso del dialogo. Ma per un fatto semplice, il libro è già un dialogo quando non è un monologo. Quindi, indirettamente, il dialogo c'è anche lì.

Sto leggendo l'ultimo libro di Garcia Márquez che adorai in *Cent'anni di solitudine*. È *L'autunno del patriarca*. Per la prima volta nella mia vita, non riesco a leggere un libro. Mi son chiesta perché. E poi ho capito perché: non c'è dialogo e non ci sono... capoversi! E così l'idiota ha creduto di poter fare ciò che voleva, anche l'arroganza di insultare il lettore, di disprezzarlo non regalandogli un capoverso. E ha fallito. Proprio perché, avrebbe detto lo zio Bruno, chi offende il lettore non è uno scrittore.)

P.S. Prima di andare alla stazione mi sono fermata qui allo studio. Ti ho rivisto in questa stanza vuota e tutto sommato comoda, e ho pensato che se tu volessi essere veramente solo per scrivere, indipendente da ogni obbligo di ospitalità verso tutti, compreso Nicola Carraro, lo studio andrebbe bene. Potresti stare solo quando io sono a Firenze e naturalmente anche quando sono in viaggio. Lo lascerei a te. Insomma, se ne hai bisogno, se ti serve, è a tua disposizione.

SCALETTA

1) ATTENTATO. Io incomincerei dall'attentato. Secondo me, infatti, il lettore va preso alla gola subito. Va incuriosito subito, interessato subito con qualcosa che lo obblighi a continuare a leggere. E, per quello che so della tua storia di ciò che vuoi dire, l'attentato è la chiave di tutto. Perlomeno, è la radice dell'interesse che il mondo ha avuto ed ha per te: come personaggio pubblico, insomma, tu incominci con l'attentato.

L'unico interrogativo, in questo senso, è: quale momento dell'attentato? Certo, non la preparazione dell'attentato. Certo il momento dell'attentato o poco prima dell'attentato. Se ti intervistassi tirerei fuori io il momento. Ma penso che il momento debba essere gli ultimi minuti di attesa, oppure tu che arrivi sul luogo scelto e sistemi la bomba. Ad esempio: si potrebbe vedere quest'uomo che arriva col taxi, scende, sistema la bomba con tutti i problemi e le angosce che ne derivano, e poi lo si potrebbe vedere mentre aspetta. Con tutte le idee che gli passano in testa. Idee fondamentali, e poche. (L'odio per la violenza, ad esempio, la nausea di uccidere, e la necessità in questo caso di uccidere.)

Questo perché il personaggio deve risultare simpatico fin dall'inizio. La gente non deve vederlo come uno che uccide ma come uno che fa sacrificio ad uccidere. E questa simpatia deve essere provocata in modo puttanesco. Cioè, la gente non deve accorgersi che tu trovi te stesso simpatico. Lo deve decidere da sola dai fatti, dalle cose che fai e dal modo in cui le fai, dalle cose che pensi e dal modo in cui le pensi.

In altre parole, un'idea di quest'uomo deve essere fornita subito: non troppo. Perché deve, sì, provocare curiosità: ma non deve esaurire subito la curiosità. La gente deve aver voglia, da quel momento, di saperne di più. Sempre di più. E deve scoprirlo da sé, quest'uomo, a poco a poco, pagina per pagina: sempre tenuta per la gola in un processo di violenza psicologica. Deve piangere e ridere, con te. Deve essere «commossa».

2) L'ARRESTO. Naturalmente, all'attentato deve seguire l'arresto. Come processo logico e di suspense del racconto. (I flash-back verranno dopo. Ci sarà molto posto per i flash-back, dopo.) E il racconto dell'arresto deve essere intimamente legato all'attentato, una continuazione di ciò che si è letto prima. Niente riflessioni profonde o speciali, qui. Vedo la parte dell'arresto come un racconto secco, crudele e senza autopietismo. E, per questo, la parte dell'arresto è molto pericolosa. (Ma la cosa non mi preoccupa perché tu hai sempre raccontato le torture senza autopietismo, con molta freddezza.) È anche una parte difficile perché, qui, entrano in scena molti personaggi che si rivedranno nel libro e con i quali il lettore si dovrà familiarizzare. Questi personaggi qui vanno presentati ma non spiegati fino in fondo. Si spiegheranno via via, col tempo, e il lettore dovrà imparare a capirli da sé. Ma, fino da questo punto, dovrà esserne incuriosito per poi riconoscerli e seguirli.

Non so, ora, dove potrai interrompere il racconto per passare al primo flash-back. Però so che dovrà esserci uno stacco tra l'arresto e il processo. Cioè, il processo non dovrà seguire subito l'arresto. Prima di arrivare al processo ci dovrà essere il primo flash-back, e abbastanza lungo: affinché, quando si arriva al processo, il lettore sappia già abbastanza chi è il personaggio Panagulis. Sicché io penso che il primo flash-back potrebbe venire dopo le prime torture.

Questo è molto importante, è molto delicato. Infatti, se continui per pagine e pagine a parlare di torture, una dopo l'altra il lettore si annoia. E le torture non meravigliano più, non scandalizzano più. Il lettore, insomma, ci si abitua. È interrompendo il racconto delle torture e poi riprendendolo, interrompendolo di nuovo e poi riprendendolo, cioè inframmezzandolo con flash-back, che il lettore comprende l'atrocità delle torture incessanti. Ne vede la misura fisica e morale.

3) PRIMO FLASH-BACK. Anche la scelta del primo flash-back è molto importante. Ed io penso che debba essere il racconto della preparazione dell'attentato. Infatti a questo punto la gente ha maturato abbastanza curiosità di sapere come è stato preparato. Ne ha maturato anche il diritto. Quindi, insieme alla storia della preparazione dell'attentato, ci deve essere il perché dell'attentato. E questo conduce anche ad una breve analisi storica della situazione in Grecia al momento in cui hai deciso l'attentato. (Non troppo lunga, però. E che sia interessante anche per chi non conosce la situazione greca.) È a questo punto che devono intervenire i nomi famosi: Makarios ad esempio, lo stesso Georgazis.[30] Tutti visti di prima mano, freschi, nuovi. È importante qui non annoiare e non fare troppo lo storico: ma presentare certi personaggi in chiave personale, cioè visti da vicino e con disinvoltura, senza solennità.

È anche a questo punto che il personaggio Panagulis deve incominciare a delinearsi come un personaggio vivo, divertente, e cioè imprevisto. Nessuno, fino a questo punto, sa che è divertente. Anche divertente. Romanzesco. Anche romanzesco. E questo nuovo passo per spiegare il personaggio io lo vedo attraverso il racconto di episodi come i viaggi coi passaporti falsi, l'episodio di quando sull'Air France hai fatto il muto, gli episodi della Svizzera quando ad esempio sei fuggito dall'hotel senza pagare il conto, delle banche, dei discorsi sui miliardi quando non hai una lira per pagarti da mangiare, e i diversi soggiorni in Italia. Anzi a Roma.

È qui, a mio parere, che il personaggio P. deve divenire emblematico e cioè simbolico: assomigliando a quello di altri casi storici umani. Ed io penso che questo flash-back si debba concludere con l'attentato. Penso, cioè, che si debba riallacciare al punto in cui il libro è incominciato: così spiegando anche cosa c'era dietro l'attentato.

4) IL PROCESSO. Su questo non c'è bisogno che ti dica nulla. So che è molto chiaro e molto vivo nella tua memoria. E poi il processo è talmente drammatico di per sé che raccontarlo ti sarà facilissimo. Qui tutto ti è permesso: anche riflessioni personalissime. Ma senza esagerare perché quelle verranno dopo la condanna a morte. Una cosa è certa: tutto deve girare intorno alla condanna a morte. Ciò che provi o non provi quando sei condannato a morte. Hai una grande occasione di scrivere qualcosa di bello, qui. Alta letteratura, direi. Altissima umanità. Perché devi capire che è molto raro sapere cosa c'è intorno a una condanna a morte, nell'anima di un condannato a morte: di solito, i condannati a morte finiscono morti. E non si può parlare con loro prima dell'esecuzione. Qui hai carta libera. E, fossi in te, nessuna preoccupazione. Ti deve riuscire bene per forza. Da un punto di vista tecnico, poi, devi tener conto che questo è il clou del libro, l'acme del libro. Il momento che prende tutti alla gola, da sé. (Io stessa sono impaziente di leggerlo.) Così ciò che dici in questo momento è definitivo per capire il personaggio. È definitivo anche per la storia giacché, salvo nelle fughe forse, non avrai più un elemento così definitivo e drammatico su cui giocare. E, anzi, il pericolo è proprio questo: che il massimo del libro sia qui e che, di conseguenza, dopo diventi più difficile scrivere il resto. Ma dopo avrai un vantaggio per superare il pericolo: la parte divertente

del libro. O meglio: tragica-divertente: Zakarakis[31] e tutto il resto. Quindi la gente che legge, e che è stata tesa sul capitolo condanna a morte, notti in attesa della esecuzione eccetera, tirerà un respiro di sollievo.

Come ti dico nella lettera, nella parte della condanna a morte viene il secondo flash-back.

5) BOIATI. Come ti ho detto, questo secondo me è il capitolo più difficile. Anche se sembra più facile. E le ragioni di questa difficoltà non nascono solo dal fatto che viene dopo il momento altissimo della condanna a morte: nascono dal fatto che questa parte del libro è così ricca. Troppo ricca. Perché così ricca di elementi diversi: tragici e divertenti, drammatici e umoristici. Inoltre ricompaiono vecchi personaggi (Joannidis,[32] Ghizikis)[33] che il lettore conosce già. E appaiono personaggi nuovi: Zakarakis, le guardie, eccetera. Qui tutto diventa veramente romanzo. E affrontare tale romanzo sarebbe impresa da grande scrittore. Mi sembra inutile quindi avvantaggiarti i vari problemi, discuterne ancora. Lo faremo al momento opportuno e ti aiuterò a risolverli al momento opportuno. Intanto mi sembra che tu abbia già avuto una intuizione giusta: quella di cui mi hai parlato nel vagone-letto Milano-Roma. «Vorrei fare un po' di *Papillon* e un po' di *Il gabbiano Jonathan Livingston*.» Giusto. *Papillon* sono le fughe, gli stessi rapporti con Zakarakis, le guardie. *Il gabbiano Jonathan Livingston* sono le poesie, i flash-back. Nessun dubbio che, qui a Boiati, devono esserci molti flash-back. Nessun dubbio che tutti i flash-back devono nascere da una poesia. Nessun dubbio che qui si chiarisce definitivamente il personaggio P. Abbiamo visto, infatti, un Panagulis politico, cospiratore, eroe. Ma non abbiamo ancora visto un Panagulis poeta. (A eccezione, ovvio, della condanna a morte e dei giorni relativi alla condanna a morte: naturalmente, spontaneamente, poetici.) Il vero poeta esplode ora. Ed è attraverso questa esplosione che il personaggio si chiarisce anche biograficamente. Cioè qualche racconto della sua infanzia,

i suoi rapporti con Giorgio[34] (poesia a Giorgio), i suoi rapporti con la madre (visite di Athena). Insomma, quindi, tutti i nodi si sciolgono. E chi legge deve ridere e piangere, ridere e piangere, ridere e piangere.

Deve anche stare col fiato sospeso. E a questo ci penseranno le fughe. E, in particolare la fuga che riesce. La fuga che riesce deve costituire un capitolo a parte. Deve essere un altro clou come la condanna a morte. Deve, in senso buono, «divertire». Ed è inutile che io ti ricordi che non basta dire cose importanti: perché la gente si accorga che sono cose importanti, bisogna che le legga. E, per farsi leggere, c'è un solo modo: non annoiare mai. La gente deve aspettare con impazienza questa fuga. Deve saltare di gioia quando la fuga riesce. E questo è il clou. Ma poi, con un colpo di scena, al clou deve seguire un altro clou: il nuovo arresto.

Senza insistere troppo su questa parte del libro che, ripeto, dovremo discutere al momento opportuno, ti suggerisco una «scaletta» nella «scaletta»:

1) Zakarakis
2) i sogni di fuga, gli scioperi della fame
3) i sogni, le poesie, i flash-back sull'infanzia
4) le guardie
5) le poesie, i flash-back sulla madre, i fratelli. (E le donne. Non so cosa consigliarti su questo. Un discorso sulle donne ci vuole, sennò passi da frocio. Un discorso serio. Magari breve ma serio. Ma penso che ci voglia.)
6) preparazione della fuga, vari tentativi
7) fuga
8) nuovo arresto
9) Zakarakis di nuovo; Ghizikis, Joannidis, eccetera.

Tutto dipende dal dosaggio: come quando si cuoce un dolce. Guai a sbagliare il dosaggio. Oggi ho fatto il panettone e l'ho sbagliato perché non ho dosato le uova e lo zucchero.

6) SCARCERAZIONE. Più o meno, ciò che hai raccontato a me. E que-

sta è la conclusione del libro. Io non andrei oltre la scarcerazione. Io finirei il libro al momento in cui esci nella luce del sole. E il sole ti acceca. (Cioè, lo finirei, senza finire.)

Lunghezza
Ricordati che non è detto che tutti i capitoli debbano essere uguali in lunghezza. Uno può essere molto breve e uno può essere molto lungo. E ricordati che la cosa più difficile è sempre concludere e, soprattutto, incominciare un capitolo. Comunque, per la lunghezza, calcolando un libro di almeno 250 o 300 cartelle dattiloscritte, io la distribuirei così:
1) Attentato. Breve. Stringente. (Cinque o sei cartelle?)
2) Arresto. Interrogatorio. Secco, si è detto, crudele, freddo. Ma particolareggiato. (Venti o trenta cartelle?)
3) Primo flash-back, sul perché dell'attentato, sulla preparazione dell'attentato. (Trenta, quaranta cartelle?) Poco, invece, sul quadro politico greco. (Cinque cartelle?)
4) Il processo e la condanna a morte. (Cinquanta cartelle?) Lo spazio maggiore deve andare agli ultimi giorni prima della condanna, alla parte dell'apologia, alla condanna, all'attesa della fucilazione, a Egina ecc. Forse avrai bisogno di tre capitoli.
5) Boiati. Distribuito su diversi capitoli. (Cinque? Sei?). Questo è il punto più lungo. (Cento, centocinquanta cartelle?)
6) Scarcerazione. (Dieci cartelle?)
Tieni conto che i flash-back possono essere lunghissimi. O brevissimi. Tieni conto che in un libro simile, così romanzesco, i dialoghi sono molto importanti. Aiutano molto, tecnicamente. Danno respiro, molto respiro. E sono sempre drammatici o piacevoli.

49.
Perché, anche in Grecia, Nenni è Nenni

6 febbraio 1976

Caro Nenni,

ho dimenticato di darle l'indirizzo di Panagulis per spedirgli quel telegramma (ove decidesse di farlo).

È: Kolokotroni 12, Atene

Ho anche dimenticato di sottolineare la data della manifestazione ateniese. È il 16 febbraio prossimo.

Da quello che ho capito, Panagulis terrebbe particolarmente a un telegramma firmato da Lei Nenni, «perché, anche in Grecia, Nenni è Nenni». Non è una questione di partito, visto che De Martino, ad esempio, glielo ha già annunciato. E così Mancini.

La ringrazio di tutto ciò che potrà fare e mi scuso di disturbarLa sempre con qualche piccola noia. Ma Lei è sempre talmente gentile!

Un saluto affettuoso. Anzi, un grandissimo sincero abbraccio dalla Sua

Oriana

50.
Arrestatemi se non siete d'accordo

In questa lettera a Martin Peretz, allora giornalista al «The New Republic», Oriana racconta la terribile esperienza del processo, e della condanna, per non aver voluto riferire il nome del testimone che le aveva dichiarato di aver visto almeno quattro uomini sul luogo del delitto di Pasolini.

Firenze, 10 marzo 1976

Caro Martin,

ci tengo molto alla premessa. Quindi, se non hai lo spazio per usarla nella sua interezza, non usarla affatto. La signora Murray la collocherà da qualche altra parte in qualche altro scritto.

Sono spiacente, ma voglio vedere questa cosa pubblicata per intero da qualche parte in America (credo che sia il giudizio corretto di Pike)[35] e utilizzarne una parte mi impedirebbe di utilizzarla integralmente in seguito.

Mi rincresce di non aver potuto mandartela prima. Ma il processo[36] ha preso tutto il mio tempo per tre giorni, e a Roma. Poi sono dovuta tornare a Firenze, dove mia madre sta... praticamente morendo.

Ho vinto, al processo. Ho ottenuto una sentenza che è una sentenza storica in Italia e in Europa. Lì come testimone, mi sono rifiutata di rivelare il nome della persona che mi aveva fornito le informazioni. Ho detto, con estrema fermezza, che il segreto professionale non dovrebbe riguardare solo i preti e i medici e gli avvocati, come afferma la legge. Ho concluso così: «Arrestatemi se non siete d'accordo». Uno degli avvocati ha avanzato formale richiesta che venissi immediatamente arrestata in aula e condannata a due anni di reclusione. Ho risposto al presidente: «Signor presidente, la prego di spiegare a questo fascista che non mi fa paura. I fascisti non mi fanno mai paura». C'è stata un'enorme suspense. (Segretamente, ero alquanto seccata al pensiero di passare due anni in una cella.) La corte si è ritirata per due ore. Poi è tornata e ha letto una sentenza che, una volta per sempre, riconosce il Diritto dei Giornalisti a mantenere segrete le loro fonti quando necessario. I giornali, qui, non parlano d'altro.

Ma ho perso tempo per la storia di Pike, e me ne dispiace.

Ciao,

Oriana

P.S. Non ho tempo di rileggerla. Per favore, controlla tu gli eventuali errori. Grazie.

51.
Non si può scrivere nei ritagli di tempo

Venerdì 26 marzo 1976

Caro Alekos,

hai telefonato nell'unico momento in cui non ero in casa (ero scesa a Porta Romana). Ti ho richiamato subito, numerose volte, fino a sera, al 3223031 ma non ha mai risposto nessuno. Me ne dispiace molto.

Ecco dunque le notizie per scritto, se non ci parliamo prima. Ho parlato con Nicola Carraro. Gli ho detto delle duemila copie. Come prevedevo si è messo a ridere. Come ti avevo già spiegato io, non significa nulla. Le duemila copie sono il contratto standard il quale prevede un minimo di duemila copie. E il contratto che Nicola suggerisce non è nemmeno un contratto: una possibilità di contratto.

Poi gli ho parlato delle 350 pagine, cioè la cosa scritta a mano. Di nuovo si è messo a ridere. Non significa nulla, ha detto. «Ho scritto la prima cifra che mi è venuta in mente. Potrebbero essere di più, potrebbero essere meno. Lo so.» Ma anche questo io te lo avevo detto. Quindi su questi due punti non devi avere motivi di preoccupazione.

Un poco preoccupato mi è sembrato invece Nicola: a causa della lentezza con cui procede il lavoro. Egli si rende conto perfettamente che entrare nel lavoro di un libro è un processo lento e faticoso: soprattutto per chi non è scrittore di mestiere. Comprende benissimo tutti i possibili problemi che possono sorgere per una persona che è nuova a una simile impresa, a una simile avventura. Sono gli stessi problemi, ma raddoppiati, che ha di solito uno scrittore professionista. Che io ho, ad esempio.

Però mi sembra un po' triste per il ritardo in cui ti sei messo al lavoro. («Mi disse che avrebbe incominciato ai primi di febbraio invece ha cominciato a metà marzo, poi si è interrotto.») E mi sembra anche perplesso sulla non-continuità del tuo lavoro. Sul fatto, cioè, che d'ora in avanti tu non ti dedicherai completamente al lavoro del libro ma lo farai (se lo farai) solo nelle ore in cui non devi fare altre cose. («Temo che non si possa entrare nello spirito di un libro, nella sua continuità, avendo altre cose in testa interrompendosi continuamente.»)

Io ho cercato di sdrammatizzare, di minimizzare tali preoccupazioni: naturalmente. Però a te devo dire che le sue preoccupazioni sono anche le mie preoccupazioni. Da professionista dello scrivere devo dirti che le sue paure sono giuste. È assolutamente vero, infatti, che non si può scrivere nei ritagli di tempo. Che non si può scrivere avendo il cervello occupato da altre cose. Ogni volta che io ho scritto un libro, ho fatto solamente quello. Come un monaco. Con una disciplina terribile, un orario crudele. Non ho scritto nemmeno un articolo, nel frattempo. Tutti i miei pensieri, tutti i miei sentimenti, tutte le mie giornate e le mie nottate erano occupate esclusivamente dal lavoro del libro.

Credo di averti parlato di questo nell'ultima parte del mio memorandum-scaletta. E credo di averti spiegato, con le parole dello zio Bruno forse, che non si tratta di un caso personale. Tutti fanno così. Perché scrivere prosa non è come scrivere poesia. Non dipende, cioè, dall'ispirazione. Dipende dalla disciplina.

L'altra cosa che mi ha detto Nicola è questa: lui sperava (ma ha capito che non è possibile) di portare il manoscritto alla fiera del libro di Francoforte: il più grande mercato del mondo per la vendita e la traduzione dei libri, che avviene in settembre. (Quando un manoscritto arriva a Francoforte con un editore che ci crede, il suo successo è quasi certamente assicurato in campo internazionale.) Sperava di fare questo perché, credendo tanto nel libro, voleva lanciarlo come il libro dell'anno della Sperling and Kupfer.[37]

Ora la cosa non è possibile perché, anche se tu lo scrivessi davvero in greco per settembre il 1976 è perduto. Inoltre, anche se tu lo scrivi in greco per settembre, lui deve prima leggerlo: vedere se va bene o non va a bene, se gli piace o non gli piace. E questo può avvenire soltanto leggendolo in italiano. Ma, per leggere in italiano, non basta una traduzione sommaria di un qualsiasi traduttore. Non solo: per parlarne a Francoforte, deve avere almeno due o tre capitoli in inglese. Cioè nella lingua in cui si trattano le vendite internazionali dei libri.

Poiché il 1976 è perduto, lui vorrebbe cercare un rimedio parlando lo stesso del libro a Francoforte. Questo significa avere due o tre capitoli, i migliori, in inglese. Tradotti bene in inglese da una buona traduzione italiana. Per fare questo dovrebbe avere la mia traduzione italiana entro giugno. E poi darla, in luglio, a un buon traduttore inglese. Possibilmente, il mio: John Shepley. Subito dopo, fare comporre la traduzione inglese e italiana tipograficamente. Insomma, stampata. Anche se si tratta di due o tre capitoli soltanto. Questa è la prassi.

Ma come scegliere i capitoli migliori se del libro esiste solo una piccola prima parte, per ora? E se alla fine di maggio (quando io potrei lavorare sulla traduzione sommaria) esisterà poco di più? Anche questo, ho capito, lo tormenta un poco. E anche questo riporta il discorso sul problema principale: il tuo lavorare o no al libro. Il tuo lavorarci continuamente.

Il mio parere è questo. È molto difficile, per tutti, avere un editore prima di scrivere un libro. Ed è molto difficile, per tutti, avere un editore che crede a un libro prima di leggerlo. Anzi, prima che il libro sia scritto. Sono fortune, queste, che capitano solo in casi rari. E, sempre, a scrittori già affermati e conosciuti. A te capita questa fortuna. E perderla sarebbe infinitamente stupido. Non troveresti più un'occasione simile. Anche perché il mondo degli editori è un mondo piccolo: si conoscono tutti, parlano tra loro. E, dopo l'inutile attesa di Rizzoli per l'Apologia, dopo un'altra inutile attesa di Nicola, nessuno ti crederebbe più.

Nicola sta dimostrando di esserti amico. Non perdere questo amico. Non perdere il suo rispetto. Non lo deludere. Se davvero ti senti capace di scrivere questo libro, lavora. Lavora con sacrificio: come faccio io, come fanno tutti. Il sacrificio significa, anche in questo caso, rinunciare ad altre cose. Significa non perdere ore preziose. Significa obbligarsi a una vita disciplinata. Anche fisicamente. Significa, diceva lo zio Bruno (e te lo scrissi), trattare sé stessi come un cavallo che si prepara a correre per il Gran Premio. Quindi, niente ore piccole, niente compagnie inutili. E aranciate per bere.

Questo può sembrarti molto noioso. E forse lo è. Ma per essere seri bisogna essere noiosi. E per portare in fondo le cose bisogna essere seri. Bisogna anche essere crudeli con sé stessi. E tu dovresti saperlo.

Nicola, dice, ti scriverà. Non so cosa ti scriverà, ma so che non ti dirà mai queste cose. Anche perché non le conosce: è un miliardario. E i miliardari non conoscono il sacrificio, la disciplina, la noia. Conoscono solo il denaro. Al massimo, l'avventura. Quindi, ascolta me che ti parlo con saggezza e amicizia e l'affetto che sai.

È tutto. Ti abbraccio

Oriana

P.S. Oh, no! Non è tutto. Il gruppo dei deputati missini ha fatto una interrogazione scritta in Parlamento per «chiedere al Primo Ministro, al ministro degli Interni, al ministro della Giustizia, al ministro delle Poste e Telecomunicazioni, al ministro delle Partecipazioni Pubbliche» se durante la trasmissione televisiva sull'aborto «ero in stato di alcolismo acuto come dimostrava la mia voce impastata e il mio atteggiamento ondeggiante il mio linguaggio aggressivo» e perché «io sia citata in giudizio per avere definito Fanfani onorevole o senatore e per avere riferito male una sua frase durante la campagna elettorale sul divorzio».[38]

È il grande fatto del giorno. Anche Pertini, furibondo, mi ha telefonato due volte. Tutto è nato perché alla trasmissione era stato rifiutato il deputato missino ma c'era il socialista Fortuna e il comunista Berlinguer. L'intero gruppo è stato definito dal gruppo dei deputati missini «gangster e criminale» io «il più gangster e il più criminale di tutti».

Darò querela al missino firmatario dell'interrogazione per insulti e calunnie. Ma sarà molto difficile che possa vincere perché egli gode dell'immunità parlamentare. Be', credo che diventerò anch'io extraparlamentare. E credo che finirò per risolvere la cosa a modo mio: con due schiaffoni dati in Parlamento davanti ai fotografi. Ma Pertini dice che, così, in prigione finirei io.

E intanto me ne sto qui, in via Giovanni Prati, prigioniera, con le mani legate da questa situazione familiare ingiusta e insopportabile.

52.
Intanto, io scateno battaglia

Caro Malagodi,

le mando fotocopia della mia querela al missino. Mi piacerebbe tanto se potesse occuparsene nel modo più opportuno. Intanto, io scateno battaglia.

Buone cose. E, come sempre, un cordiale e affettuoso ricordo.

Sua

Oriana Fallaci

53.
Non si diventa scrittori perché un editore vuole pubblicare un libro

Parigi, 11 aprile 1976

LETTERA MOLTO IMPORTANTE

Caro Alekos,

ti ho telefonato domenica mattina come mi avevi detto. Ti ho telefonato molte volte. Non ti ho trovato. Mi è dispiaciuto infinitamente, non solo perché domani non potrò chiamarti ma perché... ho capito che non lavori al libro.

E ho pensato molto a questa cosa, con tristezza. Poi, superata la tristezza, ho deciso di scriverti questa lettera. Con affetto, con amicizia, e con cervello. Eccola.

1) Forse io e Carraro ti stiamo chiedendo qualcosa che tu non puoi fare, per molte ragioni. Qualcosa che, anzitutto, è contro la tua natura: sia fisica che psicologica che professionale. Scrittori si nasce, per un bisogno interiore. Non si diventa perché un editore vuole pubblicare un libro. Scrivere, infatti, richiede una forma mentale e un modo di vivere che non è il tuo. E non si può, non si deve, mai, obbligare la gente a fare cose contro la propria natura. La prigione dello scrittore non è fatta per te. Tu non rinuncerai mai alle tue cose, non rinuncerai mai al tuo vino la sera, al tuo dormire la mattina. Così come non rinuncerai mai alla politica che ruba la giornata. Fa parte della tua pelle, del tuo tipo di cultura.

2) Allora, è inutile continuare a torturare te e noi stessi con una richiesta impossibile. Non è nemmeno intelligente.

Io ho fatto quello che potevo per svegliare in te la voglia, il bisogno di scrivere questo libro. Ti ho ubriacato di parole. Ti ho spiegato che non si può scrivere un libro nei ritagli di tempo, un poco oggi e un poco tra quindici giorni. Ti ho detto che non è serio. Un libro non è una poesia. Non è un urlo, o una serie di urli. Un libro è un lavoro continuo, metodico, noioso, crudele.

3) Non ha servito a nulla. Dunque bisogna trovare un'altra soluzione. Bisogna che tu ti affidi a uno scrittore. Non necessariamente a me, visto che non lavori bene con me e non mi ascolti. Ma a uno scrittore che ti capisca come ti capisco io (nella lingua e nell'anima) e che… non ti rubi il libro.

4) In America questo tipo di scrittore che scrive per gli altri si chiama GHOST-WRITER. Scrittore-fantasma. I ghost-writer non sono scrittori eccezionali. Ma sono professionisti seri e disciplinati. Si fanno pagare bene, è vero. Ma non si può pretendere che un professionista lavori per nulla. E questo libro va fatto. Ora. Subito. Non quando non interesserà più.

5) Pensaci bene. Non è una proposta stupida. È una proposta disperata ma pratica. Pensaci e poi parlane con me. E con Carraro. Così lo tranquillizzi. E tranquillizzi me che per questo libro ho sofferto e soffro quanto non hai capito. E tranquillizzi te stesso.

Ti abbraccio, da Parigi.

Oriana

Alekos, morto due volte

54.
Non voglio più vedere questa città dove l'ho visto morto

La notte tra il 30 aprile e il 1° maggio 1976, mentre rientrava a Gilfada, sua città natale nei dintorni della capitale, Alexandros Panagulis rimane vittima di un misterioso incidente automobilistico in viale Vouliagmenis, ad Atene. L'inchiesta ufficiale affermerà che si era trattato soltanto di un errore dello stesso Panagulis, la cui vettura era finita nello scivolo di un'autorimessa. Ma Oriana Fallaci non è d'accordo.

Cara Athena e caro Statis,[39]

queste sono le chiavi dell'ufficio. Ve le lascio spiegando che non ne avrò più bisogno perché non voglio più tornare in Grecia dove tutto mi ricorda una tragedia da cui non guarirò mai. Non voglio più vedere questa città dove l'ho visto morto. Non voglio più passare dalla strada dove è morto. Non voglio più dormire in questa casa che egli chiamava «la nostra casa di Atene». Preferisco pensare a lui in posti che me lo ricordano vivo. E questi posti sono l'Italia, nella «nostra casa di Firenze».

Ho cercato di lasciare la camera in condizioni migliori di quelle in cui l'ho trovata. Ma il disordine è ancora notevole. La cucina invece è in uno stato di sporcizia spaventosa. Tutti ci vanno a fare il loro comodo e nessuno la pulisce. Lo stesso accade per lo studio. E anche questo mi dà dolore perché Alekos amava tanto quello studio: non è giusto che gli altri lo sporchino.

Chiudo a chiave la camera nella speranza che, almeno lì, non accada ciò che accade nello studio. Alekos non permetteva a nessuno di entrare in questa camera e toccare le sue cose, le nostre cose. Non so cosa farete di queste due stanze per cui io comprai tutti i mobili e tutti gli oggetti, e che arredai con tanto amore. Io lascio tutto nella speranza che servano ad arredare la casa di Statis e di Vassos quando si sposeranno. Sarebbe un dolore per me e per Alekos se quei mobili belli finissero sparsi qua e là, o venduti, o abbandonati. Alekos era così contento di averli, e messi così. Certo gli farebbe piacere se Statis li usasse come lui li usava.

Per me prendo soltanto, per ricordo, piccole cose che per voi non hanno importanza ma che per me ne hanno molta: alcune delle sue pipe (una l'ho promessa a Pertini), le due coperte di lana che gli feci con le mie mani (le voglio tenere sempre sul mio letto), due cravatte, un posacenere, il vecchio orologio che gli regalai il primo Natale che passammo insieme, e i due quadretti coi cavallini che gli regalai una Pasqua e che lui chiamava «i nostri ritratti». Porto via anche le mie cose che tenevo qui: le mie scarpe, le mie camicie da notte, i miei vestiti. Proprio perché non voglio tornare più.

Ora, una cosa importante. Ieri sera Tzefronis mi chiese qualcosa che non mi piacque. Mi disse di sapere che Alekos aveva un grosso conto in banca in Italia. Tzefronis non può sapere sciocchezze simili. Alekos non ha mai avuto nessun grosso conto in banca. Alekos non è mai stato ricco. Sapete bene che ha sempre avuto bisogno del mio aiuto. Alekos aveva un piccolissimo conto in banca che non superava mai il milione o il milione e mezzo di lire italiane, e che continuamente esauriva. Lo teneva vivo con il pagamento degli articoli che scriveva per «l'Europeo».

Come ho spiegato a Tzefronis, questo suo conto in banca non esisteva più da quando la nuova legge italiana sull'impiego dei capitali proibisce ai cittadini stranieri di tenere un conto aperto nelle banche italiane. Gli chiusero il conto, gli consegnarono il denaro liquido, e gli ritirarono perfino il libretto degli assegni.

Il grosso di questo conto, mi pare, lo trasferì in Grecia. Non so come lo trasferì e non so dove lo trasferì. Alekos era un uomo molto segreto per queste cose. Di ciò che faceva in Italia sapevo tutto o quasi ma di ciò che faceva in Grecia non sapevo nulla. E in questo caso particolare aveva ragione. Può darsi che Alekos abbia depositato questi soldi in qualche banca, può darsi che li abbia affidati a qualcuno, può darsi che li abbia spesi. Se ricordo bene, però, intendeva usarli per fare il suo settimanale.

La parte restante di quella cifra la consegnò a me perché gliela sistemassi in qualche modo in Italia. Ci teneva molto perché voleva dare un milione alla Resistenza spagnola e un'altra cifra alla resistenza cilena. Ed io gliela sistemai prendendone la responsabilità. Di questa cifra ho parlato ai suoi amici subito dopo che Alekos è morto spiegando che l'avrei fatta avere ad Athena. Non ricordavo però che Alekos si era impegnato a dare quel contributo ai resistenti spagnoli e cileni: questa era, anzi, una delle cose che doveva fare questa settimana a Roma. E, poiché non ha potuto farla, la farò io per lui: indiscutibilmente. È mia responsabilità rispettare quel suo desiderio e quel suo impegno. E lo faccio particolarmente volentieri perché il nome di Alekos non appartiene solo alla Grecia ma a tutti i Paesi dove ci si batte contro una dittatura.

Non ricordo esattamente a quanto ammonta questa cifra che io gli amministro. Lo vedrò quando sarò in Italia, è scritto. Mi pare, come ho detto a Tzefronis, che si aggiri su due o tre milioni. Forse due milioni e mezzo. Da quello che ho scritto dovrò calcolare e detrarre dai miei soldi. Da questa somma, qualunque essa sia, toglierò il milione per gli spagnoli e il milione pei cileni. Quello che rimane lo manderò ad Athena per vie legali. Cioè attraverso una banca e non consegnando somme a nessuno. Insieme a quella cifra spedirò anche le ricevute degli spagnoli e dei cileni. Se poi troverò qualche altra cosa, anche mille lire, ve le farò avere nello stesso modo. Questo mi sembra inutile sottolinearlo. Io non ho certo bisogno del denaro di Alekos. Come ben sapete, io sono abituata a dare e non a prendere. Tutti da me hanno sempre preso e mai dato.

Cercherò di sistemare questa cosa più presto possibile, secondo il mio lavoro e miei viaggi, e poi non vorrò sentirne parlare più. Detesto le questioni di denaro. Mi fanno schifo. E, come ho detto, sono decisa a tagliare i ponti con la Grecia. Sarò ben felice se scoprirò che, esaudita la promessa ai cileni e agli spagnoli, avanzerà qualcosa per voi. E spero che la usiate per Alekos: come è giusto e morale. Ciò che vi prego è di non tormentarmi con sollecitazioni. Sarà mio pensiero fare le cose il più presto possibile.

Ora, un'ultima cosa. Ho capito da alcune cose e da alcuni discorsi che non vi è piaciuto avermi ai funerali di Alekos. Ma esserci come ci sono stata era un mio diritto e un mio dovere. Diritto per me, dovere verso Alekos. Proprio come sarebbe stato un diritto e un dovere di Alekos essere vicino al mio corpo durante i miei funerali. Noi non avevamo un certificato matrimoniale e vivevamo a indirizzi diversi, ma il nostro legame era fortissimo, più serio di tanti legami matrimoniali, ed Alekos voleva che durasse sempre, io volevo che durasse sempre. La mia casa era la sua casa, la sua casa era la mia casa. La sola differenza dal legame matrimoniale era che ci lasciava la libertà di cui i nostri caratteri avevano bisogno, e che la cosa non riguardava le nostre famiglie. Riguardava solo noi due.

Essere con lui fino all'ultimo, come lui avrebbe voluto, come è avvenuto, ed esservi accanto a voi due, è stato comunque un piccolo conforto a un dolore troppo grande. Era giusto, era necessario, era logico che fosse così. E Tzefronis lo ha capito bene. Quindi mi dispiace molto che voi non foste completamente d'accordo.

Vi saluto affettuosamente e vi auguro di superare meglio di me o più in fretta di me questa tragedia che, nel mio cuore, non finirà mai. Io posso dire soltanto questo: ciò che è avvenuto ieri è stato il trionfo di Alekos. È stato una cosa miracolosa. Religiosa. Stupenda… Gli ha restituito, per qualche ora, la vita. Era vivo in quelle ore. Però resta il fatto che Alekos è morto. E non me ne darò pace. Mai. Mai.

55.
Gli sarebbe piaciuta una tomba come quella di Garibaldi

Nell'occuparsi delle questioni pratiche dopo la morte di Alekos, in particolare nei rapporti con la famiglia Panagulis, Oriana si fa aiutare da un amico greco.

Caro Tzefronis,

ho fatto le ricerche sul denaro. Quello che ho scoperto conferma quanto ti dissi ad Atene e ciò che scrissi in una lettera ad Athena prima di lasciare la Grecia. Ecco qui.

Il piccolo conto bancario che Alekos aveva in Italia con i pagamenti degli articoli che scriveva di tanto in tanto, venne estinto quando entrò in vigore la nuova legge che vietava ai cittadini non italiani di possedere un conto corrente o un deposito di denaro di qualunque tipo in Italia. Questo conto che fu costretto a estinguere non superò mai uno o due milioni di lire italiane ed era spesso in rosso. Quando lo chiuse, conteneva soltanto 52.172 lire italiane, che lui trasferì sul mio conto e che io adesso ti invio.

In seguito, dovette depositare una modesta somma di denaro e, non essendo autorizzato a depositarla da nessuna parte per via della nuova legge, la consegnò a me. Così, la versai sul mio conto. Tale somma ammontava a 2.500.000. Mi fece firmare un assegno di 152.523 lire per un pagamento, e perciò ne rimasero 2.374.477 (due milioni e 374.477 lire italiane).[40] Un milione lo avrebbe dato ai baschi-spagnoli, spiegò, e un milione ai cileni della Resistenza. Lo avrebbe fatto durante il suo viaggio del 5 maggio.

Pertanto rispetterò la sua volontà e darò un milione ai resistenti baschi-spagnoli e un milione ai resistenti cileni. Ne ho anche parlato con Pietro Nenni e con alcuni dei suoi amici socialisti in Italia. Come ti ho detto, ti farò avere le ricevute di questi versamenti.

Restano dunque 374.477 lire italiane. E queste le manderò ad

Athena, tramite un avvocato, in valuta italiana, con le altre 52.172. Insieme, invierò 1.000.000 (un milione) di lire italiane da parte mia. È un dono personale per le sue necessità immediate. Non è molto, lo so. Ma, contrariamente a quello che pensi, io non sono ricca. Sono una persona che lavora e soltanto grazie al mio lavoro ho potuto sempre aiutare Alekos nella sua lotta e nelle necessità. Perciò, ti prego di chiedere ad Athena di accettare questo milione con tutto il mio affetto.

Quindi, la somma di denaro che manderò ad Athena è: 52.172 più 374.477 più 1.000.000, per un totale di 1.426.649.[41] Desidero che la riceva in lire italiane perché voglio essere assolutamente precisa.

E questo chiude l'argomento denaro, un argomento che mi disgusta profondamente, come Alekos sapeva bene.

Tuttavia, c'è un problema imbarazzante che concerne le 73.000 dracme ricevute da Statis, durante l'assenza di Alekos, dall'editore Pournaras per i diritti dei miei libri venduti in Grecia. Quel denaro non è mio. Appartiene al mio editore italiano, la Rizzoli di Milano. Una lettera di Pournaras, datata 11 marzo 1976 e spedita alla Rizzoli, conferma che Statis le ricevette mentre Alekos era assente. Però, quando ho domandato di quei soldi a Statis, mi ha risposto di non saperne niente. Ma deve cercare di ricordare dove li ha messi, perché la Rizzoli, giustamente, continua a richiedermeli.

Se il denaro fosse mio, non me ne importerebbe nulla. Come sapete tutti, il denaro ho l'abitudine di darlo, non di chiederlo. E 73.000 dracme non cambierebbero niente per me. Ma non sono mie, lo ripeto, perciò sono terribilmente imbarazzata. Le amministrazioni delle case editrici sono fatte di persone fredde, persone a cui non importa del dolore e della morte, e non voglio assolutamente che si facciano brutte idee. Sono certa che comprendi.

Per favore, chiedi a Statis. Odio discutere direttamente con lui di questa cosa. Mi rende triste. E si sa con quanta gioia mi rifiuterei di ricevere quelle dracme se fossero mie. Ho dato più di questo… Ma non sono mie.

Insieme a questa lettera, ne ho scritto una in greco ad Athena nella quale riassumo i punti principali che ti ho illustrato. Comunque, vorrei chiederti lo stesso di tradurre questa ad Athena parola per parola.

Ho anche informato Athena, sia con lettere sia con un telegramma e con messaggi tramite Attanasio, che mi sto occupando della tomba di Alekos. Athena mi chiese di acquistarla perché lei non aveva i soldi e, naturalmente, io le risposi subito che questo era esattamente ciò che volevo e dovevo fare per Alekos. Perciò l'ho già ordinata, così come Alekos la voleva. Ho detto ad Athena di impedire qualunque coinvolgimento di altre persone di cui non vi sia necessità. Questo è importante perché, presumo, le persone in cerca di pubblicità potrebbero essere molte (come architetti ecc.). E, invece, non è affar loro. Spetta soltanto a me in quanto ho il dovere di rispettare i desideri di Alekos, che Alekos mi espresse con estrema chiarezza in varie occasioni negli ultimi tre anni. Più specificatamente, mi disse molte volte che gli sarebbe piaciuta una tomba come quella di Garibaldi: un grosso blocco di pietra, senza nient'altro se non il nome, la data di nascita e di morte, due versi di una delle sue poesie. Era solito dire che una «tomba seria non dovrebbe avere croci o angeli o foto o sculture o incisioni o (per usare le sue parole) altre volgarità». E rispettare tutto ciò è per me un imperativo. Così ho detto ad Athena.

Grazie, caro Tzefronis, per l'atteggiamento affettuoso che hai avuto nei miei confronti durante quei giorni terribili ad Atene e durante i funerali. Così facendo, sei stato giusto verso di me e verso Alekos. Perciò, consentimi di ringraziarti anche da parte sua.

Un'ultima cosa: ho saputo che forse riapriranno la tomba per un'ulteriore autopsia. La notizia mi riempie di orrore e raddoppia il mio dolore già insostenibile. Se ciò dovesse accadere, ti prego di controllare che non rubino il suo anello di brillanti, quello che gli ho messo al dito...

Ti manderò il libro di poesie di Alekos con i miei ringraziamenti e i suoi...

Oriana

56.
La mente lucida è una maledizione

Firenze, 9 maggio 1976

Egr. Sig. Kanellopoulos,[42]

ho ricevuto a Firenze la sua lettera, la cui bellezza mi ha procurato al tempo stesso sollievo e sofferenza. Poiché l'ho letta pensando che Alekos non avrebbe mai potuto leggerla, ed è stato come quando mi sveglio in un giorno pieno di sole e penso che lui non vede il sole e mi sento colpevole di godere del sole tutta sola. Quant'è profonda la mia invidia per coloro che credono che i morti non sono morti, che da qualche parte nel cielo continuano a vedere e ascoltare, a essere ancora con noi. La mente lucida è una maledizione. A causa di tale maledizione, non supererò mai questa disperazione.

Lei scrive di essermi amico. Lo sapevo. Tante volte, quando non sapevo come alleviare i suoi problemi, ho pensato di chiederle di aiutarlo. Lei gli piaceva senza riserve, aveva il suo pieno rispetto: le avrebbe dato ascolto. La mia angoscia nei suoi confronti era sempre insufficiente come «fratello». Più che di un fratello, lui aveva bisogno di un padre. Era sempre stato così solo, abbandonato a sé stesso, senza nessuna tenerezza e nessun consiglio. Aveva sempre avuto così poco dalla vita (benché alcuni possano trovarlo paradossale). Alla fine di marzo, l'ultima notte che passammo a Firenze, ebbe una delle sue esplosioni di tristezza. Pianse. E mi disse: «Non capirai mai quanto ho sofferto fin da quando ero bambino. Ecco perché sono così incapace di descrivere la gioia. Quando tu mi dai gioia, mi spavento come di fronte all'ignoto».

Non ho mai osato chiederle aiuto e ora quasi me ne vergogno. Mi sento anche egoista ad accettare l'onore di un'amicizia come la sua senza condividerla con lui. Tuttavia, ne ho estremamen-

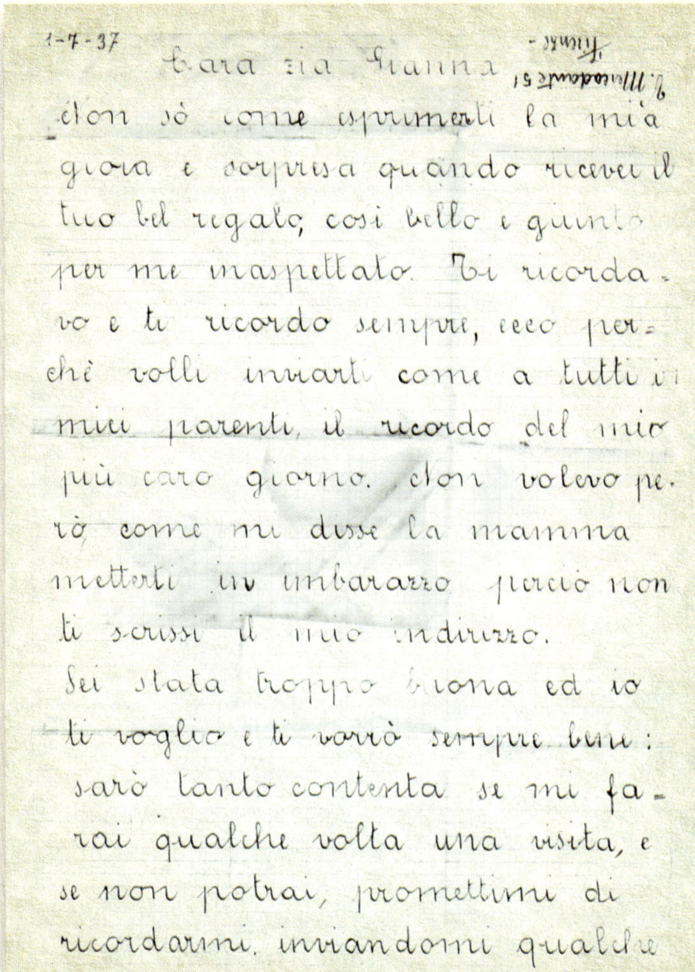

1-7-37
Cara zia Gianna
Non sò come esprimerti la mia
gioia e sorpresa quando ricevei il
tuo bel regalo, così bello e giunto
per me inaspettato. Ti ricorda-
vo e ti ricordo sempre, ecco per-
chè volli inviarti come a tutti i
miei parenti, il ricordo del mio
più caro giorno. Non volevo pe-
rò come mi disse la mamma
metterti in imbarazzo perciò non
ti scrissi il mio indirizzo.
Sei stata troppo buona ed io
ti voglio e ti vorrò sempre bene:
sarò tanto contenta se mi fa-
rai qualche volta una visita, e
se non potrai, promettimi di
ricordarmi, inviandomi qualche

1° luglio 1937.
Parte di una lettera di Oriana dodicenne alla scrittrice Gianna Manzini, moglie separata di suo zio Bruno Fallaci.

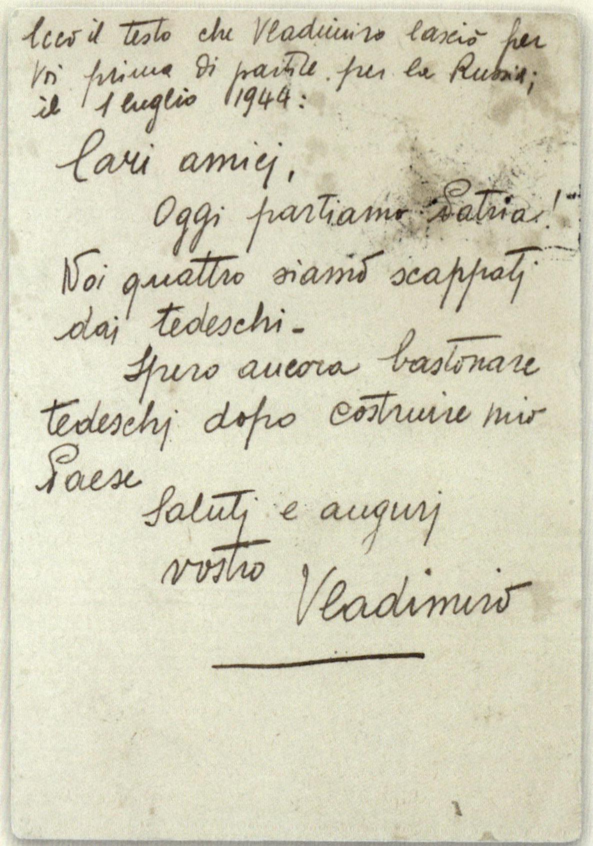

Ecco il testo che Vladimiro lasciò per voi prima di partire per la Russia; il 1 luglio 1944:

Cari amici,
Oggi partiamo Patria!
Noi quattro siamo scappati dai tedeschi.
Spero ancora bastonare tedeschi dopo costruire mio Paese
Saluti e auguri
vostro
Vladimiro

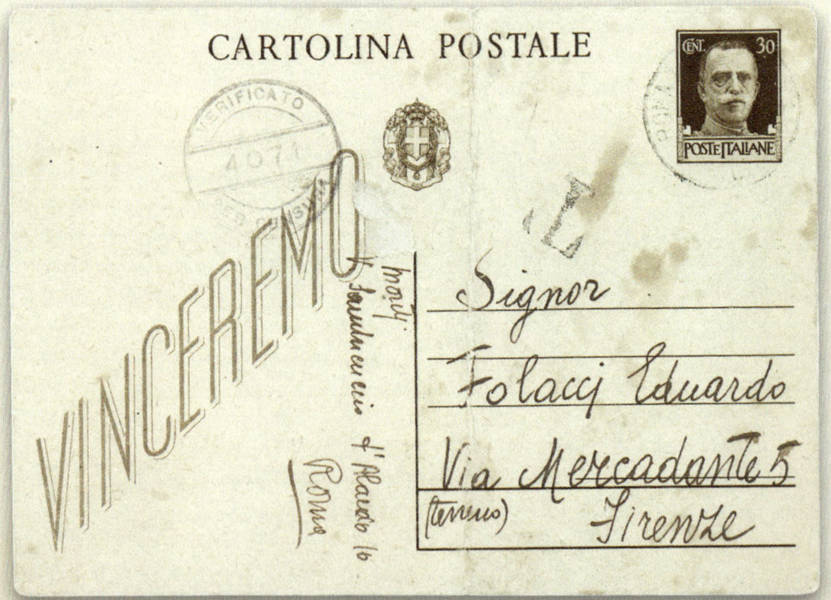

1° luglio 1944. Cartolina a Edoardo Fallaci, padre di Oriana, da parte di uno dei prigionieri – un pilota polacco della RAF – nascosti dalla famiglia Fallaci durante la guerra.

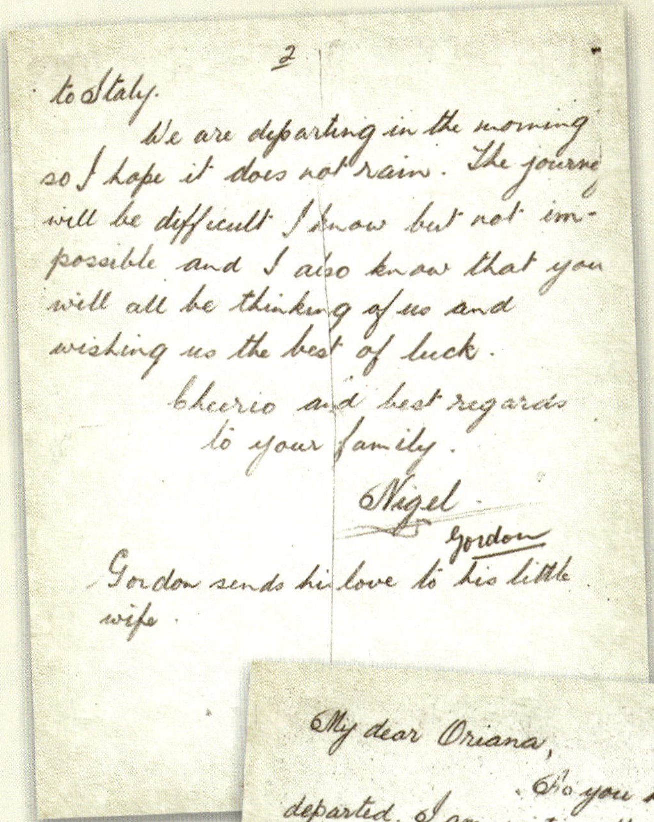

2

to Italy.

We are departing in the morning so I hope it does not rain. The journey will be difficult I know but not impossible and I also know that you will all be thinking of us and wishing us the best of luck.

Cheerio and best regards to your family.

Nigel

Gordon

Gordon sends his love to his little wife

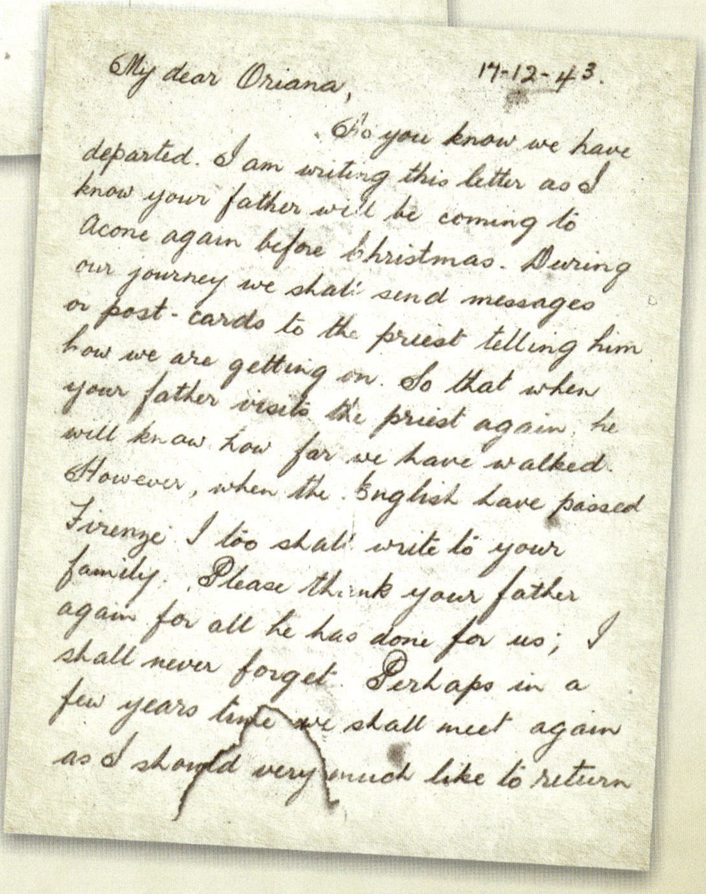

My dear Oriana, 17-12-43.

So you know we have departed. I am writing this letter as I know your father will be coming to Acone again before Christmas. During our journey we shall send messages or post-cards to the priest telling him how we are getting on. So that when your father visits the priest again, he will know how far we have walked. However, when the English have passed Firenze I too shall write to your family. Please thank your father again for all he has done for us; I shall never forget. Perhaps in a few years time we shall meet again as I should very much like to return

17 dicembre 1943. Lettera di commiato a Oriana di Nigel Eatwell, pilota alleato nascosto dai Fallaci nel 1943. Rimasto a combattere con i partigiani fu poi catturato e fucilato dai tedeschi il 4 maggio 1944.

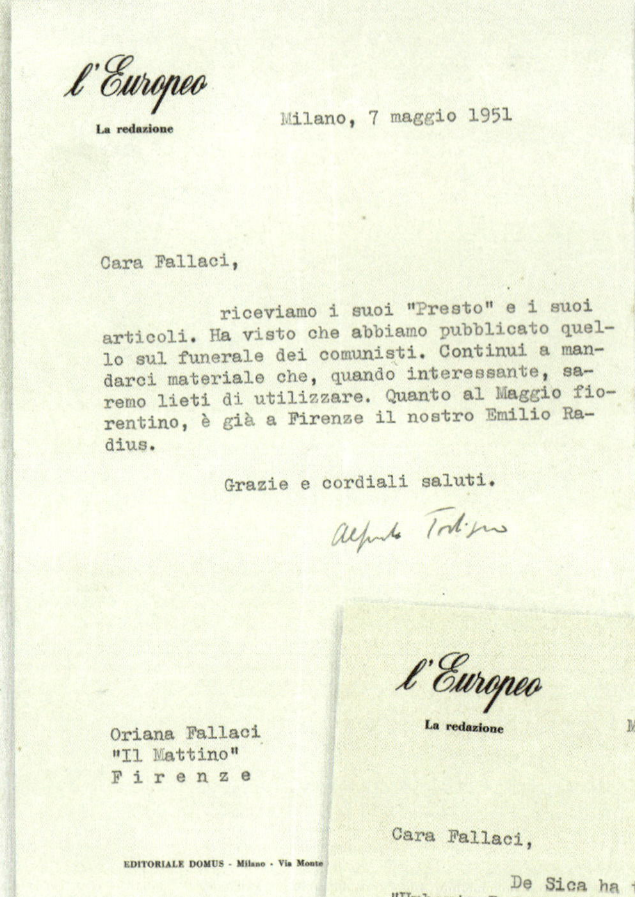

l'Europeo

La redazione

Milano, 7 maggio 1951

Cara Fallaci,

riceviamo i suoi "Presto" e i suoi articoli. Ha visto che abbiamo pubblicato quello sul funerale dei comunisti. Continui a mandarci materiale che, quando interessante, saremo lieti di utilizzare. Quanto al Maggio fiorentino, è già a Firenze il nostro Emilio Radius.

Grazie e cordiali saluti.

Alfredo Todisco

Oriana Fallaci
"Il Mattino"
F i r e n z e

EDITORIALE DOMUS - Milano - Via Monte

7 e 8 maggio 1951. Lettere di Alfredo Todisco dell'«Europeo» a Oriana, allora alle sue prime collaborazioni con il settimanale e ancora legata al quotidiano fiorentino «Il Mattino dell'Italia Centrale».

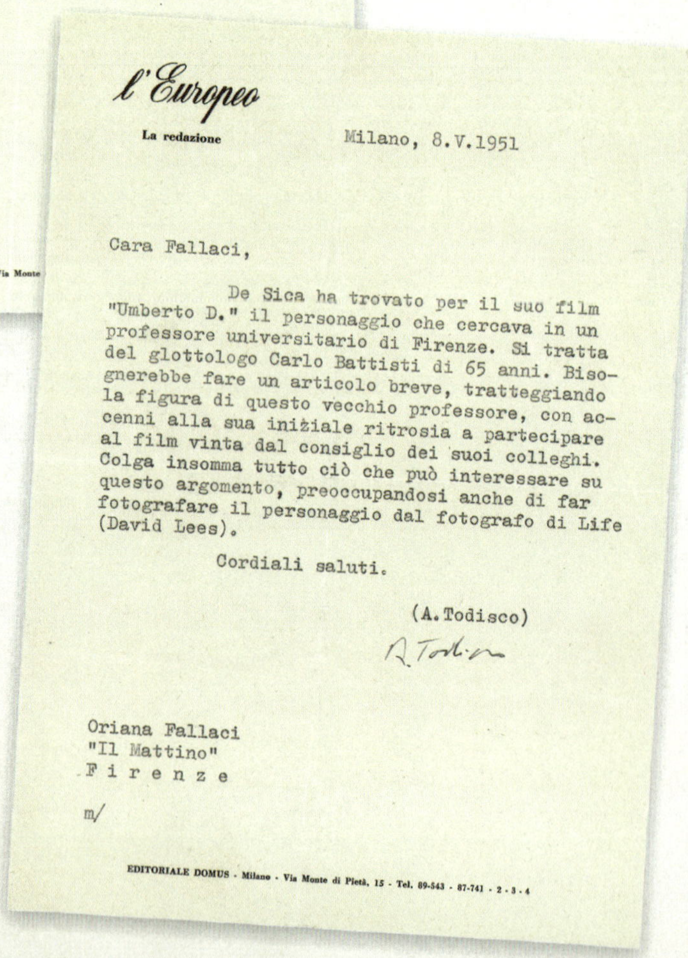

l'Europeo

La redazione

Milano, 8.V.1951

Cara Fallaci,

De Sica ha trovato per il suo film "Umberto D." il personaggio che cercava in un professore universitario di Firenze. Si tratta del glottologo Carlo Battisti di 65 anni. Bisognerebbe fare un articolo breve, tratteggiando la figura di questo vecchio professore, con accenni alla sua iniziale ritrosia a partecipare al film vinta dal consiglio dei suoi colleghi. Colga insomma tutto ciò che può interessare su questo argomento, preoccupandosi anche di far fotografare il personaggio dal fotografo di Life (David Lees).

Cordiali saluti.

(A. Todisco)

A. Todisco

Oriana Fallaci
"Il Mattino"
F i r e n z e

m/

EDITORIALE DOMUS - Milano - Via Monte di Pietà, 15 - Tel. 89-543 - 87-741 - 2 - 3 - 4

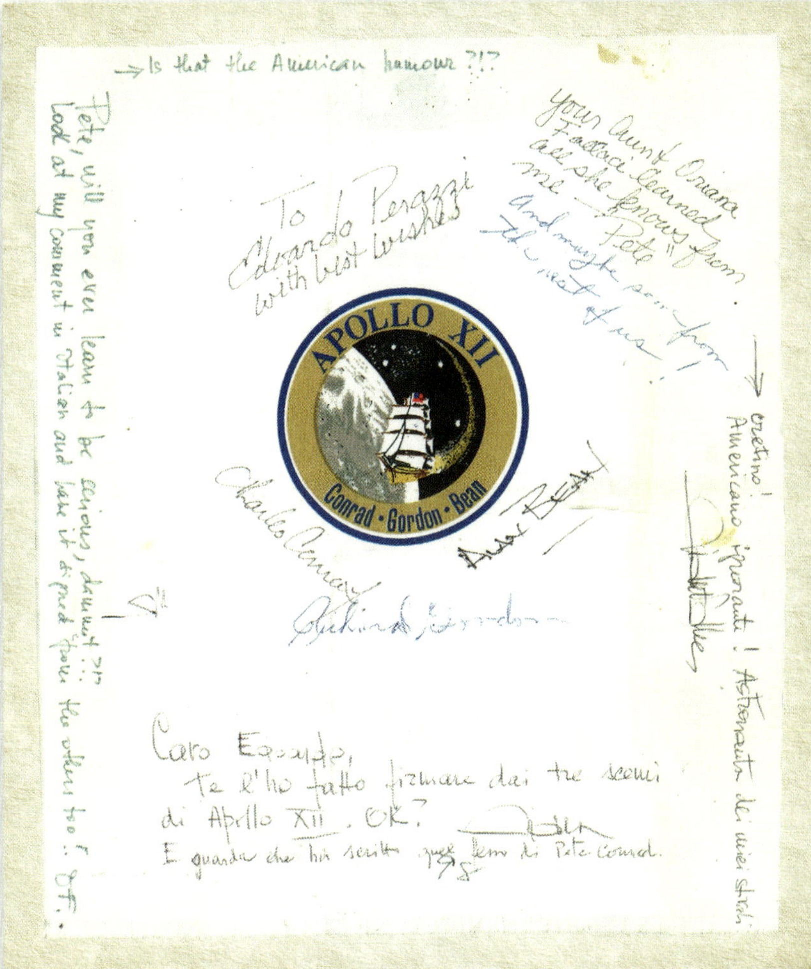

Lettera ricavata da un pezzo della tuta di volo della missione Apollo XII fatta firmare da Oriana ai tre astronauti dell'equipaggio – Pete Conrad, Alan Bean e Richard Gordon – e spedita in una busta al nipote, Edoardo Perazzi.

1965-1966.
Lettere di Charles Conrad jr., detto «Pete», comandante della missione Apollo XII e terzo uomo a mettere piede sulla Luna. «Rootbeer» è il soprannome dato da Pete a Oriana.

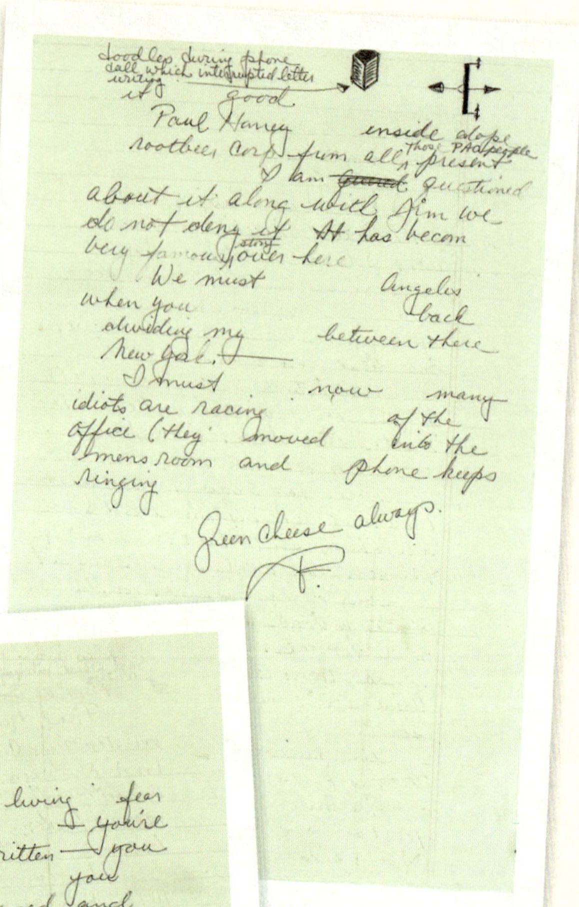
doodles during phone
call which interrupted letter
writing
it good
Paul Haney inside dope
rootbeer corps from all those PAO people present
I am ~~[illegible]~~ questioned
about it along with Jim we
do not deny it It has becom
very famous story over here
We must Angeles
when you back
dividing my between there
New York. I
I must now many
idiots are racing of the
office (they moved into the
mens room and phone keeps
ringing
Green cheese always.
P.

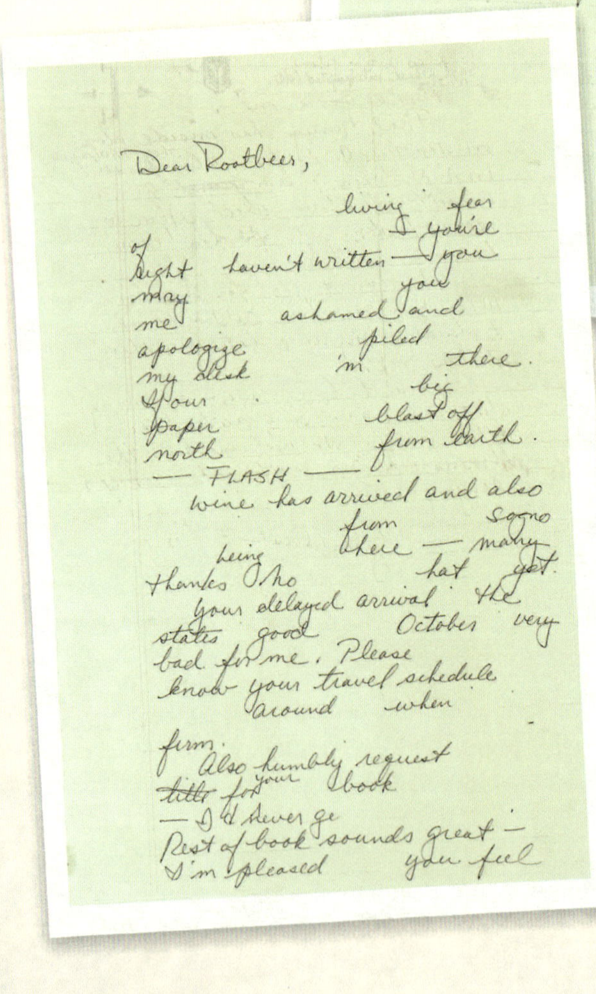
Dear Rootbeer,
living fear
I you're
of
light haven't written you
may you
me ashamed and
apologize piled
my desk in there.
Your big
paper blast off
north from earth.
— FLASH —
wine has arrived and also
from sogno
there — many
being
thanks Oh hat yet.
your delayed arrival the
states good October very
bad for me. Please
know your travel schedule
around when
firm.
Also humbly request
~~title~~ for your book
— I'll never ge
Rest of book sounds great —
I'm pleased you feel

Dear Rootbeer,

Received your letter & I will wait till I get your NY phone No. After 28 May Pizzoni N.Y. I will be at the Cape for GT-4 with my wife & boys. They have never been there. As soon as it goes we return to Houston. We will watch the rest of the flight from there.

I have changed +15 lbs. no smoking plus rootbeer only have done it. Last report said I was too heavy to orbit.

Nose also much much lower. It can hold up only much paper flight approaches paper work be astronomical. Desk can not be seen because of books – blackboard covered with formulae (purely to impress visiting iters)

New hat sounds great possibly join others wheel still at Bob's Maybe out reasonable solution so that I can take them home. See you

Nose not-so-far up

1/7/6

Dear Rootbeer

Thank you for both letters. Enclosed is the press release on Ted. It is accurate and true. I was a member of the investigation and reviewed the release.

from space you tonight thought you only trouble that let you stay longer. Secondly I have bullfighters in . brought yet.

I think it great. up the other 3 the of January when I'm up there.

I concur with your letter. We both were clouded up over our own thoughts. Your right – know doubt about our paths crossing – probably many times.

Saw articles magazine (Cosmopolitan very good. You are getting very famous. After giving

how snooty" I'll get after fly. I want you to remember those words you are the worlds foremost lady.

As usual must run good – write of travels write much more than I don't get the time.

P.O.P.P.
Pete.

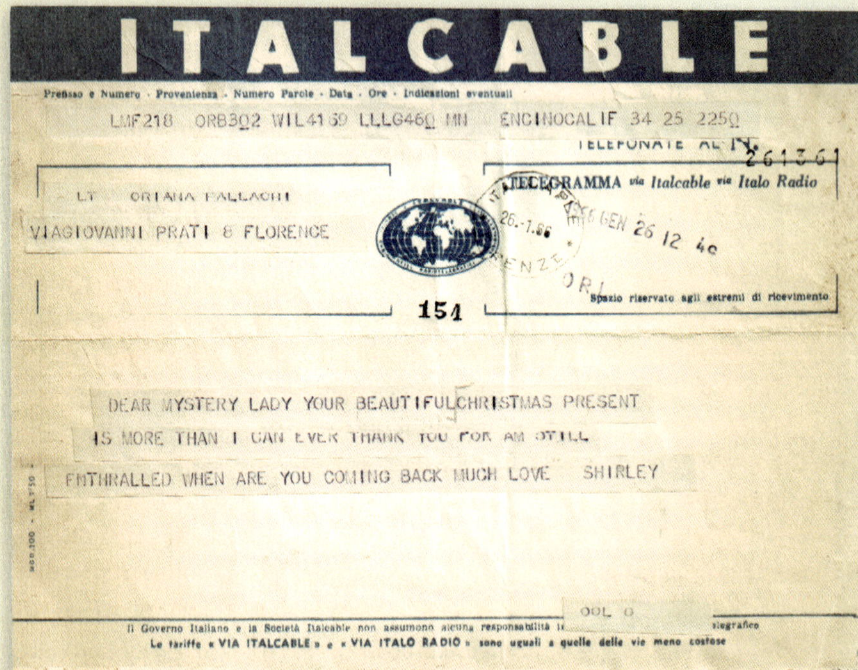

ITALCABLE

Prefisso e Numero · Provenienza · Numero Parole · Data · Ore · Indicazioni eventuali

LMF218 ORB302 WIL4169 LLLG460 MN ENCINOCALIF 34 25 2250

TELEFONATE AL N. 261361

LT ORIANA FALLACHI

VIAGIOVANNI PRATI 8 FLORENCE

TELEGRAMMA via Italcable via Italo Radio

26.-1.66

GEN 26 12 40

Spazio riservato agli estremi di ricevimento

151

DEAR MYSTERY LADY YOUR BEAUTIFULCHRISTMAS PRESENT
IS MORE THAN I CAN EVER THANK YOU FOR AM STILL
ENTHRALLED WHEN ARE YOU COMING BACK MUCH LOVE SHIRLEY

OOL 0

Il Governo Italiano e la Società Italcable non assumono alcuna responsabilità i[...]legrafico
Le tariffe « VIA ITALCABLE » e « VIA ITALO RADIO » sono uguali a quelle delle vie meno costose

26 gennaio 1966.
Telegramma a Oriana dell'amica Shirley MacLaine.

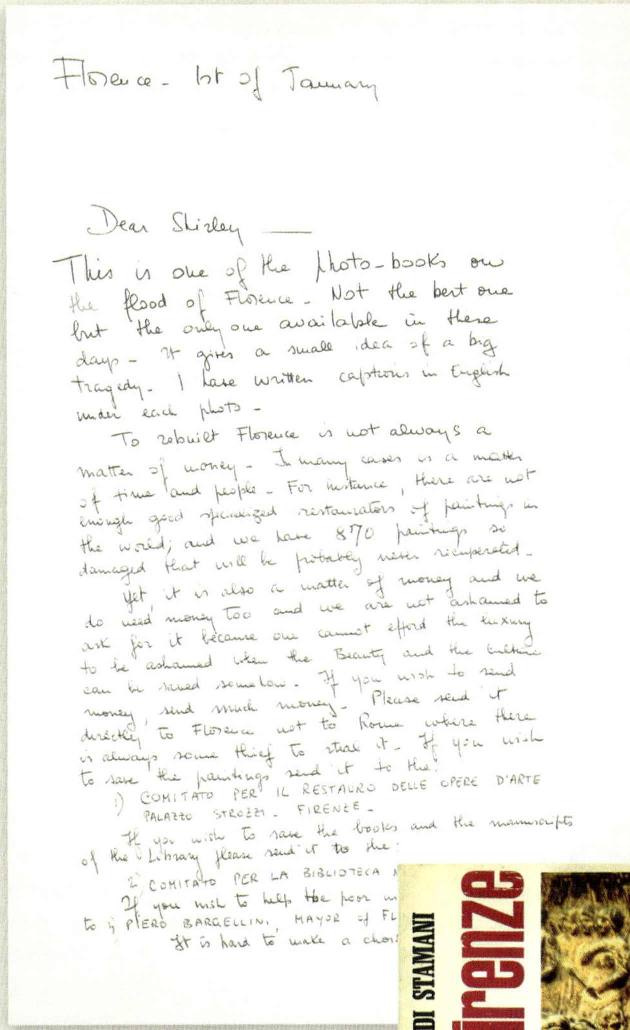

Florence - 1st of January

Dear Shirley ——

This is one of the photo-books on the flood of Florence - Not the best one but the only one available in these days - It gives a small idea of a big tragedy - I have written captions in English under each photo -

To rebuilt Florence is not always a matter of money - In many cases is a matter of time and people - For instance, there are not enough good specialized restaurators of paintings in the world; and we have 870 paintings so damaged that will be probably never recuperated -

Yet it is also a matter of money and we do need money too and we are not ashamed to ask for it because one cannot afford the luxury to be ashamed when the Beauty and the culture can be saved somehow - If you wish to send money, send much money - Please send it directly to Florence not to Rome where there is always some thief to steal it - If you wish to save the paintings send it to the:

1) COMITATO PER IL RESTAURO DELLE OPERE D'ARTE
PALAZZO STROZZI - FIRENZE -

If you wish to save the books and the manuscripts of the Library please send it to the:

2) COMITATO PER LA BIBLIOTECA N

If you wish to help the poor m

to 3) PIERO BARGELLINI, MAYOR of FL

It is hard to make a chois

1° gennaio 1967.
Lettera di Oriana
all'amica Shirley MacLaine
per coinvolgerla nella raccolta
di fondi destinati
alla ricostruzione di Firenze
dopo l'alluvione del 1966,
scritta sul frontespizio
del volume fotografico
L'Arno straripa a Firenze.

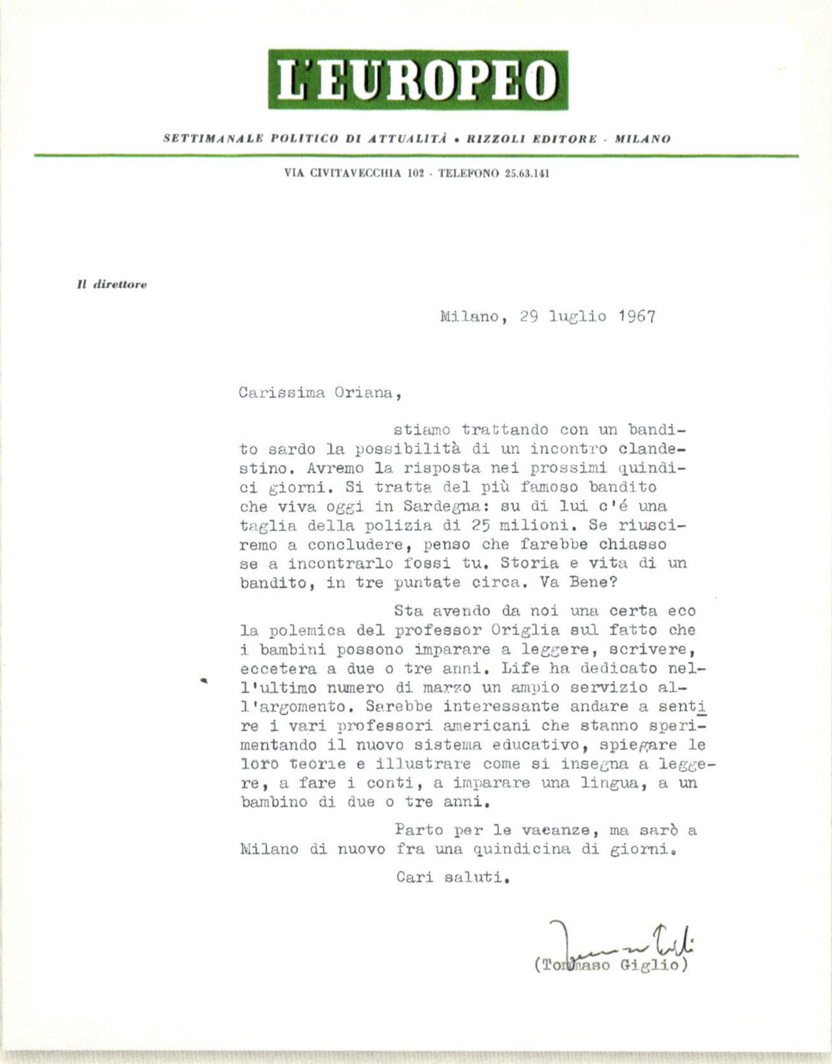

L'EUROPEO

SETTIMANALE POLITICO DI ATTUALITÀ • RIZZOLI EDITORE - MILANO

VIA CIVITAVECCHIA 102 - TELEFONO 25.63.141

Il direttore

Milano, 29 luglio 1967

Carissima Oriana,

stiamo trattando con un bandito sardo la possibilità di un incontro clandestino. Avremo la risposta nei prossimi quindici giorni. Si tratta del più famoso bandito che viva oggi in Sardegna: su di lui c'é una taglia della polizia di 25 milioni. Se riusciremo a concludere, penso che farebbe chiasso se a incontrarlo fossi tu. Storia e vita di un bandito, in tre puntate circa. Va Bene?

Sta avendo da noi una certa eco la polemica del professor Origlia sul fatto che i bambini possono imparare a leggere, scrivere, eccetera a due o tre anni. Life ha dedicato nell'ultimo numero di marzo un ampio servizio all'argomento. Sarebbe interessante andare a sentire i vari professori americani che stanno sperimentando il nuovo sistema educativo, spiegare le loro teorie e illustrare come si insegna a leggere, a fare i conti, a imparare una lingua, a un bambino di due o tre anni.

Parto per le vacanze, ma sarò a Milano di nuovo fra una quindicina di giorni.

Cari saluti.

(Tommaso Giglio)

29 luglio 1967.
Lettera a Oriana dell'allora direttore dell'«Europeo», Tommaso Giglio, su possibili argomenti e personaggi da intervistare per i numeri successivi, tra i quali il bandito Graziano Mesina.

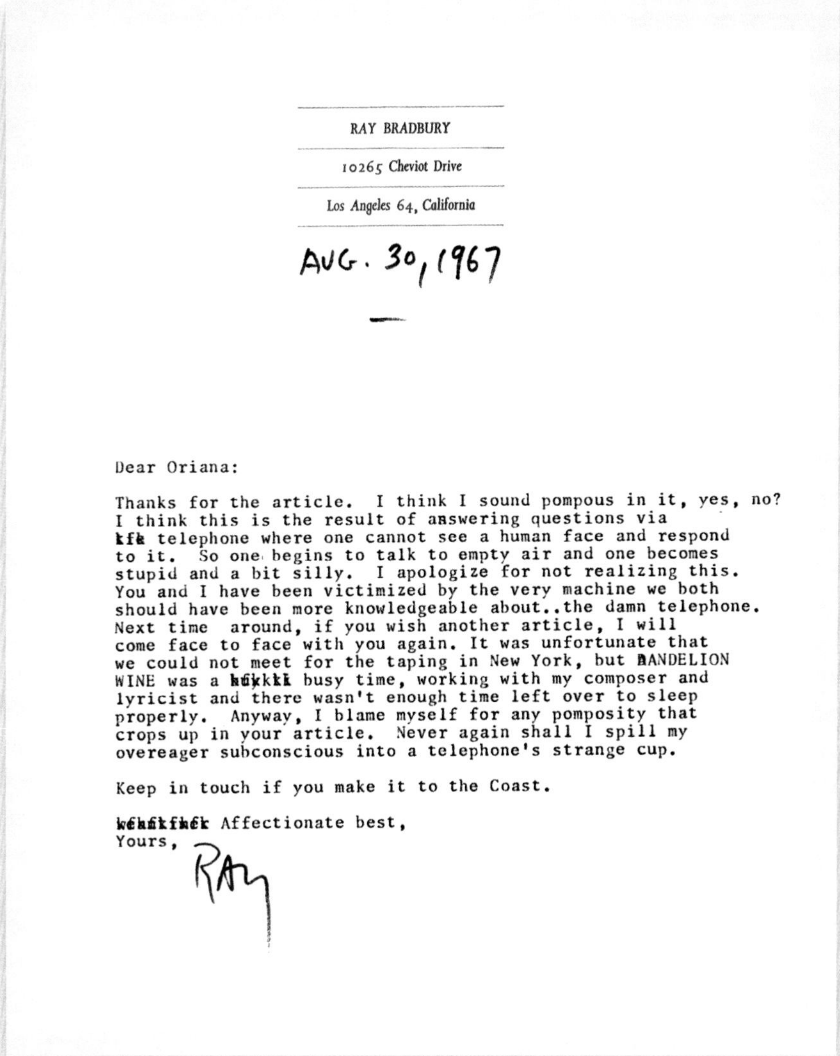

RAY BRADBURY

10265 Cheviot Drive

Los Angeles 64, California

AUG. 30, 1967

Dear Oriana:

Thanks for the article. I think I sound pompous in it, yes, no? I think this is the result of answering questions via the telephone where one cannot see a human face and respond to it. So one begins to talk to empty air and one becomes stupid and a bit silly. I apologize for not realizing this. You and I have been victimized by the very machine we both should have been more knowledgeable about..the damn telephone. Next time around, if you wish another article, I will come face to face with you again. It was unfortunate that we could not meet for the taping in New York, but DANDELION WINE was a busy time, working with my composer and lyricist and there wasn't enough time left over to sleep properly. Anyway, I blame myself for any pomposity that crops up in your article. Never again shall I spill my overeager subconscious into a telephone's strange cup.

Keep in touch if you make it to the Coast.

Affectionate best,
Yours,

Ray

30 agosto 1967.
Lettera di ringraziamento di Ray Bradbury a Oriana dopo un'intervista allo scrittore nell'ambito di un'inchiesta sull'America per «l'Europeo».

FORMA DGT-91

SERVICIO INTERNACIONAL

SECRETARIA DE COMUNICACIONES Y TRANSPORTES
DIRECCION GENERAL DE TELECOMUNICACIONES
SERVICIO TELEGRAFICO Y RADIOTELEGRAFICO CON TODO EL MUNDO

Prefijo y número – Procedencia – No. Palabras – Día – Hora – Indicaciones eventuales

ZCZC IMX875 LSM656 GLL1060MEX
MEME CO ITMI 049
MILANO 9562 49 3 1440

ORIANA FALLACI CLINICA BIENFAISANCE
MEXICOCITY

CARA ORIANA SIAMO TUTTI SCOSSI E ADDOLORATI E TI
FACCIAMO MILLE AUGURI STOP LA MIA SPERANZA E CHE TU
POSSA REALIZZARE AL PIU PRESTO IL TUO DESIDERIO DI
ANDARE IN BRASILE STOP FAMMI SAPERE DI CHE COSA HAI
BISOGNO E DI NUOVO AUGURI
TOMMASO

3 ottobre 1968. Telegrammi di solidarietà a Oriana di Tommaso Giglio, dopo che la giornalista era stata ferita nel Massacro di Tlatelolco, a Mexico City, ad opera delle milizie governative intervenute contro una manifestazione studentesca.

SERVICIO INTERNACIONAL

SECRETARIA DE COMUNICACIONES Y TRANSPORTES
DIRECCION GENERAL DE TELECOMUNICACIONES
SERVICIO TELEGRAFICO Y RADIOTELEGRAFICO CON TODO EL MUNDO

Prefijo y número – Procedencia – No. Palabras – Día – Hora – Indicaciones eventuales

ZCZC IMX083 LSM0441 GLL1548MEX
MEME CO ITMI 068
MILANO FONO 6585 68 8 1740 P1 50W

ORIANA FALLACI OSPEDALE FRANCESE
MEXICOCITY

PER CONSIGLIO DELL'EDITORE E ANCHE NEL COMUNE
INTERESSE TI SUGGERISCO DI RIENTRARE A NEWYORK
O IN ITALIA NON APPENA DIMESSA DALLA CLINICA
STOP CIO E ANCHE NECESSARIO PER LA VISITA DI CONTROLLO
CHIESTA DALL'ASSICURAZIONE STOP DALLA NUOVA
SEDE POTRAI POI PARTIRE

COL

G

FORMA DGT-91

SERVICIO INTERNACIONAL

SECRETARIA DE COMUNICACIONES Y TRANSPORTES
DIRECCION GENERAL DE TELECOMUNICACIONES
SERVICIO TELEGRAFICO Y RADIOTELEGRAFICO CON TODO EL MUNDO

Prefijo y número – Procedencia – No. Palabras – Día – Hora – Indicaciones eventuales
LL1548 ORIANA FALLACI P2 18W

CON SERENITA PER LA DESTINAZIONE
CHE PIU TI INTERESSA STOP GRAZIE E TANTI
CARI AUGURI E SALUTI
GIGLIO

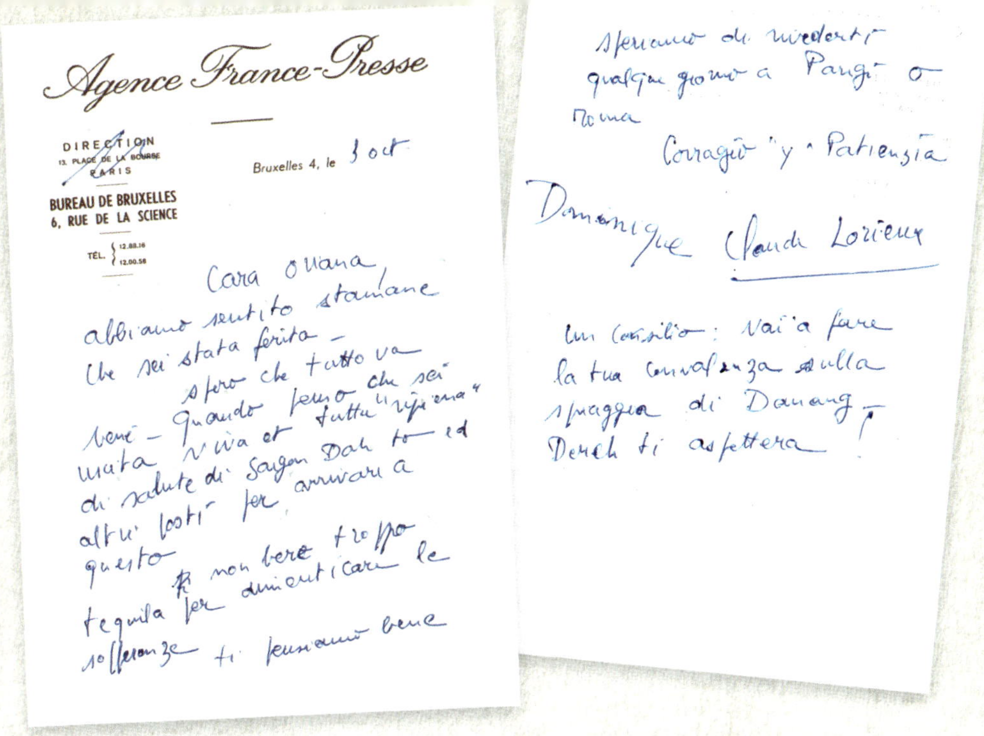
Agence France-Presse
DIRECTION
13, PLACE DE LA BOURSE
PARIS
BUREAU DE BRUXELLES
6, RUE DE LA SCIENCE
TÉL. 12.88.16 12.00.58
Bruxelles 4, le 3 oct
Cara Oriana,
abbiamo sentito stamane
che sei stata ferita –
spero che tutto va
bene – quando penso che sei
stata viva et tutta "ripiena"
di salute di Saigon Dak to ed
altri posti per arrivare a
questo
non bere troppo
tequila per dimenticare le
sofferenze ti pensiamo bene
Speriamo di rivederti
qualque giorno a Parigi o
Roma
Coraggio "y" Patienzia
Dominique Claude Lorieux
Un consilio: vai a fare
la tua convalenza sulla
spiaggia di Danang –
Derek ti aspettera!

3 ottobre 1968.
Lettera di solidarietà e sostegno a Oriana dopo il ferimento, da parte di Claude Lorieux e della redazione dell'agenzia France-Presse a Bruxelles.

FORMA DGT-91
SERVICIO INTERNACIONAL
PODER EJECUTIVO FEDERAL ESTADOS UNIDOS MEXICANOS MEXICO D.F.
SECRETARIA DE COMUNICACIONES Y TRANSPORTES
DIRECCION GENERAL DE TELECOMUNICACIONES
SERVICIO TELEGRAFICO Y RADIOTELEGRAFICO CON TODO EL MUNDO
Prefijo y número – Procedencia – No. Palabras – Día – Hora – Indicaciones eventuales
13:25
ZCZC IMX504 FTC4062 GLL3428MEX
MEME CO ITRM 044
ROMA 573/D 44/43 14 1300

ORIANA FALLACI HOTEL MARIA ISABEL
PASEODELREFORMA
MEXICOCITY DF

ORIANA CARA NON HO AVUTO CORAGGIO FARMI VIVA PRIMA HO AVUTA
SERIA PAURA PER TE ORA FINALMENTE CHE NE SEI FUORI TI ABBRACCIO
CON COMMOSSO AFFETTO ET TI CHIEDO QUANDO TORNI AT CASA
ANNA MAGNANI

14 ottobre 1968.
Telegramma a Oriana di Anna Magnani dopo il ferimento in Messico.

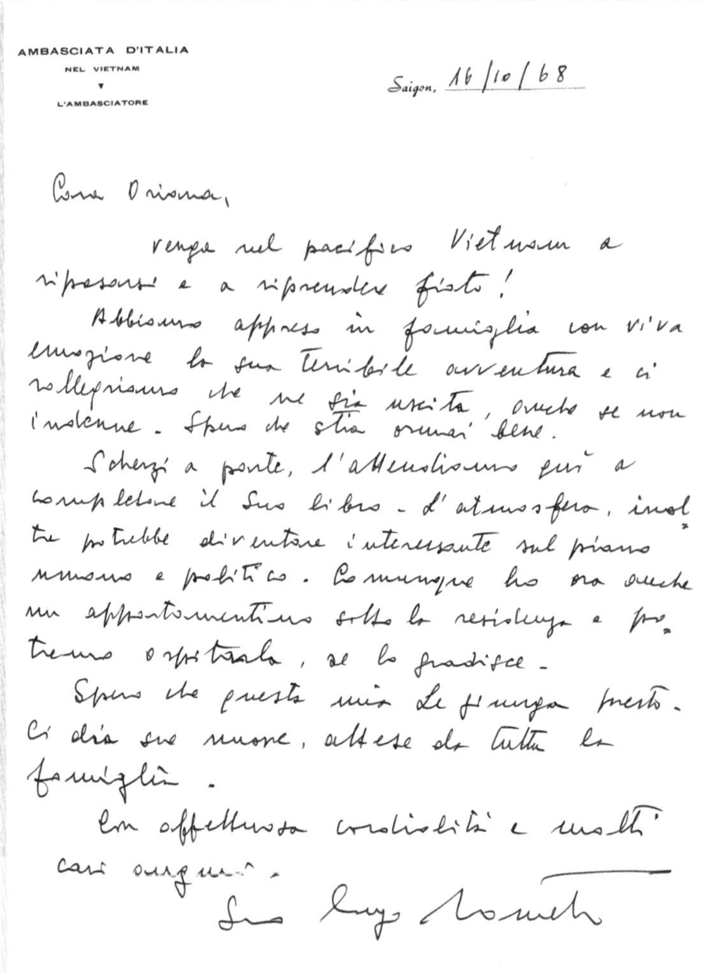

AMBASCIATA D'ITALIA
NEL VIETNAM
L'AMBASCIATORE

Saigon, 16/10/68

Cara Oriana,

venga nel pacifico Vietnam a riposarsi e a riprendere fiato!

Abbiamo appreso in famiglia con viva emozione la sua terribile avventura e ci rallegriamo che ne sia uscita, anche se non indenne. Spero che stia ormai bene.

Scherzi a parte, l'attendiamo qui a completare il suo libro. L'atmosfera, inoltre potrebbe diventare interessante sul piano umano e politico. Comunque ho ora anche un appartamentino sotto la residenza e potremo ospitarla, se lo gradisce.

Spero che questa mia Le giunga presto. Ci dia sue nuove, attese da tutta la famiglia.

Con affettuosa cordialità e molti cari auguri.

Suo Enzo Tornetta

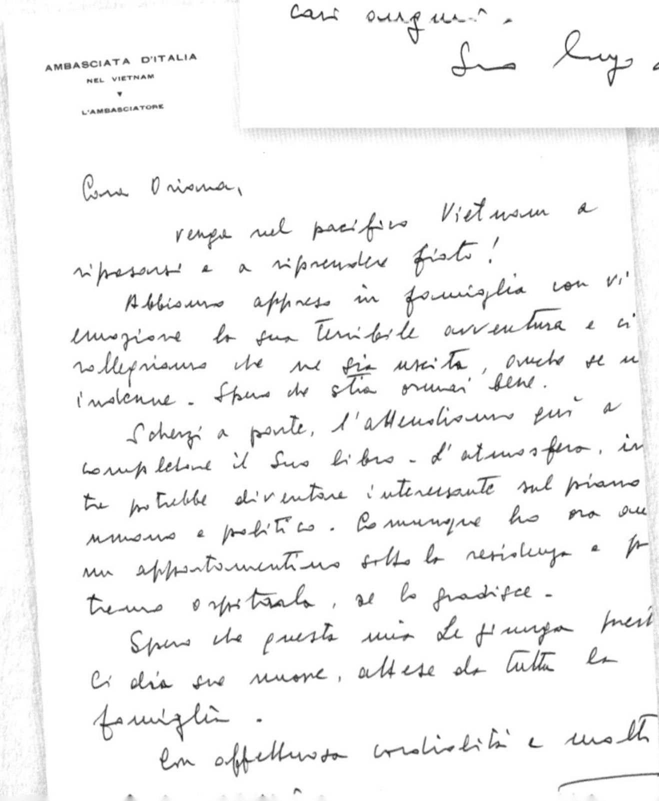

16 ottobre 1968.
Lettera a Oriana dopo i fatti messicani da parte di Vincenzo Tornetta, ambasciatore italiano in Vietnam.

20 luglio 1969.
Cartolina di Oriana al nipote, Edoardo Perazzi,
in occasione dello sbarco dei primi uomini sulla Luna.

NAM NGẠN - HÀM RỒNG
mon pays natal
-+++-

Nam-ngạn - Hàm-rồng mon cher pays natal
S'étend le long du Fleuve Mã aux ondes limpides et bleues
Avec les cocotiers penchés le long des berges, de leurs troncs
retenant les rayons du jour couchant
Au milieu des chants rythmés des sampaniers, tels des flots
se répétant à qui mieux mieux
Et des champs de riz, en pleine maturité, dressant fièrement
les tiges :
Et des troupes de porcs ventrus se promenant ensemble
Et tout autour, des usines qui se dressent en rangs serrés.
Et le joli pont aux couleurs éclatantes qui réunit les
deux rives.
Du fleuve où s'en vont ces barques aux voiles brunes
poussées par le vent !

Qu'el est beau et riche mon pays.
Quel beau paysage peint par notre Patrie
Chacun de nous avec une foi inébranlable
Suit le Parti et participe avec ardeur aux mouvement
d'émulation

Pour une bonne récolte en industrie
Pour une ample moisson de vivres, vêtements, fer, acier
et charrues.

Nous avons bravé toutes difficultés, et allons de l'avant
Mais !
Les pirates américains sont venues et jour et nuits,
nous mordent dans notre chair.
Le Fleuve Mã roule ses eaux grondantes
La colline de Đông-sơn crache le feu
Nam-ngạn se dresse contre l'ennemi
En l'honneur de l'Année nouvelle, nous avons réalisé
de nouveaux exploits.

Plus de 100 avions supersoniques ennemis ont été abattus.
Plus d'un pilote ennemi a été tués
Près de cent combats éclatants, nous avons livrés.

- 2 -

Qu'ils nous sont chers ces soldats, ces miliciens....
Ces Huấn, Khiên, Sáu, Tuyến, Hằng (1), Dung
D'ailleurs chaque habitant pourrait devenir un héros
et qui s'élancent vaillamment de l'avant à l'appel du Parti.
Gloire à toi Nam-Ngạn - Hàm-Rồng
Qui pour ton courage a reçu le drapeau d'émulation du Parti
et de l'Oncle
Les pirates yankees, malgré leurs fureurs
Ont connu des défaites les unes plus lourdes que les autres

Nous avons vaincu et nous sommes en train de vaincre
Du Nord au Sud, depuis les pics de bambou jusqu'aux simples fusils,
Les Francais dans le temps, et à présent, les yankees

Dans leur détresse
Mac (Namara) entreprend d'aller secourir les siens
Sur un batiment de guerre
"Faites pas du mauvais sang - dit-il , à ses troupes
Cette fois ci on va
liquider Nam-ngạn - Hàm-rồng.

Hélas, c'est de la peine perdue
Et déçu Mac devient morose

Et pourtant ils ont choisi de grands officiers
Et des appareils réputés inbattables comme
"Thunderchief", "Phantom"
Mais-est ce de la faute du ciel,
Voilà bel et bien plusieurs appareils abattus
d'où sautent 2 pirates, en parachute.
Au cours de ces derniers combats
Ils ont perdu gros dans leur escalade
contre Thanh-hóa.
Et force leur est d'aller rapporter à Johnson
qu'avec la perte du Lt Col. Denton
Vaudrait mieux ficher le camp d'ici.

---

1)C'est la milicienne que la journaliste Oriana a rencontre l
du 11-2-1969 à Thanh-hóa. Ces noms propres figurent tous d
liciens de renom de la province de Thanh-hóa.

- 3 -

Voilà mon pays natal
Le fusil d'une main et la charrue dans l'autre
Nos habitants défendent leurs champs et leur ciel.
Les bruits des machines se font toujours entendre au
du fleuve Mã
Et des cocotiers enlaçant de leurs ombres
le pont de Ham-rồng chéri
Au long des canaux, des barques sillonnent avec à bord
des charges d'engrais
Et, mélangé au bruit du vent,
les voix des jeunes gens et jeunes filles.
Qui, toujours prêts à combattre,
érigent leur village de combat.

1969.
«Il mio paese natio»: poesia di un miliziano Vietcong trascritta da Oriana durante uno dei suoi numerosi viaggi in Indocina e spedita a François Pelou.

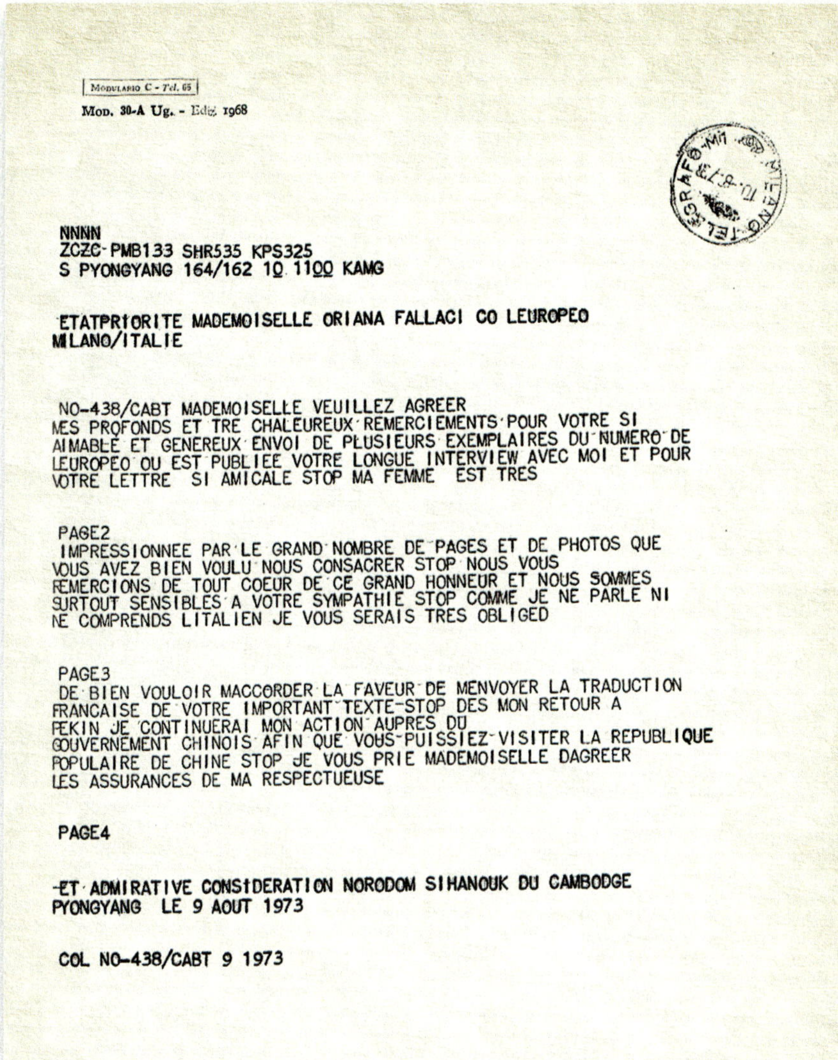

MODULARIO C - Tel. 65

MOD. 30-A Ug. - Ediz. 1968

NNNN
ZCZC PMB133 SHR535 KPS325
S PYONGYANG 164/162 10 1100 KAMG

ETATPRIORITE MADEMOISELLE ORIANA FALLACI CO LEUROPEO
MILANO/ITALIE

NO-438/CABT MADEMOISELLE VEUILLEZ AGREER
MES PROFONDS ET TRE CHALEUREUX REMERCIEMENTS POUR VOTRE SI
AIMABLE ET GENEREUX ENVOI DE PLUSIEURS EXEMPLAIRES DU NUMERO DE
LEUROPEO OU EST PUBLIEE VOTRE LONGUE INTERVIEW AVEC MOI ET POUR
VOTRE LETTRE SI AMICALE STOP MA FEMME EST TRES

PAGE2
IMPRESSIONNEE PAR LE GRAND NOMBRE DE PAGES ET DE PHOTOS QUE
VOUS AVEZ BIEN VOULU NOUS CONSACRER STOP NOUS VOUS
REMERCIONS DE TOUT COEUR DE CE GRAND HONNEUR ET NOUS SOMMES
SURTOUT SENSIBLES A VOTRE SYMPATHIE STOP COMME JE NE PARLE NI
NE COMPRENDS LITALIEN JE VOUS SERAIS TRES OBLIGED

PAGE3
DE BIEN VOULOIR MACCORDER LA FAVEUR DE MENVOYER LA TRADUCTION
FRANCAISE DE VOTRE IMPORTANT TEXTE-STOP DES MON RETOUR A
PEKIN JE CONTINUERAI MON ACTION AUPRES DU
GOUVERNEMENT CHINOIS AFIN QUE VOUS PUISSIEZ VISITER LA REPUBLIQUE
POPULAIRE DE CHINE STOP JE VOUS PRIE MADEMOISELLE DAGREER
LES ASSURANCES DE MA RESPECTUEUSE

PAGE4

-ET ADMIRATIVE CONSIDERATION NORODOM SIHANOUK DU CAMBODGE
PYONGYANG LE 9 AOUT 1973

COL NO-438/CABT 9 1973

9 agosto 1973.
Ringraziamento a Oriana del re di Cambogia Norodom Sihanouk per l'intervista al sovrano pubblicata sull'«Europeo».

THE SECRETARY OF STATE
WASHINGTON

August 5, 1974

Dear Ms. Fallaci:

Thank you for your book Intervista con la storia. It contains an interview that I remember only too well. You were kind to remember me with a copy, however, and I appreciate your thoughtfulness.

Sincerely,

Henry A. Kissinger

Ms. Oriana Fallaci
L'Europeo
Via Veneto 74
Rome, Italy

5 agosto 1974.
Lettera di ringraziamento di Henry Kissinger a Oriana per l'omaggio del libro *Intervista con la storia*, in cui è riportata l'intervista del 1972 della giornalista all'allora Segretario di Stato USA.

9 marzo 1976.
Biglietto di Sandro Pertini che ringrazia Oriana per l'intervista e comunica la sua ammirazione per l'atteggiamento da lei tenuto durante il processo per la morte di Pier Paolo Pasolini.

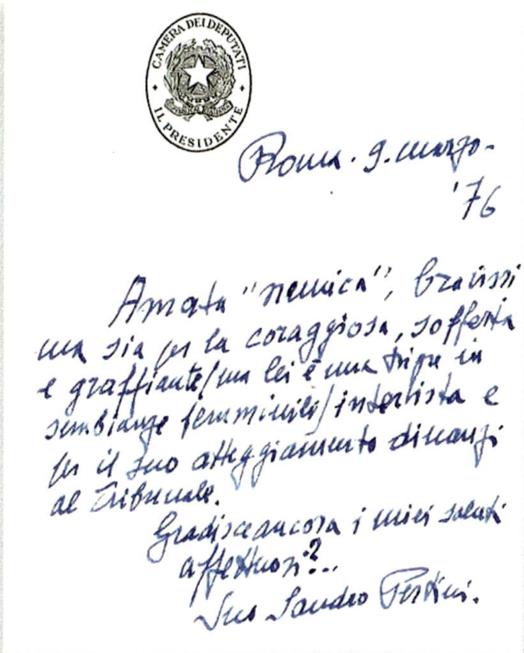

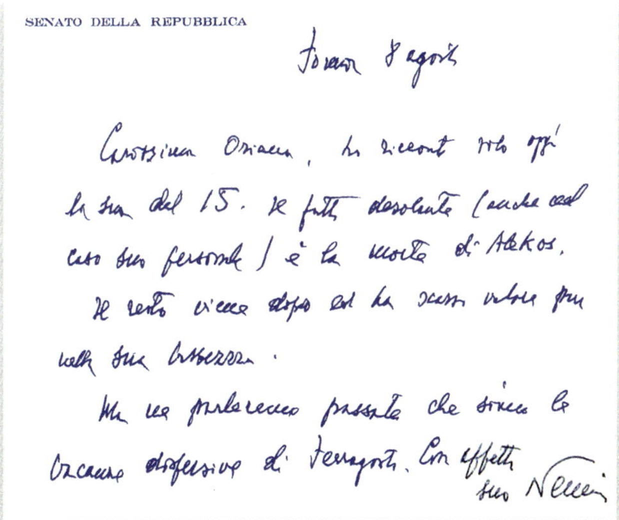

8 agosto 1977.
Biglietto affettuoso di Pietro Nenni a Oriana sugli eventi successivi alla morte di Alekos e sul deterioramento dei rapporti della scrittrice con la famiglia Panagulis.

WOODY ALLEN

Dec. 15, 1980

Miss Julie Cox
Rizzoli Corp.
712 Fifth Avenue
New York, N.Y. 10019

Dear Miss Cox:

As Public Broadcasting is forever trying to do something with me, and I am always putting them off, I promised I would keep my eyes open if something interesting turned up. Recently Miss Davis suggested an interview with Oriana Fallaci, and since I have so much respect for Miss Fallaci as a journalist and found her so charming as a person, I did not brush the idea aside immediately. Oriana is one of the few persons, if not the only one, that I would do an interview with. If she feels it could be productive and something interesting could be developed by Sylvia Davis of KDM Productions of Boston, then perhaps we could both find the hour or two it would take at some convenient date.

Best wishes,

Woody Allen

WA/nlc

DEC 18 1980

Dear Woody,

while trying to make some order in the chaos left in my office by an irresponsable secretary whom I fired months ago, I have found papers and letters that she never showed to me. Among them , one from Alexander Haig and one from you. (Extravagant couple indeed). Yours, dated december 15, 1980, and addressed to her. Haig's addressed January 1981 and addressed to me.

(2) As much as I agree the act of forgetting a letter from a Secretary of State is indecent for anyone who gets paid as a secretary, I must admit that I did not extremely care for that. I got simply infuriated for not having been informed about yours instead.

(1) The letter speaks about some Public Broadcasting interview requested by some Miss Davis that you have always put off but that you would give if it were made by me.

I vaguely remember some telephone messages from some Public television in Boston which I did not take in consideration because I am kind of persecuted by televisions, especially Public televisions, who want to interview me but I do not want to be interviewd by them because they only ask stupidities and the result is inevitably didastrous.

I vaguely remember to have been explained by the Irresponsable that this particular television did not want to interview me, thanks God, yet wanted me to interview a list of persons which included Indira Gandhi.

I vaguely remember to have read on some paper the news that I was going to make a serial of TV interviews and to have become deeply upset because I would never accept to make any interview for TV. I am a writer, my interviews are the product of a writer not of an interviewer, and I outragedly refuset the qualification of interviewer which is given to me, God knows why, by the American press.

But I do not remember anything mentioning your name.

15 dicembre 1980.
Lettera di Woody Allen su una possibile intervista televisiva al regista da parte della scrittrice con minuta della risposta di Oriana, qualche tempo dopo.

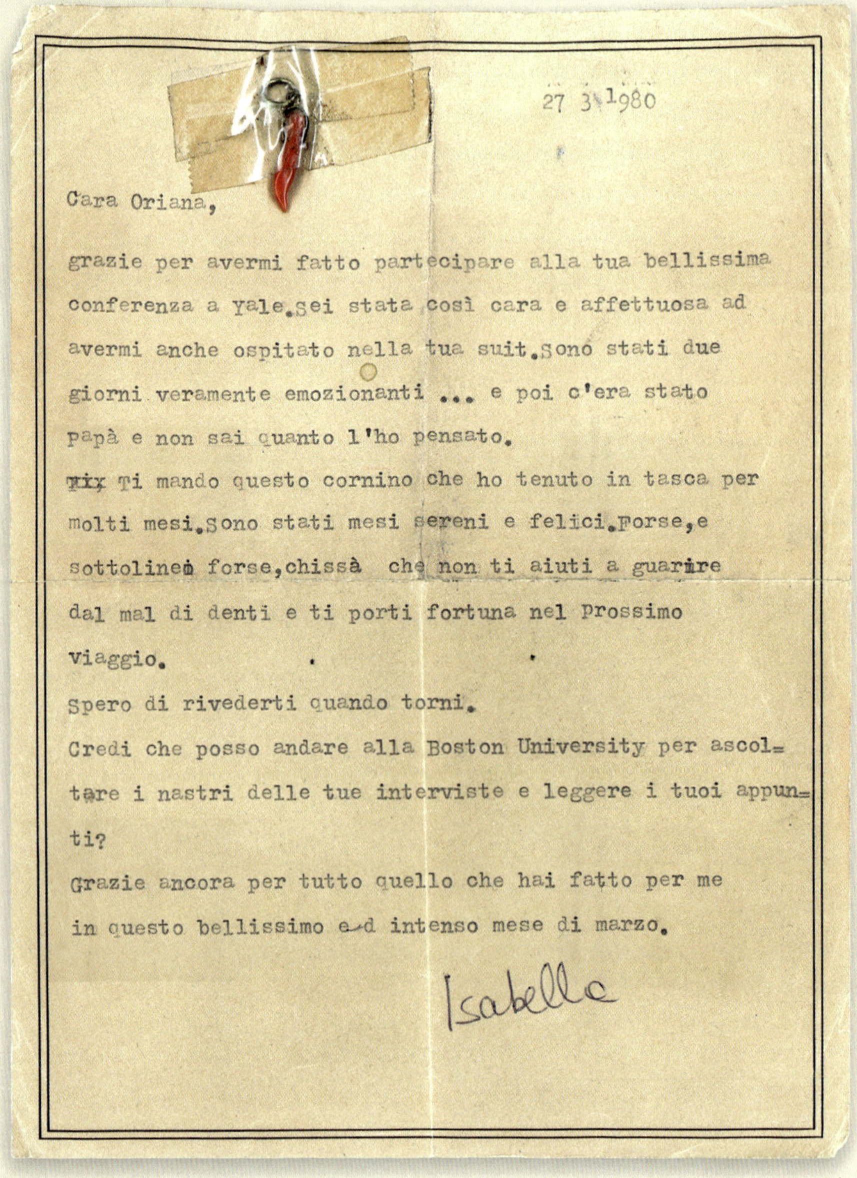

27 3 1980

Cara Oriana,

grazie per avermi fatto partecipare alla tua bellissima conferenza a yale.sei stata così cara e affettuosa ad avermi anche ospitato nella tua suit.sono stati due giorni veramente emozionanti ... e poi c'era stato papà e non sai quanto l'ho pensato.

~~xix~~ Ti mando questo cornino che ho tenuto in tasca per molti mesi.sono stati mesi sereni e felici.Forse,e sottolinea forse,chissà che non ti aiuti a guarire dal mal di denti e ti porti fortuna nel Prossimo viaggio.

Spero di rivederti quando torni.

Credi che posso andare alla Boston University per ascol= tare i nastri delle tue interviste e leggere i tuoi appun= ti?

Grazie ancora per tutto quello che hai fatto per me in questo bellissimo ed intenso mese di marzo.

Isabella

27 marzo 1980.
Lettera a Oriana di Isabella Rossellini.

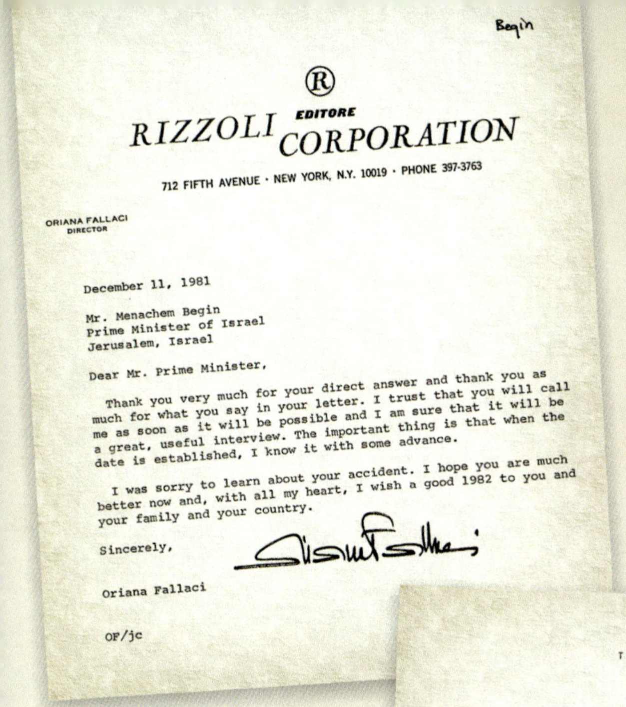

Begin

®
RIZZOLI EDITORE CORPORATION
712 FIFTH AVENUE · NEW YORK, N.Y. 10019 · PHONE 397-3763

ORIANA FALLACI
DIRECTOR

December 11, 1981

Mr. Menachem Begin
Prime Minister of Israel
Jerusalem, Israel

Dear Mr. Prime Minister,

Thank you very much for your direct answer and thank you as much for what you say in your letter. I trust that you will call me as soon as it will be possible and I am sure that it will be a great, useful interview. The important thing is that when the date is established, I know it with some advance.

I was sorry to learn about your accident. I hope you are much better now and, with all my heart, I wish a good 1982 to you and your family and your country.

Sincerely,

Oriana Fallaci

OF/jc

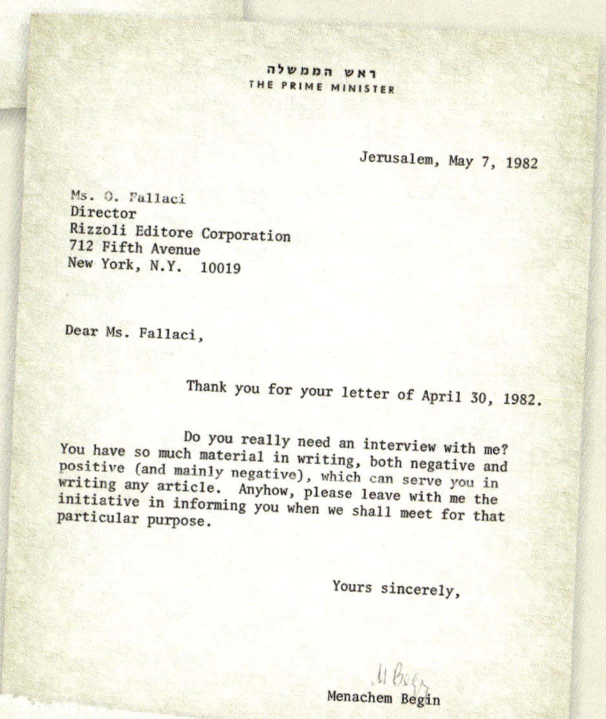

ראש הממשלה
THE PRIME MINISTER

Jerusalem, May 7, 1982

Ms. O. Fallaci
Director
Rizzoli Editore Corporation
712 Fifth Avenue
New York, N.Y. 10019

Dear Ms. Fallaci,

Thank you for your letter of April 30, 1982.

Do you really need an interview with me? You have so much material in writing, both negative and positive (and mainly negative), which can serve you in writing any article. Anyhow, please leave with me the initiative in informing you when we shall meet for that particular purpose.

Yours sincerely,

Menachem Begin

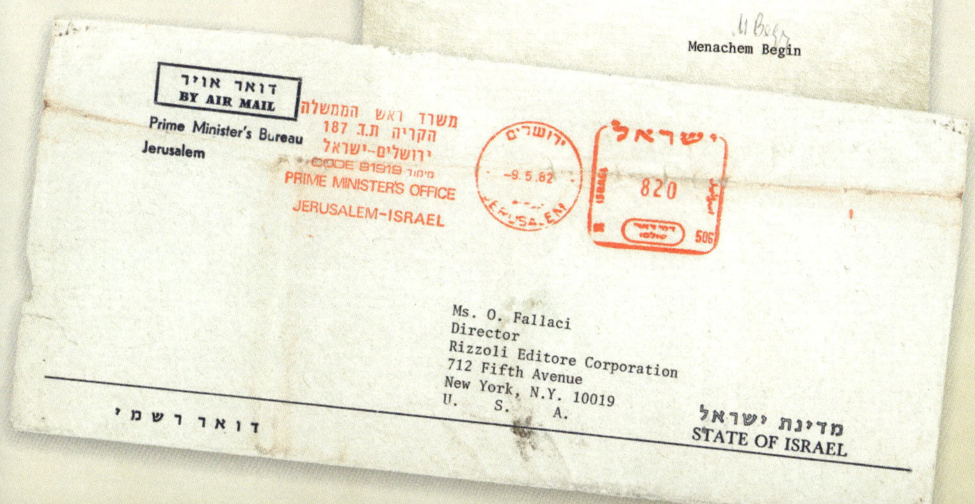

דואר אויר
BY AIR MAIL
Prime Minister's Bureau
Jerusalem

משרד ראש הממשלה
הקריה ת.ד. 187
ירושלים-ישראל
מיון CODE 91919
PRIME MINISTER'S OFFICE
JERUSALEM-ISRAEL

ירושלים
-9.5.82
JERUSALEM

ישראל
820
506

Ms. O. Fallaci
Director
Rizzoli Editore Corporation
712 Fifth Avenue
New York, N.Y. 10019
U. S. A.

דואר רשמי

מדינת ישראל
STATE OF ISRAEL

11 dicembre 1981 –
7 maggio 1982.
Scambio di lettere tra Oriana e Menachem Begin per concordare un'intervista all'allora primo ministro israeliano.

THE CITY OF NEW YORK
OFFICE OF THE MAYOR
NEW YORK, N.Y. 10007

November 20, 2001

Ms. Oriana Fallaci
Rizzoli Corporation New York
31 West 57th Street 4th Floor
New York, NY 10019

Dear Ms. Fallaci:

Thank you for sending me a copy of your article. Your thoughtfulness and kind words of support are very much appreciated during this difficult time.

Thank you again and best wishes.

Sincerely,

Rudolph W. Giuliani
Mayor

20 novembre 2001.
Lettera di ringraziamento di Rudolph Giuliani a Oriana per l'invio dell'articolo «La rabbia e l'orgoglio» scritto subito dopo l'11 settembre.

te bisogno. Suppongo di averlo dimostrato la sera di domenica scorsa. Non ero venuta con l'intento di aprirle la mia anima. Desideravo soltanto vedere lei e sua moglie, parlare di quel problema di documenti. Ma quando ci siamo seduti su quel terrazzo e l'ho guardata negli occhi, le mie labbra si sono mosse e ho parlato: irresistibilmente. Avevo tenuto chiuse troppo a lungo quelle pene e umiliazioni e offese. Nel pomeriggio, ero stata sul marciapiede di via Kolokotroni, guardando le finestre della nostra stanza, che lui chiamava «la nostra casetta ad Atene», pensando che le nostre chiavi non l'aprivano più, che mi era vietato entrare, restare lì con le mie cose, i suoi ricordi, sentendomi come una mendicante, e...

Se potessi osservare questa vicenda orribile da lontano, senza esserne la vittima, probabilmente potrei scrivere un capolavoro. E persino cercare di comprenderla. Le sue radici e ragioni storiche, la mancanza di cultura, le superstizioni, le gelosie, le miserie sociali, l'avidità, i complessi invece dell'istruzione, le origini contadine, i turchi invece di Napoleone, l'Itt invece di Mazzini... Sì, come scrittrice probabilmente potrei capire e spiegare. Ma in questo caso non sono una scrittrice. Sono soltanto un essere umano, schiantato da un dolore inaspettato, e non riesco a giudicare solo con la mia razionalità. Inoltre, la volgarità mi lascia impotente. E la moralità è un cibo del quale non so fare a meno. Il mio amore per Alekos, un fiore bianco nella spazzatura, è nato da questo.

La mia partenza da Atene è stata una ritirata. Non ho neppure cercato un contatto. Mi avevano detto che si stavano azzuffando tra loro, tavoli rotti, botte reciproche, minacce reciproche. Sono scappata con un brivido. Lungo la strada verso l'aeroporto, mi sono fermata di nuovo al cimitero. Volevo stare un po' con lui, chiedergli consiglio. Non ho potuto. La sua tomba era un ridicolo altare pagano di croci, foto, ritratti, vasi, ceri, poesie in cornice: un luna park. Sono riuscita solo a sussurrare: «Siamo stati sconfitti, agapi».

Lo siamo stati. Poco dopo il funerale, mi era stato chiesto di occuparmi della tomba «perché costa troppi soldi, quindi spetta a te». Avevo risposto, naturalmente, sarà un onore per me, e poi so quello che voleva. (Lo sapevo. Una volta avevamo avuto una sinistra conversazione al riguardo. Gli piaceva la tomba di Garibaldi a Caprera, semplicemente un grosso blocco di pietra con il nome. Detestava croci e foto e ritratti e ceri e vasi: «luna park» aveva detto.) Di ritorno in Italia, ho acquistato la pietra, l'ho fatta tagliare, e stavo per spedirla ad Atene quando ho ricevuto una telefonata brutale. Non c'era bisogno di me, non più. Mi era stato chiesto il denaro, non la tomba. Ciò che Alekos voleva non aveva nessuna importanza, perché adesso era morto. Di quella pietra, potevo farne quello che mi pareva. Queste sono state le parole.

I motivi immediati, non li conoscerò mai. Più frugo nella memoria, più mi vedo come una donna sempre dolce, gentile ed estremamente generosa con loro. Alcuni offrono delle spiegazioni: un prete che ha criticato la mia presenza ai funerali perché non ero sposata... Un vecchio rancore perché ero «diversa», una straniera, e perché Alekos «spendeva tutti i suoi soldi in biglietti aerei per Roma»... Il fatto che l'auto era italiana, che lui l'aveva comprata con il mio aiuto, perciò ero io il vero assassino... E ho anche sentito dire che l'«assassino» si preoccupa solo di fare uno scoop giornalistico, di guadagnare dei soldi con la morte di Alekos, di intraprendere una carriera politica sfruttando il suo nome. E non dico il peggio.

Adesso capisce perché sono doppiamente distrutta. La dignità è la più preziosa delle ricchezze, e la mia dignità è stata offesa fin troppo, in modo così bestiale. Eppure, ciò che mi tormenta non è nemmeno questo. È il timore che possano ferire anche la sua dignità. Un vero amico di Alekos, che ora vive a Zurigo, mi ha chiamato ieri. Anche lui aveva ricevuto altre brutte notizie. Mi ha detto con amarezza: «Anche adesso, l'autentico pericolo per Alekos non viene dai suoi nemici. Viene dai suoi amici e dai suoi parenti».

E se la sua memoria venisse infangata da qualche errore eccessivo o scandalo o sciocchezza? E se il suo sacrificio venisse vanificato e sprecato? È una paura che mi fa piangere.

Al funerale, e anche domenica scorsa al cimitero, la folla mi ripeteva: «Oriana, continua a lottare per lui». Certo che lo faccio, certo che lo farò, se non crollo. Ma non ho nessuna autorità, nessun certificato legale che mi dia il diritto di intervenire e impedire che Alekos muoia una seconda volta. Non mi è nemmeno permesso di dargli una sepoltura decente. Non posso nemmeno entrare nella «nostra casetta ad Atene». Vengo coperta di insulti in una lingua che non conosco. Vengo continuamente colpita da incubi. Come atto di premura e di amore, ho inviato del denaro alla madre. E mi stavo domandando come mai non ricevessi alcuna risposta o ringraziamento, quando sono venuta a sapere che «se avevo mandato tutti quei soldi, significa che Alekos aveva un grosso conto in banca e io avevo rubato il resto».

Shakespeare prenderebbe appunti. Io mi sento persa.

Ora mi perdoni, la prego, per aver trasferito su di lei la mia angoscia. Posso sempre rimediare a questa mancanza di generosità non spedendole la lettera. Ci penserò. Ma, se gliela spedirò, non si senta in obbligo di rispondere, la scongiuro. Si limiti a considerare le mie parole come un grido d'aiuto per Alekos. «Mia anagki» [da ανάγκη, necessità] diceva Alekos. E non dimentichi quell'anagki se anche Alekos verrà offeso.

Adesso la saluto. Mi chiedo se e quando ci incontreremo ancora. A meno che non sia indispensabile, non ho nessuna intenzione di tornare in Grecia. Ma grazie, grazie. Per favore, ringrazi per me anche sua moglie. È esattamente come la immaginavo. Intelligente, buona, elegante. Una donna meravigliosa che si merita il «grande uomo che è». Così era solito dire Alekos.

Sua,

Oriana

57.
La sua mente era diversa, e anche la sua anima

La personalità forte e carismatica di Panagulis gli aveva procurato diversi contrasti con i compagni e, dopo la sua morte, Oriana interviene a difenderlo e a chiarire le sue posizioni, come in questa lettera indirizzata a un non meglio identificato Andreas, che è stato istruttore militare di Alekos quando era nella resistenza.

Andreas caro,

ecco le frasi che mi hai chiesto di scrivere e che hai dimenticato: «Alekos era nato per forzare la storia, e la sua morte è stata un incidente della storia. È stata un momento di disattenzione della storia».

Ti ringrazio per essere venuto. Ti ringrazio per aver sopportato la mia disperazione. Ti ringrazio per tutto ciò che potrai o vorrai fare per Alekos e per me. E ti prego di essere più generoso con lui. Ti prego di cercare di capirlo un po' di più, di mostrare per lui un po' più di simpatia, di amarlo un po' di più.

Dico questo con piena comprensione, la stessa che mi ha guidato con Alekos quando non ero d'accordo con lui su alcune cose. Credimi, sono una vera esperta dell'animo umano e dei suoi segreti. In quanto strega, sento la verità. E, allo stesso modo in cui sentivo la verità con Alekos, sento la verità con te.

Di certo adesso stai soffrendo, in una qualche misura, e probabilmente molto. Ma quanta di questa sofferenza è dovuta alla perdita di Alekos e quanta al tuo complesso di colpa per non averlo amato e aver provato, contro la tua volontà, invidia per lui? Posso leggere nel tuo cuore. Non hai mai capito il successo che aveva agli occhi del mondo, e che tu non avevi. Non sei mai riuscito a comprendere perché il mondo intero lo applaudiva e conosceva il suo nome, perché non applaudiva te e non conosceva il tuo nome. Il nome del suo insegnante militare, il nome di un uomo che aveva combattuto così tanto e bene. Da un punto di vista militare, forse, migliore di lui. Hai iniziato ad accettare Alekos quando venne arrestato e si comportò in modo così eroico perché in questo, solamente in questo, nessun confronto con te era possibile.

Quegli invidiosi «perché» continuano a tormentarti. E io ti voglio aiutare a liberarti di essi spiegandoti perché lui meritava di avere ciò che tu non avevi. (Ora sto ripetendo, per iscritto, quel che ti ho detto a voce la notte scorsa. La parola scritta ti costringerà a riflettere meglio di quanto non faresti con il ricordo di una voce.)

Alekos aveva ciò che tu non avevi perché Alekos era un genio. Era un artista. Non apparteneva alla massa come te, e come me. Brillava di una luce speciale. La luce di un genio, di un artista, di una stella. La sua mente era diversa, e anche la sua anima. Inoltre, era un poeta, un grande poeta, e tu non lo sei. (Come non lo sono io.) Persino i suoi difetti, i suoi torti, erano i difetti e i torti di un poeta, di un artista, di un genio. E la gente lo sentiva. Se noi entriamo in una stanza, nessuno ci nota: anche se siamo le persone più intelligenti e coraggiose del mondo. Lui lo notavano tutti. Lo «sentivano». Misteriosamente, traduceva la sua anima e la sua mente nel corpo, nei gesti, nella voce, nel modo di camminare. E diventava bello se era brutto, diventava alto se era basso. Nessuno dovrebbe mai paragonare la normalità con una stella. Nessuno dovrebbe essere invidioso di una stella. Per giunta, il destino delle stelle è sempre tragico. Tu morirai vecchio, e borghese.

La grandezza di Alekos risiede nelle sue poesie. Tu non hai mai scritto poesie, e tanto meno potresti scrivere «quelle» poesie. E io neppure. Perché la nostra mente non è la sua mente, e la sua mente era più fertile. Più profonda. Tu potresti parlare per tutta la vita e non essere capace di dare neanche una piccola percentuale delle motivazioni che lui ha dato con quei versi. Non hai mai pensato le cose che pensava lui. E nemmeno io. Eri soltanto coraggioso. Ed essere coraggiosi non è sufficiente per salire nell'Olimpo.

La grandezza di Alekos risiede anche nelle poesie che scrisse con il suo corpo quando il suo corpo venne torturato, così crudelmente e così a lungo. Non so se sarei stata in grado di sopportare quello che lui ha sopportato. Non ne ho le prove. Lui ha offerto tali prove al mondo intero. Siamo sinceri: le intenzioni possono essere buone, ma realizzare le intenzioni può risultare difficile o impossibile. Probabilmente tu, tanto coraggioso, saresti crollato. Come, io credo, avrebbero fatto molti altri, tutti gli altri.

La grandezza di Alekos risiede inoltre nella poesia che scrisse con il suo comportamento dopo essere uscito dal carcere. Vecchio nell'anima, ha continuato a essere un bambino nella vita quotidiana. Non si prendeva mai sul serio. (Tu invece ti prendi sul serio.) Sapeva ridere di sé stesso. E io non ho mai sentito di un eroe che ride. Tu hai mai riso di te stesso, di ciò che hai fatto? E può darsi che Alekos abbia fatto delle cose non giuste. Ma pure tu hai fatto cose non giuste. Hai bruciato le sue carte.

Per favore, Andreas, medita sulle mie parole. Ti aiuteranno a capire la mia infinita disperazione, il desiderio di morire a mia volta, la crudeltà che esprimo ora nei tuoi confronti, sebbene in modo così amichevole, il mio dovere di essere crudele con te. E anche con me stessa, quando, essendo la persona che gli ha dato di più al mondo (lo so), mi maledico per non avergli dato abbastanza.

Attendo notizie. Attendo il risultato dei tuoi sforzi, che saranno esemplari e concreti, non ne dubito. E ti prego di non utilizzare mai questa lettera se non per la tua coscienza, poiché, senza naturalmente menzionare il tuo nome, me ne servirò per il mio libro su Alekos.

Mi aspetto di vederti presto, e di vedere nei tuoi occhi che hai capito, che sei d'accordo.

58.
Nessun altro può scrivere quel libro

Poco dopo i funerali Oriana scrive una lunga lettera al regista Jules Dassin, marito di Melina Mercouri, entrambi amici di Oriana da molti anni.

Caro Jules,

non so quando ci rivedremo ancora e, poiché non mi è piaciuto molto il modo in cui ci siamo lasciati lunedì (né aver scambiato qualche parola a telefono quando ho chiamato Melina significa molto per me), penso di dovere questa lettera a te e a me stessa. A te, perché so che ti sei sentito deluso per aver dovuto rinunciare a quell'embrione di idea del film; a me stessa, perché mi sentivo incompresa e molto ferita. Il che è l'ultima cosa di cui ho bisogno in questo momento tragico della mia vita. Non mi importa di essere capita dalle persone che non rispetto (e che sono la stragrande maggioranza), ma mi importa moltissimo di essere capita dalle persone che stimo. (Che sono molto poche. E tu sei una di queste. Inoltre, sei l'uomo di Melina, un essere umano che mi fa arrabbiare almeno quanto le voglio bene. Sebbene non lo sappia, o non se ne renda conto.)

Quando ti ho detto che parlavi di cose che non conoscevi e che non mostravi sensibilità, non intendevo essere scortese con te. Volevo dire, in primo luogo, che non sapevi realmente di che cosa stavo parlando: perché non ne avevamo discusso. In secondo luogo, che non avevi la sensibilità di comprendere che qualcosa di insopportabilmente tragico mi stava succedendo in quei giorni. Non è colpa tua. Anche al fine di vincere il nodo di disperazione nel quale stavo nuotando, te l'avevo tenuto nascosto. Qualunque pretesto andava bene per restare viva. Ero sull'orlo del suicidio. Posso dire che è davvero un miracolo che ciò non sia accaduto.

E, credimi: ho detto questo solo un'altra volta in tutta la mia vita. Quando parlo di suicidio, voglio dire suicidio.

Le ragioni non possono essere spiegate in una lettera. Ci vorrebbe un libro. Tuttavia, si possono riassumere, giornalisticamente, nella frase che ho usato domenica sera: «Sono stata bombardata come la città di Hanoi: per nove giorni». Ma un bombardamento, per quanto terribile possa essere, ha luogo a ondate per alcune ore. Il mio è andato avanti ininterrottamente per nove giorni e notti, senza ondate, con tutte le bombe e i razzi possibili, gas e napalm, ogni bomba una brutta notizia, una provocazione, una vendetta, un coltello nel mio cuore e nel mio cervello. Melina sa in parte com'è andata: lo choc degli insulti del fratello allo stadio, le sue minacce comunicate dai suoi avvocati, lo choc di Boiati, le altre cose di cui non voglio scrivere. Tu ne sai ancora meno: lo choc di Zakarakis, lo choc di Egina, lo choc di Suiuzoglu, le cose trascurabili come venire a sapere che alcuni dicevano che la mia storia d'amore con Alekos era stata una relazione d'affari tipo Elizabeth Taylor-Richard Burton. Nessuno di voi due sa che cosa accadde veramente ad Alessandropoli e ad Atene con lo zio. Riguardo a quest'ultimo, posso soltanto dire che disse piangendo: «Esclusi la madre e il fratello, naturalmente, tutti in famiglia pensiamo che ci sia un unico eroe in questa storia: tu. E sono venuto qui per ringraziarti, per me e anche per loro per ciò che hai fatto e continui a fare».

Queste sono state le uniche parole buone che ho sentito in nove giorni. Per concludere: quando ripenso a quei nove giorni, vengo colta dallo stupore e mi chiedo se sia davvero tutto avvenuto in soli nove giorni.

Mi sono allontanata dall'oggetto di questa lettera, che sei tu o, per meglio dire, il film. Non ti ho detto quale fu il tuo ruolo nella mia disperazione. Be', era il film. Cioè, tu. Insieme a tutti quegli choc crudeli, ebbi un altro choc: la tua idea di fare un film. Lentamente, prese a soffocarmi. E non per la ragione che disse Melina: essere ridicolizzata da una cosa del genere. I funerali e il mio ruolo in essi rimangono a dispetto di qualsiasi volgarità. E nessuno può cambiare questo. (A tal proposito, Melina aveva ragione.) A parte il lato avvilente di una vita che mi ingannava, resto una regina. La ragione era più complicata. Ora perdonami, te ne prego, se torno su un particolare che ti ha già offeso e che ha fatto urlare Melina. Il particolare di quanto fossi amareggiata, paralizzata, la prima notte in cui pensai, per un momento, che potevi rubare o utilizzare la mia storia. Cerca di capire! Quando una persona è stata tradita nella sua fiducia, ferita, un soffio d'aria può uccidere. Mi sbagliavo, lo so. Ma quella notte non riuscii a chiudere occhio. Se vuoi, puoi odiarmi per questo.

Poi me ne andai ad Alessandropoli, dove venni di nuovo bersagliata da bombe al napalm che nulla avevano a che vedere con i miei problemi personali. Ed ero smarrita, e mi resi conto che parlare con te mi aiutava a restare viva, anche mentalmente, e in questa confusione ti rividi, e dissi che ti avrei fatto leggere la prima bozza della seconda parte, non appena ultimata, e questo suscitò in te un tale entusiasmo, un entusiasmo così fresco e giovanile, che mi sentii colpevole. Colpevole perché più eri entusiasta, più ti davo motivi per esserlo, e più ti davo motivi, più me ne rammaricavo. Stavo condividendo con qualcun altro i miei segreti, o alcuni di essi. Stavo raccontando cose che nessuno sapeva tranne il libro, eppure nel libro erano scritte così delicatamente, in un libro tutto è permesso perché le parole non sono immagini, si può svelare senza rivelare, si possono dire volgarità senza essere volgari, banalità senza essere banali, ecco il miracolo della scrittura, la sua bellezza. Altri me lo hanno chiesto. Carlo Lizzani è uno di questi. Lo ha fatto immediatamente. L'ho fermato, quattro mesi fa. Tu sei l'unico con cui ho parlato del mio libro e del suo eventuale utilizzo sullo schermo. L'unico di cui mi fidi. Ma l'intera faccenda è così fresca. E benché io comprenda che l'unico modo possibile per parlare di lui è attraverso la mia storia, la mia interpretazione di lui, non qualunque altra storia, poiché qualunque altra storia sarebbe rischiosa e pericolosa per lui, rischiosa, benché comprenda che parlare di lui e della mia relazione con lui è l'unico modo di presentarlo nella sua grandezza, poiché lo vedevo e lo vedo grande, e il mio libro, astutamente, non parla d'altro, affinché nessuno possa dire lui-non-era-grande, poiché la mia risposta è che io lo vedevo e lo vedo grande, e non soltanto per una bomba, non soltanto per le torture che altri hanno subito, ma anche per un'altra ragione... Benché io sappia questo, e lo sapevo, mi è preso il panico.

Sarebbe difficile spiegarti questo panico. Diciamo che, per presentare lui come desidero, devo presentare me stessa. E io non sono morta, né una vecchia che può permettersi il lusso di guardarsi da lontano, né una persona sconosciuta. Quale sarebbe l'impressione? Che sono uno sciacallo? Che voglio mettermi in mostra? Che ho bisogno di lui e la mia tragedia con lui per essere quella che sono? Che faccio affari sfruttando il mio dolore? La storia ha bisogno di me, d'accordo. Ma io non ho bisogno della storia. E chi interpreterebbe la mia parte? Io che sono viva e ho ancora molta vita davanti?

Rapito com'eri dall'entusiasmo, ti sei comportato come se la mia storia fosse la tua storia, la mia vita la tua vita, e quindi potessi farne ciò che volevi. Sembravi un giovane reporter che ha scoperto che Kissinger è un membro del Partito comunista ed è impaziente di dare la notizia all'Associated Press. In un certo senso, ero sbalordita. Dicesti persino che non dovevamo aspettare che il libro venisse pubblicato, per Dio! La tua impazienza era tale che dissi tra me: quest'uomo si rende conto che sta parlando di qualcosa che è mio, non solo il mio libro, ma la mia vita, la mia tragedia, il mio nome?!? Quest'uomo si rende conto che non sta parlando del copione di un film che ha immaginato, che sta parlando di me?!? Il solo domandarmelo aggiunse angoscia alla mia angoscia.

Fu mentre ti spingevi così lontano, come se tutto fosse stato stabilito in un accordo scritto, che tirasti fuori la storia che Melina avrebbe interpretato la mia parte. Sul momento pensai che tu stessi scherzando. Infatti, sorrisi: «Certo, sta bene con i pantaloni sportivi». In seguito, mi resi conto che non stavi scherzando e chiesi a Margaret: «Dice sul serio?!». Lei rispose di sì, e io non potevo crederci. Tutto questo era accaduto davvero, e in due giorni soltanto? Una conversazione il venerdì sera, un pranzo la domenica, e paf!

Decidi di fare un film sul mio libro, sulla mia vita. Decidi addirittura chi mi interpreterà... Il malinteso era arrivato fino a quel punto? Eppure eri un uomo civile, conoscevi certe regole. E a proposito: Melina non ha niente in comune con me: né i lineamenti, né la corporatura. Fisicamente, sembra una regina, così alta e sexy. Resta una *femme fatale* anche vestita da soldato. In qualunque modo la giri, rimane una dea. Certamente, non un'Oriana.

Parlo del grande schermo, non del palcoscenico, naturalmente. Né puoi dire che un attore può fare qualsiasi cosa, anche sullo schermo. Dubito che Lawrence Olivier mi possa interpretare, o che possa farlo Marilyn Monroe. In ogni caso, non permetterei a Lawrence Olivier e a Marilyn Monroe di interpretarmi, finché sono viva. E ricorda: uno dei paradossi della vita di quell'uomo che poteva avere tutte le donne che desiderava, è che scelse e collocò nella sua tragedia finale una donna tutt'altro che sexy di 42 chili per un metro e 55, che chiamava «alitaki», ragazzino. Quando gli domandai che cosa diavolo gli piacesse di me, a parte la mia personalità, lui rispose candidamente: «Sembri un ragazzo. Un ragazzino». Non a caso mi obbligava a vestirmi come un ragazzo, gli piacevo nelle foto del Vietnam, dov'ero vestita come un soldato, era contrariato quando indossavo un abito lungo, come la sera che venni a cena da te insieme a lui. Questo è spiegato con molta delicatezza nel libro, in vari modi, perché è molto importante nella nostra storia. E Melina è ben lungi dall'essere un alitaki, per Dio!

Lavorare a un libro è come una gravidanza. E ogni creazione, ogni gravidanza, è una solitudine: qualcosa di segreto. Avevo svelato e ucciso quel segreto. Mi sentivo osservata da un corpo estraneo dentro la placenta. Ciò avrebbe provocato un aborto? Avrebbe nociuto alla mia gravidanza? Non avevo detto a nessuno a che cosa somigliava il feto. Ora mi sentivo nuda, privata del mio pudore. È un'esagerazione? Niente è un'esagerazione in questo periodo della mia vita, perché Alekos era esagerato. Adesso metti tutte queste cose insieme e comprenderai, ne sono certa, perché non ci siamo capiti l'un l'altro. Forse sono ottimista. Ma non fa male sperare. So che ti ferisce dover abbandonare l'idea di quel film, almeno per il momento. Ma prova a pensare a quanto sono ferita io per cose più serie. E cerca di essere generoso. Non sempre possiamo fare quello che vogliamo. E i sogni spesso restano sogni. Un film mancato è meno di una vita mancata. Ad ogni modo, leggerai la prima bozza. D'accordo?

Stamattina, quando mi sono svegliata, un pensiero mi è balenato nella mente: per Dio, per tutta la durata di questa insopportabile tragedia, avevo dimenticato la cosa più importante, l'unica cosa che conta: quest'uomo mi amava! Quest'uomo che non amava nessuno, nemmeno sé stesso, amava me. E mi ha amata per tre anni, gli ultimi tre anni della sua vita, dal momento in cui era uscito di prigione fino al momento della sua morte. L'unica cosa a restare immutata, attraverso tutti gli errori e i torti e le bugie e le bassezze, era che mi aveva amato. Neppure la sua esuberanza fisica, la sua infantile autoindulgenza, avevano intaccato o cambiato il suo amore per me. Ero stata il «punto fermo» della sua vita. E gli ero grata per questo. Gli dovevo un ringraziamento. Il libro doveva essere scritto, poiché l'avevo iniziato ed ero arrivata a oltre 240 pagine. Bugie? Al diavolo anche loro. Le esagerazioni non sono bugie: Melina aveva ragione. Melina aveva ragione anche quando disse che non dovevo tornare ad Atene, che non dovevo vedere le persone che di solito gli stavano intorno. Dopotutto, che cosa sapevano che io già non sapessi? Particolari, date, nomi, al massimo: frutto di pettegolezzi e interpretazioni e gelosie, la gelosia che provavano per me. Me, la straniera che arriva col naso per aria, senza nemmeno parlare la loro lingua, e che osa rubare il loro eroe, che vola in Italia ogni tre settimane come minimo e ci passa ogni Natale e Pasqua e giorno di festa, e pulisce tutto quando lei viene ad Atene: umiliandole. Invece, hai ragione quando dici che non ho bisogno di altre notizie: devo tralasciare quello che è noto e concentrarmi sulla nostra storia. Non tornerò più ad Atene, a meno che non sia indispensabile per qualche altro motivo. E finirò il libro. L'unico interrogativo è: sopravvivrò a esso?

Nel dicembre del 1973, il suo unico vero amico (che ferì a tal punto da indurlo a lasciare la Grecia e a farvi ritorno solo per i suoi funerali) mi disse: «Ti distruggerà». Nel marzo del 1976, io gli dissi: «Vedi, non mi ha distrutto». E lui insistette: «Lo farà. Sei forte, ma lui è più forte». Il giorno del funerale, disse: «Te l'avevo detto che ti avrebbe distrutto. Sapevo che lo avrebbe fatto. L'unica cosa che ignoravo, era quando». Lui mi ha distrutto. Non c'è alcun dubbio al riguardo. Ma per sempre? Vedi, la mia storia d'amore con Alekos è una storia di guerra. Un'infinita guerra di rivalità. E non è terminata con la sua morte. Negli ultimi nove giorni non ho fatto che combattere una battaglia. La prossima battaglia è il libro. E vincerò questa battaglia. Nessun altro può scrivere quel libro, nessun altro all'infuori di me è «il lato della storia». Alekos ne era talmente consapevole che soleva dire: «Scriverò questa storia, un giorno. E sarà un libro su di te». [...]

Tutte queste cose, più o meno importanti, te le volevo dire quel lunedì sera, quando ebbe luogo il colpo finale all'Athenee Palace, e io ero in ritardo. E poi tu mi chiamasti, impedendomi di saltare giù da una finestra del quinto piano. E io venni, stupidamente in cerca di calore e aiuto, senza considerare che tu non sapevi che cosa mi stava succedendo. La zuppa era buona. Stupidamente, chiesi come la si cucinava. Melina rispose che non era una cuoca. Due volte. Tre, quattro, cinque volte. In modo aggressivo. Non me ne importava granché, ero così triste e stavo facendo un tale sforzo per evitare un crollo. Ma dissi a me stessa: non capiscono? Quindi tentai di farlo capire a entrambi. Se davvero non vi preoccupate per me solo per un film, aiutatemi! Tu rispondesti alzandoti da tavola e poi scendesti di sotto, come un principe offeso. Soltanto Margaret ebbe la giusta intuizione, quando disse a Melina: «Non vedi che questa donna è sotto choc?!». Brava Margaret.

Di nuovo, non ti condanno. Le ferite fisiche sono visibili, quelle morali non lo sono. Tutti offrono un dentista o un'aspirina a una persona che ha mal di denti, nessuno si preoccupa di una persona che ha una pena. Sovente io faccio lo stesso. Facciamo molta attenzione a non urtare un braccio rotto, ma nessuna attenzione a non colpire un cuore spezzato. Melina in seguito mi ha aiutato. Tu non l'hai fatto, davvero. Avevo l'impressione che tu fossi soltanto dispiaciuto per aver dovuto rinunciare all'idea del film. Se mi sono sbagliata, ne sono felice. Forse doveva andare così. Come i personaggi di Omero, noi tutti interpretiamo una parte diretta dagli dei dell'Olimpo per il loro divertimento. Il destino aveva messo te e Melina sulla mia strada durante quei nove giorni di orrore. Un lato mi aiutò, come quando Atena aiuta Ulisse; l'altro lato contribuì alla mia sofferenza, come quando Apollo va contro a Ulisse.

Adesso, tornata in cima a questa montagna e decisa a vincere la mia nuova battaglia con Alekos, la battaglia del libro, a pezzi ma viva, riesco a vedere le cose con maggior distacco. Ma non con sufficiente distacco da accettare di lasciare delle cose non dette con te. Amicizia significa chiarezza, non bugie. Richiede onestà e correttezza, non inganni o silenzio. (Che è quello che rimprovero a lui. Di sicuro mi ha dato amore, ma è mancato nell'amicizia. Anziché venire ogni due settimane in Italia, fare insieme le faccende di casa e passare con me tutti i Natali, le Pasque e i compleanni, e scrivermi poesie, avrebbe potuto trattarmi come un amico. Risparmiandomi quei nove giorni.)

È stata una lunga lettera, vero? Non l'avrei scritta per altri. Ora posso tornare al lavoro. Ne ho un disperato bisogno. Per sopravvivere. Ma ho anche un disperato bisogno di lavorare serenamente, senza altra angoscia nella mente, come il fantasma di un film. Altrimenti fallirò pure nello scrivere, e allora userò la pistola che tengo di sopra. Capirai meglio quando leggerai la prima bozza. Te la darò, se vuoi.

Abbraccio te e Melina. Il suo telegramma è arrivato. Mia madre l'aveva aveva dimenticato... (!!) Dice: «Ti sarò accanto per sempre». È vero? Voglio crederci. Alekos aveva detto la stessa cosa. E guarda che cos'è accaduto.

Con sincero affetto

59.
Alekos è morto due volte

19 giugno 1977

Caro Nenni,

al solito Lei è l'unico che dimostra affetto e una innata civiltà. La Sua lettera di congratulazioni per la *laurea ad honorem*, io glielo giuro, mi ha commosso quanto la cerimonia di Chicago: unica stilla di luce in questo buio che è ormai la mia vita. (Sa, io non ho potuto andare all'università perché ero disperatamente povera e, a sedici anni, finito il liceo, dovetti mettermi subito a lavorare.)

A parte Lei, solo Pertini mi ha mandato una parola buona. Il che rientra nella regola. «L'Avanti», tanto per fare un esempio, è il solo giornale italiano che non abbia dedicato una riga alla indecente condanna che la Corte d'Appello mi ha inflitto sabato scorso sul problema del segreto professionale. (Quasi che l'ingiustizia di un Codice fascista toccasse la Fallaci e basta, non tutti i giornalisti...)

Del resto Lei è l'unica persona del Psi, a parte Pertini, con cui mantenga rapporti. Con De Martino, ad esempio, parlai soltanto per dirgli che ero a sua disposizione dopo che i fascisti avevano fatto il mio nome come trait d'union nella vicenda del rapimento. I socialisti del Psi per me non esistono più, a cominciare da Bettino Craxi. Il loro comportamento nei miei riguardi è stato troppo infame negli ultimi mesi. E per quanto sappia il dolore che ciò Le reca, colgo volentieri l'occasione di dirlo a Lei. Ecco perché questa lettera, che dovevo scriverLe da tempo, è così importante per me.

Come Lei non sa (infatti non ho mai voluto disturbarla per questo) una indegna campagna è stata mossa contro di me dalla famiglia Panagulis e in particolare dal fratello di Alekos.

Alekos, come i greci migliori sanno, è morto due volte: una volta ucciso dai fascisti e una volta ucciso da suo fratello e dalla sua famiglia. Ho tentato invano di impedirlo, di indurre quei Panagulis a un po' di dignità. Ma era impresa impossibile, ora che Alekos non li controllava più. Sono riuscita soltanto ad alimentare il loro odio bestiale che a un certo punto è esploso, con l'indignazione di tutti. Poiché non ero sposata ad Alekos, ecco il succo della questione, io non avevo diritto di parlare di Alekos. (Cosa che continuo a fare come è mio dovere.) Per impedirmelo hanno perfino commesso la volgarità di dichiarare alla stampa che io ero «una delle tante avventure di Alekos, una giornalista che egli aveva conosciuto per una intervista e nient'altro».

Ho sofferto molto, anche perché ciò è avvenuto contemporaneamente all'agonia di mia madre e poi durante e dopo la sua morte. E nel corso di questa sofferenza allucinante ho pregato più volte i compagni socialisti di non farmi torto continuando ad ospitare e mantenere Statis Panagulis. Era mai possibile che costui mi minacciasse quando andavo in Grecia e mi «proibisse» di andare in Grecia e che il Psi al contrario lo ospitasse in Italia e gli desse denaro e lo glorificasse? Sono intervenuti in molti a spiegarlo: da Enzo Enriquez Agnoletti[43] ad alcuni ragazzi della Federazione giovanile ad alcuni compagni fiorentini che conoscevano la verità di Statis Panagulis (allora a me ignota) fin dal tempo in cui Alekos era in prigione. Non è valso a nulla.

Venne il primo anniversario della morte di Alekos. E da diverse sezioni fui invitata per commemorarlo. Io risposi che lo avrei fatto ma che, per carità, almeno in questa circostanza non invitassero Statis Panagulis. Lo invitarono invece: al congresso della Federazione giovanile di Bologna. Gli pagarono il biglietto aereo, il soggiorno, lo fecero parlare sul podio: sordi anche al particolare che questo Statis avesse offeso la memoria di Alekos iscrivendosi proprio al partito dell'uomo che Alekos odiava di più: Andrea Papandreu. Statis Panagulis andò a Bologna. [...] E... dette un'intervista contro di me, molto insultante. Intervista che apparve su un giornale socialista: «La lotta», organo del Psi a Modena. In tale intervista si ripeteva che io ero solo «una conoscenza di Alekos, una giornalista che lo aveva intervistato». (!!!!) Se ciò fosse apparso su un giornale fascista, non avrei battuto ciglio. Ma su un giornale socialista: mioddio! Che vergogna. Chiamai alcuni compagni socialisti. Chiesi loro di fare qualcosa, di scrivere una lettera, una protesta, una rettifica. Promisero e invece non fecero nulla. Ecco perché il Psi per me non esiste più.

Glielo ripeto: mi duole darle questo dolore. Perché le voglio tanto bene, tanto davvero. Gliene ho sempre voluto. Ma io sono una donna onesta e l'onestà mi impone di dirLe la verità. Il Suo partito non merita nulla e comunque non merita l'appoggio che gli ho sempre dato. O sono irresponsabili o sono pazzi. Comunque sia, io non voglio aver nulla a che fare con loro.

Perdoni la mia brutale sincerità e accetti ugualmente, La prego, l'abbraccio rispettoso e affettuoso di sempre. Se con questa lettera L'ho fatta soffrire, pensi che anch'io ho sofferto tanto e soffro tanto.

Sinceramente Sua,

Oriana

60.
Un crudele malinteso

15 luglio 1977

Egregio Sig. Mangakis,

è per me estremamente doloroso doverle inviare questo chiarimento. Ma non posso e non devo lasciar passare sotto silenzio il crudele malinteso di cui sono stata vittima.

Quando ricevetti il libro con la sua dedica e la sua lettera, e risposi per ringraziarLa, credevo che Lei fosse l'avvocato Jorgos Mangakis. Cioè, lo Jorgos Mangakis che era amico di Alekos.[44] Non mi resi conto (né avrei potuto) che lei era l'omonimo Jorgos Mangakis con cui Alekos aveva avuto gravi dissapori nel gennaio del 1976.

Lo stesso malinteso si verificò quando Lei, alcuni giorni fa, richiamò Orestis Lazaridis, e io le parlai al telefono dell'eroico tentativo di Alekos nel 1968.

Sono perfettamente consapevole di come tale chiarimento possa risultare penoso per lei quanto lo è per me. E me ne dispiace. Al tempo stesso, però, devo dire quanto segue: poiché lei sapeva bene quanto io sia rigorosamente fedele alla memoria di Alekos, e poiché era senz'altro a conoscenza di questo caso di omonimia, avrebbe dovuto precisare chiaramente la sua identità al momento di scrivermi. In tal modo, ci saremmo risparmiati entrambi questa amarezza.

Distinti saluti

Oriana Fallaci

61.
Ho sempre resistito e combattuto coi denti, ora ho ceduto

15 luglio 1977

Carissimo Nenni,

grazie per le buone parole che rinnovano e rinsaldano il mio grande o rispettoso affetto per Lei, la convinzione di quanto Lei sia diverso o migliore. Non Le ho mai confidato il crudele e infame comportamento della famiglia Panagulis dopo la morte di Alekos perché non mi sembrava cosa da scrivere in una lettera, anche per amore di Alekos [...]. Mi proponevo di parlagliene a voce ma la mia mamma peggiorò, poi morì, e praticamente non mi mossi più da questa campagna. Ne parlai, a voce, con disperazione, solo con alcuni compagni socialisti: Errera e Barcali di Firenze, Freddy Scalfati di Napoli, Ninotti dell'«Avanti» di Roma. Ma invano. Attraverso Ninotti mandai anche un messaggio a Bettino Craxi. Fu altrettanto vano. Il Psi continuò sempre a proteggere quel turpe Statis, a dargli aiuti economici, a invitarlo, a corteggiarlo. Craxi rispose addirittura a Ninotti che «non poteva controllare le varie correnti». Così, dopo un anno di lotta dolorosa, mi rassegnai. Io che non mi rassegno mai.

Insieme alla morte della mia mamma e naturalmente di Alekos, la perfidia e l'ingratitudine e la persecuzione di quella famiglia (che tutti ad Atene conoscono e hanno giudicato, purtroppo) sono e sono stati la causa del mio esilio dal mondo e della inguaribile tristezza nella quale ormai affogo. Lei mi parla di un suo collasso nervoso di tre giorni (e mi addolora e mi allarma con ciò). Ma il mio collasso nervoso dura da tredici mesi grazie a quei due. [...] Dicono che Alekos mi conosceva appena, mi incontrò solo nel '73 per una intervista... Atroce, incredibile, atroce.

Lei mi chiede di non dire no al partito. Ma il Psi non è Pietro Nenni. Io non riesco più a dirgli di sì. So di darLe un dolore a dir questo. E mi maledico per questo. Ma io non so dire bugie. Sono anch'essi un simbolo di quest'Italia disfatta, finita. Senza contare gli errori infantili che commettono. Guardi con me! Tutti gli intellettuali stanno col Pci, praticamente. Io avrei potuto servire molto e non solo alle elezioni quando mi offrirono un seggio perdente. Ma tra me, persona rispettata e rispettabile, e Statis Panagulis, scelsero sempre costui.

Non vorrei riprendere quel discorso, sebbene sia perdonabile: la lingua batte dove il dente duole. Ma mioddio: quante volte in questi tredici mesi di dolore e di solitudine ho chiesto aiuto ai socialisti per le offese che subivo! Mi rispondevano con promesse, colpi sulla spalla [...] E poi lo invitavano ai congressi della Federazione giovanile, biglietto aereo pagato, lo issavano sul podio da cui scendeva solo per insultarmi. «Sai, devi capire... Il suo nome serve.» Il vergognoso episodio di «La Lotta» fu solo l'ultimo. La goccia che fece traboccare il vaso della mia esasperazione. Errera si disse sconvolto e promise mari e monti. Invece poi non fece nulla e fu anche sgarbato: «Perché non hai dato querela?». (Per fare pubblicità al giornaletto?) Quanto all'autrice dell'intervista, socialista, contava sullo scaldaletto: mi chiese una controintervista. E poiché, attraverso la mia segretaria, io gliela rifiutai, indignata, mi scrisse una lettera insultante.

Caro Nenni, se vengo a Roma La cerco. Ne ho un tale desiderio, bisogno. Però a volte mi chiedo: perché offrirgli lo spettacolo di una donna così delusa, che non crede più a nulla come me? Non di questo ha bisogno. La renderei più triste. Perché questa è l'amara verità: io, che ho sempre resistito e combattuto coi denti, ora ho ceduto. E me ne sto nella mia tana, sempre sola, a leccarmi le ferite come i cani presi a calci, e a dirmi che il Male ha vinto.

Mi perdoni e accetti di nuovo i miei ringraziamenti, il mio grande affetto. Mi saluti anche Giuliana e il caro dottor Saverio che mi ha scritto, tempo fa, per la mamma.

Sua

Oriana

62.
Il mio uomo era l'eroe della Resistenza Greca

Editor superficiali, traduttori incapaci, editori poco rispettosi dei suoi diritti di autore: Oriana Fallaci si è spesso scontrata con chi, lavorando ai suoi testi, riteneva non ne rispettasse l'integrità e la personalità, anche quando si trattava di una biografia come con i redattori di «Current Biography», rivista mensile americana.

17 ottobre 1977

Gentili signori,

la copia che mi avete spedito a febbraio con l'invito a segnalare le mie correzioni, se necessario, mi è arrivata soltanto in questi giorni. Probabilmente a causa del cattivo funzionamento del servizio di posta internazionale. Tuttavia, avevo già letto il testo non appena era stato pubblicato, e vi avevo già chiesto di provvedere a un'indispensabile correzione, cui tengo molto.

La frase «Ciò nonostante, come lei stessa racconta, ha intrattenuto una duratura relazione monogama con un giornalista che identifica solo come il mio uomo» non è corretta.

Com'e ormai risaputo, anche negli Stati Uniti, il mio uomo era l'eroe della Resistenza Greca Alexandros Panagulis, la mia unione con il quale divenne nota dall'agosto del 1973, e che il 1° maggio 1976, ad Atene, rimase vittima di un assassinio politico. Potete trovare la notizia anche nel «New York Times» di quei giorni. Alexandros Panagulis, un poeta, diventò deputato del Parlamento greco alla fine del 1974, non appena in Grecia venne ristabilita la democrazia. Era stato condannato a morte nel 1968 come leader del movimento «Resistenza Greca», dopo il suo attentato alla vita del dittatore Papadopoulos.

È pur vero che, fino al ritorno della democrazia in Grecia,

in America non venne pubblicizzata la mia fedele relazione con il signor Panagulis. Né io desideravo che lo fosse, per ovvi motivi.

Io e il signor Panagulis non ci siamo mai legalmente sposati, poiché entrambi non credevamo nell'istituto legalizzato del matrimonio. Ma consideravamo la nostra unione assai più forte di un matrimonio, come in effetti era. Nessun altro uomo è entrato nella mia vita dopo la sua morte, né credo che vi entrerà.

Vi ringrazio molto,

Oriana Fallaci

Non so perdonare, né dimenticare

63.
Dimentico tutto quello che non ha a che fare con il libro

Nel 1977 Oriana riceve la laurea ad honorem. *È la nascita di una grande amicizia con Mirron «Mike» Alexandroff, allora rettore del Columbia College di Chicago.*

New York, 15 febbraio 1978

Caro Mike,

sono così terribilmente stanca che solo oggi mi accorgo di aver inconsapevolmente commesso un'imperdonabile scortesia. Non ti ho mai scritto né telefonato per ringraziarti delle foto che ho ricevuto, e per il ritratto in cornice. Ti prego di capirmi. (Lo so che mi capisci.) Me ne sto sempre rinchiusa in quest'appartamento a riscrivere quella parte del libro,[45] la mia salute si va indebolendo a causa di ciò, e la memoria è la prima a indebolirsi. Non ti ho nemmeno chiamato per augurarti un Felice Anno Nuovo, lo so, e Dio sa che cosa avrai pensato di me. Ma anche quel giorno, come pure a Natale, stavo lavorando. E così... dimentico tutto quello che non ha a che fare con il libro. Compresi gli amici più cari.

Buon Anno a te e alla tua famiglia. A Firenze diciamo: «Meglio tardi che mai».

Ciao. Grazie. Con affetto,

Oriana Fallaci

64.
Non so perdonare. Né dimenticare

I grandi duelli di Oriana si consumavano soprattutto con i suoi colleghi come con Alberto Jacoviello, inviato di «la Repubblica» e «l'Unità».

New York, 27 aprile 1978

Caro Jacoviello,

ho letto la tua lettera con moltissimi giorni di ritardo perché dimentico sempre di prendere la posta dalla mail-box e perché, se la prendo, non mi curo di leggerla. Ammenoché la busta non porti il nome di chi l'ha scritta e quel nome mi interessi. Sulla tua busta non c'era alcun nome. Comunque ora che l'ho letta ti rispondo subito.

Capisco che essa è un gesto di affetto e di gentiluomania. Tanto fu incivile il tuo scatto (cui ancora oggi penso con una punta di nausea) tanto sono civili le tre pagine che ho sotto gli occhi, sebbene esse contengano cose spiacevoli come il tuo inaccettabile giudizio sull'intervista a Giap[46] e come il tuo inammissibile giudizio su di me nel passato.

Di tale gesto ti ringrazio. Chiedere scusa, come tu hai fatto, quando si ha torto, è sempre nobile. E non molti ne sono capaci, non molti ne hanno il coraggio. Però devo dirti ciò che dirò e, se non lo facessi, mentirei non solo a te ma a me stessa.

Io non so perdonare. Né perdonare né dimenticare. È uno dei miei più grandi limiti forse, e il più lugubre. E meno che mai so perdonare quando una ferita mi è stata inferta da persone dalle quali mi aspettavo affetto, tenerezza, o sulle quali mi facevo illusioni positive. Ciò non significa, naturalmente, ch'io dichiari guerra o resti in guerra con coloro che mi hanno ferito, offeso. Significa che quelle persone le liquido. Le cancello dai miei pensieri, dalla mia vita. Se le incontro per strada le saluto, in alcuni casi ci scambio una parola, ma dentro di me è come se mi rivolgessi a un'ombra. Esse non esistono più.

Tale difetto o limite ha raggiunto in questi ultimi due anni proporzioni che stupiscono a volte anche me. In questi ultimi due anni, cioè da quando la morte e il dolore si sono abbattuti su di me indurendomi, ho liquidato più persone che in tutta la mia vita. Non v'è uomo o donna colpevole verso di me che non sia finito nella Siberia dei miei sentimenti.

Hai perfettamente ragione a chiudere la tua lettera dicendo che chi non sa perdonare condanna sé stesso alla solitudine. Però hai torto a ritenere che tale «condanna» sia per tutti insopportabile. E dimentichi il proverbio che dice: «Meglio soli che male accompagnati». Non sempre la solitudine è una prigione. A volte, per alcuni, è una conquista che difende da ulteriori ferite ed offese. Solo i deboli e i poveri di spirito hanno paura della solitudine e si annoiano a stare soli. Io non sono debole. Sono molto forte, e durissima ormai. Non sono neanche povera di spirito. Quindi non ho paura della solitudine. E ciò che avvenne all'Oak bar del Plaza mi conferma anche che la solitudine è saggezza.

Questa è la mia risposta. E questa è la mia scelta. D'altronde il passato giudizio che tu avevi su me rendeva impossibile da parte mia una vera amicizia con te. A parte il tuo indulgere così spesso a scatti di nervosismo che sfiorano la brutalità, a parte la violenza repressa che una persona sensibile avverte ad avvicinarti, come avrei potuto regalare il mio affetto a qualcuno che per anni aveva pensato cose così orrende di me? Cioè un uomo che il dogma aveva reso così cieco nei riguardi di una persona perbene come me? Tutte le volte che ti ho visto mi hai raccontato antichi insulti scritti o pensati. E tutte le volte che ti ho visto è stato come ricevere una coltellata nel cuore. Mi ha colto una nausea che solo la mia capacità di controllo è riuscita a nascondere o a vestire con gli abiti dell'indignazione.

È probabile che la tua coscienza si senta lavata dal fatto di avermi confessato quegli antichi insulti scritti o pensati. Ma io non credo che confessare un peccato equivalga a cancellare il peccato. Quel concetto cattolico, anzi cristiano, mi ha sempre inorridito. (Nel mondo comunista, se non sbaglio, si chiama auto-processo.) I peccati commessi restano peccati commessi e niente può cancellarli: né dio, né il diavolo, né gli uomini, né una sfilata di pater e di ave-maria detti per penitenza. Ciò vale per me, per te, per l'umanità intera presente e passata. Ecco perché non riesco a perdonare. Non voglio.

Ciò è spietato? Sono tanto spietata con me stessa che non vedo perché dovrei essere dolce con gli altri. Il massimo ch'io possa consentirmi è rispondere in modo esteso a chi mi ha scritto in modo esteso. Spiegarmi a chi mi ha spiegato. Ed è molto. Tu sei l'unica persona fra le decine che ho liquidato, esiliato nella Siberia dei sentimenti, cui abbia detto no con una lettera e non col silenzio. Di solito oppongo un silenzio di pietra. Quello che seguirà a questa lettera.

Chiudo rispondendo alle passate accuse di «falso» sulla mia intervista a Giap. Altro punto su cui non ti perdonerò mai. Poiché Giap temeva il magnetofono, l'intervista fu ripresa, parola per parola, virgola per virgola, da altre sei persone oltre a me: 1) la deputatessa comunista, Carmen; 2) la giornalista comunista, Giulia; 3) la psiuppina ora del Pci, Marisa; 4) l'interprete Ho; 5) la nostra accompagnatrice dirigente del Pc nordvietnamita, An The; 6) la sua assistente. Come ho scritto nel libro, appena tornati in albergo tutti e sette ricomponemmo l'intervista, parola per parola, virgola per virgola, confrontando i vari testi che risultarono identici. Nel pubblicarla non ci fu neanche bisogno di editing. È raro che io faccia editing perché le mie interviste sono buone così come avvengono; al massimo, taglio le ripetizioni. Però vi sono due casi in cui non esistevano ripetizioni e quindi non v'era bisogno di tagli: la mia intervista a Giap e la mia intervista a Kissinger. Né equivoci erano possibili giacché Giap aveva parlato in perfetto francese.

Tre giorni dopo An The venne, dolente e sconvolta, con tre piccoli fogli di cartavelina scritti a triplo spazio con margini larghi. E disse che Giap esigeva la pubblicazione di quel testo poiché «egli-aveva-detto-soltanto-ciò-che-era-scritto-in-quel-testo». Leggemmo e il testo non conteneva nulla di ciò che aveva detto. Conteneva solo slogan logori e banali. Carmen e Giulia, cioè le due comuniste, ne furono indignate quanto me. Il compagno Ho, un ex viet-minh nientaffatto felice di vivere nell'inferno di Hanoi, quasi ne pianse di rabbia e mi disse «C'est typique». L'unica che non se ne scandalizzò fu Marisa la psiuppina. Io risposi ad An The: «Pubblicherò questo testo, sì, ma insieme alla mia intervista, perdio». E così feci.

E così farò, sempre, in tutte le circostanze della vita, con tutti coloro che tentano di impormi una prepotenza. E non cederò, mai. Mai. E guai a chi si permette o si è permesso o si permetterà di mettere in dubbio la mia onestà professionale e personale: che poi sono, ovvio, la medesima cosa. Ora che al Falla-cia hai ritenuto opportuno aggiungere la storia di Giap, mi è più facile dirti addio.

Peccato. Ma addio.

Oriana

65.
Soon all will be over

Per portare a termine il romanzo Un uomo *Oriana si chiuse letteralmente nella sua casa nel Chianti e vi si dedicò monacalmente fino alla sua completa stesura. Amici e colleghi cercavano di fare breccia nel suo isolamento, come dimostra questa lettera scritta in riposta a un amico non identificato in cui racconta la difficoltà e il dolore di ripercorrere la sua vicenda personale.*

22 giugno 1978

Caro Franco,

Mozart è sempre rinfrescante, il tuo collega Brendel è bravino, e la tua lettera è spiritosa. Meglio tardi che mai.

Però, meglio presto che tardi. E, se tu l'avessi scritta prima, sarebbe stato ancora più piacevole.

Non rispondo a telefono. Ora meno di sempre: sto scrivendo il capitolo finale, il che significa gli ultimi giorni e la morte di Alekos. Detesto sottolineare l'agonia fisica e psichica che ciò significa per me. Capitano momenti in cui esco o telefono, ma sono quelli in cui lo strazio diventa insopportabile.

Quindi non sono i più adatti per chiamare te, spiegarti anche in poche amichevoli parole che conosci bene il motivo che dici di non conoscere. Vale a dire quello per cui rimasi così offesa.

«Soon all will be over»: Alekos sarà morto anche su questi fogli. Allora uscirò dal mio tragico guscio e ci vedremo.

Intanto non considerarti più nel limbo. Accetto le scuse e te ne ringrazio.

Oriana

P.S. Sei temerario a rimpiangere le mie esplosioni. Il limbo è un trattamento di favore, una multa con la condizionale. Misuro bene le cose.

A bientôt.

66.
Non ho neanche la forza di rileggere

Dopo lunghi mesi di silenzio Oriana consegnò il manoscritto di Un uomo *al suo editor Sergio Pautasso.*

New York, 16 luglio 1978

Caro Sergio,

ti ho mandato per la moglie di Norsa[47] il capitolo finale e ti mando per fuorisacco le sette pagine dell'inizio. Non ho la minima idea di cosa siano, non ho la forza neanche di rileggerle per correggere gli errori meccanici. Nessuno saprà mai l'agonia che mi sono costate. L'agonia finale è stata la peggiore. È stata così cupa che non ho provato, e non provo, nessun sollievo all'idea di non dovermi alzare domani per mettermi alla macchina da scrivere.

Oggi sono in uno stato di completa confusione mentale. Mi sono alzata, stamani, per rifare l'ultimo paragrafo e non ricordavo neanche a che punto ero. Quale capitolo. Strozzata dallo stupore me ne stavo lì a rincorrer la nebbia, spaventatissima, e poi ho dovuto alzarmi e venire a guardare i fogli per ricordare. Allora, con spasimo, mi son messa lì e ho ricopiato. Volevo rifare ma non ho potuto. Sono riuscita solo a copiare. Il mio cervello è andato. Duro una fatica terribile anche a scriverti questo biglietto chiarificatore.

So che le ultime righe non sono ciò che volevo e che voglio. Ma ora non voglio pensarci, non devo. Non voglio e non devo neanche discuterne con te. Le rifarò sulle bozze, fra un paio di mesi, quando avrò recuperato la mente. Ora sarebbe inutile. E dannoso. Quindi facciamo comporre così, come traccia.

Sono terribilmente agitata. E se tutto fosse sbagliato, se tutto fosse cattivo? Oddio, ne morirei. Non ho avuto che il tuo giudizio in questi due anni. E se fosse, se fosse stato, un giudizio sbagliato? Tu non capisti *Lettera a un bambino mai nato*. Dicesti che non era un romanzo! E se tu non avessi capito neanche questo? Sono in preda al panico. Con le ultime pagine, è incominciato il panico.

Sarò in Italia fra una settimana. Ti porterò il manoscritto originale su cui lavorare.* Pensa che non ho mai riletto una pagina. Mai. Fai rileggere da pagina 360 anche a Spagnol, come ti ho detto, affinché venendo a Milano possa parlarne anche con lui. Ciao, mi sento male. Oddio. Riposare. Riposare. Riposare. Dimenticare.

Non posso sopportare l'idea di rivederlo in bozze.

Oriana

* che ha la numerazione giusta.

67.
We are just friends

Un uomo*, bestseller tradotto in ben diciannove Paesi, porta il nome di Oriana al successo planetario e la storia di Panagulis all'attenzione del mondo intero. Giulio Andreotti è uno dei primi a leggerlo.*

Roma, 28 giugno 1979

Caro onorevole Andreotti,

mi è stato detto che è andato in Giappone per pubblicizzare il mio libro all'aeroporto di Fiumicino esibendolo, coraggiosamente, dinanzi alle telecamere della tv e addirittura appoggiandolo con tenerezza sul cuore dalla parte della fotografia.

Questa nota è per sussurrare Grazie e prometterLe che farò lo stesso, col suo prossimo libro, quando sarò primo ministro.

Ma ora che ci succederà? Siamo tutti e due un po' compromessi e temo che dovremo abbandonarci a smentite, dichiarare that we are just friends, per fare tacere le voci maligne.

Con preoccupazione Sua

Oriana Fallaci

68.
Gli eroi umanizzati non sono meno eroi

5 agosto 1979

Caro Andreotti,

grazie d'aver letto *Un uomo*. E grazie di lodarne lo stile letterario: la cosa a cui tengo ovviamente di più. Grazie anche di... non essere un recensore, visto che non posso condividere il giudizio d'aver scritto un libro brutale. Tantomeno, una biografia che in alcuni punti sminuisce l'eroe.

Perfino se di biografia si trattasse, l'accusa sarebbe materia di controversia. Come dice George Orwell, «Life from within is a series of defeats. A political portrait by a conscientious biographer is apt to be a portrait of the person's ambiguities, doubts and defects. This doesn't mean that the person does not deserve to be seen as a hero».[48]

Un eroe è un uomo. E l'eroe-uomo che io racconto non si sminuisce per un calcio involontario o per qualche sbornia di rimbaudiana disperazione. Omero ci ha insegnato che anche Achille può selvaggiamente ubriacarsi e piangere e sbagliare. Insomma gli eroi umanizzati non sono meno eroi, e vederli umanizzati non ce li rende meno preziosi o meno necessari. Su «Newsweek» della scorsa settimana George Will aggiunge che «No democracy, least of all a continental democracy, should want to do without those rare figures who capture and condense in their personalities a moment, a movement, an idea».[49]

Ma non è questo il punto che Le preme, io lo capisco. È il ministro della Difesa Evanghelis Averoff. Sicché mi permetta di commentare così la Sua generosa difesa del personaggio. Se per assolvere un colpevole bastassero le sue posizioni filoitaliane, senza dubbio Averoff finirebbe in Paradiso. Infatti il suo «filoitalianismo» ebbe inizio, come dice il mio libro, nel 1940 con le truppe di occupazione inviate dall'Italia fascista. Da quella parte egli stava quando Mussolini voleva «spezzare le reni alla Grecia» (pagina 393). Così dopo (pagina 394). Sì, la coerenza di Averoff è pari alla sua intelligenza: in quarant'anni non ha cambiato opinione. Solo l'abito.

Ne parleremo, un giorno. Da scrittore a scrittore. O meglio, da cittadino democratico a cittadino democratico. Purché Lei mi consenta di fumare. Di quel simpaticissimo incontro che avemmo per l'intervista ricordo sempre l'agonia della mia sigaretta accesa.

Grazie ancora.

E i più cordiali saluti.

Oriana Fallaci

69.
Quell'incontro nel suo ufficio non fu un colpo di fulmine

Nel 1979 Henry Kissinger pubblicò l'autobiografia White House Years *e ne mandò una copia a Oriana.*

Egregio Dott. Kissinger,

ho ricevuto il suo libro con le indicazioni delle pagine 1409 e 1410, dove ha parlato di me. A quanto pare, ero l'unica persona a ignorare che mi avesse dedicato tanta attenzione e ricordi scorretti. Devo confessare la mia sorpresa. Forse perché ho una vita parecchio impegnata e i miei interessi letterari sono assai più profondi di quelli giornalistici, mi ero quasi dimenticata di quell'intervista che tutti quanti in America sembrano ricordare così bene, e Lei meglio di chiunque altro. Fu realmente tanto importante e disastrosa per Lei? A mio parere, fu molto più importante e disastroso quello che accadde un anno dopo, quando (mi è stato detto) Lei confermò il rifiuto del visto d'ingresso negli Usa ad Alekos Panagulis, l'eroe della Resistenza Greca, che un viceconsole americano a Milano aveva giudicato indegno di entrare negli Stati Uniti e colpevole di turpitudine morale per essere stato condannato a morte da Papadopoulos. Infatti morì, vittima di un assassinio politico, senza aver messo piede negli Stati Uniti, come desiderava tanto. Racconto quella storia nel mio ultimo libro *Un uomo*. La conosco molto bene, perché lui era il compagno della mia vita.

Tuttavia, poiché la mia intervista con Lei sembra più importante di questo, e poiché spende così tante parole per essa, vorrei replicare con alcune osservazioni basate sulla verità dei fatti e non in «stile romanzesco».

1) Nel suo libro, lei afferma di avermi concesso l'intervista per vanità. Questo appare abbastanza corretto, benché non coincida con quello che mi disse quando ci incontrammo due giorni prima nel suo ufficio, né con quanto disse a qualcun altro secondo una certa trascrizione citata da Jack Anderson[50] nella sua rubrica. A me, Lei disse che fu per via della mia intervista a Giap (della cui autenticità e correttezza Lei non ha mai dubitato); secondo Jack Anderson, fu perché Lei «aveva visto una mia foto in un libro e sembravo attraente, perciò desiderava incontrarmi» (ma, aggiunse, era stata come la storia della volpe con l'uva, perché, una volta faccia a faccia, decise che ero una «ragazzina depressa, per nulla attraente». Una ragazzina insolente, per giunta, perché avevo osato descriverla come un cow-boy, non come un Disraeli o un De Gaulle).

Non sprecherò il suo tempo né il mio ricordando ciò che risposi a Jack Anderson quando mi intervistò per telefono. Devo ammettere che per nessuno di noi quell'incontro nel suo ufficio fu un colpo di fulmine. Io non ero Cleopatra, Lei non era Marco Antonio, e devo ammettere che non mi venne mai in mente di paragonarla a Disraeli o a De Gaulle. La parola cow-boy è stata usata perché Lei l'ha pronunciata e ha insistito su di essa, non io. Ad ogni modo, sono lieta di leggere finalmente nel suo libro il vero motivo per cui ci incontrammo. La vanità è umana. Lo dico con un sorriso amichevole.

2) Nessun sorriso, invece, quando leggo la Sua frase: «Una citazione che la Fallaci mi mise in bocca: agli americani piace il cow-boy ecc.». Dottor Kissinger, io non le ho messo in bocca un bel niente, è stato Lei a mettere queste parole e riflessioni nelle mie orecchie e nel mio registratore. Per quanto queste possano averla messa in imbarazzo, non può arrivare al punto di insultare una persona onesta e corretta quale, notoriamente, io sono. Mi aspettavo qualcosa di più brillante da Lei, se voleva giustificare una frase di cui si è pentito (francamente, non capirò mai perché se ne penta così tanto). Fu l'unico momento brillante e sincero

della nostra conversazione, che continuo a considerare la peggior intervista che abbia mai fatto, la meno interessante. I cow-boys sono individui molto simpatici, grandi lavoratori, e personaggi affascinanti. Il mondo intero ama i cow-boys, su di loro esiste un'intera letteratura, e film splendidi. E se non fosse per i cow-boys, l'America sarebbe molto meno amata e rispettata. Senza il cow-boy, nella Sua storia recente, non resterebbe altro che la Sua politica estera. Ahimè!

3) È una totale bugia che io abbia costantemente rifiutato di rendere disponibili i nastri ad altri giornalisti. Nessun giornalista mi ha mai chiesto di ascoltare quel nastro, a parte Mike Wallace della Cbs quando mi intervistò per «60 minutes» e io glielo feci ascoltare a condizione che non duplicasse il nastro, poiché quando faccio un'intervista dico con estrema chiarezza all'intervistato che la registrazione non sarà utilizzata per scopi di trasmissione o commerciali.

70.
Finisco sempre col sapere tutto

Nel 1979 Oriana Fallaci ottiene una delle sue interviste più famose, quella con l'Ayatollah Khomeini, guida politica e spirituale dell'Iran. La pubblica il «Corriere della Sera» il 26 settembre di quell'anno. Al fianco della scrittrice, come accompagnatore e traduttore, il persiano Bagher Nassir Salami, insieme al fotografo e a Abolhassan Bani Sadr del Comitato Rivoluzionario.

New York, 24 ottobre 1979

Bagher Nassir Sadat Salami,

credo di essere stata chiara a telefono. Ma, nel caso che non lo sia stata abbastanza, ecco la mia risposta scritta alla tua indegnità. E che le mie parole ti portino il dolore e la sofferenza che voi tutti avete imposto a me. Che tu maledica te stesso, leggendomi, come io maledico me stessa per averti regalato fiducia e affetto e amicizia.

1) Come ti dissi più volte lasciando Teheran, un unico timore mi angosciava: quello di farti del male, procurarti dei guai, con ciò che avrei scritto. Per questo timore ho lavorato con le manette ai polsi. Per questo timore non ho sostenuto neanche la metà di quanto avrei voluto e dovuto. Per questo timore sono scesa a compromessi con la mia coscienza personale e professionale: cosa mai avvenuta prima d'oggi, mai. Per questo timore ho detto a «Time» le cose che ho detto su Khomeini. Non certo le cretinerie che i ridicoli giornali iraniani mi hanno attribuito («grandezza gloriosa dell'Imam», «grazia divina») ma cose in sostanza positive.

2) Sì, credo d'essermi comportata bene con te. In ogni senso. Infatti l'avermi aiutato a ottenere un'intervista non ti ha recato

danno. Al contrario. La pubblicità grazie a me esplosa intorno a te, e da te alimentata, poi la promozione politico-professionale che hai ricevuto dimostrano che ho ben saldato il mio debito verso di te. Senza contare le numerose gentilezze di cui ti ho reso oggetto anche al mio rientro in Italia, le garbate attenzioni. Giornali spediti con corrieri speciali, fotografie, lettere piene di considerazione. Io che non scrivo mai a nessuno.

3) È vero che, lasciando Teheran, ti ho detto: «Se ti senti in pericolo a causa mia, se ti rimproverano di avermi aiutato e d'esserti mostrato con me, non esitare a rinnegarmi. Ho le spalle forti». Ma, a parte che il bisogno di rinnegarmi non si è verificato, le mie generose parole non ti autorizzavano affatto a renderti complice di insulti e menzogne. E tantomeno ti autorizzavano a gioire delle turpitudini pubblicate su di me. Gioire e riderne. Gioire ed elogiarle. Gioire ed approvarle. Forse addirittura scriverle, come vedremo.

4) A me non interessano gli sfoghi esibizionistici di un giornalino femminile. Non ho battuto ciglio sulle due pagine perfide che Henry Kissinger mi ha dedicato nel suo importantissimo libro di memorie, figuriamoci se do importanza a una rivistina stampata a Teheran per un pubblico di analfabeti. Lì per lì posso infuriarmi, sprecar tempo a rispondergli, poi me ne dimentico. A me interessano le reazioni di coloro cui ho regalato fiducia e affetto e amicizia.

Chiamandoti a telefono, credevo proprio che avresti risposto: «Me ne dispiace. Invierò loro una lettera di protesta». Invece hai riso e replicato che il pezzo era scritto in modo splendido, in stile impeccabile, e che eri su quasi tutto d'accordo, che volevi conoscerne l'autrice per congratulartene. Per qualche secondo m'è parso di aver capito male. E ti ho chiesto di ripeterlo. E lo hai ripetuto. Allora, paralizzata dall'incredulità, mi son detta che i casi eran tre: o sei idiota, o sei clinicamente pazzo, o sei un diabolico mascalzone. Cioè un doppiogiochista e un traditore.

5) Non uso la parola a casaccio. Se esiste, la signorina Fareshteh Tahepur non può aver letto su «Der Stern» le cose che mi rinfaccia. Perché «Der Stern» non le ha pubblicate. E nessun altro giornale in tedesco compreso «Der Spiegel». In tedesco hanno pubblicato l'intervista soltanto. La prefazione non è apparsa che sul «Corriere della Sera». Fareshteh Tahepur non sarà quindi lo pseudonimo di Bagher Nassir Sadat Salami? Il signor Salami va troppo fiero del modo in cui è stato scritto. E il pezzo ripete troppe frasi da lui pronunciate, giudizi da lui espressi una sera a Teheran. Forse ha almeno prestato la sua consulenza. Strane notizie mi sono giunte negli ultimi tre giorni. Sai, vi sono molti aerei fra Teheran e New York. E i giornalisti raccontano le cose che odono. Io finisco sempre col sapere tutto.

6) Come risulta dal mio ultimo libro, io ho scarsa fiducia per il genere umano. Quella che avevo è morta con Alekos. Sicché è raro che creda in qualcuno. E, quasi ciò non bastasse, sono donna altera. Superba. Anche quando sembra che permetta alla gente di trattarmi con familiarità, non dimentico mai chi sono. E guai se lo dimenticano gli altri. La mia cordialità è solo apparente. I miei amici si contano sulle dita di una mano e per diventare tali devono passare gli esami di anni. Con te avevo fatto un'eccezione quasi miracolosa. E ti dico perché...

Mi avevi commosso. Forse perché i morti sono duri a morire, ti avevo attribuito virtù che reincarnavano creature sepolte. Mi sembravi così puro malgrado i tuoi calcoli (ingenui) e le tue furbizie (infantili). Insomma mi sembravi una persona bella, capace di combinare qualcosa di buono. E volevo davvero aiutarti a camminare coi cocomeri sotto le braccia.

Equivoco amaro. Alekos aveva ragione quando diceva che io sbaglio di rado ma, quando sbaglio, confondo la Luna con una candela spenta. Tu non sei puro: sei impuro. Tutto in te è menzogna, doppio gioco, cinismo. E non combinerai mai niente. Non sarai mai nessuno fuorché un piccolo gerarca fascista al rimorchio di gerarchi più grossi e più intelligenti. Perché anziché inseguire sogni di un mondo migliore ti servirai sempre degli altri come ti sei servito di me, sarai sempre un mercante dei rapporti umani: pur di fare carriera e agguantare un po' di Potere. Non il potere con la p minuscola cioè quello sano che serve a fare le cose sane; il Potere con la P maiuscola cioè quello velenoso che serve soltanto a esaudire la propria vanità.

Peccato. Dio che peccato! Te lo dico con le lacrime in gola. E ti ripeto: non hai anima. E ti disprezzo. E mi condanno per aver portato acqua al mulino del tuo opportunismo, della tua pochezza. E concludo: finirai male. L'amuleto che porti al collo non servirà a salvarti.

Che intanto tu affoghi nella vergogna. E che non oda il tuo nome mai più.

71.
Ha fatto più rumore di una bomba

Oriana racconta a Mirron Alexandroff dell'accoglienza del suo romanzo Un uomo *in Italia.*

3 novembre 1979

Caro Mike,

grazie per la tua lettera e le congratulazioni per l'intervista a Khomeini. In effetti, è stato un lavoro pesante e ha causato un notevole subbuglio, anche nella mia vita. Continua a causarlo. Quando ci vedremo, ti racconterò fino a che punto.

Davvero non ti ho più dato nessuna notizia del mio libro? Che vergogna! Il libro è uscito il 29 giugno, il giorno del mio compleanno, e ha fatto più rumore di una bomba. Sia in senso positivo che negativo. In senso positivo perché ha immediatamente iniziato a vendere con una velocità incredibile. Negativo perché tutta l'acredine nei miei confronti ha avuto un ottimo pretesto per esplodere. In particolare i cosiddetti socialisti del cosiddetto Partito socialista italiano hanno sparato contro di me più che potevano attraverso i loro giornali e i loro lacchè. Insulti, calunnie, minacce, e la famiglia di Panagulis che li appoggia nel modo più ignobile, naturalmente. Non hanno danneggiato il libro, perché finora, cioè in quattro mesi, ne abbiamo vendute 460.000 copie. Una cosa incredibile anche per me. Ma hanno danneggiato me. Di certo lo hanno fatto. Non puoi immaginare quanto mi abbiamo reso penosa la vita, e continuano a farlo. Adesso vediamo che succede quando uscirà negli Stati Uniti. La traduzione è pronta, ma temo che Simon and Schuster non riuscirà a mandarlo nelle librerie prima di dieci mesi.

Ovviamente, anch'io ho voglia di rivedere te e Jane. Ma esito a dirvi «venite a New York» perché potrei andarmene in qualunque momento. Dipende da molte cose, cioè dal lavoro e altri impicci. Non appena saprò di fermarmi più a lungo, vi chiamerò. Ho davvero bisogno di una bella chiacchierata a cena con voi due.

Un saluto affettuoso a entrambi e i miei omaggi al giovane Cordon-Bleu. Continua a esercitarsi per diventare un bravo cuoco?

Oriana

72.
Forse l'unico vero leader

Il Consiglio di Redazione della rivista «Nuestro Tiempo» di Pamplona (Spagna) ha designato Sua Santità il Papa Giovanni Paolo II come «Il personaggio dell'Anno», dedicando nel numero di gennaio del 1980 un ampio servizio sulla sua personalità. Per questo ha chiesto la collaborazione di Oriana Fallaci, invitandola a rispondere brevemente a una domanda su di lui «Quale aspetto della personalità del Papa considera più importante?» a cui lei rispose prontamente con una lettera.

Gentili signori,

il fatto che si muova e parli e agisca come un uomo anziché come un santo o come un monarca. Il fatto che abbia la passione e a volte i difetti di un uomo, cioè il calore di un uomo, l'accessibilità di un uomo, e non l'inaccessibilità e la infallibilità di un personaggio stereotipato. Eravamo abituati a papi che erano «figure» anziché uomini, o «santi» anziché uomini, o «re» anziché uomini, ed ecco arrivare questa creatura viva, sanguigna, simpatica, uguale a noi. Indovini a guardarlo che soffre di scomodità dentro quella sottana bianca, quei paramenti, quelle pantofole: a lui piacerebbe indossare pantaloni e camicia, scarpe coi chiodi. E poi indovini che gli piace mangiare, bere, ridere, (chissà perché lo immagini bene con boccale di birra in mano, pronto a fare a pugni), e non è un mistero che gli piaccia viaggiare, fare sport. Ha rotto una tradizione, insomma un mito sbagliato: è sceso in terra. Ha portato la figura del Papa in terra, strappandola all'artificialità dei cieli. Infatti piace molto alle donne e, scommetto, le donne piacciono a lui. Ma, quando dico «un uomo», non mi riferisco necessariamente a un uomo coi limiti di un uomo: al contrario. Wojtyla è un uomo di cultura, di grande cultura, ed è un poeta, un ottimo poeta, è un uomo di lettere, di buone lettere, ed è un vero leader. Forse l'unico vero leader che esista oggi. A parte Tito e Castro (non voglio citare Khomeini). Io non sono cattolica, non sono religiosa, non ho tenerezze verso la Chiesa e gli uomini della Chiesa. Ma adoro Wojtyla. Lo rispetto immensamente e lo ammiro anche quando non sono d'accordo con lui. Perché ha cervello, ha coraggio, ha sincerità. Insomma perché è un uomo come deve essere un uomo.

Oriana Fallaci

Come le tartarughe in inverno

73.
Non è per fare la maestra di scuola

Ingrid Bergman e Oriana Fallaci si conobbero negli anni Cinquanta. La prima volta a Parigi sul set ma lei non volle farsi intervistare. La seconda volta a Londra concesse a Oriana dieci minuti e una sola risposta: «No comment». La terza volta di nuovo a Parigi, aspettava il marito Schmidt ma lui tardava e una volta acceso il magnetofono (era la prima intervista in cui Oriana lo utilizzava) «si aprì come un fiore». A unirle, così diverse, la condivisione degli stessi ideali e un affetto sincero, che «erediteranno» le figlie di Ingrid, in particolare Isabella Rossellini.

Lunedì mattina

Isabella cara,

grazie a te: dei tulipani belli, dell'intervista intelligente,[51] di essere quello che sei. Quando si è avuto genitori formidabili è così difficile esserne all'altezza. Tu ci sei. Mi aspetto molto da te, con fiducia. So che farai qualcosa di speciale presto. (Forse il libro su tua madre e tuo padre…?)

Va bene mercoledì per il film sui genitori di Martin [Scorsese]. Riparliamoci in mattinata per fissare l'ora eccetera.

Ti mando fotocopia del capitolo del libro di cui ti parlai. È buono perché ho risposto alle domande per scritto e può servirti non per prendere brani (è ovviamente coperto da copyright) ma per completare il quadro.

Intanto mi permetto di ricordarti che quel che rende una intervista unica e inimitabile è l'ossatura di essa e… l'interlocutore dell'intervistato. Tu hai questi due vantaggi nel mio caso: sfruttali fino in fondo, senza pudori. Non dimenticare un momento, in questo caso, che sei figlia di Ingrid e di Rossellini, che i loro fantasmi sono sospesi su di noi, durante l'intero incontro, come Alekos. Un dialogo a quattro, insomma, anzi a cinque, nel quale noi due in certo senso scompariamo per riferirci sempre a loro (Ingrid, Rossellini, Alekos), al peso che hanno avuto sulla nostra vita, alle similitudini eccetera. Come se fossero, ecco, una ossessione. (E non lo sono davvero, forse?)

È un'occasione unica per rendere loro omaggio, da parte tua. Ed è quasi peccato sprecarla per «Amica». Ma la si può pubblicare in altre lingue, anche, in altri Paesi.

Non è dunque per «censurarti» (dio me ne guardi) che ti prego di riguardare tutto con me dopo la primissima stesura: ma per aiutarti. Non ti sciuperò nulla, posso solo renderti il pezzo migliore. Né è per fare la maestra di scuola che ti ho dato e ti ridò questi suggerimenti: è perché ti voglio già bene, perché sono convinta che tu lo meriti.

Dovrai avere dunque il coraggio di buttare via molte cose dette, scegliere solo quelle che hanno un aggancio con tuo padre e tua madre, oppure creare l'aggancio anche quando io non l'ho fatto o mi sono dimenticata di farlo.

Può darsi che, fogli alla mano, si debba riscrivere interi pezzi ex-novo.

Ciao a mercoledì quando mi darai l'indirizzo a Londra di Ingrid affinché possa inviarle la famosa lettera e spiegarle che fece proprio bene a metterti al mondo.

Oriana F.

P.S. Quel libro, se lo fai, te lo stampa in inglese e in italiano l'adorabile buon Monacelli, presidente della Rizzoli qui a New York.[52] Eh?

74.
Ho sempre continuato a seguirti, ammirarti, volerti bene

New York, 10 marzo 1980

Ingrid cara,

da quale parte incominciare dopo tanti anni che non ci vediamo? Forse da quella deliziosa creatura che hai messo al mondo, e che si chiama Isabella. Una mattina mi chiama e mi dice che deve intervistarmi. Così la incontro, incuriosita, divertita, (e un po' immalinconita... quanto sono vecchia se è tua figlia a intervistarmi, ormai!), ed ecco tu che mi porgi la mano a vent'anni. Stesso volto, stesso sorriso, stesso charme da gran dama travestita coi blue jeans, stessa eleganza composta. E stessa intelligenza fatta di saggezza e di follia. Le ho voluto subito bene. Ma subito! E dopo essere andate insieme da Woody Allen che suonava il clarinetto con grande impegno e ogni tanto veniva al nostro tavolo a conversare con la sua vocina di scoiattolo, siamo state a cena a casa sua: col suo marito pazzo[53] che di giorno dorme come i pipistrelli e di notte come i pipistrelli si sveglia per battere le ali nere dentro un appartamento che è in realtà una televisione. Poi, un giorno, abbiamo fatto «l'intervista» che a pensarci bene non era su di me, e neanche su Alekos, ma su di te e su Rossellini. Io al posto tuo, e Alekos al posto di Rossellini. Perché a voi due pensavamo e ci riferivamo, tutto il tempo, vittime beate di un'ossessione. Le ho detto: devi scrivere l'intervista così: come un pezzo di teatro. Perché questa è la verità. È così che il giornalismo diventa arte.

Ora sta lavorando in quel senso, preoccupata ed affascinata, deliziosa t'ho detto, e io la guardo come si guarda un pezzo di vita e di storia, allo stesso tempo un personaggio formidabile. E indovino quale sarà la sua esistenza dopo questa stagione accanto al geniale pipistrello italo-americano. Una esistenza parallela alla tua: piena di colore e di audacia, di gioie forti e di dolori forti. Una esistenza per cui valeva la pena esser nati. Purché non dimentichi mai d'essere la tua klone. Ma non lo dimenticherà. Sia tu che Rossellini siete incollati tra le pieghe del suo cervello con la violenza di un incubo intriso d'amore. Che donna interessante! Non quanto te, ancora. Tuttavia promette proprio bene. Infatti mi piace vederla, parlarci (E non dico spesso queste cose. In più amo star sola, ormai, come quel personaggio di Durrell: Melissa. «Amez vous la solitude?» «Monsieur, je suis devenue la solitude même.» Così dalla morte di Alekos. Non riesco a riprendermi. temo che non mi riprenderò mai perché in quella solitudine mi son fatta la cuccia come i cani.)

E questo è in fondo un pretesto per scriverti, dirti che non ti ho mai dimenticato. Mai. E che attraverso il silenzio di anni ho sempre continuato a seguirti, ammirarti, volerti bene. (Vedrai, nell'intervista di Isabella, cosa dico di te). Ogni tanto chiedevo dov'eri, come stavi, cosa facevi. E avrei voluto scriverti come ora. Poi non lo facevo per uno scontroso pudore.

È un gran guaio essere fiorentini… In quel senso, un gran limite. Tutti ci credono arroganti e invadenti. Invece siamo chiusi come le tartarughe d'inverno. Ho saputo che eri malata. Ci ho sofferto e ho immaginato (senza fatica) che alla malattia reagivi col tuo solito straordinario coraggio, la tua solita inimitabile dignità. Ho visto che hai (ancora una volta) regalato il tuo genio a un regista: Ingmar Bergman. E sei stata più grande di sempre. Che cosa sei in quel film!!!!![54] E ora Isabella mi dice che stai per pubblicare un libro:[55] in autunno sarai in America per lanciarlo. Ah! Perfida! In autunno esco anch'io, in America, con *Un uomo*. Mi ruberai la scena, ovvio. Ma in compenso ti vedrò. Vero? Ammenoché non capiti di vederci prima: a Londra. Fui a Londra mesi fa, ero stata a Cambridge per salutare Bukowski, e se avessi saputo che stavi lì!!! O meglio lo sapevo e non avevo l'indirizzo, né il numero di telefono. E l'indomani rientravo a

Roma, da Roma a New York. Dove abito la maggior parte del tempo.

È tutto, per oggi. No, non è tutto ma è abbastanza. Ciao. Ti abbraccio. Abbi cura di te. Conservati il meglio possibile, più a lungo possibile. Vinci i malanni. Sei troppo preziosa. E mi rende felice dirtelo chiaro e tondo. Enfin!

Oriana

75.
Se devo morire, preferisco morire battendomi

«Tutto ciò che sono, tutto ciò che ho capito politicamente, lo sono e l'ho capito durante la Resistenza.» Vi parteciperà, a seguito del padre Edoardo, come staffetta, con il nome di battaglia Emilia e resterà «partigiana» per tutta la vita, affermando fino alla morte, in ogni occasione, gli ideali di libertà appresi da bambina (aveva quattordici anni). Ed è con queste parole che lo racconta a Carlo Cassola. Senza compromessi.

New York, 12 giugno 1980

Caro Cassola,

io non credo alla fine del mondo. O meglio, non credo che il nostro pianeta si spengerà in seguito all'uso della bomba atomica. Io sono d'accordo con coloro i quali sostengono che la prossima guerra non sarà una guerra atomica ma una guerra tecnologica, vale a dire una guerra combattuta con armi orrendamente sofisticate, sì, ma non micidiali. E aggiungo ho sempre pensato che sia gli Stati Uniti sia l'Unione Sovietica ed ora la Francia sprecassero denaro nelle armi atomiche per farsi paura e basta, cioè per ricattarsi reciprocamente. Essi sanno bene che una bomba all'idrogeno o al neutrone è un boomerang che cade sulla testa di chi lo ha scagliato. E se mi sbaglio, tanto peggio. Su questo argomento le previsioni non possono che nascere da ragionamenti individuali e non sorretti da una facoltà di prova.

In altre parole, io non credo che il nostro pianeta si spengerà ancora giovane di morte violenta. Credo che morirà di vecchiaia, carico di cicatrici e di gambe rotte, soprattutto coi polmoni più tartassati dei miei che ogni giorno devono sopportarsi il catrame di sessanta sigarette, ma col cuore forte come quello di Tito. E prima d'allora sarà caduto in Dio sa quante catalessi dovute all'era glaciale. Quella, appunto, nella quale stiamo entrando: secondo i calcoli comunicati dieci anni fa dagli astronomi inglesi ed americani, riuniti a congresso nella città di Pasadena.

Ma il motivo per cui non posso rispondere alle domande che Lei mi ha inviato non è questo. Non è nemmeno il fatto che io dissenta categoricamente dalla Sua idea del disarmo unilaterale. È la giustificazione che, nella Sua lettera, Lei mi fornisce: «Alla peggio, che potrebbe capitarci? Un'invasione? Nell'imminenza della fine del mondo, è uguale che si sia liberi o asserviti. Cioè è uguale che si continui a godere dei benefici della libertà o che si stia sotto il fascismo».

Be', si leggono molte cose orrende. Ma di rado ho letto una frase più orrenda di questa, e più lugubre, più moralmente suicida. A tal punto che ne sono ancora smarrita. Caro Cassola, forse «godere i benefici della libertà» o stare sotto un fascismo sarà lo stesso per Lei. Per me no. E, graziaddio, per molta altra gente. Tutta la gente con un po' di rispetto per sé stessa, con un po' di dignità. Anche per l'amor dell'umorismo io non sono certo tra gli sciocchi che gridano «meglio un giorno da leone che cent'anni da pecora», ma un uomo non è un pomodoro che vegeta al sole in attesa di marcire o essere colto o mangiato: se devo morire, io preferisco morire battendomi contro chi mi vuole uccidere, difendendomi contro chi vuole mangiarmi. E Lei ha troppa paura di morire se, per morire un pochino più tardi, accetta di vivere nella vergogna di chi si lascia umiliare. Ammenoché non mi abbia scritto quelle parole per gusto del paradosso, per divertirsi a scandalizzarmi come faceva Malaparte quand'ero una ragazzina.

Darò i Suoi saluti a mio padre che, a settantasei anni, la pensa come me. Del resto, a rifiutare i fascismi, mi ha insegnato lui. Il babbo ricorda benissimo che eravate insieme nel Partito d'Azione. E me ne ricordo anch'io perché c'ero anch'io con voi. A quindici anni, cioè un anno dopo essere stata congedata come «soldato semplice» (*sic*) dal Corpo Volontari della Libertà, Brigate Rosselli, mi iscrissi alla Federazione giovanile del P. d'A. Con la stessa bicicletta che nel '43 e nel '44 usavo per accompagnare verso le linee i prigionieri americani e inglesi fuggiti dai campi di concentramento, venivo in piazza d'Azeglio dove, carica di ammirazione e di gratitudine, ascoltavo voi più vecchi che mi ripetevate perché vivere (e morire) liberi non è la stessa cosa che vivere (e morire) asserviti.

Le mando i miei migliori saluti.

Sua

Oriana Fallaci

76.
Se mi avessero mostrato la lettera, avrei risposto immediatamente

Caro Woody Allen,

mentre cercavo di mettere un po' d'ordine nel caos lasciato nel mio ufficio da un'irresponsabile segretaria che ho licenziato diversi mesi fa, ho trovato carte e lettere che non mi aveva mai fatto vedere. Tra di esse, una da Alexander Haig e quella da lei (stravagante coppia davvero).

La sua è indirizzata a lei [la segretaria], porta la data del 15 dicembre 1980 e parla di un'intervista per un Public Broadcasting di Boston che lei ha sempre rifiutato ma che avrebbe considerato se fosse stata fatta da me.

Onestamente, tutto ciò arriva come una sorpresa per me. Negli ultimi mesi del 1980 ero in Cina, quindi in Unione Sovietica, e all'inizio del 1981 mi trovavo in Polonia, e il mio ufficio giaceva abbandonato nelle mani dell'irresponsabile segretaria, che si supponeva gestisse i miei affari, non che me li nascondesse.

Ricordo vagamente un qualche Public Broadcasting che mi ha perseguitato con la richiesta di qualche intervista che non volevo fare perché mai accetto interviste per la televisione. Sono uno scrittore, non una persona di tv, e le mie interviste sono quello che sono perché sono scritte. Inoltre, scritte da uno scrittore che le concepisce e le sviluppa nella solitudine dello scrittore. Questo è, lontano dalle regole, dalla produzione e dai tecnici e dalle luci di uno studio tv.

Ricordo vagamente una donna (Miss Davies?) che ha cominciato a chiamare il mio ufficio e a insistere per un'intervista (quella con lei?) che non avrei fatto per queste ragioni. Ma mai, mai sono stata informata del fatto che lei era pronto a farla con me. In questo caso (chi lo sa?), avrei anche potuto trovare il coraggio di provare una cosa totalmente nuova per me. Perché, come si sa, io la rispetto moltissimo e lei mi piace enormemente.

Se mi avessero mostrato la lettera, avrei risposto immediatamente.

77.
L'importante è che, fissata la data, io ne sia informata in anticipo

Negli anni Ottanta, dopo gli scoop internazionali del decennio precedente, con le interviste a Kissinger e Khomeini, continua l'attività di scrittrice-intervistatrice di Oriana Fallaci, che si rivolge a molti dei personaggi politici più importanti di quegli anni, senza timore reverenziale. Tra di essi Begin, Andropov e Fidel Castro. Anche se non sempre i contatti vanno a buon fine, la fama della giornalista si allarga e si consolida.

11 dicembre 1981

Egregio Sig. Primo Ministro Menachem Begin,

La ringrazio molto per la Sua risposta diretta, e anche per quello che dice nella Sua lettera. Confido che mi chiamerà non appena possibile, e sono certa che sarà una magnifica e proficua intervista. L'importante è che, una volta fissata la data, io ne sia informata con un certo anticipo.

Mi è dispiaciuto apprendere del Suo incidente. Spero che adesso stia molto meglio e auguro, con tutto il cuore, un buon 1982 a Lei, alla Sua famiglia e al Suo Paese.

Cordialmente,

Oriana Fallaci

78.
Ho ammirato soltanto tre donne nella mia vita

New York, 20 gennaio 1982

Ingrid cara,

devi sapere che chiedo sempre notizie di te a Isabella e che ti penso sempre.

Devi anche sapere che, contrariamente alle mie abitudini, ho accettato di scrivere un pezzetto per «TV Guide» sul tuo film su Golda Meir[56] e che ho fatto questo esclusivamente per omaggio a te.

È un pezzetto da cui risulta (come ho detto sere fa in una intervista televisiva) che io ho ammirato soltanto tre donne nella mia vita: mia madre, Golda Meir, e Ingrid Bergman. Ed è la dannata verità.

Ti abbraccio. Curati.

Oriana

79.
Provo quasi una gelosia, carica di rimpianto

New York, marzo 1982

Ingrid cara,

devo dirti che hai due figlie straordinarie.

Da qualche tempo io passo la vita a scoprire le tue figlie straordinarie.

Prima Isabella e ora Isotta-Ingrid.[57]

Così intelligente. Così stupendamente seria. E che signora! Mi sembra di toccare il cielo con un dito, ad averla con me, e tutte le sere vado a letto facendo gli scongiuri: pregando che non se ne vada. (Ho tanta paura che se ne vada. La scorsa settimana era decisa ad andarsene ed ebbi un mezzo infarto cardiaco: mi sentii male.) Non lo dico soltanto per egoismo. Mi piacerebbe seguirla perché sento che è un pozzo di possibilità mai espresse. C'è un'artista nascosta in lei, una creatività repressa che prima o poi dovrà maturare ed esplodere. (Una scrittrice, forse…?)

Ma come hai fatto a crescere due donne così civili, così interessanti?

Io credo proprio di doverti questo complimento: hai fatto molto nella tua bella vita, hai dato al mondo molti capolavori. Ma Isabella e Isotta sono il tuo capolavoro più grande, il tuo dono più grande, e ti invidio pazzamente per quello. Provo quasi una gelosia, carica di rimpianto.

Il rimpianto dei miei figli non nati, delle mie Isabelle e delle mie Isotte non nate.

Ciao. Curati. E sii contenta e orgogliosa di te, splendida mamma.

Un abbraccio grosso grosso dalla tua

Oriana

80.
Sono fuggita in preda al panico, rovinando per sempre la mia reputazione

Isabella,

ecco l'olio dei miei olivi di Greve in Chianti di cui parlavo ieri sera, per il bambino di Isotta-Ingrid. È pochino ma, quando lo riporto da Firenze, gliene do ancora. Insieme ti mando un biglietto per tua madre (dove le dico che ho scritto il pezzetto per «TV Guide» in omaggio a lei).[58] Puoi darglielo?

Ho provato a chiamarti verso le 10 per vedere se capitavi da queste parti e così evitare il messenger ma non ti ho trovato. Peccato perché avevo da raccontarti lo spavento di ieri sera quando sono fuggita in preda al panico, rovinando per sempre la mia reputazione di war-correspondent. (Poco dopo la tua partenza sono scomparsi tutti.) Poiché il film non era «Dinasty» – o meglio, di «Dinasty» non avevo visto che un breve spezzone – ho cercato Mark ma Mark non c'era. Non c'era Dan, non c'era nessuno, e… mi sono persa per le scale buie. Poi sono approdata a un ascensore con due ragazzacci che mi portavano su e giù. Poi ho rintracciato il tuo piano dove all'improvviso c'era la nera nerissima. Ma non trovavamo il cappotto. Su e giù di nuovo, di nuovo perdendomi, e il cappotto era naturalmente dove doveva essere. E ora come chiamare un taxi? Non v'erano telefoni ma computers complicatissimi. Ci ho messo un secolo e… Il resto te lo racconto per telefono. Ma quand'è che cambi casa?!?!?

Ciao, telefona prima di partire.

Isotta-Ingrid è adorabile. Diglielo.

P.S. Voglio sapere come è andata ieri sera e se hai messo in atto la mia strategia…

81.
Storia di mio padre

Giancarlo Tartaglia, che è stato direttore della Federazione Nazionale della Stampa Italiana – Fnsi e docente per la scuola di Giornalismo della Luiss Guido Carli di Roma, all'epoca della lettera stava curando la pubblicazione degli atti congressuali del Partito d'Azione.

16 luglio 1982

Caro Giancarlo Tartaglia,

trovo la sua lettera del 26 giugno qui a Firenze, venendo a visitare mio padre. La prossima volta mi scriva a New York. Io abito (da vent'anni) a New York. Questo è il mio indirizzo: c/o Rizzoli Publishers Corporation, 712 Fifth Avenue, New York 10019, NY.

Rispondo in fretta alle sue domande, e senza badare alla forma: al solito, non ho molto tempo. Lei sceglierà le notizie che servono. Ma certo il lavoro meriterebbe, anche da parte mia, una attenzione maggiore. Il caso di mio padre è particolarmente interessante. Era infatti uno dei pochissimi operai del Partito d'Azione. E quei pochissimi operai furono tutti portati da lui, perlomeno a Firenze. Il guaio è che non è semplice farlo parlare del suo bel passato. È ormai un settantottenne stanco, chiuso a chiave dentro una torre d'avorio fatta di giustificato sdegno e giustificatissima amarezza. Quando uno cerca di fargli dire qualcosa di più, taglia corto con un gesto ironico.

Dati anagrafici: Edoardo Fallaci, nato a Firenze il 14 maggio 1904, il più giovane di quattro fratelli (Ferdinando, Bruno, Mario) e di tre sorelle (Bianca, Lina, Piera) tutti politicamente impegnati perché figli di un fervente mazziniano (Antonio Fallaci) iscritto al Partito repubblicano fino al giorno della sua morte. Sposato a Tosca Fallaci (la mamma è morta nel gennaio del 1977) e padre di quattro figlie: Oriana, Neera, Paola, Elisabetta. (Anch'esse, tutte politicamente impegnate e poi inevitabilmente deluse dalla politica.) Abita nella casa di campagna di Casole di Greve in Chianti. L'indirizzo anagrafico è quello di Firenze, via Giovanni Prati 8.

Biografia politica. Si iscrisse diciassettenne al gruppo giovanile del Partito socialista di Firenze; sezione di Porta Romana. (La sezione di Porta Romana aveva come sede la bottega di un fabbro e gli iscritti si potevano riunire soltanto la sera, quando il fabbro cessava di lavorare, o la domenica.) In quel «gruppo giovanile» militò tutti gli anni difficili che precedettero l'avvento del fascismo, sempre perseguitato dalle squadracce fasciste. Nel 1923 cercò di opporle partecipando al noto scontro di piazza Torquato Tasso durante il quale i fascisti della Montemaggio uccisero il comunista Duni. (Fu uno scontro sanguinoso, i fascisti erano appoggiati dai carabinieri e dai bersaglieri. Contro di loro c'erano i comunisti e qualche socialista tra cui mio padre.) Dopo l'uccisione del socialista Pilati avvenne a Firenze una caccia al «sovversivo». I socialisti fiorentini si dispersero, il fabbro dovette chiudere la bottega e scappare. Così la sezione cui apparteneva mio padre si sciolse. Lui cercò di tenere in vita il gruppo giovanile mimetizzando con una etichetta sportiva: la sede di calcio e pugilato «Folgore». Trovò anche una sede «con le panche per sedersi e discutere». Ma ben presto le squadracce fasciste irruppero anche lì. La distrussero la bruciarono e bastonarono tutti i giovani iscritti. Il babbo rimase solo. «A battermi da solo, a parole.»

Negli anni Trenta, quand'era collaudatore del legno alla Direzione di Artiglieria di Firenze, ebbe i primi contatti con «Giustizia e Libertà» dei fratelli Rosselli. Aveva letto alcuni scritti dei fratelli Rosselli e la loro visione del socialismo nella libertà corrispondeva a quella che mio padre aveva sempre avuto. Ebbe quei contatti attraverso il fratello di Nello Traquandi, Fernando, che faceva il ferroviere. Ma non si svilupparono fino in fondo perché pochi giorni dopo dovette abbandonare il suo lavoro alla Direzione di Artiglieria e nascondersi. Un capitano antifascista lo aveva avvertito che stavano per arrestarlo.

Verso la fine degli anni Trenta fu miracolosamente assunto alla Galileo di Firenze. Dico «miracolosamente» perché, non essendo iscritto al Pnf, non poteva essere assunto in alcun luogo. A prenderlo fu un vicedirettore antifascista, l'ingegner Gamondi, che poi si sarebbe iscritto al Partito d'Azione. Alla Galileo non v'era a quel tempo che una piccola cellula comunista diretta dall'operaio Romei. Il babbo e Romei divennero subito amici ma la cosa non andò oltre l'alleanza politica.

La caduta di Mussolini lo colse mentre lavorava nel reparto macchine della Galileo e in certo senso lo scaraventò sulla scena politica della città. V'era un immenso ritratto di Mussolini nel capannone del reparto macchine. All'incirca, tre o quattro metri per sei. Ben fissato alla parete con grossi ferri, e protetto da un vetro spesso. Mio padre lo scardinò e lo distrusse. Poi sollecitò il Romei a distruggere anche gli altri ritratti, più piccoli, e indisse una assemblea degli operai nel piazzale. Li arringò affinché costituissero subito una commissione interna democratica. Poche ore dopo giunse il Questore di Firenze insieme col Commissario di Polizia di Rifredi e lo arrestò. (Più tardi arrestarono anche il Romei che aveva collaborato.)

Fu rilasciato due giorni dopo in seguito allo sciopero generale (il primo) indetto dagli operai e dalle altre maestranze della Galileo. E la sera stessa, all'uscita della fabbrica, venne avvicinato dai comunisti e dagli azionisti. Per i comunisti, dal Bitossi: noto dirigente della federazione fiorentina. Per gli azionisti, da due di cui non ricorda il nome. («Ricordo soltanto che stavano lì al cancello e chiedevano: "Chi è il Fallaci, dov'è Edoardo Fallaci?". Così risposi: sono io.») L'incontro con Bitossi non aveva portato a nulla, com'era prevedibile, quello coi due azionisti dette subito i suoi frutti. Li seguì subito una riunione che avveniva a casa di Giorgio Spini in piazza Donatello. Alla riunione partecipavano, quella sera, Carlo Furno, Tristano Codignola, Enzo Enriquez Agnoletti, Margherita Fasolo, Ludovico Ragghianti. «Ci mettemmo a parlare e fu subito chiaro che quelli erano i compagni che avevo sempre cercato, sebbene fossero tutti professori. Mi chiesero se volevo iscrivermi al Partito d'Azione. Dissi di sì. Mi affidarono il compito di formare un nucleo azionisti tra gli operai della Galileo.»

Il nucleo fu fondato in pochi giorni: otto operai e una operaia. («Una seconda operaia mi ciurlò nel manico all'ultimo momento e se ne andò coi comunisti.») Neanche due settimane dopo, metà agosto, venne arrestato di nuovo per sedizione. Fu rilasciato in seguito a un secondo sciopero delle maestranze della Galileo e questo fu l'inizio della sua attività di sindacalista (che velocemente uscì dai confini della Galileo per estendersi tra gli operai delle Ferrovie di Firenze tra cui era diventato popolare per la storia del ritratto di Mussolini).

L'8 settembre lo colse già appartenente al Comitato centrale del Partito d'Azione. Conosco abbastanza bene questo periodo perché... anch'io entrai a far parte del Partito d'Azione sebbene fossi una bambina con le trecce legate da un fiocchetto. Mi prese nella sua cellula Margherita Fasolo, insegnante di filosofia al Magistero di Firenze, imponendomi il nome di battaglia di Emilia. Facevo piccole cose come portare messaggi, talvolta armi, una rivoltella, qualche bomba a mano. Insomma, il compito di staffetta. Però seguivo anche mio padre quando in bicicletta andava a organizzare le formazioni partigiane o conduceva verso le linee alleate i prigionieri inglesi e americani fuggiti dai campi di concentramento. (Anzi la cosa ebbe inizio proprio giacché parlavo inglese.) Ricordo che andava spesso sul Monte Giovi, dov'era la formazione partigiana «Fratelli Rosselli». Insieme andavamo spesso ad Acone, un villaggio tra Firenze ed Arezzo, dove si smistavano i prigionieri alleati. Ci andavamo in bicicletta.

Fu un periodo molto eroico per il babbo che non si limitava a organizzare ma partecipava. (Fu, ad esempio, tra gli artefici dell'azione che distrusse la centrale telefonica dei tedeschi, situata a porta Romana. Con Facca e Albertoni.) Le «squadre di città» dipendevano da lui.

Alla fine di marzo, in seguito alla scoperta delle armi nascoste in via Guicciardini (armi che ci erano state paracadutate dagli Alleati sul Monte Giovi) venne arrestato dalle SS e condotto a Villa Triste dove imperava Mario Carità. Fu seviziato per giorni, insieme a Max Boris e Ottorino Orlandini... Quando finalmente ottenemmo il permesso di vederlo, con mia madre, alla prigione delle Murate, era così sfigurato che non lo riconoscevamo. Per qualche minuto non lo riconoscemmo. Oh, quel giorno! Ricordo che muoveva a stento le labbra tumefatte e sorrideva: «State tranquille, vedrete che non mi fucilano. Vedrete che mi mandano in Germania, in qualche campo di lavoro. State tranquille». Ricordo anche la notizia sulla «Nazione», il quotidiano di Firenze. Titolo a due o tre colonne: «Arrestato capo terrorista».

Fu fortunato, tuttavia. Finì nel «gruppo dei fortunati» che il tenente Faedda, personaggio dubbioso e interessante che al processo di Lucca contro i fascisti se la sarebbe cavata con una condanna abbastanza mite perché aveva aiutato molti partigiani, rilasciò dicendo: «So benissimo che non siete innocenti. Ricordatevi di me quando le cose saranno cambiate».

Tornò a casa un pomeriggio di fine aprile e l'indomani aveva già ripreso la lotta, l'attività di responsabile dell'apparato militare. Per questo, da quel momento fino all'11 agosto, data della Liberazione di Firenze, l'intera famiglia dovette viver nascosta. Ci nascondemmo prima al Conventino, un ex convento di via Giano della Bella dove pittori e scultori e artigiani avevano lo studio. Vi restammo fino a quando le SS tornarono per arrestarlo (ma fece in tempo a fuggire da una finestra e, per rappresaglia, arrestarono suo fratello Ferdinando che aveva lì una bottega artigiana. Non ricordo il giorno. Fu presso a poco nel periodo in cui andarono ad arrestare Nello Traquandi e, non avendolo trovato, uccisero suo fratello Fernando: il ferroviere con cui il babbo aveva avuto contatti negli anni

Trenta). Lasciato il Conventino cominciammo a vagare di casa in casa, ospiti di parenti o di amici. Ricordo che non dormivamo mai nello stesso luogo per più di tre o quattro giorni.

Dopo la Liberazione e dopo il primo Congresso del Partito d'Azione, entrò a far parte dell'Esecutivo nazionale. Fu anche candidato alla Costituente (ma la candidatura venne praticamente ritirata il giorno delle elezioni in seguito a un incidente stradale che gli costò quasi la vita). Guarito, un anno e mezzo dopo, riprese l'attività di sindacalista che s'era interrotta con l'8 settembre. Lavorava alla Camera del Lavoro dove era anche vicesegretario della Fiom (carica per la quale era stato preferito a un socialista). Qui rimase anche dopo lo scioglimento del Partito d'Azione, dolore della sua vita.

Sciolto il Partito d'Azione, si iscrisse (sia pure con scarso entusiasmo) al Partito socialista. Sempre per la Fiom partecipò a numerosi congressi e compose numerose vertenze. Per il suo equilibrio, la sua mancanza di estremismo e di fanatismo, era ben accetto nella composizione di tali vertenze. Ma coi nuovi compagni non andava d'accordo, insieme ai comunisti essi gli rendevano la vita difficile, così alla fine degli anni Cinquanta tornò alla sua professione di artigiano intagliatore. (Ho dimenticato di dire, all'inizio, che da giovane aveva una bottega artigiana di intagliatore e che la sua piccola impresa era fallita in seguito al crack del '29 quando i crediti che aveva con l'estero, soprattutto Inghilterra, Francia, Germania, non gli erano stati pagati. Per questo era andato a lavorare alla Direzione di Artiglieria.) Riaprì una bottega al Conventino dove eravamo stati nascosti fino all'irruzione delle SS e la tenne fino agli anni Sessanta quando la regalò ai suoi operai e si ritirò in campagna, a Casole di Greve in Chianti.

Da quel momento i suoi rapporti col Partito socialista si diradarono sempre di più, e crebbe il suo scontento verso i nuovi compagni. Continuava a votare per i socialisti ma senza convinzione, e la lunga crisi raggiunse l'apice dopo l'assassinio di Moro quando inviò al Psi la lettera di dimissioni che accludo in fotocopia. Le dimissioni vennero respinte con una lunga lettera di giustificazioni di cui accludo anche fotocopia, ma non servì a nulla. Ribadì che non voleva aver a che fare con loro e non gli parlò più.

È tutto, caro Tartaglia, e di nuovo scusi la fretta con cui ho buttato giù queste note. Come si dice a New York, I am a very busy person. Tuttavia domani farò un salto all'Archivio della Resistenza (palazzo Medici-Riccardi, via Cavour 1, Firenze) e parlerò con Carlo Francovich, altro glorioso ex del Partito d'Azione, e gli chiederò altri elementi. Francovich dovrebbe avere, tra l'altro, copia del giornalino che il babbo dirigeva dopo la Liberazione per conto del Partito d'Azione: «Il Lavoro». Comunque può rivolgersi a Francovich personalmente. Il numero di telefono è 055-284296.

Buon lavoro e cordiali saluti,

Oriana Fallaci

Una sabbia fine come cipria

82.
Ho scritto un articolo d'amore su tua madre

Il 29 agosto 1982 Ingrid Bergman muore dopo aver lottato a lungo contro il cancro. Oriana in quei giorni si trova in Libano, nella regione meridionale nuovo fronte dell'eterno conflitto israelo-palestinese. Oriana visita Beirut e poi raggiunge Israele per intervistare Ariel Sharon. Tornerà a Beirut negli anni successivi quando ottiene un permesso speciale dal ministero della Difesa per raggiungere il contingente italiano. «Una sabbia fine come cipria che ti entra negli occhi» scriverà nel suo taccuino. Prende forma così l'idea del romanzo che la impegnerà anima e corpo per più di sei anni: Insciallah.

New York, 8 settembre 1982

Isabella,

trovo la tua lettera (quella del 23 giugno) tornando dal Libano e da Israele. Che aggiungere a quello che è già stato detto?... Poi, la notizia di tua madre ha aggiunto dolore all'ira. Mi ha turbato profondamente perché... proprio in quei giorni mia sorella Neera è stata operata di... cancro. Avanzato. E Neera ha solo quarantasei anni. Ho scritto un articolo d'amore su tua madre. Ero stanca morta, traumatizzata dalle bombe di Beirut e dall'angoscia per la Neera, però mi sono imposta di scriverlo. M'è parso un dovere. E meglio che venire a funerali che non ero in grado di affrontare. È uscito ovunque, ti manderò il testo.

E per tornare alla vita: neanch'io ho visto film di fantascienza. Anch'io li ho lasciati in serbo per vederli con te. Chiamami appena torni. Ma sola. Chiamami sola. Non voglio parlare con nessun altro che te.

Non posso permettermi il lusso di rinnovare rabbia ed angoscia. Sono certa che capisci e approvi.

Ciao, cara.

A presto

Oriana

83.
Noi non consideriamo i libri come veicoli di corruzione

Michael K. Deaver è stato assistente di Ronald Reagan alla Casa Bianca, da gennaio 1981 a maggio 1985.

11 gennaio 1983

Egregio Sig. Deaver,

di ritorno dall'Europa, ho trovato la sua lettera del 17 dicembre, nella quale mi ringraziava cortesemente per il libro che le avevo inviato per augurarle un felice 1983. Qualche minuto dopo, mi sono vista restituire lo stesso libro, accompagnato da una lettera che mi informava che non poteva accettarlo per via delle regole della Casa Bianca.

Ignoravo che tali regole includessero il dono di un libro, cosicché ho letto questa comunicazione con uno stupore superato soltanto da un isterico divertimento. Che bello sapere che il lavoro di noi scrittori è prezioso quanto un orologio giapponese.

In Europa, ahimè, non è così. Noi europei non consideriamo i libri come veicoli di tentativi di corruzione. Al contrario, li consideriamo come uno scambio intellettuale e un tributo intellettuale a coloro che tengono in alta stima la cultura e il buon gusto.

La ringrazio comunque per un'esperienza che, seppur negativa, ha arricchito la mia conoscenza come scrittrice, come giornalista, come persona civile. Un giorno o l'altro, ne dovrò scrivere.

Distinti saluti,

Oriana Fallaci

84.
Lista delle persone che mi piacerebbe incontrare

William Dodson «Bill» Broyles, Jr. è uno sceneggiatore americano che ha lavorato, tra l'altro, ai film Apollo 13 *e* Cast Away. *Dal 1982 al 1984 è stato direttore di «Newsweek».*

Lunedì, 16 maggio 1983

Caro Bill,

prima di tutto, ti prego di perdonarmi per averti telefonato a casa. Sono molto dispiaciuta di averti disturbato a casa, davvero imbarazzata. Ma avevo perso la testa insieme a quella busta. La busta conteneva la mia lettera ad Andropov, la mia lettera a Castro, e due assegni: uno di 10.000 dollari e l'altro di 5000. Il tutto è stato miracolosamente ritrovato.

Inoltre, ti ringrazio per il piacevolissimo pranzo, (la prossima volta, sarai tu mio ospite), e ti prego di affrettarti con la carta intestata di «Newsweek» per la lettera a Fidel Castro. Ho qui ferma quella già scritta, per spedirla con la carta di «Newsweek».

Ed ecco la lista che mi avevi chiesto in merito alle persone che mi piacerebbe incontrare e alle cose che mi piacerebbe fare.

1) Andropov... Per questo, sto continuando a insistere con la mia ambasciata, e in un modo che non nuocerà alla possibilità [...] di riunire i nostri due sforzi. Ma tutto dipende dalla fortuna che avrai con la signora. Se solo tu riuscissi a persuaderla che sarebbe assai più dignitoso per lei incontrarlo brevemente come una regina, e poi andarsene e lasciare il compito agli esperti. Avrebbe la soddisfazione che sta cercando, e noi avremmo una vera, buona intervista. Dopotutto, è debitrice di quest'atto di buona volontà. Non sono l'ultimo dei reporter e ho dato al «Washington Post»

le mie migliori interviste in anteprima mondiale! Non è meglio, anche per lei, restare in buoni rapporti con me?

2) Gromyko. Più di un anno fa, aveva risposto «sì» al mio ministro degli Affari Esteri, Emilio Colombo. Poi si è tirato indietro, e Colombo si è terribilmente adirato con lui. Non posso più utilizzare Colombo, dice che la sua dignità è stata offesa.

3) Fidel Castro. Quando Enrico Berlinguer si recò a Cuba, parlarono per mezz'ora di me e della mia richiesta. Castro era preoccupato delle mie «possibili» domande sull'Unione Sovietica. Disse a Berlinguer: «Lei non capisce che io non devo occuparmi di un elettorato, devo trattare con i capi di Stato». Quindi disse: «Mi piacerebbe... Ma ha visto che cosa ha fatto a Kissinger?!?». Berlinguer rispose che si sbagliava, che io ero stata molto onesta con lui, assolutamente corretta. Poi Castro concluse: «D'accordo, la chiamerò quando deciderò di rilasciare un'intervista importante». Ma non ha mai chiamato. Mi sento piuttosto ottimista riguardo a Castro se torno da lui con una lettera scritta su carta intestata di «Newsweek». Tuttavia, vorrei aggiungere anche la tua lettera. Facciamolo.

4) Papa Wojtyla. Mi conosce bene perché a Cracovia era solito rubare il mio lavoro per la sua rivista settimanale. In essa ha perfino pubblicato a puntate il mio libro *Lettera a un bambino mai nato*, in una versione purgata e censurata. Non mi ha mai chiesto l'autorizzazione né dato un centesimo, ma l'ha fatto. Ha i miei libri, uno in polacco. Ma non sono mai riuscita a penetrare il muro di ferro eretto intorno a lui dai polacchi. Hanno escluso per un po' anche il cardinal Casaroli, il Segretario di Stato del Vaticano. Adesso pare essere di nuovo al suo posto. Dovremmo attaccare la posizione dalla zona di atterraggio di Casaroli (che mi conosce e sembra stimarmi). Ma molti ci hanno provato invano. Dovremmo scrivere a Casaroli insieme. Poi dovrei cercare di incontrarlo, e anche tu dovresti cercare di incontrarlo. Un viaggio a Roma richiede solo un paio di giorni. Il vero problema, però, resta il fatto che un'intervista con il Papa necessita dell'«imprimatur» del Papa, altrimenti viene ufficialmente smentita come falsa.

5) Il pezzo grosso del Nicaragua di cui non ricordo mai il nome. Non dovrebbe essere difficile per me, visto che quei nicaraguensi continuano a mandarmi materiale, qui a New York, spedito dalla Spagna. (Benché senza l'indirizzo del mittente!) Sono sicura che sarebbero entusiasti di vedermi laggiù. (Non capiscono che per me una dittatura non ha colore.) Il problema è che, siccome non riesco a immaginarmi molto tenera con il regime nicaraguense... una simile intervista potrebbe compromettere la mia intervista a Castro. Peggiorerebbe anche i miei rapporti con i sovietici. Meglio aspettare.

6) Begin. Lo inserisco nella lista con una certa titubanza perché non sopporto quel bastardo. Due volte è sembrato sul punto di volermi vedere, e poi si è rimangiato la promessa. Mi ha anche scritto un paio di lettere, di recente. Una cordiale, l'altra villana. «Con tutte le persone importanti che incontra e di cui scrive, bene o male, più male che bene, perché vuole incontrare me?» ha scritto nella seconda lettera. Naturalmente, potrebbe essere un'intervista sensazionale. Mi urlerebbe contro come un matto, e io urlerei contro di lui. Ma dopo la mia intervista a Sharon, pubblicata e pubblicizzata così ampiamente in Israele, dubito molto che Begin voglia incontrarmi.

7) Pinochet. Non dovrebbe essere troppo difficile intervistare Pinochet, perché potrebbe valutare l'opportunità di parlare attraverso una persona che, come me, è molto conosciuta in Sudamerica. (*Un uomo* è da parecchio tempo il libro più venduto in Cile.) Qualcosa si sta muovendo in Cile, per la prima volta in dieci anni. Tuttavia, e considerando quel che sta accadendo in Argentina e in Uruguay ecc., penso che tale intervista dovrebbe aver luogo nel contesto di altre interviste sudamericane...

8) Mitterrand. La ragione per cui mi piacerebbe incontrare Mitterrand è che lo ritengo il giusto interlocutore per discutere dell'odierno fallimento del socialismo in ogni parte del mondo. Questo argomento è una specie di ossessione per me, e dovrei trattarlo con un uomo al potere che sia anche un uomo intelli-

gente, un uomo di cultura, come lui. Ma per tale iniziativa avrei bisogno di concentrarmi soltanto su questo, per un po' di tempo. Perciò, non mescolerei questa intervista con gli altri progetti di intervista.

9) Vietnam, Vietnam, Vietnam. Ma come? Anche l'Afghanistan. Tuttavia, se vado laggiù, addio Unione Sovietica e Cuba. Aspettiamo di vedere che cosa succede con quelle due.

Ora, diamo forma concreta a tutti i nostri discorsi e mettiamo qualcosa in pratica. Rizzoli o no. Altrimenti, restiamo di nuovo bloccati.

Ciao e grazie di tutto. Se trovo un libro in lingua inglese del tuo predecessore Curzio Malaparte, te lo mando.

85.
Io posso fare molto meglio

Per intervistare Jurij Vladimirovič Andropov, segretario generale del Partito comunista dell'Unione Sovietica dal 12 novembre 1982, Oriana chiede la mediazione di Anatolij F. Dobrynin, allora ambasciatore dell'Urss negli Stati Uniti.

New York, maggio 1983

Egregio Sig. Ambasciatore,

la lettera che allego alla presente è per il Segretario generale Jurij Andropov. Mentre gli scrivo, ne sto inviando una copia al ministro degli Esteri italiano Emilio Colombo e ne sto informando il Presidente della Repubblica italiana Sandro Pertini, il quale mi onora della sua amicizia. In caso di necessità, entrambi possono garantire della mia dignità personale e professionale come pure della serietà della mia richiesta.

Le sarei estremamente grata se potesse consegnarla personalmente al signor Andropov affinché la legga di persona. Le sarei altrettanto grata se volesse concedermi un po' del Suo tempo per discutere della possibilità di questa intervista, poiché ci sono cose che si spiegano molto meglio in una conversazione che in una lettera.

Alcune di queste, tuttavia, possono essere anticipate per iscritto. Ed eccole, espresse con la mia consueta e ben nota franchezza.

L'esperienza dimostra che quando un leader sovietico decide di rilasciare un'intervista alla stampa estera, di solito sceglie dei membri della stampa americana. Ciò è ovviamente comprensibile, ma rimane il fatto che – nonostante quel che promettono o garantiscono – i giornalisti americani inevitabilmente gli si avvicinano entro una cornice di preconcetti, ideologia e patriottismo. Io invece non ho preconcetti (al contrario, si dà il caso che il signor Andropov mi piaccia molto), e non condivido neppure la loro ideologia e il loro patriottismo, non essendo americana.

Al tempo stesso, però, ho accesso al pubblico americano quanto e forse più di loro. Sono molto conosciuta in questo Paese e molto amata dalla gente, che cerca nei miei scritti quello che non trova nella stampa americana. Ho credibilità, suscito rispetto, e posso pubblicare le mie interviste ovunque voglio. Inoltre, sono conosciuta, amata e pubblicata in innumerevoli altri Paesi di ogni continente: dall'America Latina all'Asia, passando naturalmente per l'Europa.

Di recente, due giornalisti hanno intervistato il signor Andropov: uno dell'Hearst Group, benché io non vada pazza per le interviste con domande e risposte scritte, e l'altro di «Der Spiegel». In ambedue i casi, mi sembra che i giornalisti abbiano penosamente sciupato la magnifica opportunità di incontrare il leader dell'Unione Sovietica. Non gli hanno nemmeno domandato di San Salvador o dell'America Latina, della Cina e dell'Iran; non sono riusciti a offrire un ritratto umano di un uomo chiaramente insolito; il giornalista di «Der Spiegel» ha perfino sprecato minuti preziosi raccontando del suo problema personale di dover abbandonare il tennis, dopodiché ha sprecato dello spazio prezioso citandomi due volte nella sua introduzione, parlando di quanto sarei stata soddisfatta o insoddisfatta dopo quell'intervista...

Io posso fare molto meglio di questo, signor Ambasciatore. L'intervista che ho in mente potrebbe essere un'intervista storica, se il signor Andropov avrà fiducia in me e se Lei potrà aiutarmi. Non rimpiangerà di averlo fatto.

Invio questa lettera attraverso la mia ambasciata, l'ambasciata italiana a Washington, tramite la quale Lei può comunicarmi se e quando potrà ricevermi, anche brevemente, per ascoltare le altre cose che ho da dirLe.

La ringrazio molto e Le porgo i miei rispettosi saluti,

Oriana Fallaci

86.
Nella speranza che il mio nome non le sia totalmente sconosciuto

New York, maggio 1983

Egregio Sig. Andropov,

mi prendo la libertà di rivolgermi direttamente a Lei nella speranza che il mio nome non Le sia totalmente sconosciuto. Perciò, e dal momento che in diverse occasioni la stampa sovietica ha dedicato attenzione al mio lavoro, in particolare alle mie interviste ai capi di Stato, evito di farLe perdere tempo con delle autopresentazioni. Vado dritta al nocciolo della questione.

Lei ha già concesso due interviste a delle testate occidentali, quella all'Hearst Group e quella a «Der Spiegel», e senza dubbio hanno entrambe contribuito a fornire una migliore comprensione dei suoi punti di vista come pure dei gravi problemi che minacciano i nostri tempi. Tuttavia, mi è parso che nessuna delle due abbia sfruttato appieno la grande opportunità di ascoltare quello che Jurij Andropov ha da dire al mondo. Nel difficile momento che stiamo vivendo, così pieno di paura del domani, ritengo che la stampa possa e debba fare molto di più per ridurre le reciproche incomprensioni, per facilitare un dialogo serio, per tentare di trovare delle soluzioni. Penso anche di poter svolgere questo compito assai meglio di altri perché credo fermamente in tale compito, perché il mio nome gode di credibilità, perché il mio lavoro è seguito in moltissimi Paesi tanto dalla gente della strada quanto dalle persone al potere.

Come avrà capito, Signore, Le sto chiedendo di considerare la possibilità di concedermi un'intervista nella quale i problemi odierni siano analizzati in maniera più ampia. Inoltre, un'intervista in cui, se Lei è d'accordo, possa venire offerto al mondo il ritratto umano dell'uomo che oggi guida l'Unione Sovietica.

Come di consueto, la mia intervista apparirebbe negli importanti giornali che pubblicano i miei scritti in varie città degli Stati Uniti e in vari Paesi di vari continenti: dal Canada a tutta l'America Latina, dall'Europa al Medio Oriente, dall'Asia (a volte anche nella Repubblica Popolare Cinese) all'Australia. Solo per citare alcuni esempi, il «Times» di Londra, «Le Nouvel Observateur» in Francia, «El País» in Spagna, «Politica» a Belgrado, il «Corriere della Sera» in Italia, «Stern» in Germania, «Asahi Shinbun» a Tokyo, «The Washington Post» o «The New York Times Magazine», e poi «The Chicago Tribune», «The Boston Globe» ecc.

Come faccio sempre, l'intervista verrebbe registrata e riporterebbe con rigore e fedeltà quello che vorrà dirmi.

Naturalmente, sono del tutto consapevole che una tale decisione può richiedere un'attenta riflessione da parte Sua e potrebbe impormi certe condizioni. Ma sono pronta a discutere di quelle condizioni con i Suoi assistenti e a volare a Mosca in qualunque momento a tale scopo. Per questo motivo, mi accingo a informare il Suo Ambasciatore a Washington, il signor Anatolij Dobrynin e, come cittadino italiano, il mio ministro degli Esteri, il signor Emilio Colombo, che, al pari del Presidente della Repubblica italiana, Sandro Pertini, mi onora della sua amicizia. Sia il Presidente Pertini sia il signor Colombo mi conoscono molto bene e possono pienamente garantire della mia dignità personale e professionale.

La prego di accettare i miei più sinceri e rispettosi saluti,

Oriana Fallaci

87.
Sarebbe l'interlocutore ideale per realizzare un lavoro perfetto

Uno dei pochi leader politici che non è riuscita a intervistare è Fidel Castro.

New York, maggio 1983

Stimato dottor Castro,

sono passati quasi due anni da quando Enrico Berlinguer, al ritorno dal suo viaggio a Cuba, mi disse di aver parlato con Lei per chiederLe di concedermi un'intervista, istanza che lui stesso appoggiava con convinzione. Berlinguer mi comunicò che Lei aveva promesso di chiamarmi quando sarebbe giunto il momento opportuno di realizzare l'intervista e, da allora, ho evitato di importunarla con altre richieste. Tuttavia, poiché non ho ricevuto alcuna risposta, mi permetto di scriverle nuovamente.

Come ebbi già modo di dirLe in altre lettere, numerosi giornali di tutto il mondo aspettano una Sua intervista. Si tratta di testate statunitensi, europee e dell'America Latina: dal «Washington Post» al «Times» di Londra, dal «The Chicago Tribune» a «Le Nouvel Observateur» di Parigi, dal «Corriere della Sera» di Milano alla «Politica» di Belgrado; mi riferisco a quasi tutti i giornali dell'America Latina, alcuni dei Paesi scandinavi e all'«Asahi Shinbun» di Tokyo... Proprio durante il mio ultimo viaggio in Polonia, il vice Primo ministro Mieczyslaw Rakowski, con cui ho appena concluso un incontro e con cui ho un rapporto d'amicizia, mi ha chiesto di intervistarla per il suo settimanale la «Politica» di Varsavia.

Adesso William Broyles Jr., direttore di «Newsweek», con cui ho da poco avviato una collaborazione, chiede di rinnovar-

Le la mia istanza. Non è necessario che descriva l'importanza di «Newsweek», che viene venduto in tutti i Paesi di ogni continente e che conta più di ventidue milioni di lettori a settimana. Non è nemmeno necessario sottolineare il rilievo che «Newsweek» conferirebbe a una mia intervista con Lei.

Allego inoltre una copia della lettera di William Broyles Jr., che ebbe già modo di scriverLe in prima persona.

Allego anche la lettera del Vice Presidente dell'Houghton Mifflin, la casa editrice del mio libro *Interview With History* (*Intervista con la storia*) che attende il nuovo libro che dovrebbe contenere le mie ultime interviste con i leader mondiali e con coloro che fanno la storia. Stanno ancora aspettando poiché io non ho ottenuto l'intervista con Lei, e soprattutto perché non posso realizzare questo libro senza il capitolo che più mi interessa: quello su Fidel Castro. I potenti del mondo che desidero conoscere sinceramente sono talmente pochi, Signor Presidente, che le dita della mano sarebbero più che sufficienti per contarli. Ho sempre, inoltre, ritenuto che Lei costituisca l'interlocutore ideale che mi permetterebbe di realizzare un lavoro perfetto: Lei sa parlare, sa rispondere e non si limita a brevi parole o a risposte prefabbricate, come invece fa la maggioranza.

Caro Signor Presidente, mi piacerebbe trovare nuove parole per rinnovare questa richiesta che continuo a inoltrarLe da ormai diversi anni. Ma che altro posso dire per convincerLa delle mie buone intenzioni e dell'attualità di quest'intervista? Ora ancor più di prima; adesso che il governo Reagan è al potere, che le tragedie in Salvador si sono moltiplicate e che i problemi in Nicaragua aumentano…

Mi può inviare una Sua risposta alla nostra Ambasciata a Cuba o attraverso il Suo Ambasciatore capo della Missione alle Nazioni Unite, che pure conosco, oppure direttamente al direttore di «Newsweek», William Broyles Jr.

Nella speranza di ricevere una risposta, Le invio la mia gratitudine e il mio pieno rispetto.

Oriana Fallaci

Per far capitolare Fidel Castro, Oriana chiede aiuto anche a Nan A. Talese, una dei più famosi editor americani (all'epoca della lettera era Executive Editor della casa editrice Houghton Mifflin che aveva pubblicato l'edizione americana di Intervista con la storia*) e a Bill Broyles, direttore di «Newsweek».*

25 maggio 1983

Egregio dottor Castro,

Le scrivo per confermare che la signora Oriana Fallaci, l'autrice di *Intervista con la storia*, pubblicato da Houghton Mifflin, sta scrivendo un nuovo libro sui Grandi Leader mondiali. Stiamo ritardando l'uscita del libro della signora Fallaci perché non possiamo concepire di andare in stampa senza un capitolo su di Lei. La signora Fallaci La ammira enormemente e so che quello che scriverà non potrà che essere favorevole verso Cuba e verso di Lei, ed estremamente illuminante per il mondo occidentale.

Ho avuto il piacere di recarmi a Cuba due anni fa e ho trovato l'esperienza del tutto diversa da quel che ci si aspetterebbe stando alle corrispondenze della stampa occidentale: è stato straordinario osservare i cambiamenti avvenuti a Cuba e testimoniare lo spirito positivo tra la popolazione.

Mi rendo conto di quanto sia prezioso il Suo tempo, e lo scopo della mia lettera è sia confermare che pubblicheremo il nuovo libro della signora Fallaci sia pregarLa di considerare la possibilità di dedicarle un po' di tempo nella Sua agenda fitta di impegni.

La ringrazio in anticipo per l'attenzione che vorrà riservare alla richiesta della signora Fallaci.

Distinti saluti,

Nan A. Talese
Direttore esecutivo Houghton Mifflin Company

27 maggio 1983

Egregio Sig. Presidente,

Le scrivo per appoggiare la richiesta di un'intervista da parte di Oriana Fallaci. La signora Fallaci non ha bisogno di presentazioni, poiché le sue interviste a coloro che fanno la storia hanno fatto a loro volta la storia. Tuttavia, desidero sottolineare che in questo difficile frangente nelle relazioni tra i nostri due Paesi potrebbe essere di grande giovamento per il nostro emisfero se le Sue opinioni venissero presentate in una tribuna di tale importanza. Non solo Lei raggiungerebbe i nostri ventitré milioni di lettori in America e in tutto il mondo, ma l'intervista verrebbe vista dai lettori delle pubblicazioni di ogni continente a cui sarà eventualmente venduta dopo essere apparsa su «Newsweek».

Spero che Lei presterà a tale richiesta un'attenta e debita considerazione. Se potrò esserLe d'aiuto nel rispondere a qualunque domanda possa avere riguardo all'intervista, sono, ovviamente, al suo servizio.

Distinti saluti,

William Broyles, Jr., direttore di «Newsweek»

88.
E per questa ragione, io non la assolverò

Oriana Fallaci non riesce a realizzare l'intervista promessa e già fissata con Fidel Castro, forse per intervento dei sovietici, forse per timore che sia troppo diretta (nella cartelletta del materiale che ha preparato per l'intervista ci sono domande come «È vero che non potete sopportare gli americani?», «Perché fate morire i vostri soldati in tante guerre all'estero?», «Lei è stato perseguitato e ora perseguita?»).

La scusa del regime è il comportamento «contro la rivoluzione» che la giornalista avrebbe tenuto durante e dopo il suo viaggio a Cuba. Oriana Fallaci risponde con sdegno alle accuse.

New York, 1° ottobre 1983

Signor Presidente,

mercoledì 28 settembre il Suo Ambasciatore all'Unesco, dottor Alfredo Guevara – da Lei inviato appositamente da Parigi a New York per recapitarmi il Suo messaggio – mi ha comunicato che l'intervista fissata per il mese di novembre era stata cancellata. Il motivo di questa decisione ha dell'incredibile: «Di' a Oriana che ho ricevuto da una fonte di comprovata fedeltà l'informazione che, non appena lontana da Cuba, si è espressa in maniera irriverente nei miei confronti e che ha rilasciato dichiarazioni che denotano pregiudizi sulla rivoluzione e sul socialismo». «All'Avana cinque testimoni» ha aggiunto Guevara «potranno confermare che lo stesso "delitto" è stato commesso anche su territorio nazionale.»

Questo messaggio è un insulto alla mia intelligenza e alla mia dignità. Il Suo gesto è un tradimento, nonché una mancanza di rispetto alla mia persona che non Le ha mai mancato di riguardo e a cui Lei invece deve – e non solo per questo motivo – molto rispetto.

Tuttavia, poiché sono una signora educata, cercherò di controllare lo sdegno che mi assale. E le risponderò.

1) Non conosco, e non mi interessa nemmeno, il livello intellettuale e culturale degli informatori di «comprovata fedeltà» che mi avrebbero rivolto tali ridicole accuse dentro e fuori il territorio cubano. Oltre ad Alfredo Guevara, a Gabriel García Márquez e al loro gruppo di amici – persone intelligenti che mai mi avrebbero attribuito un comportamento tanto stupido – a Cuba ho avuto contatti solo con l'Ambasciatore italiano e con coloro che si sono fatti carico delle mie necessità negli ultimi giorni. Inoltre, in aeroporto mi è stato affiancato un giornalista argentino con il compito di assistermi in ogni evenienza.

2) L'Ambasciatore italiano è un idiota che non sa quel che dice, come la sua terribile moglie e i suoi inetti collaboratori. Coloro che si sono occupati di me in quegli ultimi giorni erano estremamente disponibili e sorridenti, ma – mi dispiace per Lei – non mi sono sembrati capaci né di fornire un resoconto su Oriana Fallaci, né di comprendere le sue idee e tanto meno di capire la sua lingua. Per esempio, dicevano di conoscere l'italiano e l'inglese, ma mi rendevo perfettamente conto che comprendevano molto poco di quel che dicevo e che perdevano frequentemente il filo di quel poco che coglievano... Inoltre, per quanto riguarda il giornalista argentino, il suo italiano non era certo migliore. E come se questo non bastasse, dissimulava malamente una fastidiosa irritazione che provava nei miei confronti per ciò che avevo dichiarato a Buenos Aires sui giornalisti del suo Paese. Mi sono ben guardata dal fornirgli alcuna opportunità che potesse essere utilizzata per costruire un'inutile e mal congegnata calunnia contro di me.

Non sono nata ieri. Sapevo bene che la simpatica scorta che mi accompagnava sia in città sia in aeroporto, Le avrebbe riportato qualunque mio gesto, dal nome del profumo che uso al numero di sigarette fumate. Anche se non avessi stabilito con Lei l'intesa che credevo di aver stretto, non sarei stata così imbecille da commettere un errore tanto grottesco e infantile come quello che Lei mi attribuisce.

3) Una volta fuori da Cuba, ho mantenuto il silenzio sulla Sua persona e il segreto sul nostro progetto, tanto che nemmeno i più sofisticati microfoni della Cia uniti a quelli del Kgb avrebbero potuto cogliere la mia voce. Ho rotto il silenzio solo con tre persone: a) William Broyles Jr., direttore di «Newsweek», che sarebbe stato il primo a pubblicare la mia intervista con Lei e che rimase quasi sbigottito dall'ascoltare l'entusiasmo con cui io descrissi il nostro futuro incontro; b) il nostro ministro degli Affari Esteri, Giulio Andreotti, che mi aveva aiutato a rinnovare la richiesta di intervistarla; c) mio padre che ha ottant'anni e che vive sulle colline toscane insieme ai suoi cani, i suoi gatti, le sue galline e le sue api. Escludo che William Broyles, Giulio Andreotti, mio padre, i suoi cani, gatti, galline e api possano aver riferito ciò che i suoi informatori di «comprovata fedeltà» Le hanno riportato.

In riferimento agli «irriverenti giudizi e pregiudizi» di cui vengo accusata, questo è tutto. E non accetto di essere messa sotto processo per dei pettegolezzi da cortile. Anzi, non accetto di essere messa sotto processo da niente e da nessuno.

4) Non sono socialista. Lo sono stata. Se Lei avesse davvero letto i miei articoli e il mio ultimo libro, conoscerebbe la mia diffidenza nei confronti dei dogmi salvifici, nonché la mia sfiduciata conclusione che nemmeno il socialismo è in grado di cambiare gli uomini. (E questo, sì, è un tema su cui mi sarebbe piaciuto discutere con Lei, invece di chiederle – come ha fatto la televisione americana – «Chi dorme nel suo letto».)

Però nessuno mi aveva mai detto che per intervistare Fidel Castro era necessario essere socialista e credere che i Paesi socialisti siano il Paradiso terrestre. I giornalisti nordamericani che Lei riceve senza tempi di attesa di sette anni, senza offenderli con accuse mal congegnate, che non sono che pretesti ben calcolati, senza protestare quando riducono quattro ore di intervista a una paginetta di arbitrarie estrapolazioni o quindici minuti di superficialità televisiva, non sono socialisti. Non vengono a Cuba per dire che il socialismo è il Paradiso terrestre e che è in grado di cambiare gli uomini. Anzi, sono i peggior reazionari che io conosca.

Nessuno può dire lo stesso di me. I Suoi informatori «di comprovata fedeltà» avrebbero svolto il loro compito in maniera migliore ricordandole la storia della mia vita; l'affetto, l'ammirazione e la credibilità di cui godo e che mi circondano in ogni parte del mondo; e ciò che ho fatto e continuo a fare a favore della libertà, a costo nella mia tranquillità e della mia incolumità personale.

5) Ovviamente non credo che la ragione per cui Lei si è rimangiato la parola data sia il motivo che mi è stato comunicato da Alfredo Guevara. Se ci credessi, io per prima starei insultando la mia intelligenza. E aggiungo: può essere che sia stato tramato un complotto contro di me, però dubito che Lei sia il tipo di persona e il tipo di governante da lasciarsi manipolare dalla mala fede dei Suoi subalterni.

La verità è che Lei ha ritratto la parola data; mi ha tradita poiché si è pentito. E si è pentito perché ha avuto timore di parlare con me di Fidel Castro e degli argomenti per cui La consideravo un interlocutore ideale. (E anche io costituivo per Lei l'interlocutrice ideale.) In luogo di questo, Lei ha intravisto in quest'intervista il rischio che certi leader vedono in me: la donna scomoda, dal pensiero indipendente, la scrittrice che non è impressionata dal Potere e che lo affronta senza timore e senza timidezza per permettere al suo lavoro di entrare nella storia. Che pena! La ritenevo più audace, più agguerrito. Non c'è nulla che ammiri di più del coraggio e nutro sempre un grande rispetto verso coloro che non hanno paura di confrontarsi col mio.

6) Due rappresentanti del Potere mi hanno voltato le spalle in questi giorni: Augusto Pinochet e Fidel Castro. Pinochet ha cambiato idea accusandomi di essere una sovversiva che vagava nei dintorni di Santiago sobillando il popolo contro il regime. Non è

esattamente così, ma i timori del cileno erano giustificati… Posso comprendere Pinochet. Non posso dire lo stesso per Fidel Castro. Non mi lusinga sapere che ha avuto paura di Oriana Fallaci. Al contrario, mi delude come uomo e come politico. E più come uomo che come politico. Credevo di aver conosciuto un uomo che non era solo un capo di Stato o un uomo politico. Ma adesso comprendo di aver conosciuto solo uno dei tanti capi di Stato, uno dei politici di turno. Anzi, ho conosciuto un politico che si è permesso di prendersi gioco di me. Scriverò tutto nel mio prossimo libro, spiegando il motivo per cui non appare l'intervista a Castro. E questo triste episodio sarà l'amara conclusione dei miei studi sul Potere.

Si accorgerà che mercoledì 28 settembre Lei ha commesso un grave errore: non ha solo mandato all'aria un'intervista di prima qualità e di storico rilievo. Non ha solo indignato una persona che sarebbe stato molto più saggio non offendere e non insultare. Come un masso che cade pesantemente in un salone di cristallo e che infrange tutto ciò che vi è di prezioso, Lei ha distrutto qualcosa di molto più valore.

E per questa ragione, io non la assolverò.[59]

Oriana Fallaci

89.
Dimentica tutto, specialmente ora…

Corrado Cantatore, giovane capitano dell'intelligence, e Oriana si conobbero in Libano nel 1982, durante il primo viaggio embedded con il contingente italiano.

New York-Milano, 1° maggio 1984

Caro Corrado,

una tragedia attesa sì ma ora alla sua conclusione renderà difficile rintracciarmi quando verrai in Italia. Mia sorella Neera sta morendo, il cancro le ha attaccato il fegato, e quasi ciò non bastasse sta freddamente organizzando la sua morte e annuncia che – sistemato tutto – si sparerà. Io sono sconvolta. E corro da lei per tentar di salvare il salvabile, evitare un suicidio che farebbe perdere la testa a tutti e in particolare a Elisabetta che – dopo la morte di nostra madre – guardava alla Neera come a una madre.

Certo mi rendo conto che dovrei lavorare ugualmente e mantenere il programma di incontri supplementari che avevo in programma con te, con Angioni, con Carnevale, col medico di Bologna, con quelli di Livorno. Ma non so più come: tutto è avvolto da una nube nera che mi acceca. Al solito, tutte le responsabilità della famiglia cadono sulle mie spalle. Penso dunque che la cosa migliore sia lasciarmi messaggi, oltre che dal mio avvocato, a mio padre: stando attento però che scriva quello che ascolta. Dimentica tutto, specialmente ora…

Ti ringrazio e ti saluto

Oriana

90.
Se n'è andata una gran donna

Un altro terribile lutto colpisce Oriana il 17 luglio 1984: muore a cinquantadue anni la sorella Neera, anch'essa giornalista e scrittrice. La sua morte lascia Oriana senza un punto di riferimento importante, ancora una volta portato via dal cancro che si accanisce contro la sua famiglia.

Caro Andreotti,

grazie. Il suo telegramma mi ha fatto piacere. Se n'è andata una gran donna, con mia sorella Neera. E il fatto che se ne sia andata con tanto coraggio, tanta sublime dignità, è un ben magro conforto per me.

91.
In questo momento non posso muovermi

Oriana si dedica al lavoro di scrittura di Insciallah *con tale abnegazione da rinunciare a molte interviste come racconta in questa lettera a Ernesto Fonseca Pasos, allora ambasciatore del Nicaragua a Roma, per scusarsi di non poter accettare l'invito di Tomás Borge Martínez, rivoluzionario nicaraguense e membro fondatore del Fronte Sandinista di Liberazione Nazionale (Fsln).*

New York, 20 gennaio 1986

Caro Ambasciatore,

ricevo oggi la Sua lettera con l'invito di Tomás Borge e me ne rallegro. Visitare il Nicaragua è nei miei programmi da molto tempo. E così un incontro con Tomás Borge. Non è avvenuto finora perché sono stata impegnata nella stesura del mio nuovo libro. Lavoro lunghissimo e molto impegnativo.

Il problema è che in questo momento della mia vita non posso muovermi. Il libro non è ancora finito e mi occupo esclusivamente di quello dalla mattina alla sera, giorno dopo giorno, con rigorosa concentrazione. Tutti gli altri lavori sono rinviati alla prossima estate e perfino al prossimo autunno.

Per cortesia ne informi il ministro degli Interni. Lo ringrazi per me e lo preghi di avere pazienza: alcuni mesi non cambiano nulla. Appena il manoscritto sarà consegnato, mi preparerò a partire e sono certa che la mia intervista e il mio reportage avranno grande risonanza da tutti i giornali del mondo. Sono anche certa che potrò lavorare nell'indipendenza di giudizio che mi è consueta e che Borge risponderà a tutte le mie domande. Mi preoccupa solo la mia scarsa conoscenza della lingua spagnola. Capisco lo spagnolo, sì, ma lo parlo in modo disastroso.

Teniamoci in contatto, dunque, e riparliamone verso giugno. Per motivi professionali io abito a New York ma sarà meglio scrivermi in Italia. Del resto, quando verrò a Roma, La cercherò e ci vedremo.

Voglia accettare i miei migliori saluti e di nuovo grazie.

Oriana Fallaci

92.
Deng Xiao Ping deve aspettarmi! Ne vale la pena

New York, 31 ottobre 1986

Caro, carissimo Marras,[60]

anzitutto devo esprimere la gioia che provo quando ricevo una lettera da Lei, uno dei pochissimi ambasciatori al mondo cui sono riuscita a voler bene. Poi devo dirLe la voglia che ho di vederLa anzi rivederLa nella mia amata Pechino. Infine, grazie per non avere dimenticato la faccenda di Deng Xiao Ping. Ecco la mia risposta e con essa la spiegazione dei miei problemi.

1) Così come Marras è uno dei pochi ambasciatori al mondo che sia riuscito a farsi voler bene da me, Deng Xiao Ping è uno dei miei pochissimi intervistati che sia riuscito a sedurmi sia umanamente che intellettualmente che storicamente. (A mio parere è un genio della politica e della leadership, una specie di Augusto who settles up the Empire. O di Traiano...?) La gente tiene nei living-room le fotografie degli amici potenti che gliele hanno autografate. Io no. Non mi piacciono gli amici potenti, li rifiuto, e mi guarderei bene dal chieder loro di autografare le istantanee con me. Nel mio living-room vi sono soltanto due fotografie, in preziose cornici d'argento: una è quella di mia madre a diciassette anni, bella da morire, e una è quella di Deng Xiao Ping che ride a squarciagola con me. Vorrei che il mio adorato Deng lo sapesse. E mi dicesse, una volta per sempre, che diavolo c'è scritto – in cinese – nella dedica autografa che ha fatto.

Comunque, c'è bisogno d'altro per spiegare quanto desideri rivedere Deng Xiao Ping e intervistarlo di nuovo? Superfluo, del tutto superfluo, aggiungere gli interessi storici per una simile seconda intervista. Ciò che quell'uomo è riuscito a fare ha dell'incredibile. A mio parere era molto più facile per Mao Tze Tung fare una rivoluzione in un sistema ormai marcio di quanto sia stato per Deng Xiao Ping lavar quel Paese del nuovo marcio lasciato dal fascismo della soi-disant rivoluzione culturale. Ha mantenuto tutte le promesse che fece nella mia intervista. C'è riuscito. E non ha vent'anni.

2) Ma… ma non ho ancora finito il romanzone di settecento pagine cui sto lavorando da oltre due anni. O meglio, l'ho finito nella prima stesura ed è stato composto: ora lavoro sulle bozze. E lavorare sulle bozze, per me, sulle prime bozze, significa praticamente rifarlo. È sempre stato così, ahimè. È un libro composto di tre parti. So che nella terza parte ci sarà pochissimo da fare, nella seconda così e così, nella prima invece molto. Sono alla fine della prima parte. Mi resta da correggere l'ultimo capitolo della prima parte: quaranta pagine che mi faranno penare. Siamo agli inizi di novembre. Prego Iddio (Lei preghi anche, per me, per favore) di finire anche la seconda parte entro dicembre. Calcolo di non poter esaurire il rimaneggiamento totale prima della fine di gennaio. E guai a interrompermi. Non mi interrompo mai, sennò perdo il filo. La concentrazione. E sono così stanca, mortalmente stanca. Quei quarantatré personaggi, (tanti sono e questa è a mio parere la Grande Sfida di questa nuova fatica), mi hanno divorato nella mente e nel corpo. Nella tarda primavera mi feci convincere da Ostellino a fare un'interruzione per il «Corriere della Sera»: l'ormai celebre serie su Gheddafi che in cinque giorni aumentò la tiratura di 155.000 copie e modificò la politica governativa nei riguardi del farabutto. E il danno fu così grave che persi tre mesi di lavoro al romanzo: non riuscivo più a rientrarci, a ritrovare il filo.

3) Così mi trovo tra Scilla e Cariddi: da una parte mio figlio, il Libro, che è nato ma sta tra le mie braccia invocando il latte e non posso (non devo) abbandonarlo; dall'altra, il mio amore (Deng) che dovrei vedere subito. Non è concepibile che lo veda «subito». Soltanto a primavera avanzata il progetto sarebbe realizzabile. E, per superstizione, aggiungo: meglio assumere impegni quando consegno alla Rizzoli le bozze corrette cioè riscritte.

Soltanto allora, infatti, sarò certa di non rischiare rinvii e far figuracce. Farne fare anche a Marras. Chiaro? Lei dirà: ma forse, l'anno prossimo, o verso la metà dell'anno prossimo, Deng si sarà messo meritatamente a riposo. Rispondo: i grandi personaggi storici restano tali sia che si trovino al potere sia che si trovino in pensione a coltivare le rose.

Forse dovremmo parlarci al telefono, dopo che questa lettera sarà arrivata. Facciamolo. Quando sono a questo tavolo dimentico tutto ma una cosa simile non la dimenticherò. Intanto riferisca pure quanto Le ho detto a chi deve saperlo, a Pechino. E faccia in modo, La prego, che Deng conosca ciò che Le ho scritto. È importante. Deve rendersi conto di quanto Lo ammiri e Lo ami e desideri rivederLo, e di quanto soffra a non poter richiedere subito l'intervista. Deve aspettarmi! Ne vale la pena. Soltanto io (lo dico senza modestia e con fierezza) posso lasciare il Suo testamento storico e spirituale, morale, umano.

Un abbraccio affettuoso a Lei, a Sua moglie. Un bel grazie. E la prossima volta mi scriva a casa: 222 East 61st Street. New York 10021, NY. È più veloce.

Sua

Oriana

93.
Quel giovane amico che aiuto ad andare sulla Luna

L'amicizia con le figlie di Ingrid Bergman continua anche dopo la morte dell'attrice, agli inizi degli anni Ottanta. All'epoca Oriana Fallaci ha stretto un rapporto importante con il giovane Paolo Nespoli, futuro astronauta, conosciuto a Beirut nel 1983 quando era sergente degli incursori nel battaglione Col Moschin e lei stava documentando il conflitto libanese. La scrittrice lo spinse a seguire il suo sogno e Nespoli le ispirò il personaggio di Angelo in Insciallah.

7 ottobre 1987

Isabella cara,

non dovrei star qui a scrivere lettere. Devo rifare un capitolo che non mi piace più, quello d'un certo Cavallo Pazzo che si esprime in latino e rompe le scatole a tutti con la storia della battaglia di Marengo,[61] sono indietro di tre mesi, ogni minuto mi è prezioso. Eppure sento il bisogno di dirtelo con parole scritte: sono felice d'averti rivisto. Per rivederti valeva la pena vedere *Giovanna d'Arco al Rogo*[62] di cui penso ciò che t'ho detto. Del resto iersera sono venuta per te. Per te e per Ingrid. Non per *Giovanna d'Arco al Rogo.*

Certi incontri o re-incontri sono inevitabilmente superficiali. Sbaciucchiamenti all'inizio, strilletti, battute, recite di allegria che non esiste. Il copione non cambia mai. E poi detesto incontrare una persona che mi preme quando intorno vi sono altre persone, in certi casi si ha sempre l'impressione di rincorrere il tempo in sé stessi e in lei. Tre o quattro chiacchiere mentre si va dal Lincoln Center alla casa di Pia.[63] Però, l'ho già detto a Franco,[64] l'incontro di ieri sera mi ha scaldato il cuore: con voi io mi sento a casa. Non era cambiato niente. Ah, perché non volli venire alla festa che tua madre dette in casa di Pia? Mi telefonò due volte, e due volte le risposi no. Ieri sera, mentre morivo su *Giovanna d'Arco al Rogo*, non facevo che maledirmene. Il fatto è che ero davvero arrabbiata con Isotta-Ingrid che mi aveva piantato di punto in bianco senza una parola, senza dirmi che quel pazzo mascalzone era a New York, anzi lasciandomi alla mercé della sua follia. (Per ben tre giorni mi dette la caccia, fermo all'angolo della 55esima con Fifth Avenue. Non potevo uscir dall'ufficio, dovevo nascondermi nelle stanze altrui, lui irrompeva urlando ammazzo-anche-lei, la polizia non faceva nulla. Non avevo che Franco cui telefonare, cui chiedere aiuto, e intanto dovevo scriver l'articolo sull'Argentina da cui ero tornata per trovare quell'inferno.) Ma ero arrabbiata con Ingrid, perdio, non con te. Non v'era motivo per cui tu potessi credere che ce l'avevo con te.

Mi sei mancata in questi anni. Paradossalmente, m'è mancata anche lei. M'è mancato anche Franco. E Dio sa se di cose me ne sono successe in questi anni. Cuba, guerra in Medio Oriente, la morte per cancro della mia sorella più giovane, dio che tragedia, il cancro alla più giovane, dio che tragedia, l'abbandono di quella adottata, dio che tragedia. E poi questo libro tremendo. Ma attraverso tutto questo ho continuato a pensarvi e a dolermi d'avervi perduto. Ho continuato a volervi bene. Non perdiamoci più. Facciamola quella cena a casa tua. Io esco rarissimamente: per via del libro che deve essere concluso entro la fine dell'anno. Doveva uscire a Natale e... Ognitanto comunque metto la testa fuori. Hai ancora il mio segretissimo numero di telefono? Riprendilo: 308-4809. E non darlo MAI a nessuno, per nessun motivo. Ok? Anche l'indirizzo ce l'hai: 222 East 61st. zip code, 10021. Voglio vederti, vedervi, senza folla attorno: sapere di più su te e su Ingrid.

Lei m'è parsa felice, ieri sera. Serena, appagata. Il suo grande problema era scegliere fra Dante Alighieri e il Petrarca e Leopardi per la tesi. Straordinario, soprattutto se consideri che si tratta di tre insopportabili rompiscatole che hanno avvelenato la mia gioventù. E quell'uomo è adorabile. Simpatico. Sono contenta, contenta, per lei. Tu, invece, non so. V'è una tensione nascosta in te. V'è sempre stata. Dietro quel visino liscio e quel sorriso in apparenza allegro v'è un pozzo di complicazioni che annuso perché mi appartengono. Sei un'artista, anche tu: nel pieno senso della parola. E gli artisti non sono mai felici. Neanche quando lo sono.

Allora ciao, a presto. By the way: hai fatto una presentazione davvero superba. Sei bravissima. Riesci a far bene tutto quello che fai. Hai ereditato tu il meglio di quei genitori straordinari. Ma questo tua madre lo sapeva. C'era in quell'ultima lettera che stamani ho cercato senza riuscire a trovarla. È certo sepolta fra le tonnellate di carta che ho accumulato in questi anni, chiusa in qualche busta che la protegge. Quando l'incubo del libro sarà finito, la cercherò meglio. Isabella è così forte, dice a un certo punto, mi assomiglia. Ingrid invece no, e Robertino[65] meno di tutti. Non dice, invece, che a esser forti si dura una gran fatica: che gli altri si nutrono della nostra forza. Ma tu questo lo sai.

Ciao di nuovo. E di nuovo, a presto.

Oriana

P.S. Quel giovane amico che aiuto ad andare sulla Luna[66] è rimasto incantato. Parla poco, si scalda solo a vedere o a udire le equazioni, entropia uguale alla costante di Boltzmann moltiplicata per il logaritmo naturale delle probabilità di distribuzione (la so perché l'ho messa nel libro in bocca a un altro personaggio), ma sa vedere e ieri sera ha sentenziato con laconica sintesi: «Creature deliziose. Ah!». Sogna di rivedervi. Gli ho detto che inviterai anche lui. Tanto sta zitto. Ed è molto educato.

94.
Mi inchino dinanzi a un uomo rinascimentale del XX secolo

Nonostante la clausura imposta dalla scrittura di Insciallah*, Oriana cerca di dedicare del tempo ai suoi amici vecchi amici di Hollywood, Robert Redford, Sean Connery, Sophia Loren e Anthony Quinn, a cui ha dedicato questa lettera affettuosa.*

New York, 23 ottobre 1989

Caro Tony,

io non ammiro molte persone, e lo stesso verbo ammirare accende in me un misterioso fastidio. Ma certamente ammiro te. E sento il bisogno di dirtelo con questi fiori.

Sono rimasta così impressionata sabato sera. Oh, non per quella folla che mi spaventava e mi riportava a una terribile esperienza avuta in Iran dove la folla voleva mangiarmi cruda in nome di Khomeini. E nemmeno per il trionfo (sacrosanto trionfo) che quella folla ti ha tributato. Sono rimasta impressionata prima: dal tuo lavoro (già ammirato col cuore e col cervello a casa tua) e dalla mole di quel lavoro.

L'ho guardato bene, prima della folla e del trionfo. Mentre i cretini bevevano whisky e spettegolavano guardando sé stessi, io guardavo il tuo lavoro. E pensavo: ma come fa quest'uomo a produrre tante cose insieme, senza sbagliare? Come fa a scolpire e dipingere e recitare nel medesimo arco di vita?!? E mi sentivo gelosa, molto gelosa, perché io so fare bene una cosa e basta. Come certi medici che sanno curare una parte del corpo e basta, rovescio tutto ciò che vedo e odo e penso e immagino e sento dentro il medesimo imbuto. L'imbuto dello scrivere. Tu, invece!

Sei un uomo rinascimentale. E, da buona fiorentina, posso non inchinarmi dinanzi a un uomo rinascimentale del XX secolo cioè d'un secolo che fa di tutto per confinare gli uomini (e le donne) a una forma di espressione e basta?[67]

Ho amato soprattutto le sculture. Ci ho visto tutta la tua segreta rabbia, i tuoi segreti dolenti, la tua cattolica concessione del sesso, la tua nascosta tenerezza, la tua scatenata fantasia e spesso una potenza michelangiolesca. (La forza delle tue mani avide, di questi corpi distesi in un falso riposo. La fatata eleganza di quei volti di donna che sembrano consumati e affilati dal vento.) Ma ancora di più, sabato sera, ho amato una statua viva cioè te. Perché sembravi, tu così alto e grosso e pesante, un bambino felice. Un bambino che riceve regali.

Invece eri tu che regalavi.

Grazie.

Oriana

L'alieno

95.
Sarà il mio ultimo libro, sarebbe atroce lasciarlo incompiuto

Un cappello pieno di ciliege*: oltre dieci anni di lavoro – interrotti dagli attentati dell'11 settembre, che l'hanno indotta a scrivere* La rabbia e l'orgoglio *– per il romanzo della storia della sua famiglia.*

Oriana Fallaci diceva – e forse «sentiva» – che sarebbe stato il suo ultimo libro, e temeva di non riuscire a concluderlo, come in effetti è stato. Il romanzo s'interrompe con il matrimonio dei nonni paterni, Antonio e Giacoma. Avrebbe dovuto contenere tutta la storia successiva fino al 1944.

Il nipote Edoardo Perazzi ne ha curato la pubblicazione, nel 2008, seguendo le precise disposizioni della scrittrice riguardanti sia il titolo sia il testo del libro.

New York, 26 maggio 1994

Caro signor Absalom,[68]

Le rispondo in italiano. Dopo aver scoperto che il Suo italiano è impeccabile, non vedo proprio perché dovrei continuare a far sforzi nel mio inglese tutt'altro che impeccabile. E la prima cosa che ho da dirLe è un commosso GRAZIE. Grazie, ancora grazie. La Sua lettera, perfetta nel contenuto e nella forma, ha raddoppiato il mio desiderio di conoscerLa. Spero che ciò accada, prima o poi, anche perché mi sarebbe assai utile da un punto di vista pratico. È pensando ad alta voce, parlando, che vengono le idee e si intravedono le strade da seguire.

Il guaio è che in questo momento sono completamente immersa nella prima parte del libro. Un libro che incomincia alla fine del 1700 e, con alcuni salti, si conclude nel 1944. E al punto in cui sono arrivata, pensi un po', in Francia sta per esplodere la rivoluzione. In America c'è George Washington che mira a diventar presidente, Maria Antonietta ha ancora la testa attaccata alle sue spalle, Robespierre lo stesso, e Napoleone è un giovanottino. Mi muovo dunque tra parrucche e tricorni. La Resistenza è lontana.

A Firenze, durante la mia affannosa ricerca di notizie e dati, mischiai tutto: 1700, 1800, 1900. Ma a un certo punto mi accorsi che era follia anzi cretineria. E interruppi le ricerche dal 1900 in poi per concentrarmi, con più ordine e più logica, sul periodo cui ora sto lavorando. (Era ed è l'unica cosa da fare.) Tuttavia è saggio che continui a gettar sassi anche nell'acqua degli eventi che affronterò – suppongo – l'anno prossimo. (Assai avanti, temo, nell'anno prossimo. Certo, non prima dell'estate. E forse assai dopo... Sono uno scrittore lento, prolisso, e incontentabile. E questo libro è il più difficile che abbia mai scritto, proprio perché è legato agli eventi storici e alle ricerche precise. Non consente, cioè, disinvolture ed errori.)

Ecco il motivo per cui, sia pure fra parrucche e tricorni, mi preoccupo di anticipare o spianarmi la strada per il giorno in cui arriverò alla Resistenza (che ben conosco perché l'ho fatta e perché, soprattutto, l'ha fatta mio padre. Ne era un leader, in Toscana).

Nella Resistenza il capitolo dei prigionieri alleati è uno fra tanti. Però è un capitolo importante perché contiene personaggi a me cari come Nigel Eatwell e Frank Buchanan,[69] e perché segna l'inizio dell'avventura eroica che si concluderà con la Liberazione di Firenze. Anticipo dunque le domande e i problemi che dovrò affrontare quando sarò a quel punto.

1) Dove ha trovato, esattamente, quei reports e in particolare quello di O'Brien? È a Washington DC, questo archivio, oppure altrove? E, se è a Washington DC, qual è la persona cui bisogna rivolgersi? Saperlo è importante perché lo scorso gennaio vi mandai un'amica assai brava nelle ricerche e ne tornò disperata. Era una giungla, disse, e nessuno la aiutava. Vero? Non vero?

2) Conosco molto bene, ovviamente, la storia di Acone e don Brogi[70] nonché il viaggio da Firenze ad Acone di Nigel e Frank. Sono io che li accompagnai, in bicicletta. E fu, quello, il mio primo viaggio ad Acone. (Esperienza terribile perché sia Nigel che Frank andavano malissimo in bicicletta e, proprio dinanzi a un posto di blocco tedesco, Nigel cadde... Ricordo con quale disperazione lo incitavo ad alzarsi e a rimettersi in bicicletta chiamandolo «zio». «Alzati, zio! Non restare lì, zio!») E non ho dimenticato nulla di Nigel e Frank. Del primo tengo addirittura una lettera che mi scrisse prima di Natale. È nel mio living-room di New York, incorniciata. Ma non so nulla di ciò che accadde di lui dopo Acone. Né lo sapeva mio padre. Scoprimmo che Nigel era morto dopo l'arrivo degli Alleati. Quindi, è questa la parte che mi interessa e che devo approfondire. Le dirò che apprendere dalla Sua lettera che Nigel era diventato il capo di quella banda partigiana mi ha commosso e sconvolto. Io sapevo soltanto che «si era messo coi partigiani e lo avevano fucilato».

3) Devo, dovrò, sapere il più possibile di Nigel che si forma una banda partigiana. Devo, dovrò, sapere il più possibile sulla sua morte. Fu davvero fucilato oppure morì in combattimento? E quali erano le caratteristiche di quella particolare banda partigiana? A quale gruppo politico italiano era legata, il Partito d'Azione di mio padre o i comunisti? E chi era la spia che la denunciò? Anche mio padre venne arrestato e torturato in seguito alla delazione di una spia e per un episodio legato al lancio delle armi fatto da un aereo alleato. Una spia di cui conosco solo lo pseudonimo, Occhio, e che venne fucilata a Firenze nei giorni della Liberazione. Infine, o soprattutto, perché Nigel decise di rimanere anziché passare le linee come annunciava la lettera che tengo incorniciata? Chi potrebbe saperlo, chi lo conobbe in quel periodo?

4) Il nome Medway, che Lei cita insieme ai nomi di Nigel e Frank, mi ha fatto fare un balzo fino al soffitto. Inspiegabilmente, lo avevo del tutto dimenticato. Strano! Perché? Forse perché lui

non era nascosto in casa mia come Nigel e Frank (che s'erano presi la mia camera). Era nascosto nella casa del nostro vicino: Botticelli. (Un uomo non legato alla Resistenza in senso completo ma un buon collaboratore, e molto ubbidiente a mio padre.) O forse perché, quando accompagnai Nigel e Frank ad Acone, Midway non c'era. Lui ci andò con qualcun altro. Probabilmente, mio padre. Però Midway (per noi era Midway, non Medway) appartiene a questa storia, e ricordo ora che era il prigioniero preferito di mio padre. Gli piaceva molto, lo rispettava. Confusamente ricordo anche che, ad Acone, Midway aveva compiti di leader. Non posso quindi ignorarlo e devo, dovrò, trovare del materiale anche su di lui.

5) Non mi interessa la storia dei prigionieri alleati di per sé. Io non sono uno storico. Non mi sono mai considerata nemmeno un vero giornalista sebbene continui questa storia della «grande giornalista», «uno dei giornalisti più bravi del nostro tempo» eccetera. Io mi sono sempre considerata uno scrittore prestato al giornalismo, uno scrittore che s'è regalato troppo a lungo al giornalismo, e non un giornalista che poi s'è messo a scrivere libri. Essendo uno scrittore, e scrivendo un libro che è un romanzo – basato sì su precisi fatti storici e ricco sì di precisi personaggi storici, ma romanzo – a me interessano certi caratteri. Certi episodi e basta. (In quel capitolo, appunto, Nigel e Frank e Midway e don Brogi e mio padre e la ragazzina tredicenne poi quattordicenne che fa la partigiana.) Tutto ciò che può servirmi anzi ispirarmi nella struttura del racconto è welcome. Ma a condizione che riguardi i miei personaggi e i miei luoghi. (Non mi servirà il materiale su Prato. Prato non rientra nel mio racconto.)

Tuttavia, e sebbene si tratti di un romanzo, non posso permettermi il minimo errore storico. Infatti, se vi sarà una parte del libro in cui il romanzo sarà meno romanzo e avrà piuttosto i connotati del memoir, questa sarà proprio la parte sul fascismo e sulla Resistenza. Ho molte cose da dire sull'argomento e voglio credibilità.

6) Potrei avere il suo libro? E altri scritti sull'argomento? A volte in un libro si trova solo un particolare che ci serve: un paragrafo, sei righe. Ma un particolare determinante. Vorrei anche incontrarLa, ripeto. Per cortesia mi faccia sapere se e quando viene in Italia. Io dovrei esserci a fine settembre o prima, per almeno un mese.

È tutto, per ora. Mi rendo conto d'averla afflitta con una lettera troppo lunga. (Fatto straordinario per me in quanto odio scrivere lettere e, quando lavoro a un libro, mi pesa perfino mettere insieme un messaggio di poche parole.) Ma ho il feeling che Lei sia la persona giusta per aiutarmi nei limiti del possibile, quando il momento verrà. Ben per questo ho fatto con Lei ciò che non faccio mai con nessuno: Le ho raccontato quale libro sto scrivendo, cosa sulla quale mantengo il più assoluto segreto. È mia abitudine, infatti, non dire mai a che cosa sto lavorando. I giornalisti, perfida categoria che detesto con tutta l'anima, sarebbero ben lieti di sapere quello che faccio e spettegolarne sui loro giornalacci. (Inutile, quindi, raccomandarLe la più assoluta discrezione…)

Grazie ancora, signor Absalom. Lei deve essere una persona squisita, un uomo di rara civiltà. Non La conosco ma mi è bastato udire la Sua voce al telefono e poi leggere quella lettera perfetta nella forma e nel contenuto per capire ciò che ora affermo. Mi perdoni, dunque, se in futuro La disturberò un pochino. Ma tengo tanto a questo libro. So che sarà il mio ultimo libro (sono malata, il cancro che ha ucciso quasi tutti nella mia famiglia non ha risparmiato neanche me) e voglio farlo bene. Anche senza perdere tempo. Perciò mioddio, sarebbe atroce lasciarlo incompiuto.

A conoscerci, dunque.

Sua

Oriana Fallaci

96.
Troppi disinganni, troppi dispiaceri

In questa lettera al nipote Edoardo Perazzi, Oriana racconta la solitudine e l'isolamento in cui si era chiusa. La malattia, gli attacchi sui giornali e l'urgenza di terminare il suo lavoro l'avevano allontanata anche dai familiari.

25 luglio 1995

Caro Edoardo,

grazie della letterina. Sei sempre gentile, tu. E grazie d'avermi mandato notizie sulla gravidanza di Alessandra. In questo mio esilio mi son chiesta spesso come procedesse, e sapere che conosci perfino la probabile data di nascita del futuro Giacomo placa ogni possibile preoccupazione. Mi addolora soltanto pensare che il 9 settembre io non ci sarò. E neanche dopo, per chissà quanto. Sebbene New York mi sia ormai insopportabile, odiosa, sebbene sia partita interrompendo le ricerche necessarie al libro e inavvertitamente lasciando materiale prezioso, non verrò per chissà quanto. Peggio: l'idea di dover venire, prima o poi, mi dà un'angoscia profonda. La mia vana ricerca di affetto da dare e da ricevere ha subito troppe delusioni, costa. Troppi disinganni, troppi dispiaceri. Ogni volta che sono venuta mi son presa pedate nei denti. E l'ultima volta, quando venni con la sciocca illusione di fare una bella sorpresa pasquale, anche l'ultimo dente è caduto. Basta. Bisogna sapersi rassegnare al proprio destino. E il mio è quello di vivere in una solitudine mostruosa l'ultima fase d'una esistenza che soltanto i superficiali e i male informati possono definire fortunata. Però non avrei mai immaginato di concluderla in modo così negativo e così immeritato.

Te lo dico perché la tua letterina gronda silenziose domande, e perché dopo vari giorni di perplessità ho concluso che dovevo rispondere ad almeno due. No, non sto bene come speri. Anche la cosiddetta salute è peggiorata. Strani sintomi che non ho voglia di elencare (e che ritengo superfluo riferire a medici ignoranti, capaci solo di ordinare radiografie poi leggerle come i cerusici di Pinocchio, se-non-è-morto-è-vivo e se-non-è-vivo-è-morto) mi avvertono che qualcosa di non allegro sta maturando. Del resto la metà di quegli ignoranti ora dice che il Novaldex, la medicina che prendo, affretta o facilita il ritorno del cancro. Crudele dilemma: continuare a prenderlo o no? Sono anche disperatamente stanca. Una stanchezza che è nel medesimo tempo fisica e mentale, che si riflette nei piccoli gesti quotidiani e che nutre l'esilio. La fatica di salire le scale o di andare a comprare la mela, ad esempio, la paura di frequentare la gente. (Ma perché dovrei frequentarla, in fin dei conti? Per quel che mi riguarda, la cattiveria del mondo ha vinto, e frequentar la gente non servirebbe che a espormi ancora di più alle pedate nei denti).

Di conseguenza, il lavoro non procede affatto «a gonfie vele» come ti auguri. Per quanto non lasci mai questo tavolo, procede più lentamente d'un veliero che naviga coi venti avversi. E assai spesso temo che finirò prima io del libro. Sono uno scrittore troppo lento, troppo esigente, e troppo ferito dalle infamie che la marmaglia dei giornali ha sputato per anni su di me. Inoltre l'impresa nella quale mi sono cacciata è immane. Copre un arco di tempo così lungo. Due secoli. Richiede letture minuziose, una conoscenza seria della storia onde ambientarvi bene i personaggi. Ed esige una fantasia inesauribile per inventarli, un fiato da cavallo che corre in una gara di purosangue. Non me n'ero resa conto all'inizio, quando andavo a Panzano credendo che si trattasse d'una passeggiata. Peccato perché ciò che ho fatto finora è bello. (Lo so.) È bello anche il poco che riesco a produrre in questo stato di angoscia e di fatica. (Lo so.) Peccato soprattutto perché, pur avendo sempre avuto il segreto timore di andarmene con un libro incompiuto, ci tenevo a lasciare una cosa che anche ai miei occhi giustificasse il mio passaggio su questa terra. Un fatto è certo: se morissi il giorno dopo essere arrivata al punto cui dovrei arrivare, morirei felice.

Ecco fatto. A due delle silenziose domande ho risposto. E ti prego di non propagare queste confidenze sollecitate dalla tua gentilezza. Non mi piace che mi si sappia sconfitta, né mi servono conforti. Al contrario. Ora come ora, qualsiasi intervento di qualsiasi tipo causerebbe un trauma supplementare, e farebbe crollare il precario equilibrio sul quale si regge la mia psiche tartassata. Però il 9 settembre fammi sapere se Giacomo ha gli occhi neri o azzurri, e se capiti in questa odiosa città non dimenticare che qui c'è un appartamento malinconicamente vuoto e inutilmente grazioso. (Oh, ti direi di venir comunque. Ma so bene che la tua vita corre ormai su altri binari.) Col che ti abbraccio, ti delego un abbraccio per Alessandra, e mi è caro sperare che se avessi bisogno di qualcosa potrei contar su di te.

Be happy, whatever it means.

Oriana

97.
Non ho bisogno di niente se non di tempo

A ottobre del 1995 Liv Ullmann, conosciuta all'epoca di Lettera a un bambino mai nato *(che l'attrice avrebbe voluto leggere in teatro), chiede a Oriana Fallaci di contribuire con un suo scritto a un libro collettivo intitolato* Letter to my Grandchild, *a favore della Women's Commission for Refugee Women and Children. La giornalista offre di pubblicare un capitolo di* Lettera a un bambino mai nato *in nome del suo apprezzamento e stima per Liv. Il progetto tuttavia non andrà in porto.*

Firenze, 4 dicembre 1995

Cara Liv,

ho ricevuto la tua nota del 1° dicembre. Me l'hanno inoltrata da New York, perciò ti ricordo che al momento non mi trovo a New York. Come ti avevo detto nella mia prima lettera, sono a Firenze. Cioè, in Italia. Ci resterò per gran parte del mese di dicembre, e qui il mio fax è:

39-55-245905
Sansoni Editore, Firenze, Italia
all'attenzione di Maurizio Nanni per Oriana Fallaci.

Okay? Ti farò sapere quando torno a New York.

Da quel fax, non mi è chiaro se tu abbia ricevuto o meno la mia seconda lettera con l'abbozzo di traduzione del capitolo che propongo dal mio libro *Lettera a un bambino mai nato*. In effetti, tu non ne fai menzione. Dici soltanto: «Adoro quello che scrivi per noi». Tuttavia, presumo che tu l'abbia ricevuta, poiché te l'ho inviata sia per mail sia via fax al tuo indirizzo di Stoccolma. Un fax e un indirizzo di cui vorrei verificare l'esattezza. Se non è giusto, ti prego di avvisarmi.

Adesso, alcuni chiarimenti.

1) Sì, è meglio che siano gli editori a gestire la cosa. Tu sei impegnata con il tuo film, io sono impegnata con il mio libro e la mia salute, e non posso lasciarmi distrarre da questo problema. Davvero non posso. Tuttavia, ti voglio ricordare che non l'avrei presa in considerazione se tu non me l'avessi chiesto. L'ho fatto e lo faccio unicamente per te, non per l'editore. Per questo motivo, ho bisogno di qualche chiarimento da parte tua, non del tuo editore. Questo significa che prima o poi dovrò parlare con te. Un altro problema, perché non rispondo al telefono. (Quando ti vedrò, te ne spiegherò le ragioni… Buone ragioni.) Perciò, ti prego di farmi sapere quando e dove posso chiamarti nelle prossime settimane.

2) Al fine di liberarmi dei contatti che non posso mantenere, ho affidato la faccenda nelle mani del mio editore. Il nome della persona che la seguirà è Paola Martinelli, Rizzoli Editore, Milano, Italia. Fax. 39-2-50952464. Telefono 39-2-50952587. Parla inglese perfettamente. È molto brava, e Stig Andersen dovrà trattare con lei. Avvertilo, per favore.

3) L'abbozzo di traduzione che ti ho inviato non può essere utilizzato prima che Stig Andersen e Paola Martinelli abbiano concluso l'accordo, e dev'essere rivisto e corretto da me.

Questo è tutto.

Ora, ti ringrazio per ciò che dici nella tua nota. Anch'io ti apprezzo. Il tempo che dedico a questo progetto della lettera-a-mio-nipote ne è la dimostrazione. No, non ho bisogno di niente se non di tempo. Tempo, tempo! Questo male è perfido, spietato, e di solito non concede del tempo. Ma il libro che sto scrivendo, il mio ultimo libro, ha bisogno di tempo… Tempo, tempo, maledizione!

Che altro? Be', mi piacerebbe rivederti prima o poi. Fammi sapere se ti capita di venire a New York o in Italia. (In Italia, entro la fine dell'anno.) Pranzeremo insieme, d'accordo?

Buona fortuna con il tuo film. Sono veramente felice che Bergman l'abbia scritto per te. Ha fatto bene. E mi chiedo di che si tratti. Qualunque cosa sia, comunque, so che riuscirai a padroneggiarla alla perfezione. Ogniqualvolta mi capita di vederti sullo schermo, percepisco la tua intelligenza.

Augurandoti ogni bene, con affetto

P.S. Mi rendo conto come anche mandare il tuo numero per quella chiamata rappresenti un problema, e nessuno può capirlo meglio di me. Che ne diresti di inviarlo senza i prefissi a Paola Martinelli, che è una signora della massima discrezione, oppure, sempre senza prefissi, al mio fax di Firenze? Detesto il fax, la sua mancanza di riservatezza. Ma comunicato come ho detto, nessuno lo vedrebbe all'infuori di Maurizio Nanni, che è una persona pura e fidatissima.

98.
Sull'Italia e il suo caos di quegli anni non so nulla

Massimo Giraudo, capitano dei Ros dei Carabinieri che negli anni Novanta indagava sui collegamenti tra l'estrema destra e le stragi degli anni di piombo, le scrisse chiedendole un incontro per parlare di possibili collegamenti fra il colpo di Stato dei colonnelli in Grecia e le due stragi di piazza Fontana e di piazza della Loggia a Brescia.

Roma, 14 gennaio 1996

Caro capitano,

sia pure in ritardo (da dicembre il mio ufficio è privo di segretaria sicché è come se non esistesse e io non ci vado mai) ho ricevuto il Suo fax. E ho chiamato. Due volte. Ma Lei non c'era ed ora non posso chiamare di nuovo, come pensavo. Devo ricoverarmi d'urgenza per esami sul mio maledetto male. Così risolvo il problema affidando questa lettera a un amico che parte e inviandola alla Rizzoli di Milano che, dopo averLe parlato, gliela invierà come e dove desidera.

Ed ecco ciò che Le avrei detto se l'avessi trovata.

Capisco il Suo lavoro e lo rispetto moltissimo. Inoltre i carabinieri mi stanno simpatici. Sono sempre loro a crepare. Per gli altri. Ma, se cerca proprio notizie riguardanti l'Italia degli anni che cita, io sono ahimè la persona meno adatta. Come si può vedere dai miei articoli, infatti, dal 1967 al 1975 sono stata quasi sempre al fronte in Vietnam. Quando non ero in Vietnam, ero in Paesi altrettanto remoti. In India o in Bangla Desh per la guerra indo-pakistana. A Hong Kong o a Macao per le sommosse maoiste. In Brasile o in Perù per le turbolenze locali. In Giordania o in Israele per i conflitti mediorientali. Al Messico dove venni gravemente ferita nella strage di Tlatelolco e messa fuori servizio per alcuni mesi. Unica eccezione a quel tipo di lavoro, i voli spaziali che tra una corrispondenza di guerra e l'altra seguivo da Capo Kennedy. Di rado ero a casa, cioè a New York dove abito da circa trent'anni. Ancor più di rado in Italia dove andavo solo, di fretta, per vedere i miei vecchi genitori. Se non sbaglio, anche le mie interviste furono in quel periodo con capi di Stato stranieri.

Di conseguenza, su quei Paesi so qualcosa: ciò che scrissi. Sull'Italia e il suo caos, argomenti che non seguivo e su cui non scrivevo, nulla. Ed io sono persona troppo scrupolosa, troppo rigorosa, troppo nemica dei petulanti politologi che pretendono di sapere tutto, per consentirmi di dare consigli o esprimere opinioni su cose che non conosco. (E non capisco.)

Se invece la Sua ricerca riguarda gli argomenti che conosco, Vietnam eccetera, deve aspettare. E a tal scopo Le faccio il quadro della mia situazione. (In via del tutto privata, s'intende, perché il mondo è pieno di imbecilli e di pettegoli che venderebbero la mamma pur di scribacchiare sulle mie personali faccende.).

Io sono molto malata. Cancro. Tuttavia tengo duro e lavoro a quel che ovviamente sarà il mio ultimo libro. Un lungo e difficilissimo romanzo che proprio il cancro mi ha dato il coraggio di affrontare. Vivo nell'incubo di lasciar questa fatica incompiuta. Ammenoché non vada come oggi a farmi tartassare negli ospedali, ad essa dedico ogni grammo di energia ed ogni istante della mia esistenza. Notte inclusa perché dormo pochissimo. Non vedo mai nessuno. Non parlo mai con nessuno. Tengo il telefono staccato. Ringhio quando arriva il postino. Rifiuto sistematicamente le richieste di interviste, così facendomi nemici nei giornali e nelle televisioni di tutto il mondo. Evito ogni forma di distrazione, insomma. E il suo fax (glielo dico con la mia usuale e brutale franchezza) mi ha distratto. Perché mi ha spostato la mente d'un secolo. Dal tempo e i luoghi in cui mi trovavo coi miei personaggi, mi ha riportato a Saigon, a Dak-To, a Mexico City, a Dacca. Agli anni Sessanta e Settanta, così lontani da ciò che scrivo.

Non è la prima volta che succede, beninteso. Due mesi fa m'accadde lo stesso con una canadese della Bbc che voleva intervistarmi sulle mie esperienze di corrispondente di guerra. Ma stavolta la cosa è avvenuta mentre stavo affogando nelle acque d'un capitolo infernale e...

Ciò Le parrà eccessivo, incredibile. Infatti non pretendo che mi capisca: scrivere è un ben bizzarro processo creativo. Un'ossessione, una forma di follia. Ma così è. E quando Lei mi dice voglia-scusarmi-è-importante, rispondo: «Ci credo. Se si tratta di cose a me note, mi piacerebbe aiutarla. Ma prima devo cavar le gambe da questo capitolo. Anzi: devo finire questo libro prima che il Padreterno mi dia la botta finale».

Ergo, non so quando potrò richiamarla. Certo non aspetterò d'aver finito il libro ma, esauriti gli esami clinici, mi rimetterò al tavolino. Riaffogherò in quelle acque ed eviterò ogni distrazione. Si consoli pensando che, se non avessi simpatia per il Suo lavoro, non mi disturberei nemmeno a spiegarLe ciò che Le ho spiegato. È rarissimo che io risponda a una lettera o a una chiamata...

Intanto La saluto caramente e di tutto cuore Le auguro ogni bene.

Oriana Fallaci

99.
… disgrazia delle disgrazie, non posso parlare

Nelle sue ricerche per il libro sulla sua famiglia, Oriana Fallaci si avvalse della collaborazione di Barbara Zaczek, oggi professore d'italiano presso il Clemson College of Architecture, Arts and Humanities. Ne nacque un rapporto amichevole, con scambi e gesti affettuosi.

20 maggio 1997

Cara Barbara,

ho ricevuto il materiale che ha spedito a New York e La ringrazio affettuosamente. Purtroppo nemmeno questo ha notizie sul 1845 e il 1846. Tutto incomincia dal 1848… In Italia, lo stesso. Né a Torino né a Milano né a Firenze ho trovato una sola pagina, una sola parola, che mi potesse servire… L'unica traccia rimane quella del breve riassunto che Lei mi fece dal libro scritto in polacco e letto prima della mia partenza da New York.

Non sono stata a Roma cioè alla Accademia Polacca: è vero. Ma nel corso di due conversazioni telefoniche ebbi una pessima impressione del personaggio col quale avrei dovuto parlare. Mi parve frivolo, capriccioso, e non informato. Così rinunciai al viaggio già organizzato.

Ci parleremo quando rientrerò a New York e mi chiedo se sarà possibile rivederci di nuovo a New York per qualche ora: fare una messa a punto finale. Ma in questo momento non ho la mente lucida. Sono in ospedale, da appena quattro giorni ho avuto l'operazione chirurgica di cui le parlai, mi sento molto male e… disgrazia delle disgrazie, non posso parlare. Le corde vocali non funzionano e non funzioneranno per altre due settimane ancora…

Un abbraccio affettuoso dalla sua amica

Oriana Fallaci

P.S. Mi chiedo se non sia il caso di tentare di ricavare qualcosa di più da quel libro in polacco… E scusi la scrittura a mano: sono a letto. Niente typewriter.

100.
Non posso permettermi di vedere la mia firma a zonzo

Il 2 ottobre 1968 Oriana Fallaci, trovandosi a Città del Messico alla vigilia delle Olimpiadi, viene coinvolta nella strage di piazza Tlatelolco. Apparentemente ferita a morte dalla polizia che spara sugli studenti che si riparano come possono (Oriana è sdraiata a terra sulla terrazza dell'edificio Chihuahua), è trasportata prima all'obitorio, da lì miracolosamente recuperata e trasferita all'ospedale. Nonostante le gravi ferite, dal letto d'ospedale registra per «l'Europeo» una drammatica cronaca dell'eccidio di Città del Messico. Solo molti anni dopo il governo messicano istituisce una commissione di indagine sull'accaduto e chiede la sua testimonianza.

23 luglio 1998

Caro dottor Granara,[71]

ecco la lettera per Cantù Garza.[72] Rileggendola non mi piace nemmeno più. Ma neanche morta la riscriverei. Mi ha rubato due giorni di lavoro e scriverla mi ha dato tanto fastidio. Soprattutto nell'ultima parte cioè quella che elenca le post-porcherie.

Come vedrà, finisce sugli «uomini d'onore». Si comporteranno da tali? Ho trovato la frase preoccupante. Sta nella lettera che l'altro giorno il Cantù Garza scrisse a lei: «Los testimonios tienen el caracter de confidencial hasta el 2 Octubre etc.».[73] Che cosa significa hasta, fino, al 2 ottobre?!? Che dopo ne fanno ciò che vogliono? Nella lettera che Cantù Garza scrisse a me, quell'hasta non c'era... E io so come vanno a finire queste cose. Nel migliore dei casi, con un libro o librone o libretto pubblicato dalla stessa Camera dei Deputati cioè col crisma della legalità e della dignità. E... tutti farebbero capriole per avere un testo firmato da me, no?

Io mi chiedo se prima di andare in vacanza mi possa fare una ennesima cortesia: incontrare questo signore, guardarlo negli occhi, fargli leggere la lettera senza ancora consegnargliela, e dirgli: signore, le condizioni sono queste. Se non può rispettarle, se rispettarle non dipende da lei, se non si fida di qualcuno dei molti membri che compongono la commissione, se il 2 ottobre i giornali e le radio e le televisioni se ne possono impadronire (magari pubblicando estratti firmati Oriana Fallaci cioè come se fossero scritti appositamente per loro... trucco spesso usato...), e se poi intendete pubblicarla voi stessi con le altre testimonianze, be': io non sono autorizzato a consegnargliela.

Mi rendo conto di chiederLe molto: ovvio. E ne sono un pochino imbarazzata comunque molto dispiaciuta. Ma Lei deve capire che io non posso permettermi di vedere la mia firma a zonzo. Da venti anni mi sono chiusa in rigoroso esilio, rifiuto contatti coi giornali, non do interviste di alcun tipo, a nessuno, in nessuna parte del mondo, e scrivo solo libri. Deve anche capire che ogni mia minuscola apparizione o parola diventa notizia. Greta-Garbo-ha-parlato, Greta-Garbo-s'è-fatta-vedere. Esempio, la causa legale che ho intentato all'Enel, la società elettrica italiana, per lo scempio che commette sul nostro paesaggio. Non ho mai parlato coi giornalisti, mai, eppure la mia fotografia è un giorno sì e un giorno no sui giornali. Vanno dal giudice, si fanno dare le mie dichiarazioni fatte attraverso l'avvocato, e le pubblicano tra virgolette come se le avessi fatte di persona a loro...

Oggi ne parlerò anche con Gianni Vallardi, il direttore generale della Rizzoli, che viene apposta a Firenze per vedere a che punto è il romanzo e supplicarmi di finirlo... La Rizzoli difende con ferocia la mia privacy. È nel suo interesse. Perché, più vengo distratta da cose come questa o come il dramma dell'Enel, meno lavoro al libro. Meno mi curo della mia salute ormai così precaria e... Se necessario, la decisione finale dovremo prenderla anche con Vallardi.

Dico dovremo, parlo al plurale, perché soltanto con Lei e con

Motta posso capire come davvero stanno le cose: ciò che rischio e ciò che non rischio. (Parlo di «rischio» relativamente alle polemiche che gli odiosi giornalisti amano aprire con me, e che sempre portano al dilemma: rispondergli o no? Di solito non rispondo, e allora restano le loro menzogne. Ma se per caso rispondo, vengo avviluppata da una tela di ragno come una mosca. E addio lavoro, addio serenità, addio salute...)

Intanto facciamo tradurre la lettera. Più alla svelta possibile, se possibile. Poi questo weekend La chiamerò e discuteremo. Va bene?

Senta: io non La ringrazierò mai abbastanza per questo disturbo. E di nuovo mi scuso, con tutto il cuore.

Sua,

Oriana Fallaci

101.
Mai ho visto un eccidio così infame, così cinico, così ben organizzato

Dall'Italia, 23 luglio 1998

Egregio Signor Cantù Garza,

di solito io non scrivo a nessuno. Sono una persona molto malata e, nonostante questo, lavoro senza sosta al mio nuovo libro. Libro che non voglio, non devo, lasciare incompiuto. In parole diverse, non posso regalarmi il lusso di sottrargli un attimo del mio tempo ormai non lungo e quindi doppiamente prezioso... La prego dunque di leggere con attenzione questa mia lettera che di tempo me ne porterà via molto, e La prego di apprezzarne l'assoluta eccezionalità.

La prego anche di considerare che, ben comprendendo l'importanza anzi il bisogno della mia testimonianza, in più modi ho cercato di contattarLa personalmente. Per ben dodici volte il mio ufficio di New York ha chiamato il Suo. Ma, ogni volta, per trovare soltanto una centralinista o una segretaria che non parlava né italiano né inglese e che nella sua lingua non sapeva dire nemmeno quando e come e dove sarebbe stato possibile rintracciarLa.

La medesima cosa è successa al Direttore generale della casa editrice Rizzoli, mia casa editrice, che da Milano la chiamava per spiegarLe la situazione. Soltanto attraverso il gentile e paziente intervento dell'ambasciata italiana al Messico, cioè attraverso il dottor Motta e poi il dottor Granara, è stato alla fine possibile stabilire un contatto. Infatti è attraverso il dottor Granara che ora Le dico ciò che ho da dirLe.

Elencherò i vari punti per renderLe più facile la lettura.

1) Dare la mia testimonianza con una telefonata Messico-Italia è per me tanto impossibile quanto impensabile. È impossibile perché, per proteggere la mia privacy e il mio lavoro, io vivo in

una casa della quale non fornisco l'indirizzo e nella quale non tengo il telefono. È impensabile perché non riuscirei mai a farlo per telefono parlando a più persone contemporaneamente e, suppongo, attraverso un interprete. Verso gli interpreti peraltro nutro la stessa non-fiducia che nutro per i traduttori dei libri. E, particolare di grande rilievo, quando si tratta di cose importanti non amo parlare a chi non guardo in faccia.

2) Sempre facendo un'eccezione alla regola, (eccezione perché come i giornali e le televisioni ben sanno io da molto tempo non concedo alcun tipo d'intervista), Le avevo proposto di mandarmi qualcuno col registratore e le domande. Qualcuno che, uscendo dal mio ritiro e interrompendo il mio lavoro, avrei ricevuto in Italia. Lei ha risposto no, e allora la Comisión Especial dovrà accontentarsi di ciò che Le ho mandato: quel che scrissi nell'ultimo capitolo di *Nada y asi sea*[74] e quel che dissi all'inviato dell'«Europeo» subito dopo il massacro cioè all'ospedale dove con lungo e duplice intervento chirurgico mi avevano tolto le pallottole. (Una, dal retro del ginocchio sinistro dov'era affondata per costringermi a camminare col bastone per quasi due anni. Una, dalla spina dorsale dov'era finita tra la dodicesima e la tredicesima vertebra a un millimetro dal midollo spinale. Sicché per pura fortuna e per la bravura del chirurgo non ho concluso i miei giorni su una sedia a rotelle...)

3) Non so a chi servirà questa tardiva inchiesta. In politica i più nobili scopi finiscono sempre col giovare agli interessi di un gruppo e col danneggiare gli interessi d'un altro. Ma ben venga, se serve a gettar vergogna sui responsabili di quella strage e sui venduti che tentarono di minimizzarla. Inoltre, a me piace illudermi che la Verità finisce prima o poi col trionfare. E in nome di questa illusione ho qualcosa da aggiungere all'articolo dell'«Europeo» e al capitolo di *Nada y asì sea*. Ecco, dunque:

Nella mia vita ho visto molte brutte cose. Molte. Sono nata in una tirannia, sono cresciuta in una guerra, e per gran parte della mia esistenza ho fatto il corrispondente di guerra. Per anni (in Vietnam, otto) ho vissuto al fronte. Ho seguito battaglie, ho subìto sparatorie e cannoneggiamenti e bombardamenti, ho testimoniato l'umana crudeltà e imbecillità. Di carneficine, di eccidi, me ne intendo. Purtroppo. Però in tempo di pace mai ho visto un eccidio così infame, così cinico, così ben organizzato come l'eccidio di Plaza Tlatelolco. Mai. «No se preocupe. No pasa nada», «non succede niente», mi aveva dichiarato a mezzogiorno l'alto funzionario governativo che ero andata a intervistare per chiedergli se fosse vero che nel pomeriggio la manifestazione in Plaza Tlatelolco sarebbe stata fermata con la forza. Invece a quell'ora i carri armati erano già all'erta. E con loro il famigerato Battalion Olimpia. Lo sapevano, lo sapevamo tutti. Lo sapevamo così bene che, quando uscii dall'albergo Regina Isabel e dissi agli altri inviati speciali «venite anche voi» essi mi risposero: «No davvero. Vacci tu ché poi ci racconti». Lo sapeva anche il mio ambasciatore che, preoccupato, mi fece accompagnare nella piazza dal suo autista con la macchina dell'ambasciata cioè munita di bandiera italiana. Lo sapevo anch'io che, appena giunta lì, rimandai indietro il povero autista. «Se ne vada subito altrimenti finiamo al cimitero in due.»

4) Non ho mai riletto ciò che trent'anni fa scrissi o dichiarai sull'infamia di Plaza Tlatelolco. E non lo rileggerò ora che la mia mente deve concentrarsi su ben altri argomenti. Ricordare Plaza Tlatelolco è per me un disturbo, una distrazione che inserisce nel mio pensiero elementi estranei al libro sul quale lavoro. Ma come dimenticare quella terrazza al terzo piano del Chihuahua Building dove mi trovavo insieme agli studenti? (E tra gli studenti uno strano capo chiamato Cristos. Un tipo molto arrogante, molto antipatico, che al mio allarme rispose con le medesime parole dell'alto funzionario governativo: «No se preocupe. No pasa nada». E poi: «Usted vees las cosas como en Vietnam», «Lei vede le cose come in Vietnam».) Come dimenticare quei carri armati che a un certo punto, senza alcun motivo, bloccarono le strade? Come dimenticare quella luce azzurra, quel bengala, che subito dopo dette il segnale cioè il via alla strage? Venivo dal Vietnam, sì. Venivo dall'Offensiva del Tet, dall'assedio di Huè, dalle battaglie di Dak-

To e di Da-Nang e di Tri-Quang. Ero abituata alle esplosioni, alle sparatorie, al sangue, come alle sigarette. Eppure non credevo ai miei occhi. Perché lì non ero alla guerra, mi spiego? Ero in una città che stava per inaugurare le Olimpiadi e... Quei ferrovieri che cadevano con le loro bandiere. Uno dopo l'altro, a catena. Quelle vecchie che ruzzolavano a capofitto giù per la gradinata. Quei bambini che correvano terrorizzati. E quel bambino che prima d'essere a sua volta ucciso urlava al ragazzo tagliato in due da una raffica di mitra: «Umbertooo! Que te han hecho, Umbertooo?!?».

Come dimenticare, infine, ciò che fecero a me? Il Battalion Olimpia (in borghese ma con la mano sinistra fasciata da un fazzoletto bianco per riconoscersi) irruppe sulla terrazza dopo qualche minuto. Dieci, venti? Questo non lo ricordo. Sordi a un giornalista tedesco che gli diceva «No, no, esa es una famosa periodista italiana» mi agguantarono per i capelli. Mi scaraventarono contro il muro, mi picchiarono. Poi, come agli studenti, mi ordinarono di stendermi per terra e a loro volta adagiati per terra (ma sotto il muretto del davanzale, quindi al riparo) presero a puntarmi le rivoltelle. Il dito sul grilletto. Poi, quando fui colpita dalle pallottole, mi lasciarono lì a sanguinare. E soltanto a buio, per le insistenze del giornalista tedesco, («Capitán, no es una estudiante, es Oriana Fallaci la ecritora y periodista») mi tiraron via. Sa come? Riagguantandomi per i capelli e trascinandomi giù per le scale come un sacco di patate, sicché a ogni gradino il mio corpo batteva sulle ferite. Per le scale un giovane soldato mi rubò l'orologio. Si chinò e me lo sfilò dal polso. Ridendo. Fuori, sempre ridendo, altri due militari mi lasciarono per terra. Sa dove? Nel punto da cui cadevano lo sterco e il fetido liquido d'una stanza da bagno sventrata, suppongo, da una cannonata. Mi cadevano sul petto, imbrattandomi anche la faccia. Allora uno degli studenti arrestati e messi contro il muro esterno del Chihuahua Building si tolse il pullover e me lo gettò gridando: «Por tu cara, Oriana!», «per la tua faccia». Cortesia per la quale venne aspramente punito dai due militari che si gettarono su di lui e presero a bastonarlo coi calci dei fucili.

(Di violenze simili cioè di violenze «minori» ne accaddero tante, del resto. Una mi è stata raccontata da vari corrispondenti stranieri, e riguarda un fotografo dell'Associated Press. Sulla fatale terrazza del terzo piano c'era infatti un fotografo dell'Associated Press. Quello che scattò le tre fotografie del mio ferimento. La prima, nell'attimo stesso in cui vengo raggiunta dalle pallottole e con una smorfia di dolore alzo le braccia. La seconda, mentre mi abbatto colpita. La terza, mentre giaccio svenuta. Ebbene: conclusa la strage organizzata, i militari gli ordinarono di consegnare i rullini. Cosa che egli fece salvando cioè nascondendo il rullino contenente le tre fotografie del mio ferimento. Ma poiché esitava, mi dissero quei corrispondenti, lo picchiarono e gli tagliuzzarono il torace con la baionetta.)

5) Non so se il materiale che le ho fatto mandare, articolo e libro, include i particolari di ciò che avvenne quando a notte fonda qualcuno mi tolse dal marciapiede sul quale cadevano gli escrementi e mi portò via su un'ambulanza. Comunque questo è ciò che avvenne, e gli elementi comici anzi grotteschi che caratterizzano l'episodio non ne diminuiscono certo l'orrore. Ecco qua:

Credendomi morta, invece di lasciarmi al Pronto Soccorso mi scaraventarono in uno stanzone pieno di cadaveri ammucchiati. Infatti è qui che riaprii gli occhi: tra i cadaveri ammucchiati. Sul mio stomaco, ricordo, le gambe d'un vecchio magrissimo che alla caviglia destra aveva un cartellino con un numero. Non me ne raccapricciai più del necessario. In Vietnam di cadaveri ne avevo visti tanti. E una volta, senza accorgermene, avevo dormito per tre ore accanto a quello d'un Marine. Però mi arrabbiai molto. (È poi così difficile, per gli infermieri, accertarsi se una persona è morta o no?) Per la rabbia ritrovai tutte le mie forze e in italiano mi misi a urlare parolacce. Insulti che sia pure con imbarazzo Le elenco: «Figli di puttana, assassini, fascisti di merda, toglietemi di qui!». Mi udirono, graziaddio, e arrivò un prete con la stola viola dei sacerdoti che amministrano l'Estrema Unzione. «Es viva!» esclamò incredulo e felice. Poi si chinò su di me e chiese: «Usted es catolica?». La domanda mi parve così inopportuna che gli risposi con una frase che ora non oso riferire. E la cosa mi salvò. Convinto che solo una persona viva potesse abbandonarsi a un simile turpiloquio, il poveretto mi fece subito condurre al Pronto Soccorso dove l'ambasciatore Guastone Belcredi mi cercava affannosamente da ore. Su un'automobile dell'ambasciata italiana fui trasferita in un altro ospedale dove con il lungo e duplice intervento il professor Vassalli mi tolse le pallottole e dove per giorni rimasi in stato d'arresto. (O di fermo? Ricordo che la porta della mia camera era piantonata da militari col fucile, che per entrarci ci voleva un permesso speciale, e che perfino la cesta di fiori inviatami dal Presidente della Repubblica italiana Giuseppe Saragat venne scrupolosamente perquisita quindi semidistrutta...)

Particolare interessante: le pallottole estratte dal professor Vassalli furono subito requisite dai poliziotti in attesa. Si sperava forse di poter dire che a spararmi erano stati i «ribelli» e non i militari del Partito rivoluzionario istituzionale? Si trattava di pallottole in dotazione dell'esercito, ahimè, e sottolineare questo punto mi sembra superfluo. Signor Cantù Garza: su quella terrazza avvenne una vera e propria esecuzione in massa. Suppongo perché vi stavano gli studenti del Comitato de la Huelga, con tanto di bandiere e striscioni, lì i militari sparavano dritto. Di continuo, a colpo sicuro, e senza curarsi dei poliziotti che sia pure nascosti sotto il muretto del davanzale correvano qualche rischio. (Ricordo il capitán che mi puntava la rivoltella. Un tipaccio coi baffi neri. Tremava come una foglia, ed io pensavo: «Ora gli scappa il colpo, ora gli scappa il colpo».) A un certo punto vi spararono anche colpi di bazooka. E uno prese in pieno una giovane donna incinta inquilina dell'edificio. Quanto all'ipocrita tesi del «conflitto a fuoco tra forze dell'ordine e ribelli armati», devo dire che io non vidi alcun ribelle armato. Inoltre non mi risulta che tra i militari e i poliziotti vi sia stata un'ecatombe di morti.

6) Concluderò in un modo che la sorprenderà, signor Cantù Garza. Per quel che mi riguarda personalmente, il mio sdegno più

profondo non nasce dal modo in cui le «forze dell'ordine» si comportarono con me durante la strage organizzata. Conosco troppo bene la vita e la storia per meravigliarmi d'un poliziotto stupido e brutale che picchia uno spettatore, d'un soldato senza onore che come un piccolo ladro ruba l'orologio d'una persona ferita, di due belve in uniforme che quella persona ferita la piazzano nel punto in cui cadono gli escrementi. O di due imbecilli che quella persona ferita la scaraventano tra i cadaveri... No, no. Per quel che mi riguarda personalmente, il mio sdegno più profondo anzi il mio disprezzo va a ciò che accadde dopo. Sempre per chiarezza, elenco gli spregevoli episodi.

a) Incuranti delle tre fotografie salvate e nel frattempo pubblicate col mio nome in tutto il mondo (anche sulla prima pagina del «Los Angeles Times», del «New York Times», del «New York Post»), l'indomani i giornali servi del governo dissero che non ero stata affatto ferita o che avevo subìto solo qualche scalfittura. «DESMASQUERADA ORIANA FALLACI, NO PERIODISTA, COMUNISTA AGITADORA.» (Eh... Male informati, oltreché vili calunniatori. Lo sanno tutti che a me i comunisti non sono mai piaciuti.)

b) Sollecitato dallo stesso Presidente della Repubblica e dal Parlamento che in termini accesi aveva discusso il mio ferimento, il governo italiano incaricò l'ambasciatore Guastone Belcredi di presentare una protesta ufficiale. E l'ambasciatore Guastone Belcredi mi raccontò che per quasi cinque ore il vostro ministro degli Esteri lo aveva tenuto in piedi dinanzi alla porta senza riceverlo nonché sottoponendolo ai volontari spintoni di chi entrava e usciva. Cinque ore, ripeto. In piedi come uno scolaretto in castigo.

c) Alcuni anni dopo Plaza Tlatelolco, in Messico apparve un libro il cui contenuto conosco grazie a un Suo civilissimo concittadino che me ne parlò. Anch'esso, mi disse, negava che io fossi stata ferita. Anzi aggiungeva che quel pomeriggio io mi trovavo «nella mia stanza d'albergo in dolce compagnia». Parole, a quanto sembra, pronunciate da una presunta giornalista che dichiarava d'avermi intervistato in ospedale e sorpreso in «ottima salute».

(Ma che razza di contraddizione è questa?!? Se quel pomeriggio mi trovavo in dolce compagnia, se non ero stata ferita, che diavolo ci facevo in ottima salute all'ospedale?!?)

Visto che all'ospedale giacevo come un Cristo in croce (dolorante, febbricitante, trafitta di aghi ipodermici, con la gamba sinistra ingessata, l'intero torace ingessato) e visto che vi avevo ricevuto soltanto quattro giornalisti italiani, frugai nella memoria. E qui trovai una donna che il terzo o quarto giorno era riuscita a introdursi nella mia camera ma che mia sorella, nel frattempo venuta da Milano per assistermi, aveva cacciato. Ne ricordai anche l'aspetto. Bionda, grassottella. Troppo profumata e troppo truccata. Piuttosto elegante e assai fiera del suo cappellino inadatto alla circostanza: una cloche di piume azzurre che le accarezzavano le guance e le coprivan la fronte come una frangetta. Quasi umile al momento di entrare, m'aveva subito aggredito con una perfida domanda. E mia sorella l'aveva gelidamente messa alla porta prima che reagissi. «Lei è una ignobile provocatrice. Fuori!»

Non ho mai voluto leggere quel libro, accertarmi se il Suo civilissimo concittadino mi aveva detto cose esatte. Leggerlo avrebbe significato una pena supplementare e una querela. Di pene supplementari io non ne ho bisogno e le mie querele sono un regalo da dispensare solo quando ne vale la pena. Altrimenti servono solo a pubblicizzare chi è nessuno. Però ho saputo che la donna col cappellino a piume mi ha davvero diffamato e sarebbe giusto stabilirne l'identità, additarla alla pubblica vergogna.

d) Nell'estate del 1978 il direttore della casa editrice Rizzoli of New York pensò di fare una pubblicazione illustrata sul Messico, e mi propose d'esserne l'editor and supervisor. Dapprima ne risi. Poi ci ripensai. Il mondo cambia, mi dissi, la gente cambia. Forse è il caso d'accettare.

Da New York, dove abitualmente abito, chiamai dunque l'allora ambasciatore d'Italia Raffaele Marras. Gli chiesi consiglio. Raffaele Marras rispose che si trattava d'una buona idea, che mi recassi subito a Mexico City, e sia pure con un residuo di perplessità mi misi in viaggio. Ma scesa dall'aereo trovai che mi aspettava presso il recinto della polizia con altri membri dell'ambasciata. Stupita domandai perché, e la risposta fu: «All'ultimo momento sono stato colto da un dubbio. Ho chiamato le autorità locali per sapere se vi fosse qualcosa contro la Fallaci, e queste mi hanno informato che v'era un mandato d'arresto da eseguire se Lei fosse tornata. Era ormai tardi per avvertirLa, sicché sono venuto con testimoni. Cinque minuti fa, però, mi hanno promesso che non La arresteranno se La conduco dritta all'ambasciata. Se vi abita, se ne esce solo con la mia auto e scortata da me o da altro funzionario. Di Lei insomma mi assumo la medesima responsabilità che si assumerebbe il guardiano d'un delinquente».

Nonostante la successiva revoca dal mandato d'arresto, rimasi assai poco a Mexico City. È superfluo aggiungere che la Rizzoli of New York cancellò il progetto.

Signor Cantù Garza, Le invio questa lunga lettera attraverso l'Ambasciata d'Italia che secondo i miei desideri gliela consegnerà a una condizione. Che non venga mai passata a giornali, radio, televisioni o altri media. Che non venga mai stampata in alcuna forma e in alcun luogo. Che venga letta esclusivamente dalla Comisión Especial, organismo che ritengo composto da uomini d'onore.

Alla Comisión Especial La prego anche di spiegare che a qualsiasi supplementare richiesta o domanda risponderei col più deciso no. ScriverLe questi ricordi mi ha già troppo distratto, addolorato, interrotto e quindi danneggiato nel lavoro. E con fermezza Le ripeto: non posso, non voglio, non devo sottrarre al mio libro il tempo che mi rimane da vivere.

La ringrazio di cercare la verità e La saluto con una stretta di mano.

Sua,

Oriana Fallaci

I giorni della rabbia

102.
Questa barbara città che ho smesso di amare

Oriana Fallaci giunse a New York per la prima volta nel luglio del 1956 e vi si trasferì definitivamente nel 1963. Qui iniziò a scrivere il romanzo della sua famiglia la cui lavorazione, durata per tutti gli anni Novanta, venne interrotta dai fatti dell'11 settembre 2001. Il rapporto tra la scrittrice e la città fu sempre intenso, ma non privo di difficoltà.

Egregio Sig. Pell,[75]

grazie per il suo invito, ma non posso fare ciò che mi chiede. Sono immersa nel lavoro per un lungo e difficilissimo romanzo, la mia mente è totalmente concentrata in esso, e al fine di mantenere questa concentrazione vivo isolata come una persona in carcere, non rispondo a telefono, non apro neppure la posta. Ancor meno, scrivo di altri argomenti. Forse non mi crederà (né mi aspetto mai che gli altri comprendano il mio metodo di lavoro), ma questa è la prima volta che rispondo a una lettera da molti, molti mesi.

Lo faccio perché ricordo una persona molto civile, cioè un'eccezione in questa barbara città che ho smesso di amare. E ciò mi porta a dire che, se anche non vivessi in questo rigido stato di isolamento e concentrazione, non canterei mai le bellezze di questa città e in particolare della strada in cui ho la sfortuna di abitare. Forse la 62ª è meglio. La 61ª è una vergogna per l'amministrazione di New York e per tutti i suoi abitanti. Le limousines parcheggiano qui ventiquattr'ore su ventiquattro, tenendo le radio ad alto volume e disturbando il mio lavoro nel modo più atroce, chiacchierando sotto le mie finestre, insozzando il mio marciapiede e l'ingresso a pianterreno della mia casa con rifiuti di ogni tipo: bicchieri di carta vuoti, cartocci con avanzi di cibo, bucce di banana, giornali vecchi e – quel che è peggio – contenitori pieni della loro urina!!!

Ho provato di tutto per difendermi da una tale disgustosa realtà. Mi sono rivolta ai miei avvocati, ai miei amici, alle mie conoscenze, e ho scritto al Dipartimento del Traffico, all'Assessorato alla Nettezza urbana, alla Polizia, all'ufficio del Sindaco. Mi sono tenuta in costante contatto con uno dei bracci destri del Sindaco per quasi un anno. Ma è stato tutto inutile. Questa vergogna va avanti dagli anni Ottanta, il racket delle limousines e la corruzione della municipalità impediscono alle brave persone (molto, molto poche) di scacciare questi barbari. E gli autisti delle limousines sono dei delinquenti. Una volta, uno di loro ha minacciato con un coltello un agente di polizia che stava cercando di aiutarmi. Da allora, mi è stato consigliato di non litigare con loro. «Sono pericolosi.»

Lo sono. Lo scorso settembre ho sorpreso uno di quei selvaggi che gettava della spazzatura davanti alla mia porta, al mio cancelletto. Mi sono infuriata, gli ho domandato perché facesse una cosa simile, ho buttato indietro la spazzatura, e un minuto dopo l'ingresso a pianterreno al di là del cancello era una discarica. Da allora è sempre stato così. E tutto questo senza contare il problema dei sacchetti dell'immondizia che vengono aperti da altri barbari che rovistano in cerca di lattine vuote e altre gemme, cosicché i sacchetti sono rotti e i rifiuti restano sparpagliati sul marciapiede. E senza contare il problema dei cani che defecano di fronte alla mia porta (una settimana fa ne ho pestata una lasciata sui gradini). Quando questo non accade perché i loro padroni raccolgono il materiale con della carta, trovo il pacchetto nell'aiuola che ci si aspettava venisse innaffiata...

No, New York non favorisce la mia creatività artistica. Al contrario. Questa strada, ancora meno. Mortifica la mia creatività, le usa violenza. Quotidianamente. Beirut, Damasco o Calcutta sono meglio. La ragione per cui sono ancora qui e sopporto un tale incubo è che mi sento intrappolata in un circolo vizioso. In altre parole, non posso permettermi il lusso di subire il dramma di cambiare indirizzo o di andare da qualche altra parte per scrivere. A Firenze, per esempio, che è un luogo assai più civile. Ciò significherebbe il trasporto di almeno un baule di carte e volumi, quelli con cui lavoro, e il trauma di un'interruzione da cui non saprei riprendermi. Questo libro finirebbe per essere un fiasco.

Siccome non ci sarà un'altra lettera, poiché non posso scrivere lettere, lo ripeto, tanto meno in inglese, perché il mio libro è in italiano e scrivere in inglese mi crea disturbo, la prego di non aspettarsi che questo diventi un epistolario sull'argomento. Per favore, eviti di rispondermi, perché dovrei rispondere a mia volta, non lo farei, e questo mi farebbe sentire in colpa... La sua lettera reca un numero telefonico. Se una sera – quando smetto di scrivere – non sarò troppo stanca e mi andrà di parlare in inglese, la chiamerò. E magari discuteremo della penosa situazione che ho appena descritto.

Ma non sono sicura neppure di questo. Perché quando smetto di scrivere, ho bisogno di rilassarmi, di dimenticare le bruttezze che vedo e sopporto nella 61ª, e di ricaricarmi per il giorno seguente.

Un cordiale saluto a lei e a Katie. Forse un giorno conoscerò anche lei.

Vostra

Oriana Fallaci

103.
La puntualità è indispensabile, il telefono serve a me e basta

Perfezionista, dura ed esigente prima verso sé stessa e poi verso il resto del mondo: Oriana Fallaci era così. I suoi redattori e i suoi collaboratori sanno cosa significasse assisterla. Le regole (molte) andavano rispettate.

All'attenzione di Daniela Di Pace con preghiera di diffusione a tutte le segreterie del gruppo.[76]

Per l'ufficio

– L'ufficio deve essere aperto puntualmente alle 9 del mattino. La puntualità è indispensabile perché le 9 am di New York corrispondono alle 3 pm del pomeriggio in Italia e da quell'ora in poi vi sono – per l'Italia – poche ore lavorative a disposizione.

– L'impiegato deve restarvi fino alle 13, ora in cui – salvo necessità e mia richiesta specifica – deve lasciarlo chiudendo bene la porta a chiave. Durante le quattro ore se ne allontanerà soltanto su mio incarico. Cioè per venire a casa mia oppure recarsi a fare una commissione per me.

– A telefono risponderà semplicemente «Rizzoli Publishers». Se qualcuno chiede di me, non deve dare informazione alcuna. Comportarsi con cortesia ma distacco, come farebbe una centralinista. Arrivano, ovvio, telefonate dalla Rizzoli di Milano o di Firenze (signora Calchetti) o da miei amici e collaboratori che mi cercano per riferirmi qualcosa. Ma arrivano anche telefonate di estranei, indiscreti, gente che cerca contatti con me. E questi non devono sapere nemmeno se sono o non sono a New York. Quindi: «Non so nulla. Rispondo a telefono e basta. La prego di lasciare nome e cognome nonché il motivo della chiamata. Riferirò alla direzione di questi uffici (Non dire a me, altrimenti è chiaro che sono in città eccetera)».

– Il telefono del mio ufficio serve a me e basta, all'ufficio e basta. Proibite le chiamate personali e in particolare le long-distance. Il costo delle chiamate personali e in particolare delle long-distance non deve assolutamente gravare sulle mie spese!

– Tutti i fax devono essere copiati e messi in un fascicolo onde poterli all'occorrenza ritrovare. Idem, le telefonate. Ogni telefonata che arriva deve essere trascritta con l'ora e il giorno e il nome della persona che ha chiamato. Tale trascrizione deve essermi consegnata, ben scritta a macchina, e la copia deve essere messa da parte coi fax.

– Non vi sono vacanze. Questo tipo di lavoro non prevede vacanze come in un lavoro a tempo pieno e con contratto. Per tutta l'estate ad esempio io avrò disperatamente bisogno di una persona in ufficio. Quindi se uno ha bisogno della vacanza non può assumere l'impegno di questo lavoro. Per vacanza intendo anche il giorno saltuario.

– Quattro ore al giorno sono poche, quindi tutte quelle quattro ore devono essere fatte. Niente richieste per recarsi dal dentista o dalla zia che ha la polmonite. Del resto il lavoro è pagato a ore.

– Il compenso è quello stabilito. Niente di più, niente di meno, e ovviamente niente richieste di aumenti. Dodici dollari al giorno equivalgono a circa 26.000 lire italiane: cifra che in Italia è lungi dall'essere bassa. E i conti io li faccio in italiano perché queste spese vengono sostenute da me da Milano in denaro italiano, ahimè, e trasferite in dollari. Incrementi sono quindi impossibili.

– Le disposizioni che do devono essere scrupolosamente eseguite. Niente dimenticanze o distrazioni o ritardi. E niente iniziative personali di alcun tipo.

Per l'impiegato o impiegata

– Deve trattarsi anzitutto di persona decorosa, bene educata, rispettosa, cortese, e ovviamente in grado di scrivere senza errori in italiano e in inglese.

– Deve saper prendere, eventualmente, il testo di una lettera o di un messaggio o di un fax. Far questo con ragionevole velocità e soprattutto senza errori, quindi trascriverlo e inviarlo. Senza farci fare brutta figura come è successo in passato. Questa è una casa editrice, non un'agenzia di importazione vini-e-salami.

– Deve saper usare la macchina da scrivere, il computer, e le altre diavolerie che si usano oggi. Deve saper spedire la posta e il fax nonché i pacchi che mandiamo via Dhl o Federal Express. Questo è molto, molto importante.

– Deve essere sempre vestita in modo decoroso, dignitoso. Niente giovanotti e ragazzette vestite da pagliacci, niente scamiciati (magari puzzolenti come è successo) o con le scarpacce da tennis. Niente T-shirt e disinvolture estetiche. Su questo punto non ammetto discussioni. Se un candidato o una candidata si presenta con abiti o apparenze inaccettabili, che sia scartato subito anche se è Leonardo da Vinci o Madame Curie. Proprio per questo preferisco una persona matura (anche un pensionato o una pensionata) agli studenti di passaggio eccetera.

– Deve essere persona capace di assoluta discrezione e abbastanza intelligente da capire se qualcuno chiama per indagare e aver contatti con me. (Giornalisti, studenti che preparano tesi, tipi curiosi o appiccicosi.) Una persona, inoltre, capace di risolvermi piccoli problemi quotidiani che mi distraggono dal lavoro. (Conti da pagare, piccole vertenze da risolvere, piccoli acquisti da fare ecc.)

– Deve essere persona in grado di venire a casa mia ogni volta che lo chiedo, portarmi la posta e i fax e i messaggi e i pacchi. La distanza tra l'ufficio e casa mia è limitata, ma ovviamente non posso permettermi persone che non sono in grado di camminare. E a tal proposito ricordo che è per me augurabile che il segretario o segretaria non debba venire tutti i giorni a casa mia perché ciò interrompe il mio lavoro in maniera catastrofica. A volte però è necessario che venga tutti i giorni per quanto la cosa mi disturbi...

– Spiegare che vi sono giorni frenetici e giorni (assai più spesso) in cui non c'è da far nulla fuorché stare in ufficio a sorvegliare i fax e il telefono e la posta. In questo secondo caso non voglio gente che poi mugugna «mi-annoio», e tantomeno gente che si allontana per la passeggiatina o il caffè lasciando l'ufficio incustodito. Se si annoia, pace.

– La persona non deve familiarizzare con gli altri uffici che, si sa, sono occupati da giornalisti ossia da persone interessate a me e alla mia vita. Deve farsi i fatti suoi, cioè, tenersi alla lontana dai curiosi.

– La persona deve rendersi anche conto che tale lavoro non si limita all'ufficio; facendo così entra praticamente nella mia vita. Ad esempio deve avere il mio numero di telefono (segreto, unlisted) nonché il mio indirizzo. E questa è prova di grande fiducia. Deve quindi impegnarsi a non tradire quella fiducia anche se se ne va.

– Le altre cose le spiegherò a voce all'interessato o interessata.

104.
Sono arrabbiata come una bestia

L'11 settembre del 2001 sconvolge anche la «quiete eremitica» di Oriana. Sono in molti a scriverle subito dopo l'attentato delle Twin Towers e saranno ancora di più dopo la pubblicazione sul «Corriere della Sera» della sua Lettera da New York *da cui nascerà il libro* La rabbia e l'orgoglio *(2001). Qui risponde a Chantal Clappier, una collaboratrice della Rizzoli in Francia.*

New York, il giorno dopo

Grazie, cara Chantal Clappier,

lei è sempre Chantal. Con la sua cortesia, la sua tenerezza. No, l'orrore non mi ha colpito fisicamente. La mia casa è distante almeno settanta strade. Ma, nonostante gli orrori a cui ho assistito in guerra, sono sconvolta. E sono arrabbiata come una bestia. Perché, per caso, ho vissuto la cosa momento per momento e...

Adesso la città è un cimitero. Tutte le strade sono deserte come nel film *L'ultima spiaggia*.[77] Al posto dei rumori infernali di New York, un silenzio di ghiaccio. O meglio, di tomba. È tutto chiuso. I ponti, i tunnel, gli uffici. Soltanto gli ospedali sono aperti. E gli obitori. Credo che i cadaveri siano veramente migliaia. Diecimila, si dice, e mi stupirei se fossero meno di cinquemila.

Ah, se fossi Robespierre! Meglio ancora, il brav'uomo vestito di rosso che aveva il piacere di tagliare personalmente le teste...

Anch'io l'abbraccio forte. Remis incluso.

Oriana

P.S. Mi scuso per gli accenti, i verbi ecc.

105.
La soddisfazione di vedere *Un uomo* tradotto in cinese è un poco diminuita

29 settembre 2002

Caro Liu Liting,[78]

mi riesce difficile credere che in sei mesi Lei non abbia trovato il tempo di rispondere a una lettera, e mi dispiace di tanto ritardo. Comunque ecco quel che ho da dirle oggi.

1) Ho ricevuto le cinque copie inviatemi da Tiziano Terzani,[79] e la soddisfazione di vedere *Un uomo* tradotto in cinese è un poco diminuita. Anzitutto il nome dell'autore è quasi invisibile sulla copertina, e lei deve capire che in occidente questo non avviene mai: il nome dell'autore è più importante del titolo, naturalmente, perché il libro appartiene a chi lo scrive. Poi ho notato con orrore che il prologo è stato staccato dal testo. Vale a dire, è stato pubblicato prima del romanzo: come una «prefazione» o «presentazione». Come Lei ben sa, per questo libro io non vengo pagata in Cina come invece lo sono in tutti gli altri Paesi del mondo. E la cosa è di per sé ingiusta perché, se invece dei libri io producessi scarpe o automobili, il governo cinese acquisterebbe regolarmente le mie scarpe e le mie automobili; i libri (che sono frutto di identico anzi maggiore lavoro e fatica) vengono invece presi gratuitamente. Dunque e visto che essi vengono presi gratuitamente, l'autore deve almeno vedere la sua opera rispettata e pubblicata con fedeltà al testo e all'edizione originali.

2) Tiziano Terzani mi ha informato che esistono due traduzioni e quindi due edizioni cinesi di *Un uomo*. Tant'è vero che le due edizioni vengono vendute nelle librerie di Pechino a prezzi diversi, in concorrenza. Ebbene, non ho mai ricevuto l'altra edizione. Non l'ho mai vista. Desidero vederla, averla, al più

presto. E Le sarò grata se vorrà informarne la casa editrice che l'ha pubblicata.

3) Lei mi scrive che qualcun altro sta traducendo *Intervista con la storia* e *Lettera a un bambino mai nato*: La prego di farmi sapere quale è la casa editrice, quale è l'indirizzo di questa casa editrice, quali sono i nomi dei traduttori, e i loro indirizzi. Voglio infatti essere sicura che per questi due libri non avrò altri dispiaceri. Le sarei grata anche se riferisse a quei traduttori e a quelle case editrici che d'ora innanzi intendo seguire le pubblicazioni in cinese come seguo quelle nelle altre lingue. Malgrado l'ingiustizia del non pagamento, infatti, io sono molto felice di vedere i miei libri pubblicati in un Paese che amo come la Cina, però questo non significa che accetti l'uso indiscriminato e incontrollato della mia opera.

4) Quanto al suo progetto di scrivere un libro sulla mia vita, La ringrazio molto per il suo interesse ma devo dire che lo ritengo tanto impossibile quanto illogico. Lei non mi conosce e non può scrivere un libro su una persona che non conosce, magari usando il materiale altrui e che io rifiuto. (Non esiste un solo articolo né una sola tesi su di me e sul mio lavoro che contenga cose esatte o vere e intelligenti.) Inoltre io sono una persona che tiene moltissimo alla propria privacy e non ama raccontare di sé stessa agli altri, sicché gli altri non sanno niente o ben poco di esatto su di me. Se mai qualcuno scriverà la mia vita, un giorno, questa persona sarò io e nessun altro.

Tale è la risposta che da anni do a tutti coloro che chiedono di fare quel che vorrebbe fare lei. Sono certa che comprenderà pienamente e La saluto con cordialità aspettando una risposta più sollecita del solito.

Oriana Fallaci

106.
I figli di Allah mi perseguitano

New York, 6 ottobre 2002

Egregio Daniel Pipes,[80]

sia Andrea Levin[81] sia Fiamma Nirenstein[82] mi hanno chiesto di chiamarla e l'ho fatto. Ma non l'ho trovata. Perciò le invio il mio numero di casa «segreto»: 212-3084809. Se ne ha il tempo, la prego di telefonarmi. (Solo, dica il suo nome non appena alzo il ricevitore perché di solito non rispondo: i figli di Allah mi perseguitano e la polizia mi ha consigliato di comportarmi in questo modo.)

Intanto, le mando l'edizione americana de *La rabbia e l'orgoglio*, in uscita nelle librerie questa settimana. Andrea dice che lei l'ha già letto in francese. (La ringrazio.) Ma l'edizione americana contiene, qua e là, delle nuove pagine.

A proposito: sono ansiosa di leggere il suo ultimo libro. Non l'ho ancora fatto perché, ahimè, ero immersa nella traduzione in francese e poi in inglese del mio.

Cordiali saluti,

Oriana Fallaci

107.
L'importante è non chiamarlo Maccabeo

Alla notizia dell'arrivo di un nuovo pronipote, terzo figlio di Edoardo, Oriana manda subito un fax a lui e alla moglie Alessandra con alcuni suggerimenti sulla scelta del nome. Il 25 maggio 2003 nacque Ludovico.

23 dicembre 2002

Per Edoardo ed Alessandra da parte dell'Oriana

Bisogna vedere se, essendovi buttati sulla G con Giacomo e Giovanni, volete restare su quella lettera e fare i «tre G», poi i «quattro G» e via dicendo.

In tal caso segnalo:

GABRIELE che a me piace molto, GIAMBATTISTA che mi piace anche; GASPARE che mi piace pure, e GUGLIELMO che mi piace meno. GAETANO che mi piace di più.

Sennò vi sono bellissimi nomi toscani e a me piacciono tutti in uguali misura.

Sono:

LUCA – JACOPO – VANNI – PIETRO – COSIMO – TOMMASO – VALDO – FOLCO – STEFANO E MARTINO – LUDOVICO – LORENZO

A me piacciono molto anche quelli in «ele»:

MICHELE – GABRIELE – RAFFAELE – EMANUELE – DANIELE

Ma sono belli anche:

LEONARDO – UMBERTO – MARCO – NICOLÒ – BERNARDO

Quasi tutti gli altri, mi stanno antipatici o addirittura li detesto. Sicché non ve li dico per non mettervi pulci pericolose negli orecchi. L'importante è comunque non chiamarlo:

Giobbe, Ezechiele, Maccabeo, Vitruvio, Teofrasto, Terenzo, Tiziano, Pio, Teofilo, Romolo, Romeo, Pilade, Perseo, Teseo, Palagio, Pasquale, Ugo, Senofonte, Plauto, Paride, Pancrazio, Noè, Erode, Cupido, Febo, Ilario, Eustachio, Amleto, Teofilo, Enea, Asdrubale, Bruto, Abele, Cirillo, Bacco, Boezio, Averroè e Belfagor, Ciro e Ciriaco, Asdrubale e Benito.

Escluderei anche nomi stranieri. Suonano provincialmente snob.

Miei preferiti: Jacopo, Luca, Ludovico, Vanni, Folco, Marco, Nicola, Gabriele, Michele, Raffaele, Emanuele, Daniele, ed anche Gaspare, Gaetano, Giambattista, Bernardo, Leonardo.

108.
Non mi venga dopo tale data...

Dagli anni Cinquanta alla morte Oriana Fallaci ebbe un unico editore, la casa editrice Rizzoli con cui prese slancio la sua carriera giornalistica all'«Europeo» e con la quale pubblicò tutti i suoi libri. Dal fondatore Angelo Rizzoli Sr. – di cui lei scrisse, in occasione della morte, «non gli ho mai sentito dire una parolaccia, mai visto fare un verso sconcio, e anche quando dava un ordine era delicato» – ai numerosi dirigenti e direttori editoriali succedutisi durante più di cinquanta anni, molti sono stati i suoi interlocutori, i rapporti con i quali furono non sempre facili ma spesso affettuosi.

New York, 8 ottobre 2003

Caro Romiti,[83]

mi sentivo (mi sento) così male, oggi, che ho dimenticato di dirLe la cosa più importante. Ecco qua.

Questo [*La forza della ragione*] non è un libro che può essere rinviato. Se con Lei la soluzione si materializza, come spero, deve uscire prima di Natale. Ossia a due anni precisi di distanza dall'altro e a mo' di strenna. Ben per questo mi sto massacrando nella fatica, senza alcun rispetto per la mia scomparsa salute.

L'importantissimo testo che sto aggiungendo, che ho aggiunto, è lungo. Sarà lungo, temo, anche il lavoro sulle bozze. E sebbene la tipografia sia in grado di far miracoli (l'altra volta li fece), la stampa d'un libro richiede il suo tempo.

Il 9 novembre saremo dunque agli sgoccioli. Solo o accompagnato, (ho capito il Suo ragionamento e in quel senso lo condivido però se viene accompagnato è necessario che l'anima del discorso si svolga a quattr'occhi fra noi due e basta), non mi venga dunque dopo tale data...

Sennò va tutto in fumo.

Mi spiace insistere. E se potessi venire io, mi creda, lo farei senza esitazioni. Anche per ritrovare i miei medici e salvare il salvabile. Ma ora no. Non solo perché mi manca la Sua resistenza fisica, ma perché un viaggio mi farebbe perdere tempo prezioso. Data la drammatica scadenza, ogni minuto-secondo dev'essere dedicato a questo lavoro.

Un caro saluto,

Oriana Fallaci

109.
L'alieno è tornato un'altra volta nel peggiore dei modi

La lunga lotta di Oriana Fallaci con la malattia si avvicina al termine. Morirà il 15 settembre 2006 a Firenze. Negli ultimi anni non smette tuttavia di combattere, di lavorare e di strapazzare gli amici con la grinta che l'ha sempre accompagnata, come dimostra questo biglietto a Tunku Varadarajan, giornalista e scrittore cui concesse un'intervista nel 2005 per il «Wall Street Journal».

New York, gennaio-febbraio 2005

Caro Tunku,

sono venuta qui per breve tempo per un ultimo tentativo (senza speranza, credo) di salvare la mia vita... (L'alieno è tornato un'altra volta nel peggiore dei modi.) Ma voglio che tu abbia la mia *Trilogia*. Mentre ero in Italia combattendo contro gli Osama e gli altri cancri, infatti, ho scritto tre nuovi libri: *La forza della ragione*, *Oriana Fallaci intervista sé stessa* e *L'Apocalisse*. (In meno di un anno e mezzo.)

Così, ora sono una «trilogia» che solo in Italia ha venduto in pochi mesi (in tutto) tre milioni di copie e che vende bene in tutta Europa in diciotto lingue. Sfortunatamente non ho potuto tradurli in inglese. Il tempo era poco... Ma voglio che tu li abbia come mio ricordo. Ok?

Con affetto, Oriana Fallaci

(Se mi sentirò un po' meglio, cercherò di chiamarti. Ora sono in cattive condizioni anche per parlare. In più, sono quasi del tutto cieca. Il che spiega questa brutta calligrafia...)

110.
Adoro Ratzinger, è l'unico che difende l'Occidente

Il 1° agosto 2005 Oriana Fallaci incontra in «privatissima udienza» a Castel Gandolfo, Papa Benedetto XVI, per il quale nutre una profonda stima. La aiutano a realizzare questo suo desiderio monsignor Rino Fisichella e il direttore del «Corriere della Sera» Paolo Mieli.

New York, 5 maggio 2005

Coraggio, Paolo:

per via di Ratzinger, non per lasciarmi trascinare in carteggi alla Abelardo ed Eloisa, ti scrivo di nuovo. E vado subito al sodo. Ok, t'aspetto a New York. Non ho capito quando, parleremo qui nella Sessantunesima della mia opera-da-ripubblicare-o-no col «Corriere». Fammi sapere quali date hai in mente ed io non ti terrò sul marciapiede ad aspettare sotto la pioggia che apra la porta. Sono brutale, sì, ma non villana. Intanto, ecco.

1) Io adoro Ratzinger. Non solo perché è un uomo colto e intelligente ma perché è un uomo con le palle. L'unico, ad esempio, che in Vaticano abbia preso chiara posizione contro i preti pedofili degli Stati Uniti. E l'unico, si sa, che difende l'Occidente. Infatti di lui mi piace tutto. Anche la sua faccia e la sua buffa voce da nonna benevola ma pronta a tirare schiaffi. (E va da sé che io adoro sempre le nonne. La più grossa soddisfazione della mia vita è stata, al tempo di Deng Xiao Ping, scoprire che varie associazioni di boyscouts cinesi si chiamavano «I boyscouts di nonna Oriana Fallaci.») Ergo leggere nel tuo post-scriptum che Ratzinger mi ama ed è disposto a incontrarmi mi ha dato grande gioia. Mi è parso un balsamo per le ferite che fino all'ultimo le belve mi hanno inflitto.

Incominciai a vagheggiare un incontro con lui la scorsa primavera mentre languivo in Toscana per una chemioterapia sbagliata e grazie alla tv ascoltai la sua conferenza a Palazzo Madama. Conferenza nella quale colsi qualcosa che sia pure sotto sotto mi riguardava. E un mese dopo confidai il mio desiderio a Pera che era venuto a conoscermi. Ma poi mi misi a scrivere *Oriana Fallaci intervista a sé stessa* e *L'Apocalisse*, Pera partecipò ai funerali di Arafat, io gli tolsi il saluto, e la cosa sfumò. A Sua Eminenza mi limitai ad inviare *La forza della ragione* (o la *Trilogia*?) accompagnata da una dedica affettuosa. Non so nemmeno se l'abbia ricevuta. Avendone incaricato Quagliarello, il consigliere di Pera, temo addirittura che il pacchetto sia finito in un cestino. (By the way, puoi chiedere ai tuoi intermediari se giunse mai a destinazione?) Ma ora arriva il punto dolens della faccenda.

2) Lunedì sera cioè proprio quando esultavo per l'incontro possibile, il professor Fahey è venuto a informarmi sul risultato delle risonanze magnetiche cui m'ero sottoposta il sabato precedente. Tutto triste ha sventolato i suoi fogli e lasciandomi impietrita come la moglie di Lot ha detto: «Succede più alla svelta di quanto temessi. E non sappiamo più che fare. We are by now with the shoulders against the wall. Siamo ormai con le spalle al muro. We have reached the end of the road. Siamo giunti alla fine della strada».

Sciolto il sale ho risposto che qualcosa bisogna fare, invece. A Roma avrei presto avuto un importantissimo incontro cui non intendevo rinunciare, quindi mi serviva un altro tentativo, e sia pure senza troppa convinzione lui mi ha offerto una nuova cura. Una chemioterapia che consiste in quattro pillole miliardarie da prendere per ogni giorno per due settimane. Poi pausa d'una settimana e, se dagli esami risulta un minimo miglioramento, via daccapo. L'ho incominciata subito. Qui a casa, non all'ospedale. Be', per ora l'effetto è quello d'una sfinitezza inaudita. E tu parli dell'incontro come d'un evento abbastanza prossimo. Alludi addirittura all'opportunità d'avvertire Pisanu sul viaggio. Ma per vedere Ratzinger devo essere in forma, ben sveglia. E per evitarmi il rischio d'una figuraccia non sarebbe meglio aspettare un po', accertarsi che le pillole miliardarie non mi rimbecilliscano? Inoltre non ho capito a quale tipo d'incontro tu ti riferisca. A un tête à tête e basta oppure a un'intervista?

3) Io non ho mai pensato a un'intervista. Oh, naturalmente capisco bene che l'intervista sarebbe sensazionale. Il Papa e l'atea che pur venendo da opposte sponde dicono le medesime cose. Il tedesco e l'italiana della stessa generazione, la generazione della Seconda guerra mondiale, il vecchio signore e la vecchia signora che su quelle opposte sponde si sono formati e tuttavia si capiscono quanto due veterani dello stesso fronte. Ma a parte il fatto che per intervistare un Ratzinger ci vogliono dieci lauree in filosofia e undici in teologia nonché ricerche lunghe e scrupolose, io ho sempre pensato a un egoistico tête à tête e basta. Per esprimergli la mia gratitudine e la mia simpatia. Per dirgli che mi fa sentire meno sola. Questo senza contare che nella vita tutto è possibile. Anche che Fahey sia troppo pessimista. A volte da cosa nasce cosa. E dopo l'egoistico tête à tête potrebbe maturare l'idea di un incontro professionale, no?

A bientôt. E grazie d'aver avviato così bene questa non facile impresa.

Oriana

111.
Mai che un riconoscimento vada a Satana, cioè a me

«Che bel tipo che è la Fallaci, e quanta serietà d'animo c'è nella sua irritante tostaggine. Ci fu uno scontro a fuoco con lei, e io sparai per primo alla fine del settembre 2001, quando la pensavamo nello stesso modo sull'11 settembre ancora fumante a Ground Zero, sull'eruzione di male del terrorismo e sull'incapacità occidentale di prenderne atto, ma il suo modo di pensare mi sembrò egocentrico ed eccessivo nello stile [...]»

Lo scontro, ricordato da Giuliano Ferrara nel 2008, si acuì con la pubblicazione, sul «Foglio», di un articolo giudicato dalla scrittrice gravemente lesivo della sua immagine (e meritevole di una querela contro l'autore, il direttore e il giornale). Successivamente i rapporti si ricomposero e la scrittrice, nell'ultimo periodo della sua vita, pubblicò a sua firma sul giornale fondato da Ferrara, trovando in Christian Rocca un valido supporto.

Venerdì, 14 maggio 2005

Caro Christian,

ecco i punti cui ho alluso a telefono. Glieli scrivo affinché possa spiegarli ad Antonio Monda[84] con chiarezza. E ringraziandolo a mio nome per la sua lettera che è una lettera seria e gentile.

Il fatto che egli sia amico dei miei due amici Giuliano Ferrara e Christian Rocca mi aveva spinto a schiuder la porta che tengo sempre o quasi sempre chiusa. E la proposta mi intrigava. Sul discutibile rapporto tra spiritualità e religione, ad esempio, ho idee precise. Così volevo rispondergli che per considerare la possibilità di costringermi a una fatica tanto impegnativa mi era necessario conoscerlo. Sapere di che cosa avesse parlato con Saul Bellow e con gli altri, capire quanto tempo il lavoro avrebbe richiesto. (Di tempo, ahimè, io ne ho poco.)

Volevo anche mandargli la *Trilogia*, invitarlo a leggere o rileggere il capitolo 9 di *La forza della ragione* e *L'Apocalisse* e infine volevo suggerirgli di porre le domande per iscritto. Cosa che avrebbe reso tutto più facile (nonché preciso) perché parlare a lungo mi stronca. Non solo: dare appuntamenti mi turba perché non so mai (non posso prevederlo) se quel giorno funzionerò. Cioè se sarò vispa o rimbecillita dall'Alieno.

Contrariamente alle mie abitudini, insomma, e sebbene Monda collabori a un giornale che mi è acerrimo e insensato nemico da decenni, ero pronta a pensarci. Ma poi è successo quel che è successo. E il trauma è stato così profondo per il mio rigore che ho subito richiuso la porta. A tutti. Mi sono riconsegnata al silenzio.

Un abbraccio affettuoso, OF

P.S. Vedo che col Premio Montanelli stavolta avete reso omaggio all'ex-comunista e vedova di Pajetta e chissà perché mia nemica Miriam Mafai. Non che tenga a tali medaglie. Quell'ormai Padre della Patria non debuttò nel gran giornalismo come me cioè con un articolo intitolato *Anche a Fiesole Dio ha avuto bisogno degli uomini*. Debuttò (grazie allo zio Bruno che ben conosceva le sue simpatie politiche) col *Giro in Bicicletta delle Camicie Nere in Germania*. Camicie che naturalmente osannò con scrupolo. E quando ero ragazzina mi saltò addosso, in casa mia, per tentar di farmi la festa. Cosa per cui gli tirai un gran pugno nel naso e se ne andò col naso sanguinante. Però dico: mai che un riconoscimento vada a Satana, cioè a me che nel lercio mestiere ho sprecato l'esistenza fin dall'età di diciotto anzi diciassette anni.

La cosa straordinaria è che quando sarò morta qualche farabutto ipocrita proporrà un Premio Fallaci. La nomino quindi Di-

fensore della Mia Onorabilità e la supplico: in tal caso si opponga. Anzi lo prenda a pugni come feci io col satiro.
Pp.Ss.: Daniela Di Pace è bravissima. Intelligente, efficiente. Grazie!

P.S. Il post-scriptum è tutto per te. E vuole precisare il motivo per cui non devi ridere quando Cassandra dichiara che durerai fino a cent'anni. O giù di lì. Io non lo dico per fare la spiritosa o per consolarti. Sebbene mi renda conto che la cosa può apparire assurda anzi grottesca, lo dico perché lo sento. Perché la dote o la maledizione di sentire le cose, prevederle, non è un gioco frivolo o superstizioso. È un mistero scientifico. La Nasa infatti lo studia da decenni.

Lo studiano anche molte università, del resto. In America, in Russia, in India dove anni or sono venni invitata dalla facoltà di parapsicologia di Putna e sottoposta a esami difficilissimi che superai senza difficoltà.

Soffro di questa dote o maledizione da quando ero ragazzina. Ed essa si basa, è vero, su ragionamenti. Ma quei ragionamenti nascono sempre da qualcosa di istintivo, di epidermico, di insensato, su cui gli antichi non ridevano affatto. Aristotele compreso. E qualcuno dovrebbe spiegarmi perché, quando Mario Carità annunciò che mio padre sarebbe stato fucilato al Parterre, tutti si disperarono ma io no. Sapevo che non lo avrebbero fucilato. Qualcun altro dovrebbe spiegarmi perché con la stessa certezza sapevo che Panagulis sarebbe morto la notte in cui morì. Perché la vigilia del 1° maggio 1978 ebbi l'irresistibile impulso di lasciare New York, correre ad Atene. Perché all'ora che corrispondeva all'ora in cui morì ebbi un brivido, mi rivolsi all'attrice brasiliana Florinda Bolkan che sull'aereo sedeva accanto a me e dissi: «L'hanno ammazzato». E tanto per citare un esempio piacevole, qualcun altro ancora dovrebbe spiegarmi perché sapevo che Ratzinger sarebbe stato eletto Papa. Facevo scommesse sulla sua vittoria. Chi stava accanto a me prima dell'Habemus Papam può testimoniare che alla fumata bianca porsi la mano per raccogliere le scommesse. «Hanno scelto Ratzinger. Pagate in anticipo.»

Io non me ne vanto. Anzi ne ho un po' paura e alla cosa guardo con una specie di rassegnazione. Solo a volte ne rido come ne ridevano in famiglia dove dicevano: «Si vede che discende da Ildebranda». (Ildebranda era la nonna che a Siena venne bruciata dall'Inquisizione come strega.) Ma qualsiasi cosa risulti dagli esami che ti faranno a fine maggio, sento che vedrai crescere i tuoi bambini. Se non ci credi, son cazzi tuoi.

112.
A volte la verità sta da una parte sola

Per Giuliano Ferrara da parte della gentiluoma.

New York, venerdì 20 maggio 2005

Caro Giuliano,

ti scrivo una lettera perché a telefono le cose si dicono in modo frettoloso, quindi incompleto... Te la mando a casa perché ovviamente nessun altro deve vederla, e incomincio dicendo che ho praticamente concluso la faticaccia.

(Sforzo che non ripeterò mai più perché sono davvero agli sgoccioli e stavolta mi son messa knock-out.) Mi resta solo da correggere qualche virgola e da fare un trasferimento di sedici righe misplaced. Cosa cui provvederò nei prossimi due o tre giorni cioè quando mi sarò riavuta. E sebbene non sia mai contenta di quello che scrivo, mi pare proprio un bel pezzo.

Si tratta infatti d'una specie di sermone, quasi un testamento spirituale, sulla Scienza e sull'Etica. Insomma sulla Morale che troppo spesso la Scienza ignora. Non è lungo, solo sette pagine dattiloscritte. Non contiene le brutalità che v'erano nell'intervista, e al loro posto offre un inatteso omaggio per il mio boyfriend cioè per Ratzinger che cito spesso col cappello in mano.

Cosa che condurrà alla mia decapitazione in Piazza del Popolo. Però, e pur sapendo quanto sei curioso di leggerlo, ancora non te lo mando. Infatti l'ho sequestrato a Christian, e questi sono i motivi.

1) Io non capisco quali sono le preoccupazioni che in maniera un po' fumosa hai espresso a telefono. Com'è noto, io non scrivo per soldi. Tantomeno nel caso del «Foglio» che non potrebbe

mai pagarmi i pesantissimi compensi che esigo quando non regalo. E questo pezzo l'ho scritto per amor tuo. Non tanto perché me lo hai chiesto, quanto perché volevo farti contento. Nel medesimo tempo, togliermi una soddisfazione. Il tuo sgangherato giornale è a mio avviso una delle cose più importanti che siano mai avvenute nella storia del giornalismo europeo. Soffrii molto quando tre anni e mezzo fa mi attaccasti e mi facevi attaccare. E da quando quello lì[85] non ci scrive più, in esso mi riconosco. In esso vedo la mia sede naturale, ed esserci ogni morte di Papa mi dà un piacere che vale tutti i soldi del mondo. Ma se ritieni che in qualche modo quel pezzo ti possa danneggiare, dico ciò che dissi a de Bortoli quando gli detti *La rabbia e l'orgoglio* e l'attacco ai no-global nonché a Ciampi. «Non chiedermi di censurami. Io calcolo bene ogni verbo, ogni vocabolo, e non mi censuro. Se qualcosa ti disturba, non pubblicarlo.»

2) Non capisco nemmeno come quel testo possa danneggiare «Il Foglio». Non v'è nulla in esso, nulla, che vada contro le cose sempre dette da te. Da te mi distinguo soltanto per il modo in cui le dico, per gli esempi o per gli argomenti che porto, e per il mio manicheismo cioè per la mia convinzione che a volte la Verità stia da una parte sola. Infatti penso che a leggere la roba che ho sequestrata a Christian ti metterai a urlare di goduria come il giorno in cui a Milano leggesti l'*Apocalisse*.

Così, a fartela leggere prima di accordarci sui particolari, corro il rischio contrario alla non-pubblicazione: il rischio che tu ti ecciti troppo e che tu pubblichi il pezzo immediatamente, senza farmelo rivedere in bozza, senza avere stabilito con me la data e la collocazione eccetera. Questo mi allarma perché proprio in questi giorni sono stata tradita da «La Stampa» che, non rispettando gli accordi in quel caso già presi in maniera inequivocabile, ha pubblicato subito il goffo articolo di Mattia Feltri. Senza dirmelo, senza farmi controllare le frasi a me attribuite e quindi messe fra virgolette. Con risultato disastroso. Come Christian sa, ci ho fatto una malattia e...

3) Mi hai appena telefonato e su alcuni punti questa diventa una lettera quasi inutile. Però te la mando lo stesso.

Oriana

113.
Qualcosa di disperatamente vero

Nel giugno 2005 monsignor Rino Fisichella scrive un articolo in cui difende le tesi fallaciane, nasce così in modo imprevisto un'amicizia intensa che accompagnerà Oriana nei suoi ultimi mesi di vita.

Monsignore,

Lei mi ha commosso. Naturalmente sapevo bene chi fosse il Rettore della Lateranense, il vescovo che ragiona al di là degli schemi e senza curarsi dei Politically Correct. Ma a leggere la Sua intervista al Corriere ho rischiato davvero la lacrimina. Io che non piango mai. E mi sono sentita meno sola come quando leggo uno scrittore che si chiama Joseph Ratzinger.

Grazie d'essere così intelligente, così libero, così generoso. Grazie d'aver capito così bene perché in lui vedo un soul-mate, un compagno dell'anima. E perché affermo che se un'atea e un Papa dicono la stessa cosa, in quella cosa dev'esserci qualcosa di profondamente vero. Disperatamente vero. Mi piacerebbe conoscerla. Parlar con lei di Kara Mustafa che arriva a Vienna dove Sobieski lo respinge urlando «Soldati! Per il Cristianesimo! Per la Vergine di Czestokowa!» Nonché dei Frankestein che vogliono sostituirsi alla Natura e dell'Occidente che crolla.

Il guaio è che sono molto malata. Ormai l'Alieno mi divora perfino gli occhi. «Medea e i suoi figli» ho dovuto dettarlo come Milton che da cieco dettava, mi si perdoni il paragone, «La storia d'Inghilterra» e «Il Paradiso perduto». E questo mi confina a New York, dove allo Sloane Cancer Center sono più bravi dei milanesi che immeritatamente rincorrono il Nobel (per quel che vale) e meritatamente perdono i referendum. Prigioniera delle chiemioterapie e delle radioterapie, non posso allontanarmi.

Ci proverò lo stesso, prima o poi. Tanto più che vorrei parlarLe anche dell'importantissima cosa di cui suppongo sia al corrente attraverso Paolo Mieli. Vale a dire il mio desiderio d'incontrare, zitta zitta e lontano da occhi indiscreti, Sua Santità. Sa, è un desiderio che mi accompagna da quando incominciai a leggere i suoi libri. E che non cercai di esaudire subito perché lavoravo giorno e notte a «La forza della ragione». Poi perché l'Alieno si scatenò e non stavo nemmeno in piedi. Dopo, perché stavo completando la Trilogia con «L'intervista a me stessa» e «L'apocalisse». Infatti quando venne eletto Papa feci sì capriole di gioia ma nel medesimo tempo pensai: «Oddio. Ora non potrò più vederlo». E con un sospirone avvilito mi rassegnai.

Trascorso un mese, allo Sloan mi dissero: «Dear Fallaci, you have reached the end of the road. We can only try a few last attempts». E di colpo quella rassegnazione si estinse.

Ovviamente non sanno dirmi quanto durerò. Ma io son quella che al Messico riempirono di pallottole. Quella che in Vietnam e nelle altre guerre si beccava sempre la scheggia. Quella che anche l'anno scorso doveva morire. Eppure eccomi qua. Mezza cieca, ridotta a uno stecco, ma eccomi qua. In nome della Logica ho tutto il diritto di pensare che posso vivere ancora un po'. E in tal caso...

La ringrazio di nuovo. Ripetendo che mi piacerebbe conoscere anche Lei, la saluto caramente. E se viene a New York prima che io riesca a venire in Italia, La prego di cercarmi. Intanto le mando, a parte, le copie con dedica della Trilogia che uscì a Natale e che in cofanetto non si trovano più.

Se viene a New York, la segretaria si chiama Lee Hensen e ha l'ordine di rispondere a tutti che non ci sono, che mi trovo in Cina. Però ha un'esigua lista di persone cui non lo dice e d'ora innanzi in tale lista ci sarà il Suo nome.

114.
Ciò che scrivo non passa inosservato, quindi non posso permettermi «tradimenti»

Nel 2005 una delle ultime interviste a Oriana Fallaci porta la firma di padre Andrzej Majewski, gesuita, allora a capo della sezione polacca della Radio Vaticana. Un'intervista scritta, controllata dalla scrittrice, secondo le sue abitudini, nei minimi particolari, e pubblicata in Italia su «Libero», allora diretto da Vittorio Feltri, oltre che in Polonia.

New York, lunedì 1° agosto 2005

Caro padre Andrea,

ecco qua. Io non do interviste. E tantomeno le scrivo. Questa è dunque un caso proprio eccezionale. La consideri un regalo ad Andrzej Majewski SJ ed ai suoi lettori polacchi. Un regalo fatto col cuore perché ha richiesto due giorni pieni, fino a tarda notte. Nelle mie condizioni e data la mia cecità, una fatica tremenda. Infatti sono mezza morta.

Now, the business.

Ho elaborato il testo già drafted per il «colloquio». L'ho perfezionato e qua e là ampliato. E glielo do a condizione che non vi porti tagli o censure, che la traduzione sia molto fedele cioè letterale. Verba volant sed scripta manent, e ciò che scrivo non passa mai inosservato. Quindi non posso permettermi «tradimenti» anche involontari (come sempre accade coi traduttori). Sorvegli bene, La prego. Specialmente quando parlo di queste cose io mi prendo grosse responsabilità. E rischio la pelle.

Le risposte sono lunghe, è vero. Soprattutto quella su Papa Ratzinger (a mio parere la più importante) e quella sul Corano.

Ma per un mensile vanno bene così. Vedrà che avremo successo. (Anche coi suoi «boss». Sono certa che mi chiameranno e: «Ha fatto bene, Oriana! Ha fatto bene!».)

Sto esaminando i tempi per pubblicarlo in Italia. Una data vicina alla Sua cioè a quella di «Przeglad Powszenhny». Il guaio è che lì apparirà tardi, fra un mese, e l'argomento è di immediata attualità. Nel medesimo tempo, oltre a dire che l'intervista è stata fatta da Andrzej Majewski per la televisione polacca, voglio dire anche che il testo completo è apparso sul mensile. Dà alla cosa una dimensione più vasta, più europea: mi spiego?

Lei mi ha detto che posso darlo prima della fine d'agosto, che posso non aspettare la pubblicazione su «Przeglad Powszechny». Ma in tal caso come si fa a citare «Przeglad Powszechny»?!?

Forse potremmo dire che questo è il testo della televisione (sebbene il testo della televisione fosse molto più breve) e che apparirà anche sul mensile. Ma se un corrispondente polacco in Italia lo ruba?

Ci pensi. Io intanto parlerò col direttore del giornale al quale lo darò e che lo pubblicherà con grande evidenza, sotto il Suo nome. Ma so che anche lui preferisce citare sia la televisione sia il mensile. E questo nonostante l'impazienza che ha di pubblicarlo.

Mi faccia sapere che pensa. Il mio fax ce l'ha ed è anche su questo foglio.

Grazie e si fidi di me come io mi sono fidata e mi fido di Lei.

Oriana Fallaci

P.S. Ho portato molte piccole correzioni a mano. Spero che le capisca. Se non le capisce, me lo faccia sapere: mi raccomando.

115.
L'intervista l'ho scritta io ma gliela attribuisco volentieri

3 agosto 2005

Vittorio,

anzitutto il nome del prete e della TW e del mensile:

Padre ANRZEJ MAJEWSKI SJ

(capo del Dipartimento Programmi Cattolici, PROGRAMOW KATOLICKICH, della Televisione Polacca: TELEWITZJA POLSKA)

Nome del suo mensile: «PRZEGLAD POWSZECHNY, Rassegna Universale»

Se necessario, ma forse è meglio di no altrimenti scopre qual è il giornale italiano e chiacchiera, ti darò anche i suoi numeri a Varsavia.

Business:

1) io non ne so nulla, non c'entro nulla. Di tua iniziativa riprendi il Testo Integrale dell'intervista che detti a telefono, da New York a Varsavia, a padre Majewski che (ovviamente tradotta in polacco) fu trasmessa domenica 31 luglio dalla televisione polacca nel suo programma. E sulla quale ci fu subito dopo un (al solito) acceso dibattito. Intervista, inoltre, che padre Majewski pubblicherà nel suo testo integrale nella rivista mensile «Prwkxwz». Insomma ne «La Rassegna Universale» di Varsavia. (Sembra il nome di una rivista ottocentesca...)

2) Non ho notizie su Andrea Majewski fuorché queste... È molto educato, sicché non sembra un giornalista. Parla perfettamente l'italiano e l'inglese e chissà cos'altro. Ha diretto per sedici anni, mi pare, la Radio Vaticana da Roma o qualcosa del genere. È un gesuita. Cosa da cui deduci che non è fesso. (Ma, quando gli ho detto questo, ha risposto ridendo: «No, no, i fessi ce li abbiamo anche noi e in abbondanza.») E mi pare buono. Il che è la cosa più importante di tutte.

3) Me lo devi presentare come se fosse un padreterno, una celebrità. Povero Andrea. Se lo merita perché un gesuita polacco che intervista me ha proprio le palle. (L'ho capito da un sospiro che gli è scappato insieme a un mormorio: «Mah! Speriamo bene...». «Speriamo cosa?» ho replicato. E lui: «Che i miei capi non se la piglino con me». Cosa alla quale ho ribattuto: «Lo escludo ma, se succede, me lo faccia sapere. Che li sistemo io per le feste».) Insomma voglio dire: punta su di lui, sulla Polonia. Mettigli il nome grosso. L'intervista l'ho scritta io ma gliela attribuisco volentieri. Come diceva il nonno cioè Lenin, il fine giustifica i mezzi. Esalta quel programma televisivo che nell'arcicattolica Polonia suppongo sia davvero molto seguito e, anche se «La Rassegna Universale» è una cagata, (cosa che non credo), presentala come una pubblicazione di grande prestigio e autorità. Tanto il polacco non lo conosce e non lo capisce nessuno.

4) Mi dispiace moltissimo mandarti un testo scarabocchiato da correzioni a mano e forse non chiare. Ma la sola idea di metterlo pulito, copiarlo, mi ripugna. Per il tempo e per la vista. Ormai nemmeno l'occhio rimasto funziona più. Per scrivere devo tenere il naso sui tasti, e a scegliere il tasto giusto ci metto mezz'ora. Ergo, se non capisci qualche parola o qualche richiamo, fammi sapere. E, naturalmente, rimandami il testo composto. Affinché possa correggerlo. Io correggo bene sulle bozze.

5) A questa lettera seguono sette pagine fitte: dalla 3 alla 10. Scritte a spazio normale cioè doppio, dovrebbero essere una decina di pagine. Quindi una pagina intera, piena, di giornale. Però, sempre partendo dalla scappatoia che il polacco lo parlano i polacchi e basta, non lo capisce nessuno, sulle bozze potrei aggiungere qua e là qualcosina.

6) Considera bene l'opportunità di pubblicare o no la Premessa all'Intervista. Secondo me, vecchia tra quindici giorni. Io la scarterei. O, sulle bozze, ne trasferirei brani come esempio del fatto che il problema non è etnico cioè razziale: è religioso. (Per esempio all'ultima domanda anzi all'ultima pagina.) Sì, sì: meglio

incominciare subito con l'intervista. Tanto più che le domande non sono stupide. Prudenti, sì, un po' gesuite, ma non stupide.

7) Per la data precisa ti chiamerò dopo aver riparlato col sant'uomo. Con la nostra futura star. E qui mi viene un'idea: e se all'ultimo momento tu parlassi con lui per dedicargli una specie di cappellino e sapere come andò veramente il dibattito in tv? Così si ingrassa il caso internazionale… Parliamone.

E acqua in bocca. Mi raccomando. Ho già abbastanza nemici. Anche tra i tuoi amici. E tu pure. Guai se si sparge la voce, se uno in redazione chiacchiera. Io mi fido soltanto della Nicoletta.

Cheers, cioè salute

Oriana

P.S. Non mi è stato ancora consegnato il fax con le lettere della tua macchina da scrivere, ma presto lo avrò e sono tutta eccitata! Se tu me ne procurassi almeno una! Mi sembrerebbe, oltretutto, un augurio per i miei occhi ciechi e per il poco tempo che mi rimane per usarla. Ho ricevuto, in compenso, tre copie del nuovo «Libero». Bello, bello. Finalmente mi hai ascoltato! Caratteri diversi, carta migliore, impaginazione diversa. (Più chic.) E poi ho saputo che mentre tutti scendono, tu sali. Ah, ah. Dunque Cassandra ha ragione anche su questo. Conta la moralità, virtù che include la coerenza. Il ponziopilatismo non paga. E la gente è meno stupida di quanto credano quei presuntuosi che, credendo d'essere intelligenti, fanno i furbi. Non cambiare, eh? Go on your way.

116.
La tua «macchinetta» scrive esattamente come la mia

3 agosto 2005

Vittorio,

come avrai già visto la tua «macchinetta» scrive esattamente come la mia. Unica differenza, che la mia è scassata. Quasi un rottame come me. (Poverina. In Vietnam la infilavo senza custodia nello zaino e ce l'avevo addosso anche il giorno in cui mi dovevo buttare dall'elicottero col paracadute ma uno stronzo di sergente me lo impedì urlando «you fucking idiot» perché invece degli scarponi che stringono alle caviglie calzavo mocassini.) Mi garba, mi garba. Cercamela, cercamela. Sono tutta elettrizzata. Grazie,

Oriana Fallaci

P.S. Però mi preoccupa un poco la spedizione. Quelli sono animali, spaccano tutto. Al momento opportuno avvertimi e vedrò di trovare una soluzione, se possibile, diversa. Per il resto ti chiamerò. Ci sono buone notizie e accettabilissime condizioni. Ok?

117.
Tutto ciò non mi piega.
Non mi impedisce di battermi per il mio Paese

Nel dicembre 2005 Oriana Fallaci riceve la Medaglia d'oro ai benemeriti della scuola della cultura e dell'arte, onorificenza di cui è molto orgogliosa come confida in questa lettera privata al Presidente Carlo Azeglio Ciampi. Per motivi di salute non potrà ritirare personalmente il premio e chiederà a monsignor Rino Fisichella di partecipare lui alla cerimonia.

New York, 19 dicembre 2005

Caro Presidente,

ho avuto l'affettuosa risposta al messaggio che per la consegna del premio. La mandai attraverso monsignor Fisichella. RingraziandoLa anche per quello mi è caro esprimerLe i più sentiti auguri di Natale e Capodanno, e lo faccio inviandoLe ITALY. Le appassionate poesie sull'Italia che Samuel Rogers scriveva nel 1700, quando l'Italia era meta del Grand Tour e gli stranieri come lui ci amavano...

Sì: dopo anni di attacchi incivili, di insulti e minacce e persecuzioni che hanno avvelenato l'ultima fase della mia vita, quell'omaggio al Quirinale è stato un gran conforto. Ancor più degli altri premi incluso quello americano. Sicché mi è dispiaciuto tanto non ritirarlo personalmente, dalle Sue mani.

Ma davvero sono disperatamente malata. E soprattutto in questi giorni di intense cure allo Sloane Cancer Center di New York non posso allontanarmi, affrontare la fatica di un viaggio intercontinentale. (Reso oltretutto più difficile dai problemi di sicurezza impostami da coloro che non ci amano come ci amava Samuel Rogers...)

Però sappia che tutto ciò non mi piega. Non mi impedisce di lavorare, di battermi per il mio Paese. Due cose che per me sono la stessa cosa e che farò finché avrò un filo di fiato. Vengo dalla Resistenza. Da genitori e nonni e bisnonni e trisnonni che si sono sempre battuti per la Libertà. E questa non è retorica. È realtà.

Grazie ancora e voglia estendere i miei sinceri auguri alla signora Franca.

Oriana Fallaci

118.
Storia delle sardine

New York, 29 dicembre 2005

Per Daniela Di Pace – Personale

1) Alcuni giorni prima di Natale uno dei fattorini viene a portarmi la posta coi giornali e, consegnato il pacco, tra me e lui si svolge il seguente colloquio.

«Oddio, ho le braccia stroncate.» «E perché?» «Per via delle sardine.»

«Che sardine?!?!» «Le sardine, la scatola (o scatole) di sardine che ho dovuto portare al bookstore.» «Ma che dice?!? Noi vendiamo libri, non sardine.» «No, no. Per Natale anche le sardine.»

2) Incredula anzi annichilita, quindi ansiosa di controllare coi miei occhi, chiedo che mi sia portata una scatola di sardine. La scatola arriva e perbacco: sono davvero sardine. Le Sardine anzi le Alici in Salsa Piccante col nome RIZZOLI a piè di scatola. (Accludo fotocopia. Malriuscita ma visibile. Anche nelle parole «Mangiar bene» e «Vera marca RIZZOLI»). E quasi mi svengo. Non solo perché trovo disperante che il bookstore che una volta era considerato la «libreria più elegante di New York» venda od offra sardine, sardine-Rizzoli, ma perché già vedo le beffe dei critici a me ostili quando esce *The Force of the Reason*. («Published by Rizzoli, producer of books and sardines...») Quasi svenuta faccio una sommaria inchiesta tra imbarazzi o sghignazzate appuro che intorno a queste sardine regna il caos. Nessuno sa se devono essere offerte in regalia ai clienti che comprano un libro costoso oppure se devono essere vendute insieme ai libri e ai giornali e ai calendari. Infatti la scatola (o scatole?) giacciono nell'ufficio di Gerard, il direttore del bookstore.

3) Chiamo dunque Gerard, uomo civile, gentile, bravo nel suo mestiere, ma del tutto estraneo a quello di salumaio. Gli dico «Gerard, guai-a-voi-se-vendete-un-mio-libro-con-le-sardine», e dopo una risatina tanto dolorosa quanto impacciata Gerard mi risponde che è sbalordito come me. Che non sa nemmeno a quale prezzo deve essere venduta una scatoletta, e se ne vale la pena col guadagno. Sa solo che Milano non c'entra, che c'entra «Park Avenue», ma lui è partito. Se n'è andato in vacanza a Milano senza lasciare disposizioni. Ben per questo le sardine giacciono nel suo ufficio. E poi sa che la cosa doveva esser limitata al periodo natalizio quale iniziativa «spiritosa» ma lui non la trova spiritosa la trova imbarazzante. Quindi si chiude in una specie di spaventato silenzio e per non angosciarlo di più gli auguro buon Natale e proseguo l'inchiesta per conto mio.

4) Non dirò mai chi sono i miei informatori. Io sono quella che venti anni fa, appellandosi all'articolo Numero Uno dello Statuto dei Giornalisti, articolo che vieta di rivelare la fonte delle informazioni ove ciò causi pericolo all'informatore, rifiutò di rivelare chi le aveva raccontato che Pier Paolo Pasolini era stato ucciso da quattro delinquenti non dal Pelosi e basta. Per questo subì un famoso processo e venne condannata a sei mesi con la condizionale. Ma sia che mi occupi d'un omicidio sia che mi occupi d'una farsa lesiva alla dignità del mio lavoro e della mia professione, le indagini le conduco con lo stesso scrupolo e la stessa precisione. E ciò che segue è esatto quanto lo era il fatto (come è noto) che Pasolini era stato ucciso dai quattro. Ecco qua.

5) L'iniziativa «spiritosa» appartiene esclusivamente al genio di «Park Avenue», e risale al 5 novembre quando egli si rivolse alla ditta Rizzoli ed Emanuelli di Parma non per farsi spedire i *Dialoghi* di Platone che nessuno stampa più eccetto Einaudi in un'edizionuccia da mezza lira ma per acquisire dieci scatoloni di sardine da cento scatolette ciascuna più non so quante «Scorte del Buongustaio». (Tonno, sgombri, olio, aceto, ecc.) Poi farsele spe-

dire alla Libreria Rizzoli di New York insieme a due espositori. Vale a dire, due cartelloni pubblicitari. Uno da mettere in vetrina, fra i libri, e uno al centro del negozio. «SARDINE RIZZOLI – SGOMBRI RIZZOLI – TONNO RIZZOLI.»

6) La Rizzoli-Emanuelli gli risponde che per una quantità così limitata, mille scatolette di sardine e poche Scorte del Buongustaio, non avrebbe sostenuto le spese di spedizione. Allora il Genio fece un compromesso. Rinunciò alle Scatole del Buongustaio, quattro delle quali furono inviate al signor V.P. abitante a Milano in Corso di Porta Ticinese, ottenne lo sconto del 40 per cento sulla spedizione, e lo fece spedire al bookstore dove giunsero alla fine di novembre via spedizione Dhl.

Il bookstore sostenne sia la spesa della spedizione, oltre duecento dollari, e il pagamento delle sardine con lo sconto. Quasi o circa tre dollari a scatoletta. (Al supermarket io le pago due dollari e trenta.) Il che, moltiplicato per mille, dovrebbe fare tremila dollari. Se vendute a quattro dollari, come corre voce, con un miserabile guadagno di mille dollari. Gratis invece i due espositori che a quanto pare sono stati nascosti con vergogna perché troppo grossi. Così grossi che quello in vetrina occuperebbe l'intera vetrina e anche da lontano trasformerebbe la già più-elegante-libreria-di-New York in una bottega di salumaio.

Le Scorte del Buongustaio finite in Corso di Porta Ticinese invece sono costate poco. Solo quaranta euro e mezzo. Della cosa si è occupato, credo a Parma, il signor Marco Della Vecchia.

7) Sebbene il periodo natalizio stia per concludersi non mi risulta che a tutt'oggi, 29 dicembre, le sardine abbiano lasciato lo stock-room e che i due espositori abbiano oltraggiato la vetrina e il negozio. Se ho ben capito, a causa loro l'onesto e civile Gerard vive nella più cupa disperazione. Però mi è chiaro finalmente, il vero motivo per cui il suo vice cioè Patrick ha dato le dimissioni dopo un litigio furibondo con il Genio e urlando: «Basta! Io vendo libri e basta». Patrick non sopportava il Genio anche perché egli aveva trasformato il bookstore nella cattedrale newyorkese

dell'anti-americanismo. (Ogni volta che giunge dall'Italia uno sconosciuto libriccino contro l'America e Bush, questo impone festosa e costosa serata con l'autore che firma e con la sbevazzata. Cioè il party...) Ma tale sconcio è ormai consuetudine. E a parer mio la goccia che ha fatto traboccare il vaso è stata la Trovata delle Sardine.

C'est tout per il momento.

O.F.

119.
L'estate scorsa sono stata decapitata

New York, 7 marzo 2006

Caro Tunku,

non hai mai risposto alle mie chiamate e alle chiamate del mio ufficio per informarti che il prezioso «cotechino» aveva miracolosamente passato la Dogana e quindi ero pronta a cucinare la cena italiana e a celebrare il cotechino nel mio terrazzo con te e tua moglie.

Mai per un'intera estate e un intero autunno. E questo mi amareggia molto, ovviamente. Ho promesso a me stessa che non avrei mai più offerto un cotechino a nessuno, e io stessa non l'ho mangiato. È ancora nel freezer, dove non posso nemmeno vederlo, voglio solo dimenticare.

Ma non posso fare a meno di avere il piacere di mandarti una copia de *La forza della ragione*, che, tradotto dalla Fallaci nell'inglese della Fallaci, verrà distribuito la prossima settimana negli Stati Uniti e in Gran Bretagna e in Australia e in altri Paesi di lingua inglese. Perciò, eccone una copia con dedica.

Ti porgo, poco cotechinamente, i miei saluti più affettuosi

Oriana Fallaci

P.S. Se tu mi avessi risposto almeno una volta, ti avrei raccontato che l'estate scorsa sono stata decapitata in un enorme dipinto esposto da una galleria d'arte di Milano. Un fatto che ha destato parecchio scalpore in Italia, che ha mandato in estasi i figli di Allah e che è stato ignorato dai giudici del Politicamente Corretto. Più o meno quel che è accaduto giorni fa, quando, nel discorso che ho pronunciato al Consolato italiano di New York per accettare una delle quattro medaglie d'oro ricevute negli ultimi due mesi, ho detto di aver disegnato una vignetta sul Profeta con le sue nove mogli, tra cui quella di nove anni, e le sue sedici concubine inclusa la cammella. Ma non l'avevo pubblicata perché non ero stata capace di disegnare bene la cammella. (È vero.) L'autore del libretto che chiede ai musulmani di eliminarmi in conformità con quattro Sure del Corano mi ha addirittura querelato...[86] Ciò significa che oggi in Italia si appellano persino alla legge italiana per incriminare un cittadino italiano di «vilipendio» per una vignetta che nessuno ha visto.

120.
L'incontro ha un senso perché è stato pianificato da Dio

Negli ultimi mesi di vita Oriana cerca conforto negli amici più cari, come in questa lettera a monsignor Rino Fisichella, in cui si percepisce la sua preparazione alla morte.

New York, domenica 21 maggio 2006

Darling,

grazie di chiamarmi così spesso. La tua bella voce mi ravviva, lo sai. Mi resuscita. Devi aver ereditato quella dote dai santi del calendario. Vieni più presto che puoi. Io ti aspetto come ne *La Buona Terra* di Pearl Buck i contadini cinesi aspettano la pioggia in agosto. E va da sé che se piove non possiamo cenare sotto l'ombrello di foglie cioè sul terrazzino. Luogo giusto per approfondire il discorso sull'incontro che ha un senso perché è stato pianificato da Dio, e guai a non viverlo con l'intensità e la coerenza di cui siamo capaci. (Cosa di cui sono assolutamente convinta.) Però un po' di merito tocca anche a noi. Curzio Malaparte diceva sempre: «Le cose succedono a chi se le merita».

Oriana

Note

1. In realtà i nonni paterni di Juan Carlos, Alfonso XIII e Vittoria Eugenia di Battenberg, si sposarono a Madrid, dove ci fu un attentato dell'anarchico Mateu Morral.
2. Si riferisce all'astronauta John Glenn, già intervistato da Oriana per «l'Europeo» (n. 18 del 28 aprile 1966).
3. Jim Lovell, astronauta, è stato comandante della missione Apollo 13.
4. Si riferisce al torero Antonio Ordóñez Araujo.
5. Probabilmente è Maharishi Maheshi Yogi, mistico e guru indiano di cui ha scritto sull'«Europeo» n. 37 del 12 settembre 1968.
6. È il soprannome dato da Pete a Oriana, Miss Rootbeer, dopo che lei ha dichiarato scherzosamente di poter bere di tutto, tranne la *rootbeer*, la birra di radici.
7. Jules Bergman, giornalista, è stato redattore scientifico di ABC News per cui ha seguito l'intero programma spaziale americano.
8. Si tratta del generale Nguyen Cao Ky, primo ministro del Vietnam del Sud dal 1965 al 1967, vicepresidente del Paese sino al 1971. Oriana Fallaci l'ha intervistato nel 1968 e nel 1975.
9. I due articoli, con il titolo *Diario di un viaggio in Russia*, sono stati pubblicati sull'«Europeo» nn. 35 e 36 del 2 e del 9 settembre 1971.
10. Si tratta di *Radiografia di un uomo: Marcello Mastroianni*, pubblicato sull'«Europeo» n. 31 del 5 agosto 1971.
11. La spiegazione di Nenni in una lettera del 9 ottobre: «Che cosa ha potuto farle credere che io attribuissi maggiore importanza ad avere con me un compagno di partito piuttosto che Oriana Fallaci? La verità è che respinsero la mia richiesta non con un "no", ma rimettendosi a quanto avrebbe deciso Pechino».
12. Tommaso Giglio è stato direttore dell'«Europeo» dal 1966 al 1976.
13. Gianfranco Moroldo, fotoreporter dell'«Europeo», ha lavorato

spesso in coppia con Oriana Fallaci, in particolare durante la Guerra del Vietnam.

14. Statis (Eustahios) Panagulis è il fratello minore di Alexandros Panagulis. I rapporti di Oriana Fallaci con lui e la madre si sono fortemente deteriorati dopo la morte di Alekos.
15. Vassilli Vassilikos è uno scrittore greco esiliato ai tempi della dittatura militare.
16. *Calderon* è una delle opere teatrali di Pier Paolo Pasolini. Scritta nel 1966, è stata l'unica a essere pubblicata con l'autore in vita, nel settembre 1973.
17. L'intervista a Nenni è stata pubblicata sull'«Europeo» n. 19 del 9 maggio 1974.
18. Vasco dos Santos Gonçalves, politico e militare, è stato uno dei protagonisti della Rivoluzione dei garofani (*Revolução dos Cravos*), il colpo di Stato incruento attuato nel 1974 da militari dell'ala progressista delle forze armate portoghesi.
19. Marcelo das Neves Alves Gaetano, dittatore del Portogallo tra il 1968 e il 1974 dopo Salazar, fu spodestato con la Rivoluzione dei garofani.
20. Si riferisce all'attentato terroristico all'aeroporto di Fiumicino del 17 dicembre 1973, in cui morirono trentaquattro persone e ne furono ferite oltre quindici.
21. Lê Đức Thọ è stato un rivoluzionario, militare, politico e diplomatico vietnamita.
22. Michaíl Christodulu Mùskos fu a capo della Chiesa ortodossa di Cipro, con il nome di Makarios III dal 1950; dal 1960 fu eletto primo Presidente della Repubblica di Cipro dopo l'indipendenza politica. Fu rovesciato nel 1974 dal regime greco dei colonnelli.
23. Norodom Sihanouk è stato re della Cambogia fino alla sua abdicazione, il 7 ottobre 2004.
24. Lon Nol, militare e politico cambogiano, è stato Presidente della Repubblica Khmer.

25. Fayṣal ibn ʻAbd al-ʻAzīz Āl Saʻūd, re dell'Arabia Saudita dal 1964 al 1975, è stato assassinato dal figlio del suo fratellastro.
26. Sergio Pautasso all'epoca era editor della Rizzoli.
27. Mario Spagnol, editore, era direttore della divisione libri della Rizzoli.
28. Theodōros Angelopoulos, regista, sceneggiatore e produttore cinematografico greco.
29. Elio Veltri era allora sindaco di Pavia.
30. Georgazis è il ministro dell'Interno cipriota che aiutò Panagulis ad architettare l'attentato a Papadopoulos.
31. Nicholas Zakarakis, direttore del carcere di Boiati dove Panagulis fu rinchiuso dopo la condanna per l'attentato.
32. Dīmītrios Iōannidīs, generale greco, fu a capo della giunta militare che governò la Grecia dal 1973 al 1974, durante la dittatura dei colonnelli.
33. Fedon Ghizikis, colonnello, tra gli artefici del colpo di Stato del 21 aprile 1967, divenne generale nel 1968.
34. Giorgio Panagulis, fratello di Alekos Panagulis e tenente dell'esercito greco, con l'avvento della dittatura dei colonnelli entrò nella resistenza.
35. Otis Pike, membro del Partito Democratico degli Stati Uniti, a metà degli anni Settanta venne messo a capo di una commissione d'inchiesta sulla Cia, il cui rapporto finale fu bloccato dal Congresso e reso pubblico dalla rivista «The Village Voice». Oriana Fallaci ne scrisse sull'«Europeo» n. 12 del 19 marzo 1976 e pubblicò la sua intervista in *Intervista con la storia*.
36. Si tratta del processo penale per la morte di Pasolini in cui Oriana Fallaci si rifiutò di divulgare la fonte che le aveva fornito notizie sulla morte del regista.
37. Sperling & Kupfer, casa editrice fondata nel 1899, fu acquistata nel 1975 da Nicola Carraro, che ne diventò presidente. Dagli anni Ottanta fa parte del Gruppo Mondadori.
38. Il dibattito cui partecipò Oriana Fallaci fu trasmesso la sera del 27 marzo 1976, all'interno della rubrica «G7». L'interro-

gazione parlamentare fu presentata il 30 marzo dal deputato Carlo Tassi.

39. Lettera ad Athena e Statis (Eustahios) Panagulis, rispettivamente madre e fratello minore di Alexandros Panagulis, maggio 1976.
40. Il calcolo è errato, la cifra esatta sarebbe 2.347.477 lire. (*N.d.R.*)
41. Il totale corretto sarebbe 1.399.649. (*N.d.R.*)
42. Panagiōtīs Kanellopoulos fu il primo ministro greco che venne deposto dalla dittatura dei colonnelli, il 21 aprile 1967.
43. Enzo Enriques Agnoletti, partigiano e allievo di Piero Calamandrei, fu tra coloro che diedero vita al Movimento liberalsocialista.
44. I due omonimi sono probabilmente Jorgos (Georgios) Mangakis, giurista e politico oppositore del regime dei colonnelli che nel 1974 tornò in Grecia e divenne ministro dei lavori pubblici (il destinatario della lettera) e suo cugino, che fece parte del collegio di difesa nel processo contro Panagulis e Drakopulos (vedi «l'Unità», 10 febbraio 1973).
45. Si riferisce a *Un uomo*, che uscirà nel 1979.
46. Võ Nguyên Giáp fu il capo militare del Viet Minh di Ho Chi Minh e dell'Esercito Popolare Vietnamita (Pavn) nella Repubblica Democratica del Vietnam.
47. Michele Norsa, attualmente amministratore delegato della Salvatore Ferragamo Italia S.p.A., dal 1976 al 1985 ha lavorato come direttore dell'Area Libri del Gruppo Rizzoli.
48. «La vita dal di dentro è una serie di sconfitte. Un ritratto politico di un biografo coscienzioso tende a essere un ritratto di ambiguità, dubbi e difetti della persona. Questo non significa che la persona non merita di essere vista come un eroe.»
49. «Nessuna democrazia, meno di tutti una democrazia continentale, dovrebbe desiderare di fare a meno di quelle rare figure che catturano e condensano nelle loro personalità un momento, un movimento, un'idea.»
50. Jack Northman Anderson, giornalista e editorialista americano premio Pulitzer nel 1972, è considerato uno dei padri del giornalismo investigativo.

51. L'intervista a cui Oriana fa riferimento era stata richiesta per il settimanale «Amica». Il periodo, non indicato, è il mese di marzo del 1980.
52. Gianfranco Monacelli, all'epoca presidente e amministratore delegato di Rizzoli Publications, nel 1994 ha fondato la Monacelli Press, Inc.
53. Martin Scorsese, con cui Isabella Rossellini è stata sposata dal 1979 al 1982.
54. Si riferisce a *Sinfonia d'autunno* (1978).
55. *Ingrid Bergman. La mia storia*, con la collaborazione di Alan Burgess (1980).
56. *Una donna di nome Golda*, di Alan Gibson (1982).
57. Isotta-Ingrid Rossellini, gemella di Isabella.
58. L'articolo di Oriana Fallaci sulla miniserie *Una donna di nome Golda* con protagonista Ingrid Bergman è stato pubblicato su «TV Guide» del 24 aprile 1982.
59. La chiusura della lettera richiama la famosa frase «La Storia mi assolverà» pronunciata da Fidel Castro, nella veste di avvocato di se stesso, nell'arringa difensiva di fronte al Tribunale che lo processava con l'accusa di «attentato ai Poteri Costituzionali dello Stato e insurrezione» per l'assalto alla caserma Moncada, il 26 luglio 1953.
60. Raffaele P. Marras è stato ambasciatore italiano a Pechino dal 30 gennaio 1984 al 1987.
61. Cavallo Pazzo è il soprannome di uno dei soldati descritti da Oriana Fallaci nel suo libro *Insciallah*.
62. *Giovanna d'Arco al rogo* è un film del 1954 diretto da Roberto Rossellini e interpretato da Ingrid Bergman. Nel 1987 è stato restaurato e ripresentato al pubblico.
63. Pia Friedal Lindström (n. 1938) è la prima figlia di Ingrid Bergman e del dottor Aron Petter Lindström.
64. Franco Rossellini (1935-1992) è stato un regista, attore e produttore cinematografico italiano, figlio del musicista Renzo e nipote del regista Roberto.

65. Roberto Rossellini jr (n. 1950), detto Robertino, è il primogenito di Ingrid Bergman e Roberto Rossellini.
66. Paolo Angelo Nespoli è un astronauta, ingegnere e ufficiale italiano. Nel 2007 e nel 2010 ha partecipato a due missioni spaziali verso la Stazione Spaziale Internazionale e nel 2015 è stato assegnato a una terza missione prevista per maggio del 2017. Del rapporto con Oriana Fallaci ha parlato nel suo libro *Dall'alto i problemi sembrano più piccoli. Lezioni di vita imparate dallo Spazio* (Mondadori, Milano 2012).
67. Nella minuta della lettera in questo punto una frase cancellata da Oriana: «Dietro la tua faccia di barbaro messicano deve esserci una bisnonna o un bisnonno che lavorava in qualche bottega d'arte di Firenze cinque secoli fa».
68. Roger N.L. Absalom, storico britannico, è stato uno dei massimi esperti della storia italiana durante la Seconda guerra mondiale e la ricostruzione dopo il conflitto.
69. Nigel Eatwell e Frank Buchanan sono due piloti alleati cui i Fallaci offrirono rifugio a Firenze per un mese nel 1943.
70. Don Egidio Brogi, parroco di Santa Maria in Acone, accolse dopo l'8 settembre 1943 prigionieri di guerra fuggiaschi, aiutandoli a riunirsi con i rispettivi eserciti. Per la sua attività venne arrestato e portato a Villa Triste a Firenze.
71. Enrico Granara, attualmente Coordinatore per gli Affari Multilaterali del Mediterraneo e del Medio Oriente (Mae), era all'epoca consigliere dell'Ambasciata italiana a Città del Messico.
72. Ricardo Cantù Garza, politico messicano, è stato presidente della commissione speciale d'inchiesta sui fatti di Città del Messico del 1968.
73. «Le testimonianze hanno carattere confidenziale fino al 2 ottobre ecc.»
74. Nell'edizione Bur 1992 di *Niente e così sia* il racconto è a p. 392 e seguenti.
75. Lettera a Anthony Pell, un concittadino newyorkese, probabilmente della fine degli anni Novanta-inizio Duemila.

76. Promemoria per il funzionamento dell'ufficio di New York riferito agli inizi degli anni Duemila. Daniela Di Pace è stata assistente di Oriana Fallaci negli ultimi anni della sua vita.
77. *L'ultima spiaggia* (*On the Beach*) è un film del 1959 diretto da Stanley Kramer, interpretato da Gregory Peck, Anthony Perkins, Fred Astaire e Ava Gardner.
78. Lettera a Liu Liting della Italian Section di «China», Pechino.
79. Tiziano Terzani fu amico di lunga data di Oriana Fallaci. Si ritrovarono su sponde opposte dopo l'11 settembre quando Terzani rispose all'articolo «La rabbia e l'orgoglio» con una lettera aperta intitolata «Il sultano e San Francesco: non possiamo rinunciare alla speranza» (pubblicata sul «Corriere della Sera» dell'8 ottobre 2001).
80. Daniel Pipes, giornalista, scrittore e commentatore statunitense, è specializzato in politica internazionale e antiterrorismo.
81. Andrea Levin è direttore del Committee for Accuracy in Middle East Reporting in America (Camera), un osservatorio media nonprofit pro Israele con sede a Boston.
82. Fiamma Nirenstein è una giornalista, scrittrice e politica italiana.
83. Cesare Romiti è stato presidente della Rcs Editori dal 1998 al 2004.
84. Antonio Monda, scrittore e docente presso la New York University, collabora con diverse testate tra le quali «la Repubblica» e RaiNews. Il progetto cui si riferisce la lettera è quello poi concretizzato nel libro *Tu credi? Conversazioni su Dio e la religione* (Fazi, 2006) in cui un gruppo di intellettuali e artisti, legati agli Stati Uniti, da Saul Bellow a Jane Fonda, da Martin Scorsese a Jonathan Franzen, e molti altri (ma alla fine non Oriana Fallaci) condivide la propria riflessione personale sulle grandi domande dell'esistenza.
85. Il riferimento potrebbe essere a un giornalista querelato da Oriana Fallaci nel 2002 – insieme a Giuliano Ferrara e alla società editrice Il Foglio – per un articolo giudicato dalla scrittrice gravemente lesivo della sua immagine.
86. Si tratta di Adel Smith, allora presidente dell'Unione Musulmani d'Italia, che ha querelato Oriana Fallaci per vilipendio alla religione islamica.

Fonti

1. «Inchiesta sulla paura», italiano, Archivio Contemporaneo «Alessandro Bonsanti», Gabinetto G.P. Vieusseux (ACGV), Firenze, Carteggio OF, 1.1298.1.
2. «Non ho paura di vederti», minuta, italiano, archivio privato.
3. «Questo figliolo non nasce», originale, italiano, Archivio storico Fondazione Corriere della Sera, Fondo Oriana Fallaci.
4. «L'unica cosa che mi interessa è scrivere libri», italiano, ACGV, Carteggio OF, n. I.833.1.
5. «Un libro vero», italiano, ACGV, Carteggio OF, n. Gdeb.I.351.1.
6. «I giardinieri non vogliono mai dare i fiori», italiano, ACGV, Carteggio OF, Fascicolo 79, 1965.
7. «Cartolina da New York», italiano, ACGV, Carteggio OF, Fascicolo 79, 1965.
8. «Rough people», italiano, ACGV, Carteggio OF, Fascicolo 79, 1965.
9. «Meglio i nazisti del "bel mondo" di New York», minuta, inglese, archivio privato.
10. «Tutto è stato ucciso dall'acqua», lettera su frontespizio del volume *L'Arno straripa a Firenze*, italiano, Howard Gotlieb Archival Research Center.
11. «Una piccola idea di una grande tragedia», minuta, inglese, Archivio storico Fondazione Corriere della Sera, Fondo Oriana Fallaci.
12. «Firenze spezzava il cuore», minuta, inglese, archivio privato.
13. «Questa è la mia vita», originale, italiano, Archivio storico Fondazione Corriere della Sera, Fondo Oriana Fallaci.
14. «Amavo York, teneramente», minuta, inglese, archivio privato.
15. «I tori erano grossi e belli, coraggiosi», minuta, inglese, archivio privato.

16. «Venire in India d'estate è una follia», originale, italiano, Archivio storico Fondazione Corriere della Sera, Fondo Oriana Fallaci.
17. «La vecchia Rootbeer porta fortuna», minuta, inglese, archivio privato.
18. «Un favoloso Pucci che probabilmente non ti andrà bene», minuta, inglese, archivio privato.
19. «In Francia si dice: merde alors!», minuta, inglese, archivio privato.
20. «Questa volta sei tu che parti», biglietto, archivio privato.
21. «Puntate al fronte», italiano, Howard Gotlieb Archival Research Center.
22. «Dopo aver letto non sono riuscita a dormire», italiano, ACGV, Carteggio OF, n. I.451.1.
23. «Per scrivere un'intervista bisogna sentirsi liberi», italiano, originale presso Fondazione Pietro Nenni, Archivio Nenni, Serie Carteggi, Sottoserie III, Busta 25.
24. «L'intervista politica più coraggiosa», italiano, originale presso Fondazione Pietro Nenni, Archivio Nenni, Serie Carteggi, Sottoserie III, Busta 25.
25. «I fogliettini, accidenti!», italiano, originale presso Fondazione Pietro Nenni, Archivio Nenni, Serie Carteggi, Sottoserie III, Busta 25.
26. «Sono nenniana», italiano, originale presso Fondazione Pietro Nenni, Archivio Nenni, Serie Carteggi, Sottoserie III, Busta 25.
27. «Darei molto per recarmi a Pechino con Lei», italiano, originale presso Fondazione Pietro Nenni, Archivio Nenni, Serie Carteggi, Sottoserie III, Busta 25.
28. «Al mio posto un giornalista dell'"Avanti"», italiano, originale presso Fondazione Pietro Nenni, Archivio Nenni, Serie Carteggi, Sottoserie III, Busta 25.
29. «Al diavolo la Cina e il giornalismo», italiano, originale presso Fondazione Pietro Nenni, Archivio Nenni, Serie Carteggi, Sottoserie III, Busta 25.

30. «Saigon: tutti i telex sono sorvegliati», minuta, italiano, archivio privato.
31. «Sarò la prima a vederlo appena decide di parlare», telex, italiano, archivio privato.
32. «Il Presidente deve conoscere la verità», telex, italiano, archivio privato.
33. «Oggi voglio solo ringraziarti», minuta, italiano, archivio privato.
34. «Aspettami. Io ti ho aspettato tanto», minuta, italiano, archivio privato.
35. «Se tu sei nato per comandare, io sono nata per disubbidire», minuta, italiano, archivio privato.
36. «Niente può aiutarlo quanto il nuovo libro», italiano, ACGV, Carteggio OF, n. I.451.3.
37. «Un Ulisse che non vuole tornare», italiano, ACGV, contenuta in 1975 Panagoulis, II.1.140.1.
38. «Grazie per la cortesia, la pazienza e... il whisky irlandese», italiano, originale presso Fondazione Luigi Einaudi Onlus per studi di politica, economia e storia, Fondo Malagodi, serie III, sottoserie 11, nominativi I.
39. «A "Epoca" si divertono alle mie spalle», italiano, originale presso Fondazione Pietro Nenni, Archivio Nenni, Serie Carteggi, Sottoserie III, Busta 25.
40. «Senza di loro il libro sarebbe monco», italiano, originale presso Fondazione Luigi Einaudi Onlus per studi di politica, economia e storia, Fondo Malagodi, serie III, sottoserie 11, nominativi I.
41. «Leggere, leggere, leggere», italiano, Howard Gotlieb Archival Research Center.
42. «Non è di me che hanno paura, ma della verità», italiano, Howard Gotlieb Archival Research Center.
43. «Lettera a Kissinger dopo il suo fallimento», lettera aperta pubblicata sull'«Europeo» n. 14 del 3 aprile 1975.
44. «Le donne si indignano da una parte, gli uomini si arrabbiano dall'altra», italiano, ACGV, Carteggio OF, n. I.451.4.

45. «Non è un libro sull'aborto», italiano, ACGV, Carteggio OF, n. I.451.5.
46. «La mia versione dell'assassinio è giusta», minuta, italiano, archivio privato.
47. «Non eri un uomo, eri una luce, e una luce s'è spenta», lettera aperta pubblicata sull'«Europeo» n. 46 del 14 novembre 1975.
48. «La prosa non è un urlo, è una disciplina», minuta, italiano, archivio privato.
49. «Perché, anche in Grecia, Nenni è Nenni», minuta, italiano, originale presso Fondazione Pietro Nenni, Archivio Nenni, Serie Carteggi, Sottoserie III, Busta 25.
50. «Arrestatemi se non siete d'accordo», originale, inglese, Archivio storico Fondazione Corriere della Sera, Fondo Oriana Fallaci.
51. «Non si può scrivere nei ritagli di tempo», minuta, italiano, archivio privato.
52. «Intanto, io scateno battaglia», italiano, originale presso Fondazione Luigi Einaudi Onlus per studi di politica, economia e storia, Fondo Malagodi, serie III, sottoserie 11, nominativi I.
53. «Non si diventa scrittori perché un editore vuole pubblicare un libro», minuta, italiano, archivio privato.
54. «Non voglio più vedere questa città dove l'ho visto morto», minuta, italiano, Archivio storico Fondazione Corriere della Sera, Fondo Oriana Fallaci.
55. «Gli sarebbe piaciuta una tomba come quella di Garibaldi», minuta, inglese, archivio privato.
56. «La mente lucida è una maledizione», inglese, Howard Gotlieb Archival Research Center.
57. «La sua mente era diversa, e anche la sua anima», inglese, Archivio storico Fondazione Corriere della Sera, Fondo Oriana Fallaci.
58. «Nessun altro può scrivere quel libro», minuta, inglese, archivio privato.

59. «Alekos è morto due volte», minuta, italiano, originale presso Fondazione Pietro Nenni, Archivio Nenni, Serie Carteggi, Sottoserie III, Busta 25.
60. «Un crudele malinteso», inglese, Howard Gotlieb Archival Research Center.
61. «Ho sempre resistito e combattuto coi denti, ora ho ceduto», minuta, italiano, originale presso Fondazione Pietro Nenni, Archivio Nenni, Serie Carteggi, Sottoserie III, Busta 25.
62. «Il mio uomo era l'eroe della Resistenza Greca», minuta, inglese, Howard Gotlieb Archival Research Center.
63. «Dimentico tutto quello che non ha a che fare con il libro», minuta, inglese, Howard Gotlieb Archival Research Center.
64. «Non so perdonare. Né dimenticare», minuta, italiano, Howard Gotlieb Archival Research Center.
65. «Soon all will be over», minuta, italiano, Howard Gotlieb Archival Research Center.
66. «Non ho neanche la forza di rileggere», minuta, italiano, Howard Gotlieb Archival Research Center.
67. «We are just friends», minuta, italiano, originale presso Istituto Don Sturzo, Archivio Giulio Andreotti.
68. «Gli eroi umanizzati non sono meno eroi», minuta, italiano, archivio privato.
69. «Quell'incontro nel suo ufficio non fu un colpo di fulmine», minuta, inglese, archivio privato.
70. «Finisco sempre col sapere tutto», minuta, italiano, archivio privato.
71. «Ha fatto più rumore di una bomba», minuta, inglese, archivio privato.
72. «Forse l'unico vero leader», minuta, italiano, archivio privato.
73. «Non è per fare la maestra di scuola», originale, italiano, archivio privato Isabella Rossellini.
74. «Ho sempre continuato a seguirti, ammirarti, volerti bene», originale, italiano, Wesleyan Cinema Archives.

75. «Se devo morire, preferisco morire battendomi», minuta, italiano, archivio privato.
76. «Se mi avessero mostrato la lettera, avrei risposto immediatamente», minuta, inglese, archivio privato.
77. «L'importante è che, fissata la data, io ne sia informata in anticipo», minuta, inglese, archivio privato.
78. «Ho ammirato soltanto tre donne nella mia vita», originale, italiano, Wesleyan Cinema Archives.
79. «Provo quasi una gelosia, carica di rimpianto», originale, italiano, Wesleyan Cinema Archives.
80. «Sono fuggita in preda al panico, rovinando per sempre la mia reputazione», originale, italiano, archivio privato Isabella Rossellini.
81. «Storia di mio padre», minuta, italiano, archivio privato.
82. «Ho scritto un articolo d'amore sua tua madre», originale, italiano, archivio privato Isabella Rossellini.
83. «Noi non consideriamo i libri come veicoli di corruzione», minuta, inglese, archivio privato.
84. «Lista delle persone che mi piacerebbe incontrare», originale, inglese, Archivio storico Fondazione Corriere della Sera, Fondo Oriana Fallaci.
85. «Io posso fare molto meglio», originale, inglese, Archivio storico Fondazione Corriere della Sera, Fondo Oriana Fallaci.
86. «Nella speranza che il mio nome non le sia totalmente sconosciuto», originale, inglese, Archivio storico Fondazione Corriere della Sera, Fondo Oriana Fallaci.
87. «Sarebbe l'interlocutore ideale per realizzare un lavoro perfetto», minuta, spagnolo; minuta, inglese; Archivio storico Fondazione Corriere della Sera, Fondo Oriana Fallaci.
88. «E per questa ragione, io non la assolverò», originale, spagnolo, Archivio storico Fondazione Corriere della Sera, Fondo Oriana Fallaci.
89. «Dimentica tutto, specialmente ora…», minuta, italiano, archivio privato.

90. «Se n'è andata una gran donna», minuta, italiano, archivio privato.
91. «In questo momento non posso muovermi», minuta, italiano, archivio privato.
92. «Deng Xiao Ping deve aspettarmi! Ne vale la pena», minuta, italiano, archivio privato.
93. «Quel giovane amico che aiuto ad andare sulla Luna», originale, italiano, archivio privato Isabella Rossellini.
94. «Mi inchino dinanzi a un uomo rinascimentale del XX secolo», minuta, italiano, archivio privato.
95. «Sarà il mio ultimo libro, sarebbe atroce lasciarlo incompiuto», minuta, italiano, archivio privato.
96. «Troppi disinganni, troppi dispiaceri», originale, italiano, archivio privato.
97. «Non ho bisogno di niente se non di tempo», minuta, inglese, archivio privato.
98. «Sull'Italia e il suo caos di quegli anni non so nulla», minuta, italiano, Archivio storico Fondazione Corriere della Sera, Fondo Oriana Fallaci.
99. «... disgrazia delle disgrazie, non posso parlare», minuta, italiano, archivio privato.
100. «Non posso permettermi di vedere la mia firma a zonzo», minuta, italiano, archivio privato.
101. «Mai ho visto un eccidio così infame, così cinico, così ben organizzato», minuta, italiano, archivio privato.
102. «Questa barbara città che ho smesso di amare», minuta, inglese, archivio privato.
103. «La puntualità è indispensabile, il telefono serve a me e basta», minuta, italiano, archivio privato.
104. «Sono arrabbiata come una bestia», minuta, francese, Howard Gotlieb Archival Research Center.
105. «La soddisfazione di vedere *Un uomo* tradotto in cinese è un poco diminuita», minuta, italiano, archivio privato.
106. «I figli di Allah mi perseguitano», minuta, inglese, archivio privato.

107. «L'importante è non chiamarlo Maccabeo», fax, italiano, archivio privato.
108. «Non mi venga dopo tale data...», minuta, italiano, archivio privato.
109. «L'alieno è tornato un'altra volta nel peggiore dei modi», minuta, inglese, archivio privato.
110. «Adoro Ratzinger, è l'unico che difende l'Occidente», minuta, italiano, archivio privato.
111. «Mai che un riconoscimento vada a Satana, cioè a me», minuta, italiano, archivio privato.
112. «A volte la verità sta da una parte sola», minuta, italiano, archivio privato.
113. «Qualcosa di disperatamente vero», originale, italiano, archivio privato.
114. «Ciò che scrivo non passa inosservato, quindi non posso permettermi "tradimenti"», minuta, italiano, Archivio storico Fondazione Corriere della Sera, Fondo Oriana Fallaci.
115. «L'intervista l'ho scritta io ma gliela attribuisco volentieri», minuta, italiano, Archivio storico Fondazione Corriere della Sera, Fondo Oriana Fallaci.
116. «La tua "macchinetta" scrive esattamente come la mia», minuta, italiano, archivio privato.
117. «Tutto ciò non mi piega. Non mi impedisce di battermi per il mio Paese», minuta, italiano, archivio privato.
118. «Storia delle sardine», minuta, italiano, archivio privato.
119. «L'estate scorsa sono stata decapitata», minuta, inglese, archivio privato.
120. «L'incontro ha un senso perché è stato pianificato da Dio», minuta, italiano, archivio privato.

Indice

Finito di stampare nel mese di agosto 2016 presso
Grafica Veneta S.p.A.
Via Malcanton 2 - Trebaseleghe (PD)
Printed in Italy